T0245893

RADIANTE

JORDAN IFUEKO

RADIANTE

Traducción de Victoria Simó

ALFAGUARA

Título original: *Raybearer*
Primera edición: noviembre de 2022

2020, Jordan Ifueko
© 2022, Penguin Random House Grupo Editorial, S. A. U.
Travessera de Gràcia, 47-49. 08021 Barcelona
© 2022, Victoria Simó, por la traducción
Imágenes de interiores: iStock by Getty Images

Printed in Spain — Impreso en España

ISBN: 978-84-18915-19-2
Depósito legal: B-16.720-2022

Compuesto en Punktokomo, S. L.
Impreso en Black Print CPI Ibérica
Sant Andreu de la Barca (Barcelona)

AL1519A

*Para los niños que buscan en los cuentos de
hadas algún héroe de rostro parecido al suyo.
Y para las niñas cuyas historias hemos reducido
a desventuras y prodigios, victorias y advertencias
sin preguntar, aunque fuera una vez, su nombre.*

PRIMERA PARTE

CAPÍTULO 1

Ya debería haber sabido que las hadas existen.

Cuando pesadas corrientes de elefantes pasaban bajo mi ventana, siempre había motas de luz susurrando entre la polvareda y bailoteando sobre las filas y filas de colmillos y rugosa piel. Yo me inclinaba peligrosamente sobre el alféizar con la esperanza de poder capturar uno de esos puntitos brillantes hasta que un sirviente me forzaba a entrar otra vez.

—¡Pero qué traviesa eres, Tarisai! —se quejaban mis mentores—. ¿Qué haría la Dama si te cayeras?

—Pero yo quiero ver las luces —protestaba.

—Solo son espíritus tutsus. —Una mentora me obligaba a alejarme de la ventana—. Espíritus buenos. Guían a los elefantes a los aguaderos.

—O a las manadas de leones —musitaba otro tutor—, si no se sienten tan magnánimos.

Muy pronto aprendería que la magia era caprichosa. Si miraba con suma atención la corteza hinchada del baobab que crecía en el jardín, aparecía una cara traviesa. «*Kye, Kye*, niña asesina», se burlaba antes de perderse otra vez en la corteza.

Tenía siete años cuando el hombre con alas de fuego color cobalto me sorprendió. Esa noche había decidido explorar Swana, el segundo reino más grande del imperio arit, en busca de mi madre. Me escabullí a hurtadillas entre doncellas y mentores que roncaban, llené un costal con mangos y escalé la pared de adobe.

La luna brillaba alta sobre la sabana cuando el alagbato, un ser feérico, se materializó ante mí. La luz centelleaba en sus ojos salpicados de motitas doradas, que se alargaban hasta las oscuras sienes. Agarrándome por la espalda, me levantó para poder verme mejor. Yo vestía una larga tela envolvente del color de las hojas del platanero con la que me había rodeado el cuerpo varias veces dejando los hombros al descubierto. El alagbato me observaba con aire de guasa mientras yo atizaba puñetazos al vacío y pataleaba en el aire.

«Estoy durmiendo en la Casa Bhekina —me dije. El corazón me latía como un puño contra la membrana de un tambor. Me mordí el carrillo para tener una prueba palpable de que estaba soñando—. Estoy envuelta en mosquiteras de gasa y los criados me abanican con palmas. Huelo el aroma del desayuno procedente de las cocinas. Gachas de maíz. Guisado de sardina *matemba*…».

Pero muy pronto empezó a dolerme el carrillo. No estaba en la cama. Estaba perdida en las templadas praderas de Swana y ese hombre era un ser de fuego.

—Hola, Tarisai. —Su aliento del Sáhara caldeó mis incontables trenzas rematadas con cuentas—. ¿Adónde crees que vas?

—¿Cómo sabes mi nombre? —lo desafié. ¿Acaso los alagbatos eran omniscientes, como Soy el Fabulador?

—Fui yo el que lo escogió.

Yo estaba demasiado enfadada para asimilar lo que estaba oyendo. ¿Por qué razón tenía que ser tan brillante? Incluso su pelo centelleaba, una mata luminosa en torno a una cara enjuta. Como los guardias de nuestro recinto lo vieran…

Suspiré. Apenas me había internado un kilómetro y medio en la sabana. Qué humillada me sentiría si me pillaban en plena fuga tan cerca de casa. Mis tutores volverían a encerrarme; y esta vez condenarían con tablas de madera todas las ventanas de la Casa Bhekina.

—No se me puede tocar —le espeté al tiempo que arañaba al alagbato para que me soltase. Su piel era lisa y cálida al tacto, como arcilla endurecida al sol.

—¿Cómo que no se te puede tocar? Aún eres lo bastante pequeña para que te cojan en brazos. Me han dicho que los niños humanos necesitan afecto.

—Ya, pero es que yo no soy humana —repliqué en tono victorioso—, así que bájame.

—¿Quién te ha dicho eso, chiquilla?

—Nadie —reconocí tras un silencio—. Pero todos lo comentan a mis espaldas. No soy como los otros niños.

Tal vez no fuera verdad. Lo cierto era que yo nunca había visto otros niños, salvo de lejos, en las caravanas de mercaderes que pasaban por delante de la Casa Bhekina. Los saludaba desde la ventana hasta que se me entumecían los brazos, pero nunca me respondían. Las miradas de los chiquillos pasaban de largo, como si nuestro recinto —con su mansión, su huerto y tantas casas que parecía una pequeña aldea— fuera invisible desde el exterior.

—Sí —reconoció el alagbato con tristeza—. Eres distinta. ¿Te gustaría ver a tu madre, Tarisai?

Dejé de debatirme al instante y mis extremidades colgaron laxas como lianas.

—¿Sabes dónde está?

Mi madre era igual a la neblina de la mañana: estaba ahí y al momento siguiente ya no la veías; se había volatilizado entre nubes de jazmín. Mis tutores hacían reverencias supersticiosas cada vez que pasaban por delante de su imagen tallada en madera, que presidía mi sala de estudio. Se referían a ella como «la Dama». A mí me encantaba parecerme tanto a ella: los mismos pómulos altos, labios carnosos e insondables ojos negros. Su busto vigilaba a los sabios que atestaban mi sala de estudio del alba al crepúsculo.

Parloteaban en los dialectos de los doce reinos que conformaban el imperio arit. Algunos tenían rostros cálidos y oscuros, como el mío y el de la Dama. Otros eran pálidos cual leche de cabra, con ojos que parecían de agua, o rojizos con aroma a cardamomo o dorados y enmarcados por cabelleras que fluían

13

como tinta. Los tutores me bombardeaban con acertijos, me plantaban diagramas en las manos.

«¿Será capaz de resolverlo? Prueba con otro. Tendrá que hacerlo mejor».

Yo no entendía qué estaban buscando. Solo sabía que, una vez que lo encontraran, yo volvería a ver a la Dama.

«Hoy sí —exclamaban los mentores con entusiasmo cuando yo brillaba en mis lecciones—. Qué complacida se va a sentir la Dama». Esos días los portalones de la empalizada que rodeaba la Casa Bhekina se abrían y mi madre se deslizaba al interior, distante como una estrella. Sus hombros relucían cual rescoldos de una hoguera. El vestido de batik con sus zigzagueantes motivos en tonos rojizos, dorados y negros se le adhería al cuerpo como una segunda piel. Me sostenía contra su pecho y la sensación era tan deliciosa que yo lloraba mientras ella cantaba: «Yo, mía, ella soy yo y es solo mía».

La Dama nunca hablaba mientras yo demostraba mis destrezas. En ocasiones asentía como diciendo «sí, tal vez», pero al final siempre negaba con un movimiento de la cabeza.

«No. Todavía no».

Yo recitaba poemas en ocho lenguas distintas, lanzaba dardos a minúsculas dianas, resolvía gigantescos rompecabezas en el suelo. Pero siempre era no, no, otra vez no. Luego se perdía en su neblina de perfume embriagador.

A los cinco años empecé a caminar sonámbula, recorriendo descalza las lisas salas revocadas de nuestra mansión. Me asomaba a cada una de las habitaciones, andando y llamando a mi madre en tono lloroso hasta que un sirviente me acompañaba de vuelta a la cama.

Siempre se aseguraban de no tocarme la piel.

—No sé dónde está tu madre —me dijo el alagbato la noche que traté de escapar—. Pero te puedo mostrar un recuerdo. No en mi mente. —Esquivó mis manos cuando traté de sostener su rostro entre los dedos—. Nunca guardo recuerdos en mi persona.

La Dama tenía buenas razones para prohibir que me tocaran. Yo poseía la capacidad de robar la historia de casi cualquier cosa: un peine, una lanza, una persona. Palpaba algo y sabía dónde había estado en los instantes previos. Veía a través de sus ojos, si acaso tenían ojos; suspiraba con sus pulmones; experimentaba el sufrimiento de sus corazones. Si persistía el rato suficiente, podía asomarme a los recuerdos que guardaba una persona de sucesos acaecidos meses e incluso años atrás.

Solo la Dama era inmune a mi don. Conocía todas las historias de la Casa Bhekina, excepto la suya.

—Tendrás que extraer mi recuerdo del lugar donde sucedió —dijo el alagbato mientras me depositaba con tiento en la hierba alta—. Ven. No está lejos.

Me ofreció una mano nudosa, pero titubeé.

—No te conozco —le dije.

—¿Estás segura? —me preguntó, y yo tuve la extraña sensación de estar mirándome en un espejo. Él sonrió frunciendo los labios como una suricata—. Me llamo Melu, si eso te hace sentir mejor. Y, gracias a esa mujer, no soy un alagbato. —Su sonrisa mudó en una mueca—. Ya no.

El miedo ascendió por mi vientre como humo que emana de una mina de carbón, pero enterré mis temores. «¿Quieres encontrar a la Dama o no?».

Recogí mi costal, que había perdido casi todos los mangos, y tomé la mano de Melu. Aunque me sostenía con suavidad, yo notaba la dureza de su puño en torno a mis dedos, como si sus músculos estuvieran forjados en bronce. Un brazalete tachonado de esmeraldas destelló en su antebrazo y noté un ardor en la piel cuando lo rocé sin pretenderlo.

—Cuidado —murmuró Melu.

Llegamos a un claro rodeado de acacias. Las garzas aleteaban sobre una balsa de agua amplia e inmóvil. En el aire se percibía el aroma de los lirios y las violetas, y la maleza susurraba y se agitaba al compás de una nana sin palabras.

—¿Vives aquí? —pregunté sobrecogida.

—En cierto modo —me respondió—. Fue bonito durante los primeros miles de días. Tras eso, se tornó aburrido. —Yo lo miré de hito en hito sin entender lo que me decía, pero no me dio más explicaciones. Se limitó a señalar la tierra blanda y roja—. La historia está aquí.

Pegué la oreja a la tierra con sumo tiento. Nunca había tratado de arrancar un recuerdo de un lugar más grande que mi dormitorio. Un ardor que conocía bien se extendió por mi rostro y mis manos mientras mi mente se introducía cuidadosamente en la tierra con el fin de aprehender su recuerdo más potente. El hombre alado y las bandadas de garzas desaparecieron.

◉◦◉◦◉◦◉

El claro es ahora más joven, hay menos maleza y acacias. Es de día en este recuerdo y el agua de la balsa color ámbar resplandece transparente, vacía de peces y efímeras. Me da un vuelco el corazón: la Dama, mi Dama, se agacha en una roca a orillas del agua.

El sol transforma su reflejo en un mosaico sobre la superficie de la balsa, le distorsiona la cara y hace ondear su nube de cabello color medianoche. Viste un paño raído y sus sandalias tienen las suelas gastadas. Me pregunto preocupada: «¿De qué huías, madre?».

La Dama hunde un brazalete tachonado de esmeraldas en el agua. Le murmura algo a la joya y la besa con ternura. Las esmeraldas refulgen y se apagan. A continuación deja el brazalete en el suelo y grita:

—Melu. —Mi madre saborea la palabra con sus labios carnosos, pronuncia las sílabas como quien canta una canción—. Melu, querido. ¿No quieres salir a jugar?

Reina el silencio en el claro. La Dama ríe con carcajadas profundas, guturales.

—Los adivinos dicen que a los alagbatos les desagradan los seres humanos. Algunos dudan incluso de vuestra existencia, excelso Melu, guardián de Swana. Pero yo creo que tú me oyes.

—Extrae un frasquito verde de su bolsillo y lo inclina peligrosamente hacia la balsa—. Yo creo que tú me oyes perfectamente.

Un viento cálido azota el claro. El polvo y la arcilla se arremolinan hasta dibujar la forma de un hombre alto y delgado. Sus alas son pura incandescencia azul cobalto, como un fuego joven, pero su voz es fría cual escarcha.

—Detente.

—Te diría mi nombre —prosigue la Dama—. Pero, como bien sabes, mi padre nunca me dio uno. —Se detiene, todavía sosteniendo el frasco sobre la balsa—. ¿Con qué rapidez se expande la sangre de abiku por la tierra y el agua, Melu? ¿Qué cantidad envenenaría toda vida en ochenta kilómetros a la redonda? ¿Dos gotas? ¿Tres?

—No —ordena Melu—. Espera.

La Dama señala el brazalete de esmeraldas.

Los rasgos de Melu adoptan un rictus de derrota. Impávido, recoge el brazalete y lo cierra sobre su brazo.

—Si lo he hecho bien —dice la Dama—, ya no eres el alagbato de Swana. Eres mi ehru…, mi genio.

—Tres deseos —escupe Melu—. Y estaré atado a esta pradera hasta que tus deseos se hayan hecho realidad.

—Qué cómodo. —La Dama se sienta y hunde las oscuras y musculosas piernas en el agua con aire meditabundo—. Melu, deseo una fortaleza que nadie pueda ver ni oír a menos que yo lo desee. Una casa en la que mis amigos y yo estemos a salvo. Un recinto… digno de la realeza. Es mi primera orden.

Melu parpadea.

—Ya la tienes.

—¿Dónde está?

—A un kilómetro y medio de distancia.

Melu señala algo, y los muros revocados de la Casa Bhekina, recién surgidos de la nada, titilan a lo lejos.

El semblante de la Dama se ilumina de alegría.

—Ahora —susurra nerviosa—, deseo la muerte de Olugbade…

—No se me permite —replica Melu—. La vida y la muerte escapan a mi poder. Esa vida en particular. Ni siquiera los feéricos pueden acabar con la vida de un radiante.

La Dama aprieta los labios, pero se relaja al instante.

—Me lo temía —dice—. Bien. Deseo una hija que haga, piense y sienta lo que yo le diga. Una extensión de mí misma. Una niña prodigiosa, capaz de destacar en un concurso de talentos entre muchos otros niños. Es mi segunda orden.

—No te lo puedo conceder —replica Melu de nuevo—. No puedo obligar a un ser humano a amar u odiar. No puedes ser dueña de una niña del mismo modo que eres dueña de un ehru.

—¿No? —La Dama une los dedos como si rezase, meditabunda. Una sonrisa se abre paso a sus facciones y su dentadura destella con blancura fría—. ¿Y si —cavila— mi hija fuera un ehru? ¿Y si tú me dieras una hija?

Melu se queda tan rígido como un árbol en la estación seca.

—Una unión como esa sería contra natura. Tú eres humana. No pertenecemos a la misma especie. Me estás pidiendo una abominación.

—Ah, no, Melu. —Los brillantes ojos de la Dama bailan sobre la mirada horrorizada del ehru—. Te estoy ordenando esa misma abominación.

◉∘◉∘◉∘◉

Ejecutaron un ritual, uno que yo no entendía a los siete años. Parecía doloroso viendo el cuerpo del ehru plegarse sobre el de mi madre en la hierba. Dos especies que no estaban destinadas a unirse, tan desparejas como carne contra metal. Pero el recuerdo me contó que, nueve meses más tarde, mi llanto de recién nacida resonaba por la Casa Bhekina. Y ese tercer deseo que la Dama todavía tenía pendiente —la abominación— corría por mis venas.

◉∘◉∘◉∘◉

—¿Lo entiendes ahora? —musitó Melu sobre mi figura somnolienta una vez que el recuerdo siguió su curso—. Hasta que no le concedas el tercer deseo, ni tú ni yo seremos libres. —Tocó mi frente con un dedo largo y fino—. Negocié con la Dama el privilegio de llamarte Tarisai. Es un nombre swano: «contempla lo que se avecina». Tu alma le pertenece de momento. Pero yo insistí en que tu nombre fuera solo tuyo.

Su voz parecía venir de lejos. Robar la historia de la Dama me había dejado sin fuerzas. Apenas si sentí cómo Melu me acunaba en sus delgados brazos y cruzaba la noche antes de depositarme otra vez junto a la empalizada de la Casa Bhekina. Me susurró:

—Llevo siete años atado a esta sabana. Espero, por mi bien, que esa mujer consiga su deseo. Pero albergo la esperanza, por el tuyo, hija mía, de que ese día nunca llegue.

En ese momento los sirvientes corrieron dando traspiés hacia los portalones. Melu ya había desaparecido.

Una decena de manos nerviosas me acostaron y voces melosas me tranquilizaron al día siguiente, cuando balbuceé incoherencias sobre lo sucedido con Melu. «Ha sido un sueño», dijeron mis tutores. Pero sus pupilas dilatadas y sus sonrisas apuradas contaban otra historia. Mi aventura había confirmado sus sospechas más siniestras.

Mi madre era el diablo, y yo, su demoniaca marioneta.

CAPÍTULO 2

En las praderas de Swana hacía calor incluso en la estación lluviosa. Pero el aire en mi derredor siempre estaba helado. Mis cumpleaños iban quedando atrás —ocho, nueve, diez— mientras yo tiritaba en la Casa Bhekina, consentida por criados que nunca rompían la superficie de mi burbuja. En ocasiones ansiaba tanto el contacto de otro ser humano que inclinaba la mejilla directamente hacia el fuego. Sus tentáculos me abrasaban la piel, pero yo sonreía fingiendo notar los dedos de la Dama.

Al final caí accidentalmente en el hogar de la cocina. Los sirvientes me rescataron sollozando y vociferando oraciones a Soy el Fabulador. Yo temblaba de pies a cabeza y repetía con voz ronca:

—No puedo morir, no puedo morir, madre va a volver, así que no puedo morir.

Pero no me había quemado. Aunque la ropa había mudado en colgajos renegridos y humeantes, mis bucles negros ni siquiera se habían chamuscado.

Mientras las criadas me contemplaban con asombro, recordé las palabras que había pronunciado la Dama al expresar el deseo que se convertiría en la Casa Bhekina: «un lugar donde mis amigos y yo estemos a salvo».

—Ha sido madre —dije sin aliento—. Me ha protegido.

A partir de aquel día multipliqué las canas de mis sirvientes saltando muros, hundiendo la cabeza en cubos de agua y atrapando arañas venenosas a las que azuzaba para que me picasen.

—No he muerto —me reía cuando los sirvientes me reparaban los huesos rotos y me vertían infusiones de antídotos por la garganta.

—Es cierto —decía la enfermera apretando los dientes—. Pero solo porque te hemos rescatado a tiempo.

—No —insistía yo con mirada soñadora—. Ha sido porque mi madre me ama.

Mis tutores redoblaron sus esfuerzos. Cuanto antes me convirtieran en lo que la Dama deseaba, antes se librarían de mí. De modo que las lecciones proseguían y el sonsonete de las clases me acompañaba como el zumbido de un tábano. Los vapores de la tinta me irritaban la nariz por el día y el aroma del jazmín me embriagaba al llegar la noche. Pero el recuerdo de Melu había despertado un ansia en mí, un hambre que los huertos de mangos no podían saciar. Soñaba y deseaba con todas mis fuerzas conocer el mundo que se extendía al otro lado de la puerta.

En mi sala de estudio descansaba un enorme globo terráqueo sobre una peana. Continentes de bordes irregulares se curvaban en torno a un océano inmenso y azul que yo nunca había visto. El continente más grande, que incluía Swana, era un mosaico de sabanas, bosques, desiertos y tundras nevadas. Esa forma representaba a Aritsar, decían mis tutores. El inmortal imperio arit, larga vida a Kunleo.

Casi todos los pergaminos de historia que yo estudiaba estaban censurados. Mis tutores tachaban líneas y a veces páginas enteras con tinta negra, y se negaban a explicarme el motivo. Una vez me las ingenié para leer varios párrafos sosteniéndolos contra la luz antes de que un tutor me los arrebatase.

Largo tiempo atrás, decían los documentos, Aritsar no existía. En su lugar, una serie de islas independientes flotaban en un vasto mar. Los abikus, demonios del inframundo, arrasaron esos doce territorios, que eran débiles y estaban enfrentados entre sí.

Y entonces un señor de la guerra llamado Enoba Kunleo el Perfecto liberó del interior de la tierra un poder que permitió unir los territorios en un enorme continente. Se autoproclamó emperador y reclutó a doce regentes para que le sirvieran como vasallos. Encabezando su recién bautizado Ejército de los Doce Reinos, luchó contra los abikus. El ejército mortal y el inmortal estaban tan igualados que la guerra de Enoba se prolongó durante décadas antes de que, finalmente, los exhaustos combatientes declararan una tregua.

Enoba fue ensalzado como salvador de Aritsar. Los regentes del continente lo aclamaron por haber traído la paz y durante siglos su linaje gobernó Aritsar desde su tierra de Oluwan, uniendo las doce culturas en una red de arte, ciencia y comercio. Cada vez que las caravanas pasaban por delante de la Casa Bhekina, oía a las familias de mercaderes cantar las glorias del imperio meciendo a sus infantes en la cadera mientras los niños mayores brincaban por la sabana:

Oluwan y Swana ofrecen su tambor; *nse, nse.*
Dhyrma y Nyamba procuran el arado; *gpopo, gpopo.*
Mewe y Sparti miran bailar al hermano mayor;
¡cuánta perfección, negro y dorado!

Quetzala afila su lanza; *nse, nse.*
El Valle Blessid teje su paño; *gpopo, gpopo.*
Nontes y Biraslov miran bailar al hermano mayor;
¡cuánta perfección, negro y dorado!

Djbanti se trenza la cabellera; *nse, nse.*
Moreyao ofrece su calabaza; *gpopo, gpopo.*
Once lunas miran bailar al hermano mayor;
¡cuánta perfección, negro y dorado!

El actual hermano mayor o emperador de Aritsar era Olugbade Kunleo: un descendiente directo de Enoba el Perfecto.

A mí me gustaba tararear el patriótico himno en las huertas de mangos. Zigzagueando entre las ramas, hablaba con un emperador invisible para contarle mis ideas sobre la historia y el gobierno de Aritsar. En ocasiones lo imaginaba mirándome desde arriba igual que el sol a través de las nubes y caldeando mis hombros desnudos con su beneplácito. ¡Qué perfecto debía de ser para haber unificado tantos territorios!

Dhyrma. Nontes. Djbanti. Los nombres de los reinos arits sabían a especias al contacto con mi lengua. Notaba en los huesos el anhelo de esos parajes lejanos que mis tutores describían como colores del arcoíris: las granjas de seda de Moreyao. Los festivales nocturnos de Nyamba. Los picos nevados de Biraslov, las engañosas selvas de Quetzala. Me tumbaba de espaldas a mirar los árboles de mango e intentaba imaginar las torres de Ciudad de Oluwan, morada de nuestro emperador divino. Incluso Swana albergaba ese misterio. Yo nunca había salido de nuestras praderas, pero había oído historias de exuberantes campos de cacao y mercados donde las mujeres vendían papaya confitada que portaban en cestos sobre la cabeza.

Pero, más que las ciudades y la selva, ansiaba voces que no me llamaran «demonio».

Envidiaba a los niños que pasaban por delante de la Casa Bhekina acompañados de abuelos que los achuchaban en su regazo y de hermanos que los perseguían y los hacían rabiar. La Dama era la única persona en el mundo que tocaba mi piel por propia voluntad.

Una mañana, mientras contemplaba las caravanas desde mi sala de estudio, aprendí otra canción.

Once bailaban en torno al trono,
once lunas en todo su esplendor
brillaban gloriosas mirando al sol.

Pero se alzan traidores, caen los imperios,
y el rayo de Sol-Sol gobernará el gatuperio.

Cuando todo esté dicho-o, todo esté dicho.
Y todo esté hecho-o, hecho-o, hecho.

Me gustaba esa rima de mal agüero. La susurraba en torno a la mansión como un ensalmo hasta que una tutora me oyó. Me preguntó con voz temblorosa dónde había escuchado semejante tontería. Se lo dije… y al día siguiente habían condenado con tablas todas las ventanas de mi sala de estudio.

Intentaba asomarme entre las rendijas hasta que mis deditos acabaron desollados y sembrados de arañazos. Aquel atisbo del mundo exterior siempre había sido mi salvavidas. Mi portal a Aritsar; mi recurso para no sentirme tan sola. ¿Cómo se atrevían a borrar mis ventanas de un plumazo? ¿A eliminarlas igual que habían desaparecido la Dama y Melu y todo aquello que yo anhelaba?

Amenacé con prender fuego a la sala de estudio.

—Lo haré —les grité a los sirvientes—. ¿Por qué no? Yo no me quemaré. Pero vuestros pergaminos sí. Vosotros sí.

Mis tutores palidecieron.

—Hay cosas que sencillamente no podemos enseñarte —dijeron con aire angustiado mientras me vendaban las manos ensangrentadas—. Está prohibido.

Igual que la Dama, mis tutores tenían la costumbre de desaparecer largas temporadas. Casi siempre sucedía después de una visita de mi madre, cuando ella juzgaba mis progresos insatisfactorios. Entonces rostros nuevos y apurados remplazaban los antiguos.

El día que cumplí once años, dos de esas caras llegaron a la Casa Bhekina. Los acompañaba el único regalo de cumpleaños que yo había deseado jamás.

—¡Madre! —grité al tiempo que me abalanzaba sobre ella. La Dama vestía un paño de batik profusamente decorado que me raspó la mejilla cuando me aferré a su cuerpo. Sostuvo mi rostro con la palma de la mano y la sensación fue tan deliciosa que me estremecí.

—Hola, ser de mi ser —dijo, y me tarareó la espeluznante nana—: «Yo, mía, ella soy yo y es solo mía».

Estábamos en la gran galería de la Casa Bhekina. La luz del sol entraba a raudales por el patio la cocina, por el que correteaban las gallinas, reflejándose en el suelo de terracota e iluminando la negra nube de su cabello. Los dos desconocidos la flanqueaban, tan pegados a la Dama que me entraron celos.

—Amigos —anunció la Dama—, por favor, decidle a mi hija que sois sus nuevos y permanentes tutores.

Ella casi nunca me hablaba directamente. Cuando lo hacía, sus palabras eran parcas y dubitativas. Más tarde comprendería que tenía miedo de darme una orden sin pretenderlo; temía malgastar su tercer y más preciado deseo, el mismo que todavía latía dormido en mi interior.

La palabra «permanente» avivó mi curiosidad. Ningún sirviente se había quedado a mi lado más allá de unos meses. La desconocida de más edad, una mujer de aspecto felino que rondaría la edad de la Dama, vestía de verde de los pies a la cabeza. Su cutis de tono terroso contrastaba con unos ojos verdes e implacables. Su cabello rizado asomaba explosivo bajo la capucha de la capa, que se dejó echada a pesar del calor. Una isoken, comprendí. Los isokens eran mestizos, nacidos de padres que pertenecían a dos reinos distintos. Para acelerar la unidad del imperio la tesorería de Kunleo recompensaba a las familias por cada niño isoken que nacía en su seno.

—Soy Kathleen —me dijo la mujer con un suspiro antes de volverse hacia la Dama—. Espero que la niña no sea problemática. ¿Tiene algún nombre, además de «ser de tu ser»?

—El ehru la llama de otro modo —respondió la Dama.

Me habían enseñado a reconocer los distintos acentos. El deje de Kathleen evocaba su reino natal, Mewe: una tierra de colinas verdes y escarpadas en los confines septentrionales de Aritsar.

—Me llamo Tarisai —intervine yo, y saludé a Kathleen en mewí con la esperanza de impresionarla—. ¡Que tus hojas de otoño recuperen el verdor!

Yo no sabía lo que era el otoño y nunca había vivido en un lugar donde los árboles cambiaran de color, pero me pareció que sonaba bien.

—Por el relato de Soy, Dama —resopló la mujer isoken—. ¿Le has enseñado a la niña las doce lenguas del reino?

—No le hará ningún daño destacar en el concurso —replicó la Dama con petulancia.

—Las lenguas no forman parte de las pruebas —replicó Kathleen—. Ya no. Ahora todos los reinos hablan arit. Por algo somos un imperio.

—Solo los ciudadanos arits —intervino el segundo desconocido en tono mordaz— se enorgullecen de que sus culturas estén siendo suprimidas. ¿Por qué ser especiales, pudiendo ser todos iguales?

Parecía mucho más joven que Kathleen; de veinte años quizá, más un muchacho que un hombre. Su voz me recordó a una telaraña, suave y sutil. No fui capaz de ubicar su acento en ningún reino arit.

Me escudriñó con ojos semejantes a medias lunas a la vez que elevaba una mandíbula tostada y angulosa. Llevaba una capa azul echada sobre el brazo. Aparte de eso no vestía nada más que pantalones, y cada centímetro de su cuerpo —cara, brazos, pecho y pies— estaba surcado de lo que parecían tatuajes geométricos en tono morado. Seguramente me lo imaginé pero, durante un momento, tuve la sensación de que resplandecían.

Me dedicó una reverencia sarcástica y su pelo liso y negro cual carbón brilló sobre su hombro.

—Un placer, hija de la Dama. Me llamo Woo In. Mi tierra, gracias al Fabulador, se encuentra al margen de este imperio anormalmente unificado.

Lo miré boquiabierta.

—¡Eres de Songland!

—Lo dices como si fuera un mundo encantado. —Puso los ojos en blanco—. Pues claro que soy de Songland. ¿No ves los preciosos dibujos que cubren mi cuerpo?

Lo dijo con ironía, pero a mí sí me parecían preciosos, si bien una pizca inquietantes. Los motivos se retorcían por su cara y cuello como un enigma de lógica sin solución. Tragué saliva: Woo In era un redentor.

Songland era una nación pobre que ocupaba una península ubicada en un extremo del continente. Sus antepasados rechazaron reconocer la soberanía de Enoba y, a consecuencia de ello, el minúsculo reino había quedado excluido del pujante comercio de Aritsar. Una escarpada cordillera separaba Songland del resto del continente. El imperio los habría soslayado por completo de no ser por los redentores.

Enoba el Perfecto había pagado un precio tremendo por la paz en nuestro mundo. Cada año enviaba a trescientos niños a la brecha Oruku: la última entrada conocida al inframundo. A cambio del sacrificio, los abikus se abstenían de asolar las ciudades y aldeas humanas. Los niños, conocidos como redentores, nacían con mapas grabados en la piel, que debían guiarlos a través del inframundo y devolverlos al reino de los vivos. Muy pocos sobrevivían al viaje. En consecuencia algunas familias escondían a sus hijos redentores al nacer. Sin embargo, por cada sacrificio omitido, los abikus enviaban una horda de monstruos y plagas para que devastaran el continente.

Se suponía que el nacimiento de los redentores se producía de manera aleatoria: podían proceder de cualquier raza y clase social. Pero todos los redentores nacidos en los últimos quinientos años eran oriundos de Songland. Nadie conocía el motivo. Los arits, sumidos en sentimientos de culpa pero también aliviados de no tener que sacrificar a sus niños, habían elaborado numerosas teorías que los ayudaban a dormir por las noches. Los songlandeses habían ofendido al Fabulador, aventuraban. Los niños redentores eran el castigo por algún antiguo pecado que Songland había cometido. O quizá el Fabulador hubiera bendecido Songland y sus hijos fueran santos, escogidos para sacrificarse por un bien mayor. El bien mayor, por descontado, era Aritsar.

Observé a Woo In. A mí no me parecía demasiado santo. Pero algo especial tendría para haber sobrevivido a la brecha Oruku. En el improbable caso de que un niño redentor regresara vivo, lo hacía con cicatrices en la mente, cuando no en el cuerpo.

Les dediqué una sonrisa a los dos. Tal vez si agradaba a esos dos desconocidos —mis guardianes permanentes—, podría dejar de hablar con emperadores invisibles. Quizá tuviera amistades por primera vez en mi vida. Amigos de verdad.

«No me consideréis un demonio —les rogué mentalmente—. Consideradme una niña. Una niña normal de las caravanas, no una niña espeluznante».

—¿Tenemos que ser sus niñeros? —gimió Kathleen mirando a la Dama—. ¿No puedes contratar a una institutriz muda o sobornarla para que guarde el secreto?

—No —replicó la Dama—. Una vez que mi hija abandone la Casa Bhekina para partir a Ciudad de Oluwan, no podré controlar lo que vea y oiga. Debe estar en manos de personas que sean de mi confianza.

¿Abandonar?

¿Abandonar la Casa Bhekina?

Kathleen se cruzó de brazos.

—¿Estás segura de que esta... niña-deseo está lista?

—El tiempo se agota. Ya están eligiendo a los chiquillos. Si no nos damos prisa, no quedará sitio en el consejo del príncipe...

La Dama se interrumpió bruscamente y me lanzó una mirada nerviosa.

—No te preocupes, Dama —le dijo Kathleen con una sonrisilla irónica—. Siempre podemos hacerle un hueco.

La Dama torció el gesto.

—Confío en que no será necesario. El emperador y sus on... —Se mordió la lengua otra vez para volver la vista hacia mí—. Los... amigos del emperador son demasiado listos. La selección de mi hija debe producirse con la máxima naturalidad.

Kathleen se rio con ganas.

—¿Debemos seguir midiendo nuestras palabras? Antes o después se va a enterar.

—La ignorancia le prestará una apariencia más pura —dijo la Dama con aire sombrío—. Eso es importante para el emperador.

—Así pues, ¿vas a pedir hoy tu deseo? —preguntó Woo In. La Dama asintió y observé estupefacta cómo rodeaba la cara del joven con la mano, igual que había hecho conmigo. Él se inclinó hacia el contacto y le besó la palma. Sentí celos al instante.

La Dama dijo:

—Sé que cuidaréis de ella.

Woo escudriñó sus facciones con ansia, una polilla ante una vela.

—Creo en esta causa —declaró.

Ella le acarició el cabello.

—Y yo creo en ti.

—¿Por qué vamos a Oluwan? —quise saber—. Madre, ¿tú también vienes?

—No, ser de mi ser. —La Dama se acomodó en uno de los espaciosos bancos que había bajo las ventanas de la galería. La luz del sol contorneaba su figura como un halo—. Iré a buscarte cuando sea el momento.

Se propinó unas palmaditas en el regazo y me hizo una seña con la cabeza.

Durante el resto de mi vida iba a desear que el universo me hubiera concedido una señal en ese momento, una advertencia de lo que estaba a punto de suceder. Pero no lo hizo; el aire era cálido y sereno, y los indicadores cantaban a lo lejos cuando correteé ansiosa a los brazos de mi madre.

Ella me acarició la espalda un momento con la mirada fija en el cielo swano.

—Qué asustado debes estar —le dijo a alguien que yo no veía—. Me enjaulaste como un pájaro, pero no pudiste obligarme a cantar. —A continuación se dirigió a Kathleen—. Muéstrale el retrato.

Un marco dorado, de forma ovalada, apareció en mis manos. Un chico me devolvió la mirada. Tenía el pelo ensortijado y la sonrisa más radiante que había visto jamás. Unos ingenuos ojos marrones brillaban en su rostro oscuro de facciones anchas.

—¿Por qué está contento? —pregunté.

La Dama enarcó una ceja.

—¿No quieres saber quién es? —Me encogí de hombros, así que respondió a mi pregunta—. Está contento porque tiene todo lo que tú querrías tener. Poder. Riqueza. Patrimonio. Su padre te robó todo eso y se lo entregó a él.

—Cuidado, Dama —musitó Kathleen—. Recuerda: debe amarlo.

Una arruga de confusión afloró a mi entrecejo. No recordaba haber deseado nunca poder o riqueza. ¿Y por qué tenía que amarlo? Pero el abrazo intenso de la Dama y el aroma del jazmín me nublaron los pensamientos. Me acurruqué contra ella, sin acordarme ya del muchacho y su felicidad robada. Yo habría cambiado todas las riquezas de Aritsar por un abrazo. Por ser acariciada sin miedo. Por que nadie hablara de mí como «peligrosa».

—¿Me oyes, ser de mi ser? —susurró la Dama. Yo cerré los ojos y asentí antes de apoyarle la mejilla en el pecho. Su corazón latía raudo como el de un colibrí. Las palabras que pronunció a continuación fueron cautas, dubitativas—. Cuando conozcas al muchacho del retrato…

Algo que llevaba largo tiempo dormido despertó en mi vientre y me abrasó la piel como el grillete que apresaba el brazo de Melu. Durante un instante mis ojos destellaron igual que esmeraldas en el reflejo que me devolvía el cristal del retrato.

—Cuando lo ames con todo tu ser y él te unja con aceite bendito para hacerte suya… —La Dama tocó el rostro del niño, tapando su deslumbrante sonrisa—. Te ordeno que lo asesines.

CAPÍTULO 3

Vomité en el cuenco que tenía entre las piernas, mareada hasta las náuseas por el traqueteo del remolque.

—Te dije que viajar mediante calamita no era buena idea —le espetó Kathleen a Woo In a la vez que vaciaba el vómito por la ventanilla—. Deberíamos haber usado camellos. La potencia de los imanes tiene efectos desagradables. Nunca antes la habían expuesto a la magia.

—La criaron en una mansión invisible —señaló Woo In en tono burlón—. No le pasará nada. Además, me parece a mí que se habría mareado en cualquier medio de transporte.

Era mi primera vez en carro tirado por mulas o en nada que tuviera ruedas. Tras salir de la Casa Bhekina, habíamos cruzado dos reinos en dos semanas. En mula, camello o barcaza, el viaje habría durado meses. Pero nos habíamos desplazado mediante calamita: una magia poderosa y peligrosa que disolvía los cuerpos y volvía a materializarlos a leguas de distancia. Los portales se desparramaban por todo Aritsar, custodiados por soldados imperiales. Cada vez que los cruzábamos, Kathleen me obligaba a esconder la cara bajo la capucha.

—Agáchate —gruñía—. Eres la viva imagen de la Dama.

Yo no entendía por qué parecerme a mi madre implicaba peligro. De hecho, con la emoción de la aventura, a menudo olvidaba por completo todo lo relacionado con el deseo de la Dama. Sus letales palabras se iban desdibujando a medida que las maravillas de mis libros y pergaminos se materializaban ante mis ojos. Ciudad. Mercado. Montaña. Lago. Bosque. En un mundo tan grande, ¿qué probabilidades había de coincidir con el chico del retrato?

Tras el cruce de la primera calamita, había vomitado el desayuno en las botas de Kathleen. Los guerreros de la Guardia Imperial nos habían desaconsejado realizar más de un viaje al mes por ese medio, pero Woo In había insistido en que efectuáramos dos cruces a la semana.

Tras el cuarto cruce, mi brazo izquierdo desapareció.

Por poco me desmayo de terror y la extremidad parpadeó unas cuantas veces antes de decidirse finalmente a regresar. Woo In se ablandó entonces y permitió que siguiéramos en un carro de mulas. Soportamos horas de viaje, incómodo y polvoriento, sin parar nada más que para dormir en posadas de adobe situadas en pequeñas aldeas. Yo devoraba enormes platos de sopa de jengibre con la esperanza de que me asentaran el estómago antes de caer desplomada en una estera de paja, demasiado agotada para soñar.

Ese día, las náuseas de la calamita habían empezado a remitir. Después de vomitar en el cuenco me encontraba mucho mejor y me asomé con curiosidad a la ventana del carro. Nuestro destino, Oluwan, era una ciudad costera, una tierra de frondosas palmeras y naranjales que disfrutaba de días largos y cálidos y de noches frescas besadas por la lluvia. El corazón me latió emocionado ante los desconocidos paisajes que desfilaban junto al camino: ásperas llanuras de color verde y oro salpicadas de lagos y palmeras. Aspiré una gran bocanada de aire matutino. Sabía a cítricos y agua salobre.

—Pequeño demonio —gruñó Kathleen cuando me vio. Intentó apartarme de la abertura agarrando mi vestido de algodón azul—. Por el amor de Soy... ¡Alguien podría verte, mocosa! Agáchate.

—No quiero —dije, jadeando de la risa cuando el viento azotó mis trenzas rematadas con cuentas—. Nunca más pienso apartarme de una ventana.

—No vivirás suficiente para ver otra más —me amenazó Kathleen, que por fin me forzó a agachar la cabeza—. No si te sigues exhibiendo por ahí. Tu existencia es un secreto, mocosa. Se supone que no existes.

Fruncí el ceño.

—¿Porque mi padre es un ehru?

—No cambiaría nada si tu padre fuera el mismo diablo —replicó Kathleen—. Para el emperador, tu madre será siempre la mayor amenaza.

Seguí preguntando, pero Kathleen no quiso soltar prenda. Enfurruñada, me aparté de ella para reunirme con Woo In en su lado del atestado asiento.

Todavía no había perdonado al redentor por besar la mano de la Dama, pero él al menos me dejaba en paz. La mitad del tiempo ni siquiera hablaba, excepto para musitar comentarios sarcásticos o soltar una maldición cuando sus tatuajes de nacimiento resplandecían.

—Esos dibujos duelen, ¿verdad? —le pregunté frunciendo el ceño—. ¿Por qué no desapareció el mapa cuando regresaste de la brecha?

Woo In entró en tensión.

—El mapa desaparecerá cuando las pesadillas lo hagan —respondió con amargura.

Yo era demasiado lista para seguir preguntando, pero la curiosidad me corroía por dentro. ¿Cuántos años tenía Woo In cuando sus padres lo entregaron a los abikus? ¿Cómo era el inframundo?

Unos días atrás, en una posada, fingía dormir mientras Woo In miraba por la ventana de la primera planta. Le temblaban los hombros y, pasado un momento, comprendí que estaba llorando. Como si huyera de monstruos que solo él podía ver, se había envuelto con su capa de seda y saltado por la ventana. Su cuerpo esbelto se recortó contra la luna mientras planeaba sobre los oscuros tejados.

—¿Todos los songlandeses pueden volar? —le pregunté, empujándole el hombro en el interior del carro.

Una arruga afloró a su entrecejo liso. Le disgustó que conociera su secreto.

—No. Es mi Gracia.

—¿Tu Gracia?

—Mi don de nacimiento. Solo los agraciados pueden servir a la Dama. Todos nosotros tenemos una Gracia.

«Todos nosotros». La frase me provocó curiosidad: ¿cuántos amigos tenía la Dama?

—¿Tú tienes una Gracia? —le pregunté a Kathleen.

Ella asintió.

—Puedo cambiar la apariencia de cualquiera. Incluida la tuya, aunque pienso que las calamitas ya te han revuelto suficiente por dentro. —Miró por la ventana frunciendo el ceño, cada vez más pensativa—. Mi don me viene bien, pues los mewíes miran a los isokens como a bichos raros. Al menos en Ciudad de Oluwan a nadie le importa si tengo rayas o manchas.

—Enséñamelo —le supliqué, y de repente tenía delante un segundo Woo In donde antes estaba Kathleen. Di un respingo al mismo tiempo que aferraba el brazo del primer Woo In, asustada. Pero él se había transformado en Kathleen.

—Saludos, hija de la Dama —me dijo el ilusorio Woo In con retintín, y se echó hacia atrás su cabello liso y negro como el carbón—. Este soy yo, tu taciturno príncipe niñero. Mira cómo me mortifico por mi trágica infancia.

La Kathleen ilusoria puso los ojos en blanco.

—Muy graciosa.

El aire tembló cuando Kathleen recuperó su apariencia y le devolvió su rostro a Woo In.

—¿Príncipe? —repetí con extrañeza. Mis mentores me habían obligado a memorizar a los miembros vivos de todas las dinastías del continente y nunca había oído hablar de un príncipe Woo In. La reina Hye Sun de Songland tenía una única heredera: la princesa Min Ja.

—Mi nombre no aparece en muchos documentos —reveló Woo In sin emoción—. Lo evitan cuando naces maldito.

Nuestro carro se acercaba a las puertas de la ciudad. Las carreteras se ensancharon y el aire vibró con el traqueteo de los cascos y las voces. Una gran avenida discurría junto al caudaloso río Olorun y las barcazas cargadas de mercancías subían y bajaban por la corriente. Los tambores y las risas resonaban mientras los hombres remaban al ritmo de sus cantos. Kathleen me obligaba a esconderme en todo momento, pero yo conseguí atisbar el horizonte y el corazón se me aceleró de puro asombro.

Cúpulas doradas y fantasmales torres blancas se recortaban contra el firmamento. La niebla envolvía las altísimas murallas y el río Olorun se curvaba en torno a la ciudad como una humeante serpiente azul. Cuando el tráfico de las carreteras se tornó excesivo para nuestro carro, lo sustituimos por una lujosa litera rematada con borlas. Yo atisbaba sin aliento a través de las cortinas de gasa mientras los porteadores nos transportaban al otro lado de la puerta y al interior de la ciudad.

Las calles y los pasadizos elevados estaban atestados de mercaderes y mulas de carga, niños traviesos y arrogantes eruditos, sacerdotes fabuladores y trenzadoras callejeras. Los buhoneros vendían de todo, desde nueces de cola hasta caftanes, duendecillos enjaulados o llorosos cachorros de hiena. Ofrendas de obsidiana a Enoba el Perfecto relucían en cada esquina.

A las familias oluwaníes más antiguas y acaudaladas, me contó Kathleen, se las conocía como sangreazules: azules porque su piel era tan negra que relucía cual cobalto. Sin embargo, a medida que el imperio arit había ido creciendo también lo hizo Ciudad de Oluwan. Por sus calles pululaban ahora todos y cada uno de los tonos de piel existentes bajo la luz del sol, cada una de las lenguas, cada especie y tejido. El curry, la lavanda y la cayena se mezclaban de un modo curioso en el ambiente. Lana de tartán procedente del norte, seda del sur y las tradicionales telas de batik de los reinos centrales se alineaban juntas en los tenderos. Músicas y dialectos cuyos orígenes distaban más de quince mil kilómetros se fundían en una algarabía ensordecedora.

—No dejes que vea el muro centinela —ordenó Kathleen cuando nos internamos más en la ciudad. Woo In la obedeció sujetándome las rebeldes extremidades y plantándome una mano sobre los ojos. A pesar de todo me las ingenié para escudriñar entre los dedos…, pero no entendí lo que vi.

Un muro de altura inmensa atravesaba la ciudad. Murales de efigies coronadas miraban al frente desde el revocado, una de los cuales reconocí: Enoba Kunleo, el apuesto héroe de nariz ancha cuyas estatuas asomaban por todo Oluwan. A su alrededor había retratos de otros hombres y mujeres ataviados con ropajes casi tan suntuosos como los del emperador. Los conté automáticamente: once.

¿Por qué ese número despertaba un eco en mi memoria? La cifra pendía sobre mi cabeza como una nube que amenazara tormenta.

Woo In no me soltó hasta que las calles se tornaron más tranquilas y las casas más elegantes. Entre el sonido de las fuentes cantarinas y los murmullos de la seda, rollizos oluwaníes sangreazules salían de las villas con andares fluidos para montar en sus literas. Advertí con curiosidad que la Casa Bhekina estaba inspirada en las mansiones oluwaníes. Paredes blancas y tejados rojos destellaban orgullosos al sol de la mañana.

—Esto es Ileyoba —murmuró Kathleen en un tono reverente y cauto a un tiempo—. El distrito del emperador y de todo aquel que se puede permitir vivir en sus inmediaciones.

—En un monte verdeante, estructurado en bancales, las cúpulas de un extenso palacio se alzaban al cielo—. Y eso —dijo Kathleen— es An-Ileyoba, la morada del emperador. Tu última parada, pequeño demonio.

—¿Por qué? —pregunté, pero a esas alturas ya no esperaba respuesta. En las puertas del palacio inspeccionaron nuestra litera en busca de armas. Inmensas banderas negras se derramaban sobre los muros de adobe. El escudo imperial de Kunleo blasonaba las banderas: un rotante sol dorado rodeado por once lunas.

—¿Qué les trae a palacio?

Kathleen me señaló.

—Es una de las candidatas.

Descendimos de la litera y el guardia nos hizo pasar a una sala vasta y ruidosa. Tallas de soles amarillos decoraban los suelos de mármol y niños de todos los reinos arits atestaban la sala en diversos grados de desnudez. A algunos les frotaban la piel en tinas, donde les inspeccionaban las cabezas en busca de piojos. Otros entrenaban con lanzas de madera o recitaban poemas escritos en pergaminos o arrancaban frenéticas escalas a sus instrumentos. Algunos incluso se acicalaban en espejos de mano, sonriendo y recitando con afectación: «Es un honor conocerle, su alteza imperial». Casi todos vestían túnicas negras, prendidas a los hombros con pulidos broches en forma de sol y luna. Los sirvientes de palacio, envueltos en paños brocados, supervisaban los preparativos, y cada vez que un niño o una niña se juzgaba apto —yo ignoraba para qué— los guardias los acompañaban a una serpenteante fila que ascendía por una escalera de caracol.

—Edad —solicitó en tono monocorde un funcionario pertrechado con un libro y una pluma. Alzó la vista para mirarme desde el reclinatorio de su mesa baja.

—Once —respondió Kathleen—. La misma edad que su alteza imperial. Se llama Tarisai y procede de Swana.

El funcionario me contempló con desconfianza.

—¿Seguro? Puede que su nombre sea swano, pero ella parece oluwaní.

Kathleen me pellizcó la espalda y yo chillé y protesté. Mi acento swano convenció al funcionario. Hizo una seña a los sirvientes de palacio, que al momento me sujetaron. Yo forcejeé, decidida a no soltar la mano de Woo In, pero él me susurró:

—Ahora dependes de ti misma, hija de la Dama. No podemos quedarnos.

—¿Qué está pasando? ¿Qué me harán esas personas?

Parecía incómodo, pero me estrechó la mano con más fuerza.

—Todo irá bien —musitó—. Siempre estaremos cerca, aunque no puedas vernos. Y ya estás preparada.

—¿Preparada? ¿Para qué?

Pero los guardias ya empujaban a Kathleen y a Woo In hacia la entrada y mi último vínculo con mi hogar, con la Casa Bhekina, con todo lo que conocía… desapareció.

Cinco pares de manos me desnudaron y me frotaron la piel con jabón de ceniza de platanero. Me lavaron el pelo con agua perfumada, me pasaron el peine y me untaron la cabellera con manteca de karité hasta que cada uno de mis rizos resplandeció. Me prendieron la túnica negra a los hombros y me colgaron una banda que representaba mi reino natal. La tela era de color índigo intenso, como el cielo swano, decorada con un motivo de elefantes y garzas. Pocas horas después mis sandalias restallaban contra la piedra según ascendía por la escalera de caracol junto a los otros niños de la fila.

La curiosidad atenuó el miedo que sentía. Nunca antes había estado tan cerca de personas de mi edad. Una niña de enormes ojos castaños caminaba delante de mí. Se cubría el cabello y el cuello con un diáfano velo rojo, y un motivo de camellos decoraba su banda. Supuse que procedía del Valle Blessid: un reino desértico de pastores y artesanos nómadas. Daba vueltas al anillo que le adornaba el dedo meñique al tiempo que canturreaba con aire ausente: «Duerme, hija; hoy me dejarás. Esta noche el sueño me esquiva. Duerme y nunca olvides a tu madre…».

Su voz era la de una mujer adulta, profunda y sonora, que me envolvía como una gruesa prenda de ropa. Me relajé de inmediato y, cuando bostecé, dejó de cantar.

—Perdona —dijo, y me dedicó una sonrisa—. Mama dice que debería llevar más cuidado. Esa canción deja frita a mi hermana en menos que canta un gallo. La entono cuando estoy asustada. Cantar ayuda a mi corazón a recordar mi hogar.

—Tienes frío, ¿no? —comenté con educación, señalando su velo con un gesto de la cabeza.

Se rio con ganas.

—Es mi velo de oración. Los bléssidos somos el pueblo del Ala y todos nos cubrimos de un modo u otro. Es una muestra de devoción al Fabulador.

Mis mentores no me habían educado en ninguno de los credos arits, aunque yo sabía que había cuatro sectas religiosas.

—¿Todas las… personas del Ala pueden hacer lo que tú haces? ¿Magia con la voz?

Resopló una risa.

—No. Y no es magia. Solo recuerdo a los cuerpos lo que más necesitan; es mi Gracia.

—Un don de nacimiento —murmuré, repitiendo las palabras de Woo In.

—Eso mismo. La Gracia es un requisito obligatorio para todos los candidatos. Espero que juzguen la mía adecuada. Me pregunto… —Lanzó una mirada nerviosa a la escalera—. Me pregunto si mama tenía razón. Tal vez nunca debí dejar nuestra caravana.

Resonaron fuertes gritos y súbitamente unos guardias bajaron la escalera llevándose a rastras a un niño rubio con la piel más pálida que había visto jamás.

—¡No es justo! No es justo… ¡Suéltenme! —despotricaba él con un fuerte acento nóntico, gangoso y susurrante. A menos que hubiera viajado mediante calamita, debía de haber tardado casi un año en llegar a Oluwan. El reino de Nontes, frío y gris, estaba ubicado en los confines del imperito arit—. Ni siquiera he llegado a ver a su alteza. Mandaré llamar a mi padre. ¡Nací para esto! No es justo…

La niña bléssida disimuló una risita con la mano.

—Parece ser que alguien no ha pasado la primera prueba. Y eso solo era la entrevista. Lo más complicado viene después.

Me quedé mirando al muchacho nóntico mientras sus gritos se perdían en la distancia. Aferré mi banda color índigo. Absorbí de la tela la sensación de varios pares de manos infantiles: recuerdos recientes. A lo largo del último mes, decenas de niños swanos habían portado esa misma banda, se la habían colgado al hombro y retirado con dedos temblorosos. ¿Estaban emocionados o asustados? La tela no me lo dijo.

—¿Qué nos van a hacer?

—¿En las pruebas? Pues… —La niña bléssida agitó una mano desdeñosa—. Nada demasiado peligroso. Lo más difícil es caerles en gracia. Nunca volveremos a ver a nuestros padres. No hasta que seamos adultos.

—¿Qué? —aullé.

Varios niños se volvieron a mirarme y cuchichearon entre sí. La niña bléssida me hizo callar, abochornada.

—Pues claro que no volveremos a verlos. Los integrantes del consejo cortan los vínculos con su familia y juran lealtad exclusiva al príncipe. ¿Nadie te lo había dicho? —Al ver mi expresión aterrorizada, se enterneció—. ¿Cómo te llamas, niña de Swana? Yo soy Kirah. —Me tendió la mano y yo la miré boquiabierta. Esbozó una sonrisa pícara—. No seas tímida. Si superamos las pruebas, nos tocará pasar juntas el resto de la vida.

—Yo soy Tarisai —respondí tras un momento de confusión y deslicé mi mano a la suya. El contacto, cálido y calloso, se me antojó tan natural que no quería soltarla. Robé una parte de la historia de Kirah, solo un instante. Dos rostros adultos, sonrientes, asomaron a mi mente con sus velos de oración gastados y perfumados de canela. «Mama. Baba».

Kirah tenía padres que la querían. No estaban de acuerdo con que se marchara a palacio. Ella había escogido vivir en ese lugar extraño y caótico.

«¿Por qué?», tuve ganas de preguntar, pero ya habíamos llegado al rellano. Dos puertas profusamente talladas se erguían ante nosotras, custodiadas por guerreros a ambos lados. Había visto muy pocas puertas de madera en mi vida. En los cálidos reinos arits, las cortinillas de tela permitían la circulación del aire y, en consecuencia, eran más convenientes que la madera; a menos que uno fuera muy rico, reservado o ambas cosas. Uno de los guerreros le hizo una seña brusca a Kirah, que tragó saliva cuando la puerta se abrió hacia dentro. Antes de cruzarla, me estrechó la mano con cariño.

—No tengas miedo, Tarisai —murmuró. Sus ojos rutilaban—. Al principio tal vez sea duro, pero, si nos escogen…, imagina todo lo que podremos aprender. Tendremos acceso a todos los libros del mundo. Ningún portal de calamita estará cerrado para nosotras. Tú piénsalo: prácticamente gobernaremos el mundo.

Dicho eso, se marchó.

Podrían haber pasado horas antes de que oyera el crujido de la puerta al abrirse y aun así se me habría antojado demasiado pronto. El guardia me indicó que entrara. Como mis piernas no se movían, me empujaron al interior sin miramientos. La puerta se cerró con un golpe atronador.

Me quedé plantada en un distribuidor decorado con tapices morados. Vi un grupo de hombres y mujeres desparramados por canapés y poltronas que murmuraban entre sí en tono quedo. Idénticas tiaras de oro brillaban en sus frentes. Sus acentos eran tan distintos como sus tonos de piel, pero tuve la sensación de estar contemplando una familia o un grupo de personas unidas por lazos aún más estrechos que el parentesco.

Mucho más estrechos.

Cuando entré, todos se volvieron a mirarme con un gesto tan sincronizado que resultó inquietante. Yo me encogí contra las sombras de la entrada, pensando que se levantarían a una como un animal policéfalo. Pero solo uno se movió. Era un hombre de narinas anchas y profundas arrugas en torno a los labios que estaba sentado en el centro de la habitación, entronado en una butaca acolchada. La tela de batik característica de Oluwan, con motivos geométricos rojos, negros y dorados, envolvía su robusta figura. Una máscara descansaba sobre su pecho colgada de un cordel. Era demasiado pequeña para cubrirse la cara con ella y me pregunté su utilidad. Tallada en obsidiana negra, la máscara representaba una cabeza de león con una melena formada por doce franjas relucientes, cada una de un color.

El hombre se retrepó en la silla mientras me examinaba.

—¿Y bien? ¿A quién tenemos aquí?

Su voz de barítono había adoptado un tono alegre con el que pretendía tranquilizarme. Su corona, un disco vertical de oro macizo, le cercaba el rostro como un sol naciente. Sobre la cabeza del hombre, talladas en el respaldo de la silla, leí tres palabras: «Kunleo *oba* eterno».

De súbito años de lecciones inundaron mi mente. Tenía delante a Olugbade Kunleo. El Olugbade Kunleo de los tediosos meses dedicados a la genealogía. El descendiente directo de Enoba el Perfecto.

El rey de Oluwan y emperador supremo de Aritsar.

Mi lengua mudó en plomo.

—No tengas miedo, pequeña —suspiró el emperador—. Lávate las manos en el cuenco. Es la costumbre.

Había una jofaina dorada a mi lado, a la altura de mi codo, que desprendía un fuerte aroma de hierbas. Estaba decorada con un grabado de pelícanos, el avatar sagrado de Soy el Fabulador, y en lugar de ojos los pájaros exhibían zafiros. Hundí las manos en el agua. Era de color ámbar, como la balsa encantada que había en las inmediaciones de la Casa Bhekina. Noté un cosquilleo en los dedos y me los sequé en la túnica antes de hundirme de nuevo en las sombras.

—Bien —dijo Olugbade Kunleo. Sin embargo, cuando me escudriñó con atención desde el otro extremo de la sala, su semblante perdió la alegría—. Acércate a la luz, pequeña.

El timbre de su voz me resultaba familiar: un deje melodioso que me indujo a obedecer sin rechistar. Mis pies avanzaron. La luz de un ventanal sin vidriar se proyectó directamente en mi rostro… y un jadeo colectivo estalló en la sala.

—Por el relato de Soy —exclamó uno de los cortesanos—. Es su viva imagen.

Otro resopló con desdén:

—No es posible. Ni siquiera la Dama sería tan insensata como para enviarnos a su hija.

—¿Conocen a mi madre? —pregunté.

Los desconocidos dieron un respingo, como si les sorprendiese que yo fuera capaz de hablar. ¿Por qué todos me tenían tanto miedo?

—Soy Tarisai —me presenté por decir algo cuando el silencio se prolongó—. Vivo en la Casa Bhekina, que está en Swana. Les ruego me disculpen, pero… ¿qué hago aquí?

Otro silencio cargado.

—Dínoslo tú —replicó el emperador con frialdad.

—Yo no lo sé, su alteza imperial —balbuceé—. Mis tutores me han traído a Oluwan y mi madre me dijo que vendría a buscarme cuando…

El emperador Olugbade echó el cuerpo hacia delante para preguntar en un tono ominosamente quedo:

—¿Cuando… qué?

—Cuando llegue el momento —susurré—. No me dijo nada más.

Olugbade unió las manos por la yema de los dedos al tiempo que me observaba con tanta quietud que me sudaron las palmas. A continuación se rio con una especie de ladrido inesperado. Los rabillos de sus ojos se poblaron de arrugas.

—Ven aquí, Tarisai de Swana.

Yo avancé despacio hacia delante, mirando con desconfianza a los acompañantes del emperador, algunos de los cuales ya habían acercado la mano a la empuñadura de sus armas. El emperador olía a aceite de palma y naranjas. Los pliegues de su tela de batik crujieron y la máscara de obsidiana colgó en el vacío cuando se inclinó hacia mi oído.

—Te voy a decir lo que yo pienso —me dijo en un tono suave, como un padre leyendo un cuento de buenas noches—. Pienso que la Dama te ha enviado para matarme. Pero antes querrá que mates a mi hijo, el príncipe Ekundayo, heredero del trono imperial.

—¿Qué? —Lo miré horrorizada—. Su alteza imperial, yo no quiero…

—Pienso que deberías intentarlo —continuó. Extrajo una daga del interior de su túnica y me la plantó en la mano—. Venga. Intenta matarme. —Yo temblé, pero él me obligó a cerrar los dedos en torno al mango del cuchillo y se acercó la hoja al cuello—. Inténtalo —repitió con una sonrisa de las que no admiten desobediencia. Me quedé lívida. Cerrando los ojos con fuerza, apliqué presión a la hoja.

No se desplazó.

Olugbade me hizo agarrar el cuchillo con más firmeza, con todas mis fuerzas, pero este no llegó a tocar el cuello del emperador. El filo casi le rozaba la piel, pero ese minúsculo espacio formaba una barrera delgada e invisible resistente a la mayor de las fuerzas.

Olugbade rio por lo bajo y me soltó la mano. La daga repicó contra el suelo.

—¿Sabes lo que es esto, Tarisai? —me preguntó, haciendo una seña hacia el león de su pecho. Tras mi renuente ataque, una de las franjas que formaban la melena leonina había empezado a latir con luz fantasmal.

—Es una máscara —tartamudeé—. ¿A causa de ella… no he podido herirle?

—No. —Olugbade soltó una carcajada—. Esta máscara no es más que una prueba de mi derecho a gobernar Aritsar. Una muestra del poder que llevo dentro. Cada franja de la melena es una muerte que no puede acontecer. Las únicas personas de Aritsar que podrían matarme —dijo—, las únicas de todo el universo, están en esta habitación. —Hizo una seña hacia el grupo de hombres y mujeres que se apiñaba en derredor con ademán protector—. No moriré hasta que la edad arruine mi cuerpo. Ese es el poder del rayo, pequeña. Ese poder acompañó a mi padre antes que a mí y acompañará a mi hijo. Solo un miembro del consejo de los Once puede quitarle la vida a un radiante. Esa es la divina protección del cielo. Y nada lo burlará. —Forzó una sonrisa—. Ni siquiera tu inteligentísima Dama.

CAPÍTULO 4

La retahíla de las caravanas swanas resonó en mi mente:

> Once bailaban en torno al trono,
> once lunas en todo su esplendor
> brillaban gloriosas mirando al sol.

—¿Once qué? —salté—. ¿Qué son los Once? ¿Por qué todo el mundo habla de ellos?

En ese momento se habría oído la caída de una pluma. Los cortesanos de la cámara morada me miraban de hito en hito, boquiabiertos.

De repente Olugbade rompió a reír con carcajadas estridentes.

—Eres una gran comedianta, Tarisai de Swana.

—No creo que esté actuando —dijo un mewí. Llevaba una toga de tartán cruzada sobre el pálido pecho y se acariciaba una breve barba pelirroja. Me examinó con unos ojos verdes e incisivos no exentos de sorna—. Por el relato de Soy. La Dama es un genio.

Olugbade seguía riendo por lo bajo, aunque sus risitas sonaban ahora un tanto forzadas.

—No digas tonterías, Thaddace.

—No digo tonterías. Es genial. —El hombre llamado Thaddace sacudió la cabeza con un gesto de asombro—. Piénsalo.

La Dama sabía que los niños tienen que ser puros de corazón. Así que crio a una hija en completa ignorancia de los protocolos imperiales. A menos que podamos demostrar que su inocencia es fingida, la ley dicta que la dejemos conocer al príncipe Ekundayo. Un plan diabólico, no cabe duda; pero no por ello menos brillante.

—¿Conocer al príncipe? Por encima de mi cadáver —gruñó una dama que estaba sentada junto a Olugbade. Su rostro me recordó una punta de lanza: largo, de barbilla puntiaguda y dotado de unos ojillos mezquinos que revoloteaban de mi persona al emperador. Tenía acento de Nyamba, un reino vecino de Oluwan, cuyos habitantes leían el futuro en las estrellas—. Olugbade, no puedes permitir que esta niña, este engendro, se acerque a nuestro hijo.

—Es la ley —intervino Thaddace—. La ley divina, Nawusi. Se ha lavado en la jofaina. Por lo menos tenemos que comprobar si posee una Gracia. Si la rechazamos sin más, estaríamos quebrantando las reglas...

—¡A paseo las reglas! —replicó Nawusi—. Si Ekundayo bendice a esta mocosa como parte de su consejo, su rayo no podrá protegerlo. Sería igual que firmar su sentencia de muerte.

—¿Está escrito en los astros?

La mujer guardó silencio con los labios apretados.

—No lo he visto en los astros —reconoció—. Pero la niña es el peón de esa mujer.

Thaddace suspiró.

—Si nos negamos a darle una oportunidad, estaremos profanando ritos sagrados. El consejo de Dayo estará maldito por siempre. ¿Es eso lo que sugieres?

Nawusi se aferró a los brazos de su butaca y me clavó su mirada de lanza.

—Esa cría lleva el asesinato en la sangre —susurró, y yo me estremecí.

—Me parece a mí —dijo una voz aflautada— que debemos averiguar si la niña es sincera. ¿Me dejáis que la examine?

La que hablaba estaba apoltronada en un canapé delante de Thaddace. Era swana y la persona más deliciosa que yo había visto jamás. Llevaba el ensortijado cabello cortado muy cerca del cráneo y polvos de oro brillaban en sus pómulos altos y oscuros. Puntos de pintura blanca decoraban el puente de su nariz para arquearse después sobre cada párpado, y el colgante de pelícano que distinguía a los sacerdotes de Soy centelleaba en su grácil cuello.

—Soy Mbali —dijo—. Ven aquí, Tarisai.

Una línea tatuada en la barbilla señalaba a Mbali como una griot. Yo solamente los conocía de los pergaminos: los griot eran juglares que contaban relatos y hazañas, los más sagrados de todos los sacerdotes arits. Según me acercaba, las manos de Thaddace se cerraron sobre los hombros de Mbali con ademán protector.

Ella me levantó la barbilla para derramar sus ojos negros como espejos sobre los míos. Mi temperatura subió, como me pasaba siempre cuando alguien me tocaba. Al momento todo dio vueltas en derredor y mi visión se emborronó. Bregando para recuperar el control, posé la mano sobre la de Mbali e intenté robarle la historia. Pero los escudos mentales de la sacerdotisa eran inquebrantables. Su mente se resistió… y venció.

La calma invadió mis pensamientos como humo sobre un panal. Mis brazos colgaron laxos junto a mi cuerpo.

—Ahora —canturreó Mbali con voz melosa— nos dirás la verdad. Tarisai, ¿tu madre te ha enviado para matar al emperador?

No habría podido mentir ni aunque hubiera querido.

—No —dije.

Un murmullo de alivio recorrió la sala.

—Muy bien —continuó ella—. ¿Tu madre te ha enviado aquí para matar a Ekundayo, el príncipe heredero de Aritsar?

—Nunca había oído hablar de él —respondí con sinceridad—. Hasta hoy.

Mbali sonrió y me acarició la mejilla.

—Soy sea loado —suspiró—. Me rompía el corazón pensar que la Dama hubiera corrompido a una niña. Si tu alma es pura, haremos lo posible para que siga así.

Eché un vistazo en derredor. Por lo que parecía, el poder de Mbali podía convencer a una sala llena de escépticos. Los rostros antes hostiles se habían ablandado con una expresión de interés…, excepto los de Olugbade y Nawusi, que parecían tan recelosos como antes.

—Da igual lo inocente que sea —dijo Nawusi, animándose—. No puede formar parte del consejo del príncipe si carece de una Gracia.

Olugbade asintió, visiblemente aliviado.

—La Dama no podría haber engendrado a la fuerza una niña agraciada. Esa potestad solo pertenece a los dioses. —Se inclinó hacia delante con una sonrisa compasiva—. Verás, hay diferencias entre el talento y la Gracia. Las Gracias no se pueden aprender; una capacidad tan grandiosa solo puede ser innata. Pocos niños la poseen pero, por ser fieles a la ley, te pondremos a prueba. ¿La Dama te enseñó a recitar poemas épicos? Eso es típico. —Rio por lo bajo—. O déjame adivinarlo: eres malabarista o domadora de hienas.

—Madre no me enseñó nada —repliqué—. Veo vuestros recuerdos.

De nuevo se hizo un silencio. El miedo retornó al rostro de los cortesanos.

—Quieres decir —sugirió Olugbade despacio— que eres capaz de imaginar lo que crees que sucedió hace años. Los recuerdos que tu madre te ha relatado.

Negué con la cabeza.

—Ya se lo he dicho, la Dama no me dice nada. Y no me gusta retroceder muchos años. Si lo hago, me duele la cabeza.

—¿Por qué no nos lo demuestras? —propuso Mbali.

Le toqué la mejilla como ella había acariciado la mía. Tenía la piel suave y fresca, aunque el tatuaje de la barbilla latía cálido. Cerré los ojos. El primer recuerdo procedía de esa misma mañana. El rostro de Thaddace se inclinaba sobe Mbali. Él sonreía con ternura y su barba le hizo cosquillas en la mejilla; luego sus labios se posaron en los de Mbali y entonces…

Me aparté a toda prisa con los ojos abiertos como lunas.

—¿Y bien? —La sacerdotisa torció la cabeza.

—Yo… No he visto nada esta vez —balbuceé—. Volveré a intentarlo. —La toqué con tiento. Tenía la esperanza de que el siguiente recuerdo no incluyera esos juegos extraños que practicaban los adultos. Tuve suerte. —Estuvo en un banquete ayer por la noche —le dije a Mbali—. Era una fiesta restringida al consejo y al emperador. Había mucha comida. Usted contó una historia. —Volví la vista un momento hacia Olugbade—. El relato irritó a su alteza imperial.

La sacerdotisa griot se quedó petrificada y el pulso se le aceleró en la sien.

—Es posible que haya oído hablar a los criados —apuntó Nawusi sin demora—. Eso no demuestra nada.

—Pero nadie más oyó el relato —susurró Mbali—. Nadie salvo el consejo.

—Veamos si lo puede repetir —exigió Nawusi.

Volví a tocar la cara de Mbali para revivir el banquete privado. La sacerdotisa griot había acompañado su historia con un tambor parlante, sosteniendo la caja cubierta de piel de cabra en el hueco del brazo. El tono del tambor ascendía y descendía con la voz de la sacerdotisa. Mis caderas oscilaban al compás del rítmico latido mientras repetía el relato.

—Esta es la historia del hijo de un granjero que tenía un mango, *aheh.* Lo plantó en una maceta que guardaba junto a su estera. ¡Era tan frágil, su arbolito! Le susurraba día y noche. Se deleitaba en el perfume de sus ramas, *ashe, ashe.* Otros niños tenían perros, cabras, pollos. Pero no el hijo del granjero. Pues él temía a los animales que ladraban, *aroo,* o que mordían, *gnatche.*

»Su árbol no tenía boca. Su árbol no tenía garras. Su árbol dependía de él para recibir agua, *wishe,* para recibir luz, *ra.*

»"Pobre árbol —murmuraba. ¿Lo veis acariciando sus ramas?—. No sirves para dar fruto. No sirves para una granja. A nadie le sirves para nada; solo a mí".

»Pero las ramas crecieron más gruesas y más altas, ¡*aheh!* Crecieron y crecieron en el transcurso de una sola noche. "Pobre árbol —resopló el hijo del granjero. Arrancó un único mango—. Me sorprende que seas capaz de florecer siquiera".

»Al día siguiente, tres mangos le dieron la bienvenida: ¡*za, za, za!* "Nunca darás frutos suficientes para el mercado", dijo el hijo del granjero.

»Y pese a todo el arbolito creció y creció durante toda la noche. Mirad qué sombras proyectan sus ramas, largas y gruesas. El muchacho lo observaba y las rodillas le temblaban, *didun, didun.* "Solo es mi pobre arbolito —suspiraba—. Sin mí se moriría".

»Al día siguiente había veinte mangos.

»¡*Ka!* ¡*Ka!* El hijo del granjero cortó todas las ramas. "Es por el bien del árbol —razonó—. El peso estropearía los pequeños ramos". Pero el árbol siguió creciendo: *gung-gung, gung-gung.* "Lo trasplantaré a una maceta más pequeña", decidió el muchacho. Las raíces escaparon de la minúscula vasija de barro. Mirad cómo se hunden más y más profundamente en la tierra. "Dejaré de regarlo", decidió el hijo del granjero.

»Sin embargo, el árbol había aprendido a florecer por sí solo.

»El chico seguía cortando —¡*Ka!* ¡*Ka!*— mientras el árbol crecía sin cesar, *gung-gung, gung-gung.* ¡Ahora sus ramas inundan la habitación del muchacho! ¿Lo veis? ¡Mirad cómo su sombra lo acobarda!

»Los vecinos aspiraron la fragancia de los mangos, *ehmm-ehmm.* Acudieron a admirar el árbol del muchacho. "¡*Aheh!* ¡Qué maravilla! ¡Sus frutos alimentarán al todo el poblado!".

»¡*Krah!* ¡*Krah!* El joven cortó el árbol.

»¡*Rra!* Quemó sus ramas.

»"Mis vecinos estaban equivocados —se decía el hijo del granjero mientras las llamas ascendían cada vez más altas—. Sin mí ese árbol nunca habría servido para nada".

»Qué plácidamente duerme ahora el muchacho, *ashh, ashh*. Ya no hay ramas. Ya no hay sombras. Pero la fragancia…

»¿No percibís un leve aroma de mango?

»Es posible que nos lo hayamos imaginado, *¡kye, kye!*

»O tal vez una semilla sobrevivió a las llamas. *Whish…* Fijaos bien, el viento la arrastra volando adonde el muchacho no pueda encontrarla. Mirad cómo enraíza en la tierra. Ved a los niños descansando bajo su sombra.

»Hoy el nombre del muchacho se ha olvidado.

»*Aheh*; y este cuento ha terminado.

Para el final del relato mi voz se había tornado ronca. Cuando por fin despegué la mano de la mejilla de Mbali, la sacerdotisa griot estaba temblando. Aturdida, seguí la trayectoria de su mirada hasta Olugbade.

El emperador de Aritsar me observaba con un odio frío y palpitante.

El brazo de Mbali me rodeó con ademán protector. La energía reverberaba en la cámara mientras los hombres y las mujeres intercambiaban miradas que hablaban sin palabras. Sus labios estaban cerrados, pero las leves voces flotaban en el aire cual hojas que susurran en ramas altas.

—No importa si tiene intención o no de asesinar a Dayo —dijo Nawusi por fin de viva voz—. Si esta mocosa posee el poder de esa mujer, es tan peligrosa como cualquier asesina.

—La niña no tiene ningún poder —insistió Olugbade—. Ni tampoco su madre. Esa mujer es una impostora. No quiero escuchar ni una palabra sobre su legitimidad.

—Olu —suspiró Mbali—. Lo mires como lo mires, el lugar más seguro para Tarisai es el consejo de Dayo.

—¿Has perdido la cabeza? —aulló Nawusi.

—Ahora ya sabemos que posee una Gracia —insistió Mbali—. Si Tarisai tiene algún otro poder…

—No lo tiene —la cortó Olugbade.

—Si acaso lo posee —persistió Mbali—, tenerla aquí es el único modo de asegurarnos de que nunca lo use contra Dayo.

El Palacio Infantil es seguro y está aislado del mundo exterior. En el consejo de Dayo podemos protegerla de la influencia de la Dama de manera más efectiva que en cualquier otra parte.

Tras una larga deliberación, varias voces dieron su conformidad a regañadientes: «El consejo de Dayo...». «Mbali tiene razón...». «Su don del recuerdo nos podría resultar útil...». «Vigilancia estricta...». «Por probar...».

—Muy bien —asintió Nawusi finalmente, rígida en su butaca—. Que conozca al príncipe. Pero solo después de que la hayamos sometido a nuestra última prueba. —Se levantó para acercarse con la espalda recta como la aguja de un palacio. Hizo una mueca rara cuando intentó, de manera nada convincente, adoptar una expresión amistosa—. ¿Tienes hambre, pequeña?

—No sé. —Me revolví en el sitio—. Un poco.

Nawusi hundió la mano en el bolsillo de su túnica y extrajo una fruta de color rojo brillante. La tensión se apoderó de la sala al momento.

—Nawusi... —gruñó Thaddace—. No seas imprudente...

—¿Sabes lo que es esto, Tarisai? —me preguntó Nawusi con voz melosa—. No, no existen estas frutas en Swana. Pero en Ciudad de Oluwan comemos delicias de todo el imperio. Esto es una manzana. Crecen en el extremo norte. ¿Quieres darle un bocado?

—¡No! —exclamó Mbali al tiempo que se ponía en pie—. Nawusi, ¿cómo se te ocurre?

—Eres tú la que está convencida de su poder, Mbali —replicó Nawusi—. Si tienes razón, es posible que no tenga nada que temer.

—Hay que obedecer la ley, Nawusi —objetó Thaddace—. Y, por el amor de Soy, es una niña.

—¿Olugbade? —Nawusi se volvió hacia el emperador enarcando una ceja expectante.

Olugbade se retrepó en su butaca recogiendo las manos sobre la máscara de obsidiana. Por fin dijo con un hilo de voz:

—Dásela.

El semblante de Mbali decayó de puro horror.

—Olu.

Pero el emperador, haciendo caso omiso de la sacerdotisa, me dijo con una mueca compungida:

—Me temo que te estamos asustando, pequeña. En ocasiones los adultos discutimos por tonterías. Pero no tengas miedo. Toma la manzana.

Una vocecilla en mi mente me susurró que saliera corriendo.

Sin embargo, ¿adónde podía ir? Había guardias al otro lado de la puerta y esas personas eran poderosas de maneras que no me atrevía a imaginar. ¿Y si me perseguían? Además... los emperadores de Aritsar eran buenos. Eran perfectos.

Tomé la manzana. Todos los presentes contuvieron el aliento. Levanté la fruta de piel satinada, abrí la boca y...

Mbali se plantó a mi lado en dos zancadas, me arrebató la manzana de un manotazo y se arrodilló para abrazarme contra su pecho.

—Soy nos castigará por esto —susurró—. Envenenar a una niña no es juego limpio. Por muy poderosa que sea.

Reculé mirando horrorizada la manzana en el suelo. ¿Qué sitio era ese, donde los adultos intentaban asesinar a los niños? ¿Por qué la Dama me había enviado allí?

Me eché a llorar. Mbali emitió un ruidito tranquilizador y me retiró un rizo de la cara.

—Volvamos a empezar —dijo—. Soy la suma sacerdotisa de Aritsar. Todos los presentes en esta habitación somos integrantes de los Once de Olugbade. Y, de veras, es maravilloso conocerte, Tarisai.

—No entiendo nada —respondí entre hipidos.

—Doce personas gobiernan Aritsar. Cuando el emperador todavía es un niño, escoge a once pequeños, uno de cada reino, para que gobiernen a su lado hasta la muerte. Esos niños poseen dones especiales y únicamente son leales al emperador.

—Y unos a otros —murmuró Thaddace.

Mbali le lanzó lo que parecía una mirada de advertencia…, pero asintió.

—Los niños que entran a formar parte del consejo no solo adquieren poder sino también una familia.

La curiosidad se abrió paso entre el miedo. Recordé la broma de Kirah en las escaleras: «Si superamos las pruebas, nos tocará pasar juntas el resto de la vida». Durante toda mi existencia había anhelado tener amigos que no se marcharan. Que mis seres queridos no desapareciesen nunca. Eché un vistazo a los hombres y mujeres apiñados en torno a Olugbade, caras que mantenían una conversación silenciosa. Así había imaginado siempre que sería formar parte de una familia: sus miembros acomodados unos sobre otros como una manada de leones, intercambiando risitas y secretos.

—Si quisiera unirme a los Once del príncipe —dije despacio—, ¿qué tendría que hacer?

—Bueno…, ante todo tienes que amar al príncipe heredero Ekundayo y dedicar la vida a su servicio.

Enarqué una ceja.

—¿Amar al príncipe? ¿Nada más?

—A grandes rasgos. —Mbali agitó una mano con un gesto vago—. Hay otras pruebas, claro. Pero lo más importante es tu conexión con el rayo: el poder de los emperadores Kunleo. Les permite unir once mentes a la suya. Si resultas elegida, el príncipe te ofrecerá tanto el rayo como su mano en confraternidad. La elección es permanente. Nada es más importante que tu amor…, que tu lealtad. ¿Lo entiendes, Tarisai? —Se levantó para ofrecerme la mano—. Bien. Me parece que el príncipe te gustará. Es…

—Espera —dije—. ¿De qué conocéis todos a madre? ¿Estuvo aquí alguna vez?

Otro silencio por parte de Mbali.

—La Dama estuvo viviendo en el Palacio Infantil hace mucho tiempo, cuando el emperador Olugbade era un niño. Sería mejor, Tarisai, que no hablaras de tu madre mientras estés en An-Ileyoba. Pocas personas tienen edad suficiente para recordar los tiempos en los que ella vivía aquí, pero aquellos que lo hagan podrían no ver… con buenos ojos vuestro parentesco. Si alguien te pregunta, tus padres son personas de buena posición social, prósperos granjeros de la región Owatu de Swana. ¿Lo recordarás?

Asentí de mala gana. A continuación observé la cámara con renovado interés, tratando de imaginar a la Dama cuando era niña.

—¿Mi madre fue candidata? ¿Fracasó?

—Fracasó en todos los sentidos —sentenció Olugbade—. Nunca fue aspirante a formar parte del consejo.

—Ah. ¿Y entonces por qué…?

—No sirve de nada remover el pasado —me cortó Mbali en tono enérgico—. Escribe tu historia, no la de las personas que te precedieron. Ven.

Cruzamos la cámara hacia unas puertas doradas situadas tras los Once de Olugbade. Con mi mano en la suya, entramos en un espacio que me provocó mareo de tanto mirar.

—Bienvenida al Palacio Infantil —dijo Mbali—. El sitio más alegre de An-Ileyoba.

La luz entraba a raudales en una cámara de alto techo abovedado que habían decorado en tonos azules y dorados. Los rayos iluminaban una montaña de juguetes, así como un zoológico completo de animales de paseo tallados en madera con representantes de todas las especies del imperio arit. Niños montados en cebras y tigres pasaron zumbando ante mí entre gritos y burlas de persecución. Sirvientes envueltos en paños brocados pululaban de acá para allá cargados con bandejas de fruta y jarras de agua.

Mbali sujetó a una chiquilla por el brazo: era la niña con la que yo había coincidido en las escaleras. Sonreí a Kirah, aliviada de que hubiera superado la misteriosa prueba. Ella me devolvió la sonrisa y le hizo una reverencia a la sacerdotisa.

—Su sagrada eminencia… ¿Ya es hora de otra prueba?

—Todavía no, cariño —respondió Mbali—. Pero quizá me podrías ayudar a encontrar a Ekundayo. No lo distingo entre tantos niños.

La carita redonda de Kirah enrojeció.

—Nadie lo encuentra, su sagrada eminencia. Lleva escondido desde que he llegado.

Señaló a un nutrido grupo de niños que abrían alacenas y miraban por debajo de las mesas. Viendo a los buscadores poner patas arriba la habitación vociferando el nombre del príncipe…, me invadió una sensación de familiaridad.

Mis mentores a menudo me buscaban por la Casa Bhekina. Yo me escondía durante horas a la vez que me tapaba los oídos para no escuchar mi nombre, que resonaba por todas las salas. Mis mentores temían a la Dama y, en consecuencia, sus vidas giraban en torno a mí: a cada uno de mis éxitos y fracasos.

Noté una corriente de empatía hacia ese príncipe que aún no conocía.

—No está aquí —dije.

Mbali me miró sorprendida.

—¿Cómo lo sabes?

Me encogí de hombros mientras observaba la habitación.

—Hay demasiada gente. Y las alacenas son escondites demasiado evidentes.

Mbali torció los labios con aire pensativo.

—En ese caso, será mejor buscarlo en otra parte.

Dejamos atrás a Kirah y recorrimos los salones del Palacio Infantil, que estaban pintados de colores brillantes. Era una versión en miniatura de una de las secciones centrales de An-Ileyoba, me explicó Mbali, y pasamos por una habitación cuyo suelo simulaba un gigantesco tablero de ajedrez, donde niños risueños se colocaban en el lugar de las piezas. En otra había mesas para comer rebosantes de naranjas, plátano frito, pringosos pasteles de higos y montañas de golosinas cuyos nombres yo desconocía. El pequeño palacio contaba incluso con su propia sala del trono de mentirijillas: una cámara con los techos espejados y doce tronos de tamaño infantil. Me detuve por fin en un salón grande y ventilado con una tarima en el centro. Murales de consejeros fallecidos tiempo atrás relucían en lo alto, representados como niños tocados con coronas de flores que sonreían beatíficos mientras bailaban en corro.

—Esta es la sala de sueños —dijo Mbali—. Durante el día llevarás a cabo buena parte de tu entrenamiento aquí y por la noche dormirás en esta sala también.

Había esteras enrolladas y apiladas con pulcritud contra las paredes. Mosquiteras atadas pendían de festones de gasa sujetos al techo y en la tela de red refulgían constelaciones bordadas en plata y azul. Desplegadas, las mosquiteras debían de asemejar firmamentos que se derramasen sobre los cuerpos de los niños.

—Por la noche una pantalla separa a los chicos de las chicas. El príncipe duerme ahí, en el centro. —Señaló la tarima—. Algún día su consejo dormirá a su lado.

Altos ventanales sin vidriar se hundían en los arcos alineados a lo largo de una pared, protegidos por adamascadas cortinas blancas que relumbraban a la luz del sol y se estremecían con la brisa.

—Ahí —murmuré—. Está ahí.

Mbali enarcó una ceja.

—¿Cómo lo sabes?

—Es el escondite que yo escogería. Está tan a la vista que nadie se molestará en mirar con demasiada atención.

Una de las cortinas exhibía más pliegues que las demás. Me acerqué despacio, atisbando los deditos de unos pies oscuros y la punta de unas sandalias doradas bajo la orilla del cortinaje.

—No te preocupes —le dije con suavidad—. No se lo diré a los demás.

Retiré la tela y ante mí apareció un niño oluwaní. Sus labios se abrieron en una sonrisa empapada de curiosidad que me resultó familiar.

Lo vi todo rojo. Una sensación ardiente recorrió mis venas y mi pulso mudó en una sola palabra que se repetía machacona una y otra y otra vez.

«Mátalo».

CAPÍTULO 5

Quería retorcerle el pescuezo. Moría por taparle la boca y esa nariz ancha y suave. Quería que la luz se apagara en esos ojos ingenuos y curiosos.

Otra parte de mí, haciendo esfuerzos por respirar, se tambaleaba horrorizada. Yo no quería hacer nada de eso. No odiaba a ese muchacho; nunca antes lo había visto. ¿Qué me estaba pasando? Mi parte ehru, la mitad nacida de deseos y fuego, se tranquilizó cuando la voz de la Dama resonó en mi oído.

«Cuando él te unja con aceite bendito para hacerte suya».

Mis hombros se hundieron de puro alivio. Aún no había llegado el momento. Tenía que pasar algo más antes de que agrediera a ese niño. Tal vez pudiera escapar antes de que sucediera.

—Dayo —dijo Mbali—. Esta es Tarisai de Swana, tu más reciente candidata. Tarisai, este es su alteza imperial Ekundayo Kunleo de Oluwan, el príncipe heredero de Aritsar. —Añadió con suavidad, sin reproche—: Te vigilaremos.

Hizo ademán de marcharse. Yo me aferré a ella, temerosa de quedarme sola con ese extraño. Temerosa de lo que pudiera hacerle.

Mbali rio por lo bajo, malinterpretando mi miedo.

—No muerde, cariño. A veces me pregunto si nuestro Dayo tiene dientes siquiera—. Frotó el cabello ensortijado del niño, con cariño—. Que os divirtáis.

Extrajo una llave que llevaba colgada al cuello, abrió una puerta casi invisible encajada en la pared de la cámara y salió sin hacer ruido. Fue un poco raro, porque la mirada de Mbali seguía pendiente de mí incluso después de que ella desapareciera.

Ekundayo y yo nos miramos. Yo era más alta que él, por más que el príncipe nadara en vestimentas de batik azul y dorado. Desplazó el peso de un pie a otro con una expresión de incomodidad que rivalizaba con la mía.

—Bueno, ¿no vas a intentar tocarme?

Parpadeé atónita.

—¿Por qué iba a hacer eso?

—Los demás lo hacen. Todos intentan abrazarme o besarme los dedos y las sandalias. Dicen… —Se encogió de hombros—. Dicen que me aman.

—Ya, pues yo no te amo.

Ladeó la cabeza, estupefacto.

—¿Ni siquiera un poquito?

—Pues claro que no. —Se quedó tan desolado que quise consolarlo—. Es que… no te conozco de nada —balbuceé.

—Pero todo el mundo me ama. Aunque es posible que mientan, claro. Padre piensa que confío demasiado en los demás. —Ekundayo frunció el ceño y luego se animó con una celeridad cómica—. O puede que tú estés mintiendo, Tarisai de Swana. A lo mejor sí que me amas.

Las comisuras de mis labios se elevaron. No pude evitarlo; igual que me pasó en su momento con la fotografía, su sonrisa amplia, con ese hueco entre las paletas, era contagiosa.

—Yo no tengo secretos —repliqué, pero al momento un puño me retorció las entrañas. Me aparté—. Tengo que irme. Su alteza imperial…

—Mis amigos me llaman Dayo —me dijo ilusionado—. O lo harán. Cuando tenga amigos.

Tropecé con los flecos de una alfombra según reculaba. Dayo me sujetó por el brazo para que no me cayera. Di un respingo.

—¿Otra vez he metido la pata? —me preguntó.

—No. Es que la gente casi nunca me toca. Lo evitan.

—¿Por qué?

Quizá si lo asustaba se mantuviera alejado de mí.

—Porque soy medio demonio —susurré a la vez que movía las cejas arriba y abajo para remarcar mis palabras—. Una espía. Puedo ver todo, pero todo, lo que has hecho.

Dayo agrandó los ojos.

—Qué maravilla.

Esa no era la reacción que buscaba. Debería haberse asustado. A nadie le gustaba que arrojaran luz sobre las sombras de sus pensamientos. A menos que… Quizá él no tuviera sombras que ocultar.

¿Por qué, en el nombre de Soy, la Dama quería que le hiciera daño?

—Hazlo —me propuso él. Tomó mis manos y se las llevó a la cara—. Hazlo, Tarisai. Prueba tu magia de espía conmigo.

Me quedé quieta, presa de la timidez. Era la primera vez que alguien expresaba emoción ante mi Gracia. Le deslicé el pulgar por la mejilla y al momento recordé lo que mis manos estaban deseando hacer un momento antes.

Se me secó la boca.

No, protesté en silencio. Esa no era yo. Yo no tenía que lastimar a nadie. No estaba obligada. No lo haría.

Mi cuerpo se relajó y dejé que los recuerdos de Dayo inundaran mi imaginación. Cientos de pequeños rostros se precipitaron hacia mí para inundarme de regalos y besos, acompañados de empalagosas voces empapadas de deseo: «Te quiero, Ekundayo. Moriría por ti, Ekundayo. Elígeme, Ekundayo. Elígeme… elígeme… elígeme…».

La mayoría de los niños lo habían asustado. De vez en cuando alguno le inspiraba confianza, pero casi siempre suspendían una extraña prueba que yo no entendía. Entonces Mbali se llevaba al pequeño y Dayo regresaba a su escondrijo detrás de la cortina, donde lloraba con sollozos callados que nadie oía.

Mis sentimientos empezaron a mezclarse con los de Dayo y me mareé tanto que retiré mi mente. Igual que Dayo, había presenciado la marcha de las personas que me gustaban. Me había preguntado por qué nadie se quedaba; por qué estaba rodeada de gente, pero siempre sola. Intenté despegar las manos de su cara, pero el príncipe las sostuvo ahí mientras sus ojos se aferraban anhelantes a los míos.

—Tú vas a ser otra más, ¿verdad? —murmuró—. Una de las personas que me gustan. Una persona de la que me tendré que separar.

—A lo mejor no —le dije. Aunque nuestras mentes se habían despegado, una extraña energía vibraba todavía entre los dos—. A lo mejor no voy a ninguna parte.

Me soltó.

—Solo hay un modo de saberlo con seguridad. Hay muchas pruebas, pero solo una es importante. —Esbozó una sonrisa traviesa—. Si la superas, tienes que quedarte conmigo.

Fruncí el ceño.

—No quiero.

—Sí quieres.

—No quiero…

—Muy bien —se rindió—. No quieres. Pero querrás; lo sé. Y, cuando seamos doce, nos llevarán a la fortaleza Yorua, un castillo que está muy lejos, junto al océano. Viviremos solos, nos prepararemos para gobernar Aritsar y saldremos a vivir aventuras. Te veré a diario. Por siempre, hasta que muramos.

—¿Y nuestros padres no nos echarán de menos? —Miré la alfombra enfurruñada—. ¿Por qué siempre nos envían lejos?

—No lo hacen —se rio Dayo—. Los padres normales, no. Pero mi padre es el emperador. Me está preparando para gobernar a mi pueblo.

¿Para qué futuro, me pregunté, me estaba preparando a mí la Dama?

—¿Y tu madre no te extrañará? —le pregunté.

—Ah... —Parecía incómodo—. No tengo. O sea... Sé quién es. —Advertí en ese momento que su barbilla se parecía mucho a la de Nawusi—. Pero en teoría no debo mostrar favoritismo por ninguno de los integrantes del consejo de padre. Los llamo a todos «tío» y «tía», incluso a mi madre. Es mejor para la diplomacia. Hay muchas reglas aquí —reconoció—, pero no te preocupes. Si pasas la prueba, estableceremos nuestras propias reglas. Muy lejos, en Yorua.

Noté mariposas en la barriga, aunque todavía tenía los brazos cruzados. ¿Un castillo repleto de amigos que nunca me abandonarían? ¿La oportunidad de ver mundo? ¿De ver el mar?

—Bueno —dije—. ¿Y cuál es la prueba?

La respuesta fue un rayo a través de mi cuerpo tan estremecedor que me derribó al suelo. Dolorosos puntos de luz bailaban en mi campo visual mientras oía a duras penas la voz inquieta de Dayo, que se arrodillaba a mi lado y me sacudía los hombros.

—¿Tarisai? Cuánto lo siento; no debería haberlo intentado. No debería...

—¿Qué ha pasado? —gemí al mismo tiempo que lo apartaba de un empujón.

—He intentado unir tu mente con la mía —me explicó—. Es lo que hacen los emperadores con los miembros del consejo. Pero solo funciona si me quieres.

—Pues ahora no te quiero nada —repliqué a la vez que me frotaba las sienes palpitantes.

La puerta oculta se abrió de golpe y Mbali entró a toda prisa haciendo ruiditos de desaprobación. Dayo corrió hacia ella gimoteando:

—No ha sido culpa suya, tía Mbali, te juro que no; no te la lleves.

—Dayo —dijo Mbali. Se lo quitó de encima y me ayudó a levantarme—. La has sometido a la prueba. Y ha fracasado. Te advertí que no probaras el rayo demasiado pronto.

El niño sollozó e hipó.

—Yo solo quería que se quedara.

—Ya conoces las reglas. Los candidatos solamente tienen una oportunidad de pasar la prueba.

—Pero…

—Despedíos, niños.

Tomó mi mano con firmeza para arrastrarme hacia la puerta.

Hasta ese momento, quería apartarme de Dayo. Para que ninguno de los dos corriera peligro. Pero de repente tenía el corazón dividido. Jamás en toda mi vida había tenido un amigo y él… me gustaba. ¿Cómo iba a dejar que desapareciera igual que la Dama, Melu, Woo In y Kathleen?

¿Por qué todo el mundo me abandonaba siempre?

El recuerdo del niño nóntico que gritaba cuando los guardias se lo llevaban a rastras permanecía fresco en mi mente. Sabía que luchar con Mbali no me serviría de nada. Con el corazón desbocado, mi mente sopesaba posibles soluciones como piezas de rompecabezas. Mentores invisibles respiraban en mi nuca y las palabras de Woo In resonaron en mi mente.

«Te han preparado para esto».

Me crucé de brazos y le dije a Mbali:

—Acepto órdenes del príncipe, no suyas.

Ella clavó sus grandes ojos oscuros en los míos.

—Repite eso, niña.

Tragué saliva con dificultad.

—No acepto órdenes suyas. «Nada es más importante que la lealtad». Usted lo ha dicho hace un rato. Así que no iré a ninguna parte… —señalé a Dayo con un dedo— a menos que él me lo pida.

Una sonrisa lenta, astuta, se extendió por el rostro de Mbali.

—Felicidades, Dayo. Tu amiga ha pasado una prueba que ningún candidato había superado hasta ahora.

Dayo la miró boquiabierto.

—¿Eso era una prueba? —Mbali asintió y al semblante de Dayo afloró una expresión perpleja—. Entonces ¿todos los candidatos que os habéis ido llevando…? ¿Ninguno de ellos debía marcharse en realidad?

—Ninguno de ellos ha comprendido las directrices tan bien como Tarisai.

Directrices. Me estremecí al preguntarme cuántas órdenes y pruebas ocultas habría pasado por alto hasta ese momento. Tragué saliva con dificultad.

—¿Qué dices? —le pregunté a Dayo—. ¿Quieres que me marche?

Negó con una sacudida de la cabeza.

—¡No! ¿De verdad puede quedarse, tía Mbali? —Cuando la sacerdotisa asintió, Dayo se abalanzó sobre mí para abrazarme entre gritos de alegría—. ¿Me quieres ahora, Tarisai de Swana?

—Pues claro que no. Para —resoplé al tiempo que lo empujaba. Pero los dos estallamos en risitas, emocionados con ese poder recién descubierto. Si un integrante del consejo del emperador no podía darnos órdenes, ¿quién podía?

—Su mente debe conectar con tu rayo —le recordó Mbali a Dayo—. No puedes ofrecerle la mano a Tarisai en confraternidad hasta que suceda. Pero dale tiempo. Si supera esta y otras pruebas, podrás ungirla.

«Ungirla»: la palabra disparó campanas de alarma en mi mente. Mi felicidad se enfrió.

Dayo saltó arriba y abajo emocionado tan pronto como Mbali nos dejó solos.

—Será fácil, Tarisai. Lo único que tienes que hacer es resolver acertijos, aprender el manejo de las armas, ciencias y estudios divinos, y el arte de gobernar, y cuando por fin me ames… —De debajo de la túnica extrajo un frasquito con incrustaciones de oro que le colgaba de una cadena al cuello—. Aceite de ala de pelícano —dijo en tono reverencial—. Si aceptas mi mano, te ungiré con él. Entonces serás una de los Once. Para siempre.

Me ardió la sangre en las venas. La cabeza me daba vueltas mientras la voz de la Dama se colaba dentro de mí como aceite hirviendo.

«Cuando él te unja con aceite bendito para hacerte suya».

—¡No! —exclamé con la voz rota—. ¡No!

Dayo arrugó la cara con desconcierto.

—¿Tarisai? ¿Qué pasa? Yo no pretendía...

Sus palabras se perdieron en las sombras que se cernían en derredor, en las voces que invadían mis pensamientos por más que me tapara los oídos. «Cuando conozcas al muchacho del retrato... y él te unja con el aceite bendito para hacerte suya... Te ordeno que lo asesines... asesines... asesines...».

—No lo haré —jadeé al tiempo que ahuyentaba seres fantasmales que solo yo podía ver—. No lo haré. No me puedes obligar.

—Si no quieres... —me tranquilizó Dayo, alicaído—. Yo no te puedo obligar a que te unas al consejo.

—No te hablaba a ti —le aclaré—. Quiero decir que...

Mi cuerpo estalló en sudor frío cuando el aroma del jazmín flotó en el aire y me inundó las fosas nasales hasta que me entraron arcadas. Con una súplica final, estrangulada, de «No puedes obligarme, madre», mi visión mudó en un arcoíris y la sala desapareció.

En un ensueño del color de las praderas swanas, Melu planeó sobre mí. Su espíritu podía desplazarse adonde su cuerpo prisionero no podía hacerlo, seguir las riberas de los ríos, filtrarse por los cimientos del Palacio de An-Ileyoba. Su voz suplicante reverberó a través de las paredes: «No es justo que debas agredir al niño. Pero un ehru no puede desobedecer los deseos de su amo. Cede. Cede, hija, y los dos seremos libres.

—Yo no tengo amo —gruñí.

La aparición lanzó un suspiro fantasmagórico, largo y funesto. «Sí que lo tienes».

CAPÍTULO 6

Desperté dando un respingo, convencida de que las alas azul cobalto de Melu me cegarían. Pero el ehru no estaba allí.

En lugar de eso, unos ojos castaños, brillantes como fanales, parpadearon delante de mí. El velo rojo de Kirah le envolvía el cabello y el cuello recogiendo su rostro moreno en forma de luna. Su canto aplacador me había arrancado de mi pesadilla.

—Uf, qué bien. —Se rio—. Estás despierta. Por tu manera de retorcerte y forcejear, parecía que tuvieras un demonio dentro, como dice mama. Por poco pruebo una canción amarraespíritus y no se me dan nada bien.

Al oír la palabra «demonio» me estremecí y me abracé las rodillas contra el pecho. Todavía estaba en el enorme salón. Nosotras dos éramos las únicas personas presentes y ya había anochecido. Los apliques dibujaban sombras parpadeantes en los murales de la pared. Yo estaba tendida en la tarima de Dayo entre pieles de pantera. Kirah estaba sentada en el borde, con los pies colgando.

—Llevas horas inconsciente. El príncipe se ha empeñado en cederte su lecho. Te has hecho famosa entre los otros niños, ¿sabes? «La favorita del príncipe», te llaman. —Se interrumpió un instante—. No es muy seguro que te conozcan por ese nombre en estos lares.

—Tengo sed.

Notaba la garganta seca. Ella me tendió un cáliz que había en el suelo. Olisqueé el contenido; era zumo de mango, pulposo y fresco. Probé un sorbo, vagamente contenta al comprobar que no era de manzana. Al momento unas piedras blancas y resbaladizas me golpearon la cara.

—Es hielo —me informó Kirah—. Qué raro, ¿verdad? Dicen que evita que la carne se estropee. Oluwan importa bloques de lugares como Nontes y Biraslov…, los fríos reinos del norte.

Me tragué el líquido deleitándome en el curioso frescor que notaba en la garganta.

—¿Dónde están los demás?

—Fuera, resolviendo un acertijo. ¡En mitad de la noche! Así funcionan las cosas por aquí, parece ser. Estábamos durmiendo cuando han empezado a sonar tambores y los examinadores han anunciado una prueba. Han simulado el secuestro del príncipe Ekundayo. Quien lo encuentre tendrá una oportunidad con el rayo. Pero tú no te despertabas y me he quedado contigo para asegurarme de que estuvieras bien.

—Gracias —le dije—, pero te has perdido la prueba.

Se encogió de hombros.

—Ya habrá otras. Y no es generoso dejar a los enfermos desatendidos. Mama siempre dice: «Una caravana debe viajar tan deprisa como su camello más lento». Además —añadió con una sonrisa azorada—, me pone nerviosa hacer la prueba con el rayo.

—No me extraña —resoplé—. No quiero volver a experimentarlo nunca.

Su mirada se afiló.

—Entonces ¿los rumores son ciertos? ¿De verdad el príncipe te sometió a la prueba del rayo al instante de conocerte?

Arrugué la nariz.

—Me dejó la cabeza como un tambor.

—Cuando lo ames, no te pasará nada —afirmó Kirah con fervor—. Una vez que te unja con el aceite sagrado, no podrás vivir sin el rayo. Ni siquiera mi canto puede curar el mal del consejo. —Se fijó en mi expresión de perplejidad y su sonrisa traviesa asomó de nuevo—. Olvidaba que te criaste en una madriguera. Una vez que te han ungido, el rayo une tu cuerpo al consejo. Y si alguna vez te separas de ellos (o abandonas el consejo) enfermas. Tienes sudores, fiebre… Al final acabas enloqueciendo. —Bajó la voz a un murmullo—. Por eso ningún miembro del consejo ha cometido nunca traición. Y por eso los Once del emperador están siempre juntos, tocándose y besándose como lo hacen. Si pasan mucho rato separados, contraen la enfermedad.

Me estremecí al recordar el sonambulismo febril que yo sufría en la Casa Bhekina. ¿Añoraba a la Dama por ser su hija o por ser su ehru?

Puede que todo amor se pareciese un poco al mal del consejo.

—Es un gran honor someterse a la prueba del rayo —dijo Kirah—. Si consigues unir tu mente a la del príncipe, ya sabes que vas a ser uno de los Once. Bueno. Todo el mundo menos él.

Señaló una sombra agazapada en el otro extremo de la sala.

Comprendí, sobresaltada, que no estábamos solas, como yo pensaba.

Había una figura alta, de hombros anchos, recostada contra una columna, tan quieta que la había tomado por una pieza del mobiliario. Nos daba la espalda y estaba encorvado como si hiciera vanos esfuerzos por parecer más menudo.

—¿Qué hace un hombre aquí? —susurré.

—No es un hombre. —Kirah se rio resoplando por la nariz—. Solo es un niño grande. Dicen que tiene trece años, uno más que yo. Algunos chicos dan el estirón muy pronto. A mis hermanos les pasó; sus voces se volvieron raras y empezaron a hablar con gallos. —Miró de reojo al muchacho encorvado y se estremeció—. Me daría pena si no le tuviera tanto miedo.

—¿Por qué? ¿Es malo?

—Mama dice que cotillear es impío —respondió Kirah con aire mojigato—. Pero… se rumorea que ha matado personas.

Era luchador de la arena. Los demás lo llaman el Oso del príncipe, porque defiende a Ekundayo con uñas y dientes. Lleva aquí más tiempo que ninguno de nosotros. Cuando Ekundayo lo sometió a la prueba del rayo, conectaron de inmediato.

Descubrí, sorprendida, que estaba un poquitín celosa.

—¿Entonces ya ha ungido al Oso? ¿Es el primero de los Once de Dayo?

—No. Rechazó la oferta del príncipe. No quiso que lo bendijera con el aceite sagrado, ¿te lo puedes creer? Pero el consejo del emperador no lo deja marcharse. Piensan que cambiará de idea.

Fruncí el ceño. ¿Qué niño en su sano juicio rechazaría tener una familia permanente? Yo no podía imaginar una vida más maravillosa.

—Me pregunto por qué diría que no.

Kirah echó la cabeza hacia atrás.

—Se cree superior a nosotros, seguramente. Los niños nacidos en reinos ricos son así, ¿sabes? Bueno… No todos —añadió, apurada—. Tú eres distinta, ¿no?

—Yo no soy rica.

Soltó un bufido.

—Tú eres de Swana. Mama dice que en Swana hay más maíz que hojas de hierba. O, al menos, había. Un poderoso alagbato protegía vuestras sabanas, de modo que la cosecha siempre era buena. Pero desapareció hace diez u once años. Nadie sabe por qué. —Se me heló la sangre en las venas; Melu estaba atrapado en su pradera, incapaz de seguir ejerciendo como guardián de Swana hasta que hiciera realidad el deseo de la Dama. Me mordí el labio cuando me asaltó un fuerte sentimiento de culpa, pero no me pareció que Kirah se diera cuenta—. Tienes suerte de proceder de tierras fértiles y no del desierto. Seguro que no has pasado hambre ni un solo día en toda tu vida.

—No, es verdad —reconocí—. ¿De dónde procede el Oso del príncipe?

—De Dhyrma —susurró Kirah—. Allí la gente se desplaza montada en elefante y las carreteras están pavimentadas con monedas. —Se levantó de la cama y toqueteó la ropa de mi cama con aire maternal—. Supongo que ya es hora de que me reúna con los demás, si te encuentras mejor.

—Quizá debería acompañarte.

—No. El curandero ha dicho que descanses. Además, ya eres la favorita del príncipe. Danos una oportunidad a los demás, ¿eh? —Me hizo un guiño y señaló con la cabeza al chico dhyrmano—. Y no te preocupes por el Oso. Lo hemos encadenado al poste de la cama.

Asustada, forcé la vista hacia el sombrío rincón en el que se agazapaba el chico. Algo plateado destelló a la luz de los apliques. Era una cadena de eslabones metálicos. Habían rodeado el pilar con ella y prendido el grillete al grueso brazo del chico—. Ha sido una broma —explicó Kirah con expresión compungida—. Los otros han empezado. Como lo llaman el Oso del príncipe y los osos tienen que estar atados…

Un ceño afloró a mi entrecejo.

—No parece que a él le divierta mucho.

—Podría habérnoslo impedido de haber querido. Además, mama dice que los dhyrmanos son como perros rabiosos. Yo no pienso acercarme a él.

Usó una jarra para rellenar mi copa («Mama dice que los niños enfermos tienen que beber mucho»), me dio unas palmaditas en el brazo y se marchó corriendo.

Observé la figura del otro extremo de la sala, inquieta por su inmovilidad. Ni siquiera el portazo de Kirah le había arrancado un respingo. Me quedé callada en la cama, por miedo a ponerlo nervioso.

Entonces empecé a notar presión en la vejiga. Hice una mueca; hacía horas que no me aliviaba. Bien pensado, también tenía hambre. Salí retorciéndome de entre las pieles de pantera y me levanté. La presión se intensificó. Tras echar un vistazo en derredor sin encontrar lo que buscaba, carraspeé para aclararme la garganta.

—Pe-perdón —dije—. ¿Por casualidad sabes...? Esto...
¿Sabes dónde están los orinales? —Me ardía la cara de la vergüenza. La figura se irguió tensa, como si le sorprendiera que
le hubiera dirigido la palabra—. Da igual —murmuré—. Ya...

—Dejan los orinales en el rincón.

Me quedé petrificada por la sorpresa. El chico no se había
movido, pero su voz se proyectó por toda la sala, suave y mucho
más profunda de lo que esperaba.

—Déjalo en el mismo sitio cuando termines. Los sirvientes
los retiran por la mañana.

—Ah. Gracias. —Avancé sigilosamente hasta el rincón y
eché mano de un orinal de arcilla pintado con alegres colores.
Volví a quedarme parada—. ¿Las pantallas de los retretes están fuera?

El muchacho lanzó una especie de gruñido, casi una carcajada.

—La intimidad es ilegal aquí, chica nueva. A los integrantes del consejo no se les permite tener secretos. Los candidatos suelen aliviarse por la mañana o a última hora de la noche, cuando las pantallas que separan a los chicos de las chicas
todavía están instaladas. —Su acento dhyrmano poseía una
cadencia musical. Las consonantes oclusivas se le deslizaban
por la lengua como piedras en un estanque. Añadió—: No te
preocupes. No miraré.

Hice mis necesidades a toda prisa y dejé el orinal en uno de
los nichos de las ventanas. El estómago me gruñía de hambre.
Recordé el festín que había visto un rato atrás en el refectorio y
pregunté:

—¿Dónde puedo encontrar algo para comer?

—No lo sé —respondió el chico—. Los demás han cenado
hace horas.

—Mis sirvientes me ataron como a ti una vez —le espeté,
apurada—. Tenían miedo de que les robara los recuerdos mientras dormían. Aunque siempre los devuelvo después de mirarlos. Pero no se fiaban de mí.

El chico dhyrmano se volvió a mirarme por primera vez.

A causa de su tamaño esperaba que pareciera mayor, pero la luz parpadeante de las velas iluminó un rostro sorprendentemente joven con la mandíbula marcada, la piel de un tono castaño rojizo y unas cejas muy rasgadas. Tenía orejas de soplillo, como si hubieran crecido más rápido que el resto de su cuerpo, aunque era difícil imaginar que pudiera crecer más.

—Robar recuerdos —dijo—. ¿Esa es tu Gracia?

Asentí.

—Lo hago así.

Sintiendo una extraña necesidad de despertar su admiración, posé una mano sobre la tarima de Dayo. El mármol gimió cuando mi mente penetró en sus poros. La piedra recordaba a un chico que había dormido allí décadas atrás. En el interior de las mantas gemía una y otra vez con voz ronca: «La Dama… La Dama… La Dama».

Retiré la mano de la tarima como si me hubiera quemado.

El muchacho dhyrmano enarcó una ceja.

—¿Has notado algo raro?

—El emperador Olugbade dormía aquí antes que Dayo —le expliqué—. Cuando era joven, tenía pesadillas. Me parece que Dayo sufre pesadillas también.

—¿Ves todas esas cosas? —me preguntó él—. ¿Solo con tocar un objeto?

—Las personas dejan historias en todas partes. Es más fácil extraerlas de la materia viva. De los árboles, de la tierra. Los recuerdos no son muy claros en los objetos y en las cosas muertas.

El chico se peinó con los dedos los rizos largos y suaves.

—¿Podrías sustraer un recuerdo para siempre? —La cadena que le ataba el brazo tintineó—. ¿Sería posible que lo hicieras desaparecer del todo?

—No —respondí—. Bueno, no lo sé. Nunca lo he intentado. —Descubrí sorprendida que el muchacho parecía decepcionado—. Me llamo Tarisai de Swana —me presenté—. ¿Cómo te llamas tú?

—Sanjeet de Dhyrma. —Entró en tensión cuando me acerqué y se apresuró a esconder el brazo engrilletado—. ¿No me tienes miedo?

—¿Debería?

—Ya has oído a la chica bléssida —respondió en tono de mofa—. Soy el Oso del príncipe.

Agaché la vista, avergonzada de que nos hubiera escuchado.

—Kirah me ha dicho que conectaste con el rayo del príncipe. Eso significa que lo amas. Así que no puedes ser tan malo.

—Los osos son peligrosos aunque no quieran. —Se miró con atención las manos sembradas de callos—. Lo llevan en la sangre.

Recordé lo que Nawusi había dicho de mí: «Esa niña lleva el asesinato en la sangre».

—Nadie está obligado a hacer daño a otra persona si no quiere —repliqué—. Nadie. No nos pueden obligar.

—Pues claro que pueden —dijo Sanjeet en tono apagado—. Si nos ungen, estamos obligados a cumplir los deseos del príncipe Ekundayo. Así lo expresa el juramento del consejo: «Brillamos como la luna; reflejamos el lucero del alba».

Fruncí el ceño.

—¿Y por qué iba a querer nadie ser la luna? Es blanca y fría. Yo prefiero mil veces ser el sol.

Por primera vez bailó una sonrisa en los labios de Sanjeet. Sus ojos, advertí, eran del color de un té de almendras muy cargado. La curiosidad se abrió paso a su mirada y yo me sentí más cómoda.

—Kirah dice que llevas siglos viviendo aquí. ¿No podrías buscarnos algo para comer? ¿No puedes romper esa cadena que llevas en el brazo?

—Si pudiera —respondió con amargura— no seguiría aquí encadenado, niña sol. No soy tan fuerte. —Hizo una seña en dirección al suelo poblado de sombras—. Los candidatos han tirado la llave ahí debajo.

Pensando a toda prisa, me puse de rodillas y pegué el oído al suelo. Los recuerdos proyectaron su eco a través de la piedra. Pies infantiles. El tintineo de una llave resbalando por la superficie antes de detenerse bajo una estera. Palpé a tientas hasta que mis dedos se cerraron sobre algo metálico.

—La tengo.

Me incorporé y sujeté el brazo de Sanjeet. Sus músculos se crisparon al notar mi contacto y luego se relajaron. Me observó con atención mientras yo le retiraba el grillete de hierro.

—Vamos —le dije. De repente me invadió la timidez. Di media vuelta y me encaminé a la puerta—. Antes he visto una sala con mesas listas para comer. Algo quedará.

Me siguió encorvando sus inmensos hombros. Parecía incómodo con el hecho de ocupar tanto espacio, como si su mera presencia fuera un abuso.

—Si no eres tan fuerte —le pregunté—, ¿cuál es tu Gracia?

Sanjeet me observó a través de unas pestañas largas y espesas.

—Ahora debería mentirte.

—¿Por qué?

—Porque para ser amigo de alguien, no puedes tenerle miedo —me soltó a bocajarro—. Y yo quiero ser tu amigo.

Escudriñé su rostro.

—A mí no me parece que tengas facilidad para mentir.

—No la tengo. —Sonrió—. Y tú vas a averiguar mi Gracia de todos modos; no hay secretos en el Palacio Infantil. —Suspiró, estudió mi cuerpo y recitó en tono monocorde—. Te torciste el tobillo hace unos meses. No se curó bien, así que tropiezas con facilidad. Tienes una contractura entre el cuello y el hombro izquierdo. Tus reflejos serán más lentos por ese lado. Cuando parpadeas, tu ojo derecho se cierra antes. Eso te provoca un punto ciego… —Su voz se fue apagando y cambió de postura con aire incómodo—. Veo los puntos débiles de los demás. Huesos, músculos, roturas. Cantan para mí, me cuentan todos sus secretos. Por eso padre me apuntó a las luchas en la arena.

Con mi Gracia, nunca pierdo una pelea. —Sus facciones se endurecieron antes de suavizarse de nuevo—. Amah..., mi madre, me obligó a venir a palacio. Pensó que si me unía al consejo podría ayudar a curar a las personas. Ser médico o sacerdote. Eso me gustaría.

—¿Y por qué no aceptaste cuando Dayo se ofreció a ungirte?

Tragó saliva.

—Porque, si me uno a ellos, nunca volveré a ver a amah. —Su rostro adoptó una expresión atormentada—. Tendría que quedarse con padre para siempre.

Antes de abandonar el salón, me volví a mirar las apacibles filas de esteras, moteadas por la luz de los candelabros. ¿Mbali había dormido aquí en sus tiempos, igual que Olugbade? ¿Y Thaddace y Nawusi? ¿Cuántos futuros gobernantes habían dejado sus sueños de infancia en esta sala?

—Amigos de por vida —murmuré al recordar la promesa de Dayo. Volví la vista hacia Sanjeet—. ¿Crees que sucederá de verdad? Si nos ungen, ¿piensas que... nos amaremos?

—Pues claro, niña sol. —Sanjeet contempló la ventana meditabundo. La luna se filtraba entre las ondulantes cortinas—. No tendremos más remedio.

CAPÍTULO 7

En la Casa Bhekina, la espera carecía de ritmo.

Ningún latido aceleraba las horas como el golpeteo de la lluvia contra una techumbre de barro y paja. Las preguntas se estrellaban en el suelo: «¿Me acariciarán hoy? ¿Me amarán? ¿Vendrá mi madre? ¿Por qué… Por qué no viene?».

En el Palacio Infantil, en cambio, no había tiempo para preguntas. La rutina engrasaba las ruedas de cada hora y, en un abrir y cerrar de ojos, habían pasado varios años. Mi cuerpo había cambiado. Los músculos se marcaban en mis extremidades antaño tímidas, y mis ojos enormes, sedientos de amor, se entrecerraron para ocultar su ansia. Aprendí a hablar con acento oluwaní, ensayaba mis sonrisas y mis ceños en los techos espejados de palacio. Me enfundaba máscaras que al final se me antojaban mi propio rostro. La voz de la Dama se tornó lejana en mi mente. Me refugiaba en el amor de mis amigos —el amor de Dayo, Kirah y Sanjeet— y casi olvidé que estaba destinada a convertirme en una asesina.

El día que cumplí quince años me despertó el retumbar del tambor, que resonaba por la inmensa sala de sueños: *pa-pa-gun-gao, gun-gao*. Como todos los candidatos de Dayo, había aprendido a interpretar sus infinitos tonos. Para el quinto *gun-gao* —«levantaos para las oraciones»— me había librado de la mosquitera, arrancado el velo nocturno de mi cabello primorosamente trenzado y estaba plantada sobre la estera. Esperé con las manos unidas sobre mi túnica negra y la banda de candidata swana cruzada sobre el pecho, rodeada de decenas de candidatas en la zona de las chicas.

Sirvientes pertrechados con libros encuadernados en piel retiraron la pantalla divisoria y, ocupando sus puestos, hicieron recuento de los niños en sus esteras para asegurarse de que no faltara ninguno. El tamborileo cesó y Mbali cruzó las dobles puertas talladas y se plantó junto a Dayo, que bostezaba en su tarima.

—Buenos días, candidatos —exclamó de viva voz, y nosotros respondimos con una reverencia, tocándonos la frente y el corazón.

—Buenos días, sagrada eminencia —respondimos.

—¿Por qué te levantas por la mañana? ¿Por qué no has dejado este mundo mientras dormías?

—Porque el Fabulador me ha concedido otro día de vida.

—¿Por qué el Fabulador te ha permitido vivir?

—Para que pueda servir al príncipe, el escogido radiante de Aritsar, y aspirar a ser uno de sus ungidos.

—¿Por qué debes servir al príncipe?

—Porque lo amo más que a mi propia vida.

Mbali nos sonrió, como hacía siempre, con una misteriosa mezcla de serenidad y honda tristeza.

—Muy bien, niños.

En ese momento los tambores repicaron de nuevo y nos dejaron acudir al desayuno. Dayo salió en primer lugar, por descontado, seguido de sus ungidos. Era la parte del día que menos me gustaba.

El dolor que me provocaba el creciente consejo de Dayo me reconcomía como una úlcera. De uno en uno me gustaban, pero envidiaba la intimidad que compartían. Después de Sanjeet, Kirah fue la primera en conectar con el rayo del príncipe. Ella aceptó su mano en confraternidad con alegría y, cuando lo hizo, el resto de los candidatos del Valle Blessid fueron expulsados del Palacio Infantil. Yo bailé con Kirah en su fiesta de celebración, sonriendo para reprimir las lágrimas. Sabía que a mí no podían ungirme y a partir de ese momento, si alguna vez abandonaba el palacio, no podría llevar a Kirah conmigo.

Otros se unieron al consejo poco después: una chica de gesto adusto oriunda de Biraslov, un muchacho ciego de Nyamba, una chica de Quetzala con un ácido sentido del humor; hasta que hubo candidatos ungidos de todos los reinos menos de Djbanti, Swana y Dhyrma.

Sanjeet, después de cuatro años más siendo la sombra protectora de Dayo, todavía se negaba a ser ungido. Los candidatos dhyrmanos restantes se disputaban su puesto, aunque temían a Sanjeet casi tanto como los candidatos de Swana me guardaban a mí rencor.

No podía reprocharles que me odiaran. Yo me negaba a unirme al consejo y, sin embargo, Dayo apenas se separaba de mi lado. Aun en ese momento sonrió desde las puertas del salón al tiempo que nos llamaba por señas a Sanjeet y a mí para que nos uniéramos a los ungidos en el desayuno.

Con el rostro ardiendo, me abrí paso entre el resto de los candidatos, taladrada por decenas de ojos celosos. Saldrían a desayunar en el orden marcado por la ubicación de sus esteras. El último en llegar a la cámara de banquetes se quedaría con la ración más escasa de comida y el menor lapso de tiempo para dar cuenta de ella antes de que empezaran las pruebas del día.

Según me acercaba a la puerta erguí los hombros y me preparé para la pregunta que Dayo me formulaba sin falta cada amanecer.

—¿Ya me amas, Tarisai de Swana?

Yo, como siempre, cerraba mi corazón a la ternura de su sonrisa.

—Pues claro que no —resoplé, señalando el salón—. ¿Cómo te voy a amar si, por tu causa, todos los niños prodigio de Swana conspiran para asesinarme?

Enarcó una ceja, medio en broma y medio en serio.

—Podría enviarlos a casa mañana mismo, ¿sabes? No tienes más que decir «sí».

Antes yo era mucho más alta que Dayo, pero ahora me sobrepasaba de largo. Su talla habría resultado imponente de no ser por la complexión desgarbada y esos ojos inocentes sin tregua. El sueño le había aplastado un lado de la cabellera, tan densa y ensortijada. Dudaba que reparase en ello siquiera hasta que estuviéramos en pleno desayuno.

—Todavía no me siento preparada para volver a someterme al rayo —musité—. Ya lo sabes.

—Lo único que sé —dijo— es que tu sitio está aquí.

Las palabras se me clavaron como dardos cuando me dispuse a desayunar rodeada de su consejo y siguieron quemándome más tarde, cuando nos trasladamos al patio norte de palacio para practicar manejo de armas y lucha. Yo desahogaba mi rabia con varas y lanzas de entrenamiento.

Había buscado a diario un motivo para cumplir la orden de la Dama. Había intentado creer que Dayo era un monstruo disfrazado, igual que yo. Un demonio destinado a sembrar el dolor en Aritsar, a ser un emperador de pesadilla. ¿Por qué si no, argüía yo, querría la Dama que acabara con su vida?

Sin embargo, en los cuatro años que llevaba junto a Dayo, el monstruo no había asomado la cabeza por ninguna parte. Yo solo veía a un chico con un corazón tan enorme como frágil, dotado de una esperanza capaz de llenar un océano.

Me había negado a someterme a la prueba del rayo dando por supuesto que la Dama vendría a buscarme, impaciente ante mi inacción. Pero, según los meses mudaban en años, acabé llegando a una sola conclusión: la Dama se había olvidado de mí por completo.

Años atrás esa realidad me habría causado dolor. Pero a la sazón tenía otras ambiciones, sueños más importantes que granjearme el amor de la Dama. Quería ayudar a Aritsar, igual que Kirah y los demás ungidos. Quería unir mi rostro a las efigies de los héroes que decoraban el muro centinela. Anhelaba ser digna de la mirada que Dayo me dedicaba cada mañana.

Pero yo era medio ehru. Y, por lo que sabía, no había modo de reescribir esa historia maldita.

Crac. El extremo romo de la lanza de entrenamiento que empuñaba Kirah se hundió en mi vientre y yo jadeé doblada de dolor.

—Estás distraída —observó. El sudor perlaba su frente bajo el velo de oración y le resbaló por la cara cuando sonrió.

—Perdona —musité, blandiendo mi lanza de pega para repetir mi defensa.

—A ver si lo adivino. —Kirah señaló con un gesto de cabeza al otro extremo del patio—. Estás experimentando una súbita… apetencia por la lucha libre.

Miré la zona que me indicaba y el corazón me dio un vuelco involuntario. Kirah me empujó con el hombro y yo la empujé a mi vez, sonriendo con timidez.

—¿Vas a terminar la serie o no? —la increpé, entrechocando mi lanza con la suya. Pero el otro extremo del patio no dejaba de atraer mi mirada.

Sanjeet estaba ayudando a los entrenadores, mostrando a los candidatos cómo llevar a cabo una llave de agarre. Por imposible que fuera, había crecido todavía más en esos cuatro años. Una barba incipiente le sombreaba la mandíbula y había empezado a caminar erguido, no encorvado; su aspecto ya no lo avergonzaba. El polvo le cubría el hueco de la espalda, una tierra del mismo color cobre que su piel. Entrelazó el tobillo con el de un fornido candidato y los dos se precipitaron al suelo. Sanjeet dejó que su adversario se pusiera de pie a toda prisa y entonces golpeó el hombro del chico con un muslo grueso como un garrote. Antes de que el otro pudiera escapar, Sanjeet se había agarrado el tobillo atrapando así el cuello y el brazo del oponente en una llave triangular. Todo terminó en cuestión de segundos: jadeando, su adversario propinó unos toques en el antebrazo de Sanjeet y este lo liberó.

—No es justo —resolló el fornido candidato, que también procedía de Dhyrma—. Su Gracia le permite ver mis puntos débiles. Debería haberme dicho cuáles son. Igualar nuestras posibilidades.

La musculatura rizó la espalda de Sanjeet cuando se levantó. Lanzó una mirada displicente a su adversario con sus ojos color té.

—Si no conoces tus propias debilidades —le dijo—, no será necesaria una Gracia para acabar contigo en batalla.

El candidato lanzó un bufido.

—¿Qué sabes tú de batallas? Cuando vivías en tu casa no eras más que un arrabalero. Yo soy el hijo de un señor.

—Cuando un asesino te ataque en plena noche —replicó Sanjeet—, ¿llamarás a tus padres?

El candidato echó chispas por los ojos.

—Yo tampoco sé nada de batallas —intervino Dayo, que se internó en la pista para rebajar la tensión—. Será mejor que me derribes a mí también, Jeet. Tengo más que aprender que Kamal. —Sonrió al candidato dhyrmano, que le hizo una hosca reverencia y abandonó el terreno de lucha. Dayo separó los delgados pies para encorvarse con torpeza en una pose de lucha—. Estoy listo si tú lo estás, Oso.

Sanjeet curvó las comisuras de sus labios.

—Tu gran debilidad, hermanito —le dijo al mismo tiempo que barría la pierna del príncipe y lo depositaba con firmeza en el suelo—, es tu capacidad para ver lo mejor de las personas. —Sonrió al tiempo que ayudaba a Dayo a levantarse—. Y daría algo por poseer tu debilidad y no mi Gracia.

La mirada de Sanjeet sostuvo la mía mientras se sacudía el polvo y abandonaba la zona de lucha. Desvié la vista y me sonrojé hasta la punta de las sandalias.

Buena parte de los candidatos todavía temían al Oso del príncipe. Él apenas hablaba con nadie excepto con Dayo, al que seguía a todas partes como un arcángel sombrío. Sin embargo, cuando los demás ya se habían acostado, oía la pantalla que nos separaba por géneros desplazarse a un lado. Una suaves pisadas se acercaban a mi estera y unos ojos suplicantes perforaban los míos.

—Por favor —me pedía Sanjeet con voz ronca—. Líbrame de ellos. Haz que mis recuerdos desaparezcan.

Cada noche desde aquel primer día, nos escabullíamos al viejo cuarto de juegos, donde los fantasmas de alegres animales tallados en madera nos acechaban en la oscuridad. Yo tocaba su rostro y notaba cómo se le aceleraba el pulso cuando le presionaba las sienes. Espantosas imágenes nos bombardeaban a los dos.

Costillas rotas. Extremidades contusionadas, huesos que se quebraban bajo las manos desnudas de Sanjeet mientras el público intercambiaba apuestas y lo animaba a luchar. La voz de su padre era siempre la más potente. «¿Esto te parece un infierno? Yo te enseñaré lo que es el infierno. Vas a saber lo que es bueno, como lo sabe tu madre, si no vuelves a la arena, chico».

Con la práctica, conseguí que los recuerdos de Sanjeet desaparecieran durante una hora, a veces un día entero. Pero las violentas imágenes siempre regresaban al caer la noche para filtrarse en los lúgubres pensamientos de Sanjeet.

En ocasiones se filtraban recuerdos alegres también. Me llegaban visiones de un Sanjeet más joven y feliz, danzando al compás de los cascabeles que adornaban los tobillos de su amah. Encaramado junto con su madre a lomos de un elefante que avanzaba pesadamente por las polvorientas calles dhyrmanas. La madre de Sanjeet y él visitando a los pobres en los barrios bajos, vendando llagas y reparando huesos; su madre animándolo a usar su Gracia para diagnosticar enfermedades. La amah de Sanjeet diciéndole que empleara las manos para sanar… hasta que su padre las obligaba de nuevo a matar.

Una noche Sanjeet me formuló una pregunta distinta.

—¿Puedes transmitirle recuerdos a otra persona?

Yo me crucé de brazos, desconcertada.

—¿Quieres decir inventar cosas? ¿Crear recuerdos que nunca existieron? Yo no haría eso.

—No. —Se frotó la nuca con una timidez nada habitual en él—. Es que… tú ves mi historia constantemente. Y yo nunca he visto la tuya.

Lo miré fijamente, estupefacta.

—Nunca nadie me había preguntado por mi historia. —Me revolví en el sitio—. Los demonios no tienen historias bonitas.

Las gruesas cejas de Sanjeet se arrugaron de la risa.

—Te lo aseguro, niña sol, tú no eres un demonio. He visto demasiados demonios reales para equivocarme con eso.

Tragué saliva con dificultad según apagaba la voz de la Dama en mi mente. «Te ordeno que lo asesines… asesines…». «No. Esa historia ya no es la mía —pensé con rabia—. Mi historia todavía no se ha escrito».

Tomé la mano de Sanjeet, ancha y bermeja, y la sostuve contra mi mejilla. Con sumo tiento le dejé asomarse al huerto de la Casa Bhekina, ver las ramas rojas con los mangos besados por el sol. Le mostré a mis autoritarios mentores, que merodeaban cerca mientras yo resolvía acertijos. Le enseñé los elefantes que veía desde mi ventana, los duendecillos de los arbustos enredando entre sus orejas grandes y bobaliconas. Le mostré a Woo In y a Kathleen intercambiando pullas por encima de mi cabeza mientras cruzábamos desiertos y montañas de camino a Oluwan.

No le mostré nada relacionado con ehrus, madres o deseos.

Cuanto más compartía mi historia, más tiempo se mantenían al margen los recuerdos infelices de Sanjeet. Algunos días no me pedía que borrara sus historias. Únicamente me solicitaba más de las mías.

—Al final me quedaré sin recuerdos que enseñarte —le advertía, y él se encogía de hombros.

—Entonces tendremos que crear más, niña sol.

ꩰ·ꩰ·ꩰ·ꩰ

Terminado el entrenamiento con armas, un mensajero de palacio entró corriendo en el patio y, con una breve reverencia, le tendió un mensaje a uno de los entrenadores. El maestro le echó un vistazo y le hizo una seña a Sanjeet con rostro impertérrito.

—Es para ti. —El maestro titubeó—. Quizá sería mejor que lo leyeras en privado, hijo.

Regresamos al Palacio Infantil para nuestra serie siguiente de clases y pruebas, y Sanjeet no estaba por ninguna parte. Su rostro flotaba en mi mente mientras resolvía los acertijos y problemas de lógica que teníamos asignados ese día. Gracias a la preparación de la Casa Bhekina, las tareas nunca se me antojaban complicadas y rara vez me requerían atención plena.

—¿Qué crees que le ha pasado a Sanjeet? —le susurré a Kirah mientras los tambores retumbaban por el palacio. Estábamos regresando a la sala de sueños, tomando posiciones para el catecismo de la tarde.

Ella negó con la cabeza, preocupada.

—No ha venido a comer. Jeet nunca dejaría a Dayo desatendido tanto rato; no a menos que hubiera pasado algo malo.

Antes de que pudiéramos seguir especulando, una pareja de sacerdotes griot con las barbas untadas de afeites entraron en el salón. Ocuparon su puesto habitual en la tarima y los candidatos nos quedamos de pie en las esteras. Kirah se separó de mí para ocupar su lugar junto a Dayo. Los tambores latieron con la introducción del catecismo del día: *T-dak-a, t-dak-a. Gun, bow-bow-bow.* «Escuchad la historia sagrada de la creación». Yo hacía esfuerzos por no pensar en Sanjeet mientras los griots procedían a recitar dejando pausas para el tradicional canto responsorial.

—La reina Tierra y el rey Agua son amantes —cantó un sacerdote mientras el otro marcaba el compás en un tambor parlante con forma de reloj de arena—. Numerosos son sus hijos. Los árboles. Los ríos. Seres que reptan, *ke-du, ke-du,* seres que nadan, *shwe, shwe.* Son débiles e incapaces de hablar. Pero ¿se sienten solos la Tierra y el Agua? Decidme.

—No —coreamos nosotros—. Tienen un amigo.

—¡*Aheh!* —prosiguió el sacerdote—. El Pelícano planea de estrella en estrella diseminando con sus alas, *whoom, whoom*, relatos suficientes para llenar mil mundos. El Pelícano es más antiguo que la Tierra y el Agua, más anciano que el sol. No siempre posee alas y un pico. A veces tiene cascos y cola, o zarpas y melena, o carece de cuerpo. ¿Quién es el Pelícano?

—Soy el Fabulador.

—Sí, Soy, también llamado Era, también llamado Seré. Prestad atención: el Pelícano viaja por el tiempo como el viento, dotado de tantos nombres como plumas posee. ¿Qué nombre le daréis? Escoged con sabiduría pues los nombres tienen poder.

»Muy por encima de la Tierra y el Agua flota la emperatriz Cielo. Mira hacia abajo y se estremece de celos, *gnatche, gnatche*. Antes de que Tierra le entregara su corazón a Agua, esta era la querida hermana de Cielo. Ahora Cielo se siente sola en su reino etéreo, y está resentida. ¿Qué hace? Decidme.

—Desafía al rey Agua.

—Sí, lo desafía a un duelo. El firmamento aúlla, *hawawa, hawawa,* y los océanos se agitan, *bushe, bushe*. La guerra entre la emperatriz Cielo y el rey Agua arrecia durante siete mil años. Tierra se siente abandonada por su marido y su hermana. Mirad cómo busca un nuevo amante: el apuesto Fuego, señor de la guerra.

»Los hijos de Tierra y Fuego se multiplican por el reino, fuertes y feroces. ¡Volcanes! ¡Dragones! Rubíes y montañas de carbón. El rey Agua comprende que los hijos no son suyos. Abandona a Tierra enfadado y los lagos se secan, *hasse, hasse*. Los campos se transforman en desiertos. Mirad a Tierra, que empieza a morir. ¿Quién acudirá en su ayuda?

—El Pelícano.

—Sí, el Pelícano planea sobre Tierra. ¡Ved cómo se clava su propio pico para nutrirla! *Shaa, shaa,* ved derramarse la sangre del Pelícano para regar las extensiones resecas. ¿Y ahora qué? Nuevos hijos nacen. Modelados con el barro de Tierra y animados por la sangre del Pelícano.

—La humanidad.

—Sí, los primeros seres humanos. Agua se reconcilia con Tierra, promete criar a sus nuevos hijos como si fueran propios. ¿Son fuertes los niños?

—Sí, e inteligentes.

—*Aheh*. Pero Fuego está celoso. Le enfurece la unión de Tierra con Agua y la amistad de esta con el Pelícano, por lo que maldice a la humanidad con trece maneras de morir. Antes dioses, los seres humanos son mortales ahora, débiles como animales. ¿Qué harán? ¿Quién los guiará? Decidme.

—¡El radiante!

—¡*Aheh*! Contemplad al Pelícano robando rayos de sol, bendiciendo al primer emperador con sabiduría y compasión. «Debes escoger once hermanos y hermanas», le dice al emperador rociando aceite desde sus alas. «Por cada frente que unjas, obtendrás inmunidad para una de las trece muertes. Escoge bien, emperador, pues serás un dios para el mundo pero un simple mortal para tu consejo. *Aheh, aheh*.

—Así sea.

La leyenda era antigua; excepto la parte del radiante, que se añadió quinientos años atrás, cuando los Kunleos crearon el imperio. Una vez concluida la historia, los sacerdotes nos obligaron a recitar las trece causas de muerte.

—Veneno, contagio, gula —entonamos—. Combustión, ahogamiento, asfixia. Desangramiento, ataque de un animal, catástrofe natural. Muerte orgánica, mal de ojo. Agresión física, vejez.

Los radiantes estaban bendecidos con una sola inmunidad de nacimiento. Pero, después de ungir a un consejo de once miembros, solo la vejez podía acabar con ellos; a menos, claro, que uno de los integrante del consejo cometiera traición.

—Escuchad los deberes del sagrado consejo del futuro emperador —recitó el sacerdote después de la lección. Tamborileé con los dedos contra el muslo. Había oído esas palabras cientos de veces antes—. Los Once deben hacer uso de su poder con ecuanimidad y sin favoritismos. Los Once deben trabajar por el bien del emperador en primer lugar, luego del imperio y por último de sus reinos de origen. Fuera del consejo, no deben crear lazos. Dentro del consejo, ningún apego puede superar en importancia a su lealtad al futuro emperador. Las relaciones carnales están prohibidas salvo con el futuro emperador.

Una oleada de risitas nerviosas recorrió la sala. Me acordé involuntariamente del hueco en una espalda rojiza que relucía de tierra y sudor. Sacudí la cabeza para ahuyentar la imagen, dando gracias por primera vez en toda la tarde de que Sanjeet no estuviera allí.

—Escuchad los deberes del futuro emperador —prosiguió el sacerdote, haciéndole una reverencia a Dayo—. Su alteza no tiene permitido casarse. En lugar de eso, su alteza debe bendecir y proteger a un consejo de confianza, a través del cual servirá al imperio. Su alteza escogerá a las hermanas del consejo con especial cuidado —el sacerdote lanzó una mirada pícara a las candidatas— pues ellas darán a luz a los futuros radiantes.

Hice una mueca. Oyendo al sacerdote, me sentía más parte de un harén que de un consejo sagrado.

—¿Y qué pasa si hay una emperatriz?

Varias arrugas afloraron a la protuberante frente del sacerdote.

—Como ya he dicho, los emperadores no se casan. Una unión de ese tipo interferiría en el equilibrio de poder conciliar...

—No —lo interrumpí—. Quiero decir... ¿Qué pasa si la radiante es una chica?

El sacerdote tomó aire para hacer acopio de paciencia antes de sonreír.

—No hay radiantes femeninas, jovencita. Soy siempre ha escogido un hombre. Eso no significa que las integrantes femeninas del consejo carezcan de valor, por descontado. Al fin y al cabo, podríais llevar en el vientre a un radiante. —Me hizo un guiño—. El imperio siempre estaría en deuda con vosotras.

CAPÍTULO 8

Antes de que pudiera responder, noté un fuerte ardor en el pecho.

Alguien había amontonado carbones al rojo vivo sobre mi corazón. El calor procedía de dentro, como un dragón o un demonio que pugnara por salir. Jadeé, aferrándome el corazón y sudando, y miré a mi alrededor con la esperanza de que nadie se diera cuenta.

Tan pronto como el sacerdote apartó la vista, salí corriendo de la sala de sueños. Mis sandalias azotaron el suelo de piedra hasta que llegué a la cámara de banquetes. Jarras de agua y refrescos de nuestra última comida seguían aún sobre las mesas bajas y alargadas. Echando mano de una de las jarras, vacié el agua con cuidado de dejar el hielo dentro. Luego me tumbé en el suelo y derramé los cubitos sobre mi pecho. El frío me escoció con saña; apreté los dientes para no aullar.

Ya me había pasado otras veces. La frecuencia de los sofocos se había triplicado desde que vivía en el Palacio Infantil. Empezaron en la Casa Bhekina, cuando era propensa a sufrir rabietas. Ahora la quemazón del pecho era impredecible, aunque a menudo estallaba durante el catecismo. A veces me despertaba de sueños que no entendía, de recuerdos que me llegaban del suelo del palacio con fantasmas de niñas cuyas facciones poseían un misterioso parecido con las mías.

Estremeciéndome, me ordené dejar de llorar mientras contemplaba el mural del techo. ¿Guardaban alguna relación esos ataques con la Dama? ¿Con la desagradable verdad de la persona —del engendro— que yo era?

Unos pasos resonaron en el pasillo exterior y me senté, dejando que los cubitos de hielo me resbalaran al regazo. Un rostro apareció en la entrada de la cámara.

—Por el relato de Soy, Tar —exclamó Kirah—. ¿Ha vuelto a suceder?

Asentí avergonzada. Ella me ayudó a levantarme y retiró los trocitos de hielo de mi túnica.

—Deberías hablar con los sanadores. Tal vez ellos puedan…

—Ellos no pueden hacer nada —repliqué cortante, evitando su mirada. Lo último que necesitaba era que los médicos de palacio hurgaran en mis entrañas medio ehru.

Kirah apretó los labios.

—Bueno, pues no puedes seguir saltándote el catecismo —me advirtió—. A los examinadores les va a extrañar. La próxima vez intenta aguantar hasta el ocaso. Yo te cantaré entonces.

Era un ritual que compartíamos: al anochecer, nos escapábamos de las pruebas y de los ojos fisgones del Palacio Infantil para subir a los tejados de An-Ileyoba, donde mirábamos cómo el cielo mudaba en tonalidades de fuego.

Me encogí de hombros y Kirah suspiró mientras salíamos de la cámara de banquetes. Una prueba más nos aguardaba antes de que pudiéramos escabullirnos: el tribunal diario del príncipe.

En ningún lugar me sentía tan alejada de Dayo como en la sala del trono. Me quedé allí plantada, invisible entre el resto de candidatos en esa cámara con techos de azulejos espejados y tapicería de batik. Una tarima con doce tronos de madera se alzaba ante los candidatos. Mientras Dayo, Kirah y los otros ungidos se acomodaban en sus tronos, yo buscaba a Sanjeet con la mirada, pero la prominencia de su cabeza y hombros no asomaba por ninguna parte.

—Por el poder que el rayo me otorga —empezó Dayo, golpeando el suelo con un sencillo cetro de madera—, declaro abierta la sesión. Acercaos al trono.

Sonrió a los presentes al tiempo que jugueteaba nervioso con los anillos de sus dedos. El Palacio Infantil funcionaba como un microcosmos de la verdadera corte de An-Ileyoba con el objeto de preparar a Dayo para las decisiones que tendría que tomar cuando fuera emperador.

Tras una pausa plagada de murmullos, un candidato djbantí llamado Zyong'o avanzó.

—Yo tengo una queja, su alteza imperial. —Dayo asintió y Zyong'o hizo una reverencia antes de cruzarse de brazos—. Cuando los candidatos djbantíes formamos pareja con los de Dhyrma, siempre perdemos los acertijos de lógica cronometrados. Nos demoran. Opino —prosiguió entre las airadas protestas de los candidatos dhyrmanos— que los integrantes de un equipo deberían pertenecer al mismo reino. ¿Por qué mezclar higos con mangos? ¿Por qué nosotros, los djbantíes, cazadores y eruditos, tenemos que cargar con mercaderes de cabeza hueca?

El semblante de Dayo mostró un rictus de dolor ante el alboroto de los presentes. Plantados en lados opuestos del trono, los candidatos djbantíes y dhyrmanos vociferaban y se insultaban mientras los swanos abucheaban a los dos grupos.

—Silencio… —pidió Dayo—. Orden en la sala…

Hablaba como si fuera un joven granjero que lanzase grano a los pollos para apaciguarlos sin convencimiento. Por sorprendente que fuera, el jaleo remitió, si bien las miradas venenosas seguían volando de un lado a otro de la sala.

—Tu queja me apena, Zyong'o —empezó Dayo, escogiendo las palabras con tiento—. Estoy seguro de que resulta doloroso sentir que tus cualidades quedan en entredicho. Pero dudo que los otros candidatos sean la causa de tus problemas. Estoy convencido de que los dhyrmanos son tan inteligentes como el que más.

Sacudí la cabeza con admiración ante la paciencia de Dayo. Yo le habría espetado a Zyong'o que trabajase con sus compañeros dhyrmanos si no quería que su altivo trasero regresara a Djbanti de una patada.

Los examinadores imperiales, aquiescentes hombres y mujeres que estaban a cargo de casi todas las pruebas a los candidatos, permanecían firmes a lo largo de la pared, enfundados en túnicas encarnadas. Dayo tuvo una idea y le pidió por señas a una examinadora que se acercara.

—Lady Adesanya —le pidió—, usted colabora en el registro de los resultados, ¿verdad? Por favor, infórmenos del desempeño de los candidatos dhyrmanos en comparación con los demás.

Con un asentimiento, la examinadora rescató el grueso volumen que llevaba debajo del brazo y lo abrió por la mitad.

—Según mis registros —recitó con voz monótona—, los candidatos de Dhyrma, de promedio, obtienen unos resultados sistemáticamente inferiores a los de sus compañeros en lógica, armas y ciencia. Demuestran capacidades similares, en cambio, en estudios divinos, tradición oral y artes de gobierno.

El rostro de Dayo se desencajó. Zyong'o, por su parte, soltó una risita y se encogió de hombros con un gesto que sugería: «¿Qué os decía yo?».

El griterío estalló de nuevo en la sala. Los candidatos djbantíes se pavonearon triunfantes mientras los dhyrmanos echaban chispas, algunos gritando que los informes estaban amañados, otros abandonando la habitación con gestos de rabia y vergüenza. A pesar de sus buenas intenciones, Dayo había empeorado infinitamente el problema.

El calor me aleteó en el pecho de nuevo, aunque en esta ocasión fue estimulante y se extendió por mis extremidades según los engranajes de mi cerebro se ponían en funcionamiento. Como los morteros y mazos que usaban las aldeanas para transformar la mandioca en *fufu*, los pistones de mi mente empezaron a moverse combinando sonidos, hechos e imágenes.

A los candidatos dhyrmanos no les faltaba inteligencia. Zyong'o se equivocaba. Pero lady Adesanya no tenía motivos para mentir.

Pom, pom.

Los candidatos dhyrmanos fallaban en la lógica pero destacaban en artes de gobierno. Eso no tenía sentido. Algo fallaba: había un fallo en el patrón.

Pom, pom.

Cerré los ojos. Los mentores de la Casa Bhekina habían enseñado a mi cerebro a ver rompecabezas en todas partes. Cada persona o cada lugar era una serie de acertijos, un sistema conectado de forma tan palmaria que para ver el mural completo solo tenía que retroceder un paso… y mirar. Abrí los ojos de par en par.

—Silencio —decía Dayo de nuevo, gritando desesperado para hacerse oír entre el barullo—. El consejo de los Once representa a todos los reinos y clases sociales. Cuando los Once fallan, también lo hace el imperio arit. No solo se están poniendo a prueba nuestras habilidades. Se supone que debemos aprender a trabajar juntos.

Eran las esteras que usábamos para dormir. Tenía que ser eso.

Los nombres de los candidatos oriundos de Swana y Djbanti solían tener nombres que empezaban por letras más rezagadas en el alfabeto arit, mientras que los nombres dhyrmanos acostumbraban a empezar por las primeras letras. Las esteras que usábamos para dormir estaban ubicadas por orden alfabético. Los candidatos con los primeros nombres de la lista dormían más lejos de las puertas del salón, de modo que eran los últimos en llegar a la cámara de los banquetes. Si prácticamente se quedaban sin comida, esos candidatos estarían agotados en cualquier prueba que se llevara a cabo antes del almuerzo: lógica, armas y ciencia. Estudios divinos, tradición oral y artes de gobierno se celebraban después de comer y de cenar, así que en esas pruebas obtenían buenos resultados. La solución era tan sencilla que casi parecía una tontería. Me sentí culpable por no haberlo pensado antes. Dayo siempre me invitaba a comer con los ungidos, de modo que la cuestión del orden nunca me había afectado.

Dayo carraspeó para aclararse la garganta mientras se revolvía en el sitio bajo las miradas insatisfechas de los presentes.

—No apruebo la solicitud de equipos restringidos a un solo reino.

Sonreí y noté que se me relajaban los hombros. «Bien». Dayo era demasiado listo como para dar pábulo a los prejuicios del candidato djbantí.

—Sin embargo —prosiguió—, decreto que a partir de este día los candidatos dhyrmanos reciban instrucción adicional de las materias en las que flojean. Esta circunstancia especial se prolongará hasta que su desempeño mejore.

«Mal». El pulso se me aceleró. La resolución de Dayo solo serviría para agotar a los candidatos dhyrmanos aún más de lo que ya estaban. No resolvería el problema en absoluto. Sin embargo, según abría la boca para expresar mi opinión al respecto… el calor estalló en mi pecho de nuevo. Fue peor que durante la lección de los griots. Un espetón al rojo se abría paso debajo de mis costillas ferviente por liberarse. Apenas si podía respirar ante el horror de lo que acababa de descubrir.

Pues claro. El martilleo, mi lógica en acción… Nada de eso era un don.

Era un truco. Mi inteligencia no era más que otro aspecto de la maldición ehru: un ardid para hacerme dudar del derecho de Dayo a gobernar. Un modo de empujarme hacia la traición. A la agresión.

Estremeciéndome, me deslicé el pulgar por la barbilla, la santa señal del pelícano. Al momento ahuyenté de mi pensamiento cualquier idea sobre las esteras que usábamos para dormir. El descontento enturbiaba la sala del trono, pero yo sonreí hacia la tarima para hacerle saber a Dayo que apoyaba su manera de gobernar. Había vencido el mal que llevaba dentro. Me había sometido y guardado silencio.

En el tiempo libre que se nos concedía antes de cenar, Kirah y yo nos escabullimos a los pasillos traseros del Palacio Infantil, como hacíamos cada noche desde que éramos niñas.

Usando el cordón de una cortina como cuerda, salimos por una ventana y trepamos a una de las almenas doradas. El viento azotaba el velo rojo de Kirah cuando nos dimos la mano para no perder el equilibrio y luego nos sentamos con los pies colgando por encima del borde a ver cómo el sol se perdía bajo el horizonte oluwaní. Por lo general les lanzábamos higos a los pavos reales que pululaban por el patio del fondo y nos reíamos cuando altivos cortesanos alzaban la vista desconcertados. Ese día, en cambio, guardamos silencio.

—¿Qué piensas de la forma de gobernar de Dayo? —me preguntó Kirah.

—¿Qué importa eso? —Miré fijamente las cúpulas doradas de An-Ileyoba. En la ciudad que se extendía a nuestros pies, los tonos anaranjados del festival de la cosecha oluwaní empezaban a atraer a los celebrantes—. Los sacerdotes han dejado muy claro para qué quieren a las hermanas del consejo. Deberíamos concentrarnos en proteger a Dayo, no en cuestionar sus normas.

—Los sacerdotes no lo saben todo.

—Vaya, vaya. —Le propiné un toque a Kirah en el hombro en plan amistoso—. ¿Es eso lo que diría mama?

Esbozó una sonrisita burlona. Hacía mucho que Kirah había dejado de citar los remilgados tópicos de su madre. Cuando éramos más jóvenes, los otros candidatos se burlaban de ella: «Mama dice esto, mama dice lo otro», hasta que se ponía colorada de rabia y cerraba la boca.

«Son unos mocosos malcriados —se me quejaba en privado—. Nunca han visto un desierto, ni rebaños de cabras, ni han trabajado en una granja. Los criaron para presentarse a las pruebas de palacio. Nunca han tenido una familia de verdad».

«Yo tampoco —señalaba. Kirah estaba al corriente de mi infancia solitaria en la Casa Bhekina, aunque había omitido de mis relatos cualquier referencia a ehrus y deseos—. ¿Te parezco una malcriada?».

«Pues… sí. —Kirah se sonrojó y se arregló el velo—. Nadie te obligó a cambiar pañales sucios. O a perseguir buitres durante kilómetros para encontrar agua. O a secar excrementos de camello con los que alimentar el hogar de la cocina. —Se interrumpió para estudiarme—. Pero tu madre nunca te cantó ni te preparó leche con canela ni te acarició la cabellera cuando estabas enferma. Supongo que hay distintas formas de malcriar a un niño».

En ese momento, desde la azotea, veíamos hombres y mujeres bailando en los mercados de Ciudad de Oluwan. Sus cuerpos relucientes decorados con pintura latían al ritmo grave y contagioso de los tambores.

—Mama cree lo que dicen los sacerdotes —dijo Kirah, respondiendo a mi pregunta—: que las personas son como rocas amontonadas en un tótem, los hombres sobre las mujeres, las mujeres sobre los niños. Aceptamos nuestros papeles o la torre se desmorona. —Se quedó mirando los pendones con el símbolo del sol y la luna, que ondeaban al viento—. Un pájaro cantor no está destinado a remontar los cielos como un águila.

Fruncí el ceño al recordar las palabras de la Dama la última vez que la vi. «Me enjaulaste como un pájaro, pero no pudiste obligarme a cantar».

—¿Y qué me dices de la emperatriz Aiyetoro? —le pregunté. Aparecía en las genealogías que mis mentores me habían obligado a estudiar. Su nombre procedía del antiguo arit y recordaba vagamente su significado: «paz de costa a costa»—. Aiyetoro gobernó Aritsar durante décadas. Gracias a ella, las mujeres pueden formar parte de la Guardia Imperial. Fundó la Universidad Imperial, abolió el comercio de esclavos entre reinos y...

—Espera. —Kirah levantó una mano y torció la cabeza en actitud de escucha—. Dayo pregunta dónde estamos. Le estoy respondiendo que bajaremos enseguida. Perdona..., ¿qué decías?

—Da igual.

Desvié la vista, haciendo lo posible para no guardarle rencor. Kirah era mi mejor amiga. La azotea siempre había sido nuestro rincón especial, a salvo de esos muros que todo lo veían en el Palacio Infantil. Pero Kirah ya no era mía. Pertenecía a Dayo y a sus hermanos del consejo, cuyas mentes estaban conectadas a través del rayo.

Posé la mirada en el muro centinela, que atravesaba la ciudad. En el mural de los conquistadores, el enlucido color arcoíris entronaba a todos los emperadores Kunleo y sus miembros del consejo. Algún día el rostro de Dayo se uniría al desfile. Y el de Kirah y quizá el de Sanjeet también.

Fruncí el ceño al contar los emperadores pintados y compararlos con las genealogías que tenía en la memoria. Edebayo I, Oluwatoyin el Vencedor, Edunrobo Imperion, Abiyola III, Adeyinka el Poderoso…

—La emperatriz Aiyetoro no está —dije por fin, parpadeando confusa—. No la han pintado.

—Aiyetoro fue una excepción —me explicó Kirah—. Pregunté a los sacerdotes por ella. Dicen que fue casualidad; Soy únicamente le entregó el rayo a Aiyetoro porque su padre había muerto sin herederos varones. Una excepción no invalida la norma. —Propinó un capirotazo a un guijarro que había en el borde del tejado y juguetea con los flecos de su velo—. ¿Sabes qué? Cuando me marché de casa, pensaba que no podía existir un paraje tan hermoso, un lugar tan bueno como el Valle Blessid.

—Me acuerdo. —Sonreí, imitando a la Kirah de doce años—. «Mama dice que el firmamento del Valle Blessid fue tejido por el propio Pelícano. Un tapiz sin una sola imperfección que flota sobre montañas de color miel».

Elevó las comisuras de los labios.

—Adorábamos la belleza y el orden. Para los bléssidos, una pieza de arcilla no está terminada hasta que cada protuberancia ha sido alisada. Nuestras fiestas siempre son iguales: las mismas canciones, la misma comida. Contamos las historias una y otra vez. —Suspiró—. No te rías, pero cuando llegué al Palacio Infantil me imaginaba que hablaba con mi madre. En sueños le decía: «¡Hoy he aprendido a usar una lanza!». O también:

«¡Hoy he resuelto un problema de lógica antes que nadie!».
Y mi madre me respondía: «¡Pero qué niña tan buena y aplicada! Mi Kirah ha llevado al ancho mundo todo lo bueno que ha aprendido en casa». Pero ahora, cuando sueño con mi madre…, le digo cosas que le arrancan un ceño. —Kirah se interrumpió y miró una bandada de golondrinas que surcaban en sincronía el cielo veteado de rojo—. Le pregunto: «¿Por qué los bléssidos no permiten que las mujeres conduzcan caravanas? Trabajan tanto como los hombres». O: «¿Por qué los bléssidos se lavan las manos después de comerciar con otros reinos? Esas personas no están más sucias que nosotros». Y mi madre llora y se lamenta: «¿Qué ha sido de mi Kirah? ¿Quién es esta chica descarada que desprecia su hogar y cuestiona a sus mayores? ¿Acaso el mundo te quiere más que tu familia? ¿Te arropan ellos por la noche y te alimentan con leche de cabra? ¿Dónde está mi Kirah?».

»Y yo le digo: "Estoy aquí, mama…". Pero no es verdad. —Kirah contuvo un sollozo—. Estoy muy lejos, Tarisai. De todos ellos. Y cuanto más aprendo, más distanciada me siento. Ya no sé dónde está mi hogar.

Le tomé la mano. Nos quedamos en silencio, observando cómo las nubes se perdían en el morado del cielo y las antorchas parpadeaban a lo largo de kilómetros en el interior de la ciudad, como oraciones doradas en las tinieblas.

◎∘◎∘◎∘◎

Yo no era una ungida, así que mi estera estaba muy lejos de la tarima de Dayo y las esteras que la rodeaban. Pero cada noche —después de que los cuidadores de los candidatos se acostaran y nos dejaran solos— yo adoptaba la solicitada función de dadora de sueños al consejo del príncipe.

—Esta vez quiero sueños húmedos —dijo Mayazatyl, que se incorporó en su jergón sobre una mano. Me sonrió frunciendo la barra roja que llevaba tatuada en la nariz—. ¿Puedes hacerlo?

Mayazatyl era la hermana del consejo de Dayo perteneciente al selvático reino de Quetzala. Era un prodigio para la arquitectura y el diseño de armas… e igual de hábil acumulando notas de amor de candidatos desesperados.

Puse los ojos en blanco.

—Vale. Pero me niego a incluir a nadie que conozcamos.

Ella me hizo un guiño.

—Una vez que Dayo complete el consejo y nos envíen a la fortaleza Yorua, pasaremos largo tiempo encerrados en ese castillo, ¿sabes? Cuando por fin dejes que Dayo te bendiga, tendrás que ser menos mojigata.

Yo desvié la vista, crispada de dolor al oír la expresión «por fin». La maldición de la Dama seguía dentro de mí y hasta que no encontrara la manera de romperla —de proteger a Dayo— no habría unción para mí.

—Vete a dormir, Maya.

Ella aceleró la llegada del sueño masticando hojas de *kuso-kuso* y, cuando los ronquidos empezaron a elevar su pecho, yo toqué la parte superior de su sedoso pelo negro. Le transmití un recuerdo inventado y bobalicón de un apuesto guerrero que se topaba con ella en los baños. Mayazatyl le paraba los pies con una ballesta que había diseñado ella misma y luego lo seducía mientras le curaba la herida. Se acurrucó en el jergón suspirando con satisfacción.

A Kirah le ofrecí sueños de su mama y su baba, que le besaban las mejillas, le acariciaban el pelo y le decían que no le guardaban rencor por haberse marchado. A Kameron, un robusto hermano ungido que era oriundo de Mewe, le creé una jauría de perros de caza que le mordisqueaban alegres los tobillos mientras rastreaban un jabalí por el bosque. Los sueños de rosales en flor se los ofrecí a Thérèse de Nontes. Una multitud de fervientes admiradores para Ai Ling de Moreyao y hermosos cisnes para Theo de Sparti. A Umansa, un tejedor ciego procedente de Nyamba, le envié nuevos motivos para sus tapices que se arremolinaban en torno a él como un prisma resplandeciente. Finalmente, a Emeronya de Biraslov, la hermana de rostro adusto, le envíe ráfagas de nieve dulce y una hechicera que la envolvía en lana mientras tarareaba una disonante canción de cuna.

La tarima de Dayo estaba vacía. Observé los almohadones de satén y los cubrecamas de pantera mientras recordaba aquel primer día en el Palacio Infantil, cuando Dayo me había dejado dormir allí. A lo largo de semanas tras aquella primera ocasión, había insistido en que compartiese la tarima con él y yo pegaba mi cabeza a la suya para alimentar de sueños su frente.

Suspirando, me abrí paso entre el laberinto de esteras hasta el nicho de una ventana en el rincón; el mismo lugar en el que lo había encontrado escondido años atrás. La cortina estaba echada y una sombra se desplegaba en el amplio alféizar.

—Es curioso que vengas aquí con tanta frecuencia —le dije a la sombra, hundiendo el dedo a través de la cortina—. ¿No te da miedo caerte de la repisa?

La tela de damasco se desplazó una pizca. Yo me deslicé al interior y me subí al alféizar tapizado. La ventana carecía de vidrio y el templado aire nocturno nos acariciaba la piel.

Dayo no alzó la vista cuando me senté frente a él. El pelo se le disparaba desde la cabeza en tirabuzones apelmazados. No se había atado los cordones de la camisa de dormir, que le dejaba la clavícula expuesta, y sostenía un objeto en las manos.

—No deberías sacar eso, ¿sabes? —le susurré—. Es peligroso.

La máscara era ligeramente más pequeña que la palma de su mano y estaba tallada de forma que recordase a un joven león. Llevaba una palabra grabada en la frente, en antigua lengua arit: *oloye*. Príncipe heredero. Me estremecí al recordar el día de mi llegada a An-Ileyoba, cuando Olugbade me desafió a matarlo. La máscara de Olugbade era idéntica a la de Dayo, solo que en la suya aparecía la palabra *oba*, emperador, y en su melena brillaban las doce rayas de colores.

—Este es el único sitio donde puedo mirarla —dijo Dayo. Dirigió la vista más allá del alféizar, hacia la negrura de abajo—. A veces me cuesta creerlo. Podría resbalar del alféizar, precipitarme desde una altura de diez pisos al patio y no me pasaría nada. Me pregunto si algún príncipe lo habrá intentado.

—No digas eso —lo regañé, mirando la máscara con recelo. Nueve franjas coloreaban la melena de obsidiana, tonos nacarados que relucían a la luz de la luna. Por cada persona que Dayo ungiera, un nuevo color se manifestaría en la máscara, símbolo de cada inmunidad que iba adquiriendo además de la que poseía de nacimiento. Los príncipes radiantes llevaban la máscara suspendida sobre el pecho, siempre escondida bajo la ropa. No se la mostraban a nadie por miedo a que algún asesino descubriera los tipos de muerte a los que aún eran vulnerables. Solo cuando el consejo del radiante estaba completo podían lucirla abiertamente para exhibir su inmortalidad ante el mundo.

En la máscara de Dayo faltaban aún tres colores: el correspondiente al candidato djbantí, el de Sanjeet y el mío.

—Naranja, morado y rojo —murmuró Dayo—. Gula, contagio y combustión.

—¡Chist! —siseé a la vez que le propinaba un manotazo en la rodilla—. ¿Quieres que todo Oluwan sepa cómo matarte?

Dayo no respondió; en vez de eso, se quedó mirando la máscara un ratito más antes de devolverla a la cadena de oro que llevaba al cuello y ocultarla debajo de la túnica, junto al frasquito de aceite de pelícano.

—¿Por qué no me dejas ungirte?

Me encogí de hombros, evitando su mirada.

—El rayo no funciona conmigo. Me provocó dolor de cabeza. Ya lo sabes.

—Eso fue hace cuatro años. Antes de que me conocieras. Antes de que... —Se interrumpió y miró fijamente la luna. Las palabras que no había llegado a pronunciar, «me amaras», flotaron entre los dos—. Hoy, en el tribunal, he hecho un papel penoso. No sabía qué decirle a Zyong'o..., pero tú sí.

Me encogí de la impresión. Él se cruzó de brazos y enarcó una ceja.

—Tú serías una regente mejor que yo —prosiguió—. Lo he notado. Fruncías el ceño, igual que haces cuando has resuelto los acertijos más difíciles de los examinadores. Por el relato de Soy, Tar, ¿por qué no has dicho nada? ¿Por qué no me has corregido, como hacías cuando éramos niños?

Me encogí de hombros.

—Tú eres el radiante. No me corresponde a mí dictar las normas.

—¿Aunque las mías me dejen en ridículo?

La pregunta me hizo revolverme en el sitio, pero levanté el mentón y dije:

—*Oloye.* —Como no sucedió nada, dejé un silencio enfático y repetí—: *Oloye.* —Nada—. Ahora dilo tú —lo presioné.

Frunció el ceño.

—Ya lo has dejado claro, Tar.

—Dilo —insistí.

—*Oloye* —suspiró, y los ojos de la máscara destellaron a través de la túnica.

—¿Lo ves? —dije, una vez que las estrellas dejaron de arremolinarse en mis ojos—. Sucede tal como cuentan los relatos. La máscara únicamente responde a su legítimo propietario: un radiante de Aritsar. Soy te ha escogido para esto, Dayo. No me necesitas.

—Pero sí te necesito...

—Bueno, pues no deberías —repliqué, y al momento exhibí un rictus de arrepentimiento. Dayo no tenía la culpa de confiar en mí tan ciegamente. Durante cuatro años lo había protegido, resistiéndome al deseo de madre al negarme a que el príncipe me ungiera. Pero, de haber tenido la más mínima fuerza de voluntad, me habría marchado largo tiempo atrás. Habría encontrado un modo de escapar del Palacio Infantil, de mantenerlo a salvo por siempre en vez de quedarme allí para deleitarme en su afecto.

Como si me leyera el pensamiento, Dayo dijo:

—Prométeme que no te marcharás. —Hablaba en tono quedo, pero sus ojos estaban velados, la mirada inquieta por el miedo—. Prométeme que no abandonarás Aritsar.

Intenté reírme.

—No seas dramático.

—No te lo puedo explicar, Tar —susurró—. Pero en el mismo instante en que te vi supe que nuestros destinos estaban unidos. Somos judías en una vaina, tú y yo. O salimos adelante los dos... o ninguno. Eso es lo que pienso.

Se me heló la sangre en las venas. No lo entendía. Eran las palabras que diría un enamorado, pero Dayo no las expresaba en ese sentido. Yo solo quería marcharme de ese nicho, lejos de la necesidad descarnada que desprendían sus ojos oscuros.

—Muy bien. Te lo prometo —le dije a la vez que me deslizaba al suelo y descorría la cortina—. Duerme un poco, Dayo. Y, por el amor de Soy..., deja de sacar esa máscara.

Regresé a mi estera en el lado de las chicas y me envolví cuidadosamente la cabellera con el turbante de noche. A continuación me tendí en el piso con las manos unidas con rigidez debajo de la mejilla. Me resistí al sueño durante lo que se me antojaron horas... hasta que, por fin, unos pasos pesados se acercaron y una sombra se proyectó sobre mi estera.

—Temía que no vinieras —susurré—. ¿Dónde has estado, en el nombre de Soy?

Parecía atormentado cuando bajó la vista para mirarme, y débil, como si no hubiera dormido ni comido en todo el día. Tragó saliva con dificultad antes de tenderme una mano.

—¿El emperador ha hablado contigo? No pasa nada. Si has pasado miedo, te puedo borrar los recuerdos...

—Mi amah ha muerto —susurró Sanjeet—. Han metido a mi padre en la cárcel.

CAPÍTULO 9

Acepté la ayuda de Sanjeet para ponerme de pie y, en silencio, nos encaminamos al abandonado cuarto de juegos. Juguetes cubiertos con sábanas despuntaban como montañas blancas en derredor. Nos sentamos en un canapé polvoriento y Sanjeet enterró la cabeza entre las manos. Se me retorcieron las entrañas. Froté su ancha espalda mientras los sollozos estremecían su cuerpo. Al cabo de un momento me desaté el turbante que usaba para dormir y, buscando su rostro, le enjugué las lágrimas.

—¿Quieres que...? —Me interrumpí—. ¿Quieres que le quememos algo a su espectro?

Yo solo había presenciado dos funerales. El primero en Swana, cuando una escandalosa procesión pasó por delante de la Casa Bhekina: adultos y niños gimiendo, agitando calabazas *hosho* llenas de semillas y golpeándose el pecho.

La segunda vez fue allí, en el Palacio Infantil, cuando Dayo ungió a Theo de Sparti como parte del consejo. En el instante en que Dayo tocó la frente de Theo, una candidata spartiana llamada Ianthe se levantó en la cámara de banquetes, caminó con calma hacia la sala de sueños y saltó por la ventana.

Tras recuperar el cuerpo de la chica, los sirvientes encargados del Palacio Infantil gimieron y se golpearon el pecho igual que los dolientes de Swana. Pero sus ojos, advertí, estaban secos. Su lamento no era sino un ritual: se consideraba de mal agüero enterrar a una persona sin duelo y la chica de Sparti no tenía familia que la llorase. Ianthe había cruzado más de tres mil kilómetros para llegar a Oluwan con la intención de postularse para el consejo. Muchos candidatos rechazados, descubriría más tarde, habían viajado a solas y no podían permitirse el viaje de regreso en calamita.

Una vez que los plañideros se marcharon y el silencio del letargo se apoderó de la sala de sueños, la suma sacerdotisa de Aritsar se acercó sigilosamente a la ventana por la que Ianthe había saltado. De los Once del emperador, Mbali era la que nos visitaba más a menudo. Por la noche se deslizaba entre las filas de jergones para tranquilizar a los candidatos jóvenes que habían mojado las sábanas y arrancar de sus pesadillas a los niños que se agitaban en sueños.

Fingiendo dormir, observé a Mbali, que depositó una lamparilla de aceite de palma en el alféizar y extrajo una tela diáfana de su bolsillo: la banda de la candidata Ianthe. Lloró —con lágrimas de verdad, no los gemidos histriónicos de los plañideros— y sostuvo una esquina de la banda contra la llama. Cuando la tela ardió, el aire de la sala se enfrió de súbito. Helada de puro terror, vi a una niña translúcida entrar flotando en el salón con las sombras adheridas al cuerpo como un sudario. Se encaminó derecha hacia Mbali.

Yo me puse en pie para avisar a la sacerdotisa, pero ella me detuvo con una seña.

—No —me dijo—. Ya no tiene más tiempo. Los espectros solo aparecen después de la muerte. A menudo no acuden… si la persona ha muerto en paz.

Con sumo tiento, la suma sacerdotisa alargó los brazos. El espectro de Ianthe se apresuró hacia ellos y observé sorprendida que abrazaba a Mbali con brazos sólidos como los de una niña viva.

—Te echaré de menos —le dijo Ianthe.

—No por mucho tiempo —susurró Mbali a la vez que besaba la cabeza fantasmal de la niña reprimiendo, me pareció, un estremecimiento—. No vas a añorar nada cuando te marches. Ve, pequeña. Eres libre por fin.

Murmuró una bendición e Ianthe desapareció.

—Deberíamos quemar algo de tu madre —le dije a Sanjeet, ya cogiendo una lámpara de aceite de uno de los apliques que había en el cuarto de juegos—. Así podrás volver a verla.

La esperanza titiló en el rostro de Sanjeet. Dudó antes de extraer una pulsera tobillera de oro de su bolsillo.

—Es todo lo que tengo.

—No hace falta usarla entera —sugerí al tiempo que extraía un minúsculo cascabel de la cadena. Un recuerdo cruzó mi mente: el pie de una mujer golpeando rítmicamente la tierra y el timbre de una risa franca. Dejé caer el cascabel en la lámpara y observé cómo el metal se curvaba renegrido.

No sucedió nada; en el cuarto de juegos el aire continuó estancado. La expresión de Sanjeet se ensombreció.

—Mbali dijo que los espectros solo regresan cuando no están en paz —le expliqué—. O si tienen algo que decirte. Tal vez sea buena señal.

Él asintió con gesto envarado. Desesperada por sentirme útil, le enseñé la bendición que Mbali había usado para despedir a Ianthe. Clavamos los ojos en la luz menguante de la lámpara y recitamos juntos:

—«Ahora eres inmortal. Inamovible, mil colinas convergiendo en una. Que te unas al desfile de Egungun y entres en el paraíso del núcleo».

La lámpara se apagó. Cuando Sanjeet volvió a hablar, su voz transmitía una tranquilidad gélida.

—He estado planeando cómo matarlo —me confesó—. Me he pasado todo el día buscando la manera de escapar de An-Ileyoba, abandonar el Palacio Infantil y colarme en la cárcel donde han encerrado a padre. —Sonrió sin despegar los labios—. Y luego he comprendido que esa sería la clase de maniobra de la que se sentiría orgulloso. Espero que nunca merezcas el orgullo de un monstruo, Tarisai. Es peor que su desprecio.

Me reuní con él en el canapé y le acaricié la mejilla empapada de lágrimas con el pulgar.

—Pues haz que se avergüence de ti. Quédate aquí. Deja que Dayo te unja y sé un protector en lugar de ser un asesino. Dayo te necesita, Jeet. Te quiere y tú lo quieres a él. Pasaste la prueba del rayo antes que ninguno de nosotros. Eso debe significar algo, ¿no?

Sanjeet se quedó muy quieto.

—¿Sabes por qué pude conectar con el rayo del príncipe? —Aferró el borde del canapé y sus nudillos palidecieron—. Porque tengo un hermano pequeño que era idéntico a él. Yo veo a las personas igual que un carnicero evalúa a un animal. Puntos fuertes, puntos débiles. Huesos y carne. Pero mi hermano, Sendhil... Su Gracia era distinta. Él también veía las debilidades, pero de las almas, no de los cuerpos. Sabía de dónde procedía el sufrimiento de las personas. Igual que Dayo, siempre encontraba la palabra justa.

Asentí, recordando la amabilidad con que Dayo había tratado a Zyong'o en el tribunal.

—Padre pensaba que mi hermano era demasiado débil. Lo apuntó a las luchas en la arena, igual que a mí. Dijo que eso lo «ayudaría a convertirse en un hombre». Pero Sendhil perdía todas las peleas. Le daban pena sus contrincantes, entendía su dolor demasiado bien. Así que padre lo vendió como recluta a los mercenarios del desierto. Tenía nueve años. Nueve, Tarisai. Y, antes de que los mercenarios fueran a buscarlo, Sendhil me pidió que lo ayudara a escapar. Pero yo... no quise hacerlo. Me daba miedo lo que padre pudiera hacer si nos pillaba. Y además... — El sentimiento de culpa desencajó su rostro— yo quería que Sendhil se alistara. Pensaba que los mercenarios fortalecerían su carácter. Era demasiado amable, pensaba yo. Demasiado ingenuo. Si seguía así, el mundo se lo comería vivo. Odiaba a mi padre..., pero en el fondo era igual que él.

—Solamente eras un niño, Jeet. Hiciste lo que te pareció más adecuado.

—Traicioné a mi hermano. —Había rabia en su expresión—. Y, cuando Sendhil volvió de permiso un año más tarde, estaba distinto. Antes de eso siempre lloraba cuando padre le pegaba a amah. Pero ahora se limitaba a mirar como... como si respetara a padre por ello. Y, en lugar de usar su Gracia para consolar a los demás, la empleaba para destruirlos. Sendhil nunca mentía, jamás. No le hacía falta. Veía a un desconocido por la calle y sabía qué combinación exacta de palabras podía reducirlo a un mar de lágrimas. Incluso padre le tenía miedo. Así que devolvió a Sendhil a los mercenarios y, poco después, amah me envió a palacio. Nunca he vuelto a ver a mi hermano.

—Lo siento —susurré, posando mi mano sobre la suya.

Sanjeet miró al infinito, estrujándome los dedos sin darse cuenta.

—El espectro de amah no ha venido —murmuró—. Ni siquiera para ofrecerme consejo. Tal vez signifique que está en paz. Que este es mi sitio. Tienes razón, Tar; no puedo permitir que Dayo se transforme en Sendhil. No dejaré que pierda la fe en las personas que ama. No permitiré que conozca la traición. —Un escalofrío me recorrió los dedos, que se me habían entumecido. Me miró como si despertara de un trance y su expresión se suavizó—. Me has ayudado a comprender cuál es mi deber, niña sol. —Rozó con los labios el dorso de mi mano—. Una vez que Dayo te unja, sé que tú también harás lo posible para mantenerlo a salvo.

Retiré la mano y le dediqué una sonrisa nerviosa.

—Puedes ser algo más que el Oso del príncipe. Podrías usar tu Gracia para enseñar sanación a los demás. Kirah me dijo que tienes una teoría sobre cómo lograr que un corazón vuelva a latir; bombeando el pecho con las manos. Es maravilloso, Jeet. Podrías salvar vidas.

Asintió, pero no dejó de sonreírme con cariño infinito e inquietante.

—Nunca me he concedido permiso para considerar la idea de quedarme, ¿sabes? Mientras amah seguía viva, no podía comprometerme con nadie ni con nada para siempre. Pero ahora…

Se inclinó hacia mí sin darse cuenta y su aroma a tierra y piel curtida me aceleró el pulso. Su rostro resplandecía con una expresión que nunca le había visto: alegría.

—Pidámosle a Dayo que nos unja —murmuró. Su aliento me hacía cosquillas en la cara—. Ahora mismo. Lo despertaremos y conectaremos con su rayo. Luego…

La cortina del cuarto de juegos se abrió de repente.

—Prueba sorpresa —anunció una examinadora enfundada en una túnica escarlata. Con una seña brusca, nos indicó que nos encamináramos a la puerta—. Todos los candidatos deben presentarse en el patio norte.

—¿En el patio? —Sanjeet enarcó una ceja—. Pero si estamos en mitad de la noche. ¿A qué prueba nos van a someter en el exterior…?

—La prueba se cronometra —lo interrumpió la examinadora. Nos hizo salir al pasillo, donde una riada de niños adormilados y extrañados pasaban ante nosotros de camino a las escaleras que llevaban afuera. Sanjeet los siguió y yo me quedé de piedra cuando la examinadora me retuvo—. Han llevado al príncipe a otro sitio. Ha solicitado tu presencia muy especialmente. Tienes que acompañarme.

Me aferró la muñeca con una fuerza sorprendente y salimos disparadas en dirección contraria al éxodo masivo, sin detenernos hasta que llegamos a los desiertos salones traseros del Palacio Infantil. Doblamos la esquina… y se me paró el corazón.

En el suelo se agazapaba un animal salvaje que solo conocía de los libros. Su pelaje anaranjado salpicado de manchas negras brillaba lustroso contra las paredes de arenisca e irradiaba calor de un cuerpo descomunal.

«Un leopardo», murmuró mi biblioteca mental.

¿Cómo era posible? Los leopardos no eran más altos que un hombre, seguro. Esa fiera tenía el tamaño de un caballo, con ojos amarillos y taimados cuyo resplandor se proyectaba a metros de distancia.

Chillé, pero la mano de la examinadora me tapó la boca. Se inclinó para acercarse a mi oído y, cuando siseó unas palabras, ya no hablaba como una dama de Oluwan.

—Ya es suficiente, pequeño demonio.

El sonsonete de un acento mewí impregnaba cada palabra. Me di la vuelta y alcé la vista. El rostro de la examinadora se desdibujó antes de desvanecerse para dejar otro en su lugar.

—Kathleen —jadeé.

Un individuo surgió de las sombras para acariciar la enorme cabeza del animal. Relucientes marcas color amatista cubrían la figura dorada y nervuda del hombre.

—Veo que tantos años en An-Ileyoba no te han enseñado modales —observó Woo In en tono mordaz—. Te presento a mi amigo, hija de la Dama. Hyung es mi emi-ehran. —Woo rascó la coronilla de la inmensa fiera, que ronroneó satisfecho mientras desaparecía y volvía a aparecer una y otra vez—. Soy envía animales espirituales para consolar a los redentores en sus últimos momentos de vida —explicó Woo In—. Pero yo me negué a morir en el inframundo y, cuando escapé, Hyung se vino conmigo.

—¿Cómo habéis entrado aquí? —pregunté con un hilo de voz.

Kathleen esbozó una sonrisilla burlona.

—Woo In entró volando por la ventana. Yo me convertí en esa aburrida lady Adesanya y le otorgué a Hyung la apariencia de un gato doméstico. —Miró al animal torciendo el gesto—. Ha sido complicadísimo embrujar algo tan grande. Pero Woo In insistió y...

—Podrías haberlo invisibilizado —replicó Woo In.

Kathleen puso los ojos en blanco.

—¿Sabes lo difícil que habría sido convencer a treinta guerreros de la Guardia Imperial de que no estaban viendo nada? Poseo una Gracia, pero no soy un dios. Deja a tu mascota en casa la próxima vez.

Hacía tanto tiempo que no veía a Woo In y a Kathleen que casi me había convencido de que los había inventado. Durante un momento desconcertante, tuve ganas de abrazarlos y estallar en lágrimas. Ellos eran los únicos lazos que todavía me unían a mi hogar, a la Casa Bhekina y a Swana. Pero sus rostros constituían asimismo espeluznantes remembranzas de la persona —del monstruo— que yo era. Reminiscencias de la misión que me había encomendado la Dama.

—¿Habéis estado aquí todo el tiempo? —pregunté—. ¿En el Palacio Infantil? ¿Espiándome?

—Te hemos visitado a menudo —replicó Kathleen con aire ofendido antes de proseguir—. Las veces suficientes para saber que has descuidado tus deberes.

—Me habéis dejado sola durante años —los acusé—. Y no me dijisteis nada. Ni que madre había vivido aquí, ni que el consejo del emperador intentaría envenenarme, ni que… —Tragué saliva—. Ni que el niño del retrato que me enseñó madre era Dayo.

Kathleen desdeñó mi reproche con un gesto de la mano.

—De haber sabido más, el consejo del emperador jamás te habría dejado acercarte a Dayo. Mbali, en particular, no lo habría permitido. Su Gracia es percibir la verdad, de ahí que la ignorancia fuera tu única protección. En conjunto, diría que las cosas han ido relativamente bien. Salvando lo evidente.

Noté la boca reseca.

—La Dama desea saber —dijo Woo In— por qué razón el príncipe aún no ha sido eliminado.

—No puedo conectar con el rayo. Hasta que no lo logre, no puedo hacerle daño…, y me alegro —añadí a toda prisa.

Kathleen entornó sus ojos color esmeralda.

—Oponer resistencia no te servirá de nada, ¿sabes? Eres medio ehru. Cumplirás el deseo de la Dama por mucho que ames al mocoso Kunleo y, cuanto más esperes, más duro te resultará.

—¿Por qué odiáis tanto a Dayo? —les reproché—. ¿Por qué no lo dejáis en paz? ¿Qué mal os ha hecho?

—No se trata de lo que ha hecho —intervino Woo In—, sino de lo que hará. —Su tono, por lo general sardónico, había desaparecido remplazado por una hostilidad pura como yo nunca le había oído—. Los emperadores Kunleo tienen la potestad de cambiar el Tratado del Redentor. Podrían convertirlo en algo más justo, hacer que los redentores procedieran de cualquier parte y no solo de Songland.

—Eso no puede ser cierto —repliqué—. Dayo nunca me ha dicho nada parecido.

—Puede que tu príncipe no sea tan sincero como piensas.

Resoplé.

—Dayo no podría guardar un secreto ni aunque le fuera la vida en ello. Además, los emperadores no son dioses. ¿Cómo iban a decidir dónde nacen los redentores?

Woo In apretó los labios, que se transformaron en una línea fina.

—No lo sé —reconoció—. Pero la Dama sí. Y ha prometido salvar a los niños de Songland. Antes, sin embargo, debe eliminar el mundo de los Kunleo. —Reculé un paso sin querer cuando la voz de Woo In mudó en un gruñido—. Su paciencia se está agotando, y también la mía. La muerte de Dayo es el motivo de tu nacimiento.

—Me da igual —respondí—. No pienso hacerle daño. Nunca.

Al lado del redentor, un gruñido nació en la garganta de Hyung.

—Temía que dijeras eso —murmuró Woo In—. Así que no nos dejas alternativa. He cumplido tu destino por ti, hija de la Dama. —Forzó una sonrisa—. Tu príncipe y su máscara ya deberían saber que no se susurra junto a una ventana. No sabes quién podría estar escuchando.

El tufo de la madera ardiendo invadió mis fosas nasales procedente de mi espalda.

—No —jadeé—. ¡No!

Me zafé de la mano de Kathleen y salí disparada por el pasillo. Los sirvientes corrían de un lado a otro, vociferando y repartiendo órdenes ininteligibles mientras guiaban a los niños hacia el exterior. Entre el barullo de los chillidos y las carreras, oí a alguien gritar con voz ronca:

—Fuego.

«Gula, contagio, combustión».

—¿Dónde está Dayo? —preguntaba yo a los que pasaban—. ¿Dónde está el príncipe?

Mis preguntas rebotaban contra miradas desorbitadas y gestos de ignorancia. Yo me abría paso entre la fuga masiva, camino del dormitorio donde había dejado a Dayo. Ondeantes nubes de humo oscurecían el pasillo y empecé a toser, pero seguí avanzando.

En ese momento, un fornido brazo me rodeó la cintura y un criado de palacio se cargó mi cuerpo al hombro.

—Vas en dirección contraria, candidata.

Clavé las uñas en la fuerte garra, pero solo me dejó en el suelo una vez que hubo cruzado las puertas dobles de la entrada al Palacio Infantil.

Una oleada de aire puro nos envolvió. El pasillo exterior bullía de guardias y niños que gimoteaban. Nos quedamos junto a la gran escalera de caracol por la que había subido el día de mi llegada a An-Ileyoba. En el rellano había una barandilla de mármol que daba al vasto atrio inferior, donde agotados sirvientes habían formado una cadena humana para pasarse cubos de agua.

De inmediato los curanderos me arrastraron a un lado y me examinaron junto con los otros candidatos. Nos ofrecieron redomas llenas de agua e inspeccionaron nuestra piel en busca de ampollas provocadas por el calor.

—Estoy bien —dije al tiempo que me los quitaba de encima para poder estirarle la manga a un examinador—. ¿El príncipe Ekundayo está con el emperador?

Ya había visto a Sanjeet, así como al resto del consejo de Dayo: Kirah, Mayazatyl y los demás. Pero no veía a Dayo por ninguna parte.

—No lo sé, candidata —replicó.

—¿El palacio está ardiendo y no sabes dónde está el príncipe heredero de Aritsar?

El examinador se revolvió en el sitio y toqueteó el trenzado rojo que remataba su caftán.

—Lady Adesanya me ha dicho que ya había salido. De todos modos he ido a echar un vistazo a la sala de sueños y su tarima estaba vacía, así que…

Me quedé helada, con el estómago transformado en plomo.

Dayo no estaba durmiendo en su tarima. Y la mujer con el rostro de lady Adesanya era Kathleen.

Súbitamente los hermanos de Dayo en el consejo empezaron a chillar y agitarse entre lágrimas.

—Todavía está dentro —sollozó Kirah sin aliento—. Lo oímos a través del rayo. Sigue dentro.

Me abrí paso a empellones entre el muro de cuerpos. Algo estiró mi banda de candidata; Sanjeet me había atrapado al vuelo. Pero yo me zafé de su mano dejando que la suntuosa tela se rompiera en dos mientras volvía a cruzar las puertas dobles del Palacio Infantil.

Las nubes negras que se extendían por la cúpula del cuarto de juegos oscurecían el aire y me irritaban los ojos. Seguí avanzando, trastabillando al doblar los recodos mientras tosía y daba tumbos a través de quicios que se desmoronaban. Dayo era inmune a la asfixia. Eso me proporcionaba algo de tiempo. Pero también significaba que podría seguir respirando mientras las llamas lo devoraban, circunstancia que lo privaría de una misericordiosa inconsciencia.

Mis pulmones pedían oxígeno a gritos. Giré en redondo, buscando en vano una bolsa de aire puro. Juguetes calcinados y vigas caídas se consumían a mis pies y la cabeza me daba vueltas con una sensación de vértigo. El crepitar de las llamas rugía en mis oídos… y entonces me doblé sobre mí misma hasta caer de rodillas. Un sonido demasiado agudo penetró en mi mente, como un atizador al rojo o…

Un rayo de sol.

Lo había notado antes. La energía resultaba dolorosa, pero el sentimiento de ser vulnerable era todavía peor, la sensación de desnudez en cada uno de mis pensamientos. Pese a todo, algo dentro de mí se alargaba hacia el invasor como un tallo que trepara hacia el cielo. Tragué saliva y dejé de resistirme.

El dolor se esfumó con la misma rapidez con la que había aparecido. Clara como una campana de cobre, una voz resonó en mi mente: *Ayúdame.*

—Dayo —lo llamé con voz ronca.

Tar. —La voz que me respondía sonaba desesperada—. *¿Ha funcionado el rayo? ¿Me oyes?*

Ya voy —pensé con vehemencia—. *¿Dónde estás?*

En la ventana —me respondió con debilidad—. *Estaba durmiendo... y de repente he notado un calor terrible... Había humo... He intentado salir... Había un hombre en la puerta; no le he visto la cara...*

Tienes que saltar —le dije—. *Recuerda la máscara. Recuerda lo que dijeron los sacerdotes. No morirás, Dayo.*

Está... Está muy alto. No puedo hacerlo, Tar. No creo lo que dicen los sacerdotes. No creo en mi máscara ni en mi rayo. No puedo hacerlo.

—Ya voy —repetí en voz alta. Usaba la voz que hablaba en mi mente como brújula. El hollín cubría los imponentes murales de antiguos integrantes del consejo ensuciando sus sonrisas benevolentes. A medida que la voz de Dayo cobraba fuerza, también lo hacía el rugido del incendio. Doblé una esquina y entorné los ojos. Ante mí se alzaba una tremenda muralla de fuego.

Las puertas del dormitorio.

Crepitaban y escupían llamas mientras el calor me abrasaba a varios pasos de distancia. El corazón me latía a un ritmo salvaje. De súbito, mi heroísmo se me antojó absurdo. Solo era una niña. ¿Qué estaba haciendo, en el nombre de Soy?

Una viga cayó del dintel y aterrizó entre una lluvia de chispas. Chillé cuando las ascuas me alcanzaron la cara. Di media vuelta sobre los talones y salí corriendo por el pasillo. No podía hacerlo. No podía salvar a Dayo y tampoco hacía falta; él era un radiante. Saltaría.

¿Verdad?

Mis sandalias azotaban la piedra y las alfombras carbonizadas mientras me batía en retirada, y entonces una voz sonó en mi mente de nuevo. No era el espíritu invasor, esta vez no. Era un recuerdo del día que Dayo y yo nos conocimos.

«Tú vas a ser otra más, ¿verdad? Una de las personas que me gustan».

Trastabillé cuando me flaquearon las rodillas. El sudor y la porquería me resbalaban por la espalda. Me detuve, suspiré con fuerza... y mis pies ya estaban corriendo de vuelta hacia las puertas en llamas. Mis brazos silbaban de la rapidez con que se desplazaban.

—No me quemaré, no me quemaré, no me quemaré —recitaba—. No... me... quemaré.

Pero no me lo creía. Había salido ilesa del hogar en la Casa Bhekina, es cierto, pero eso no significaba que yo fuera especial. La Casa Bhekina estaba encantada para garantizar mi protección y el escudo seguramente se había esfumado en el instante en que me marché. Y pese a todo seguía corriendo a toda velocidad hacia las llamas.

Un dolor abrasador, insoportable... y las había traspasado. Tenía la ropa en llamas. Grité y me arrojé al suelo del dormitorio rodando sobre las baldosas. Una vez extinguidas, no me detuve a comprobar si tenía quemaduras, sino que me arrastré por el suelo, donde el humo era menos denso.

—¿Tarisai?

La voz sonaba ronca. Dayo se erguía contra la luz de la luna en el nicho de la ventana. La cortina, arrancada, aleteaba en llamas a sus pies.

—Estoy aquí. —Me acerqué a rastras alargando los brazos. Él tosió con los ojos velados—. Venga —grazné—. Tienes que saltar.

—No puedo —musitó. El calor había sembrado de llagas su cara y su cuello—. Tengo miedo. Y... te quedarás sola. No te dejaré, Tar.

Por un largo instante me planteé si empujarlo. Pero mis brazos no se avenían a hacerlo, aun teniendo la seguridad de que no moriría. Incluso sabiendo que era por su bien... el acto se asemejaba demasiado a un asesinato. ¿Y si el gesto de empujar a Dayo despertaba algo dentro de mí? ¿Esa parte que yo odiaba y temía?

En vez de eso, lo ayudé a bajar. Él se tambaleó sobre unas piernas que no lo sostenían.

—Es que... el humo...

—Te llevaré a cuestas.

—No puedes. La puerta está ardiendo.

—Puedo traspasar el fuego. —Tragué saliva, tratando de creerlo—. No soy una persona normal, Dayo. No soy un ser natural, ni seguro ni bueno. Pero te puedo proteger. —Le ofrecí la mano, temblando. «Puedo escoger. Puedo escribir mi propia historia»—. Lo único que tienes que hacer es confiar en mí.

Dayo tragó saliva, asintió y se apoyó contra mi cuerpo. Yo me lo cargué a la espalda y me tapé la cara con los restos de la túnica. Acto seguido corrí hacia las puertas.

El príncipe chilló, pero mi cuerpo absorbió el golpe del calor actuando como un escudo. Nos desplomamos al otro lado y rodamos por el suelo antes de que le agarrara la mano de nuevo y corriéramos a trompicones hacia las tinieblas del pasillo. Jadeando, tosiendo y entre arcadas, trastabillamos al zaguán del Palacio Infantil, donde cortesanos frenéticos se apresuraron a socorrernos.

—Su alteza imperial... Su piel, oh, dioses... El Fabulador nunca nos lo perdonará...

Una voz grave, vibrante, cantó entre el alboroto y las voces mudaron en exclamaciones contenidas de asombro cuando las tremendas heridas que desfiguraban la piel de Dayo empezaron a alisarse y a sanar. El melódico canto proseguía mientras Kirah y Sanjeet apartaban a la gente amontonada. Kirah cantaba con una mano tendida y el rostro surcado de lágrimas. La dañada piel de Dayo se unía por sí sola sin dejar otra marca que una pálida cicatriz en relieve a lo largo de la mandíbula y la clavícula.

—No vuelvas a dejarnos —le dijo ella, acariciándole la mejilla. Luego se dio media vuelta y me abrazó con fuerza. Sanjeet nos levantó a los tres en volandas con tanto ímpetu que nos quedamos sin aliento y reímos a carcajadas hasta que el ejército de inquietos cortesanos nos separó.

—Un momento —pidió Dayo con voz chirriante antes de que los curanderos nos llevaran a la enfermería—. Tengo que hacer una cosa. Tengo que... preguntar una cosa.

Se volvió a mirarme con esa sonrisa suya, luminosa a más no poder.

Yo me revolví en el sitio, incómoda, mientras todos los demás nos miraban.

—Has estado al borde de la muerte —murmuré—. Ve con los curanderos. Todo lo demás puede esperar.

—No, no puede. —Dayo extrajo una cadena de debajo de su harapienta camisa, de la que colgaba un frasquito con incrustaciones de oro—. ¿Me amas ahora, Tarisai de Swana?

Se me aceleró el corazón.

—Dayo —susurré.

—Tu mente ha conectado con el rayo —dijo—. Has pasado la prueba. Me has oído... Me has salvado.

Con manos temblorosas, se arrodilló en el mármol del suelo y destapó el frasco que contenía aceite de pelícano. Sonriendo, pronunció las palabras rituales que tantos emperadores habían pronunciado antes que él:

—¿Quieres ser la luna del lucero del alba? ¿Das tu consentimiento, Tarisai de Swana? ¿Aceptas mi mano en confraternidad?

La sala estalló en murmullos emocionados. Yo intenté no escucharlos.

«Acepta —gritaba cada célula de mi cuerpo—. Gobierna el mundo. Forma parte de una familia. Piensa en Dayo. Piensa en Kirah y en Sanjeet, y en el castillo junto al mar».

Pero no podía. La Dama había expresado su deseo con absoluta claridad: tan pronto como Dayo me ungiera, me convertiría en un monstruo. Mis manos malditas... volarían a su cuello, allí, delante de todos, lo rodearían y no lo soltarían. Yo no era normal, por más que me empeñase en serlo. Era un ser maldito. Y las palabras de la Dama estaban grabadas en mi mente como una cicatriz permanente, a menos...

A menos que no lo estuvieran.

Despacio, mis ojos buscaron los de Sanjeet, que me observaba nervioso entre el susurrante grupo de candidatos. Recordé su mirada el día que nos conocimos: atormentada. El Oso del príncipe, abrumado de pesadillas y sombras. Pero ahora caminaba con la espalda erguida y su frente exhibía un gesto adusto pero despejado. Yo lo había ayudado. Había curado las cicatrices de su mente. Había logrado que olvidara su historia. ¿Por qué no podía hacer lo mismo por mí?

Respirando profundamente, me clavé los dedos en las sienes y asalté mis propios recuerdos.

Era una invasora pateando las puertas de mi palacio mental y prendiendo fuego a cada sala. Primero incendié a Kathleen y a Woo In hasta que sus rostros y sus voces se consumieron en humo turbulento. Mi mente se resistía, desesperada por llenar los huecos recientes. ¿Quién me había llevado a Oluwan? Un hombre y una mujer. O... ¿fueron dos mujeres? No lo sabía. ¿De qué me habían hablado? De la Dama... De las Gracias... De una misión... Las palabras mudaron rápidamente en un amasijo, como mangos caídos que se pudren en la estación seca. No recordaba nada de mi viaje a Oluwan; las personas que me habían llevado allí eran fantasmas. El vértigo se apoderó de mí, pero seguí adelante, implacable.

Siguiente sala.

A continuación las llamas devoraron la Casa Bhekina y la sabana de Melu, así como el recuerdo de los dos primeros deseos de madre. Mi cuerpo era presa de sofocos y temblores. A lo lejos oía a Dayo y a los otros niños proferir murmullos preocupados. Alguien trajo un escabel para que me sentase y Dayo se arrodilló delante de mí, preocupado.

—Solo un momento —gemí afónica—. Solo… necesito un momento.

La mayoría de mis recuerdos estaban ubicados en unas pocas zonas de mi mente, pero Melu se encontraba en todas partes, como un virus que me corriese por las venas y me doblegase a los deseos de la Dama. Su espíritu estaba despierto y se proyectaba con dificultad desde su sabana para dirigirse a mí desde mi propia mente.

Para, aulló.

No, repliqué con mi voz cascada.

¡Para! De esto no puede salir nada bueno. Eres medio ehru y tu destino es…

NO, rugió mi pensamiento, y una oleada de hirientes llamas redujo a cenizas el rostro y la voz de Melu. Ya no lo conocía.

La última sala sería la más complicada. Me sostuve la cabeza entre las rodillas mientras me mecía y gemía de dolor.

—Necesitamos un curandero —gritó Dayo, y Kirah empezó a entonar un cántico relajante, pero me tapé los oídos. No era momento de distracciones.

El rostro de la Dama oponía resistencia a las llamas, como si contara con una protección adamantina. Le arrojé ascuas y antorchas en llamas, le envié ríos de fuego; ella seguía sonriendo, incólume. *Renuncia* —decía su sonrisa—. *Tu mente me protege con la misma furia con la que defiende tu nombre.*

Pero yo no soy tú, le susurré.

¿Estás segura?

Mi frente se cubrió de sudor. *Mi nombre es mío. Mi nombre es mío. Mi… nombre. Mío…*

Y, por fin, el escudo inquebrantable se resquebrajó.

Adiós al resplandor de sus brillantes ojos negros. Adiós al perfume de jazmín que emanaban sus brazos en torno a mi cuerpo. Adiós a la música de su voz ronca, a los «yo» y «mía» de su canción.

Y ocultas en humo impenetrable estaban aquellas palabras mortales, derramadas sobre mí como un ensalmo: «Te ordeno que lo asesines».

Abrí los ojos. La sala al completo me estaba observando envuelta en un silencio espeluznante, como si el mundo entero se hubiera transformado en piedra. ¿Qué estaba pensando hacía un momento? Estaba inquieta por… algo. Me sentía infeliz. ¿A causa del fuego? Había personas malas. Alguien que conocía había intentado matar a Dayo. Yo estaba muy preocupada. Aterrorizada. No soportaba perder al príncipe, porque… porque…

Me quedé mirando la cara marcada que alzaba la vista hacia mí, la mata de apelmazados mechones negros, la figura desgarbada que había llegado a conocer tan bien como la mía. «Lo amo». Mis sentimientos eran verdaderos, como el sol que salía sobre los torreones de palacio o las praderas que se ondulaban bajo el cielo swano.

Me levanté del escabel, me arrodillé y apoyé la frente en la suya.

—Estoy dispuesta —dije—. Acepto tu mano en confraternidad.

Las lágrimas brillaron en las mejillas de Dayo. Un olor salobre a mar y a plumas requemadas inundó el aire cuando dibujó una estrella en mi frente con aceite de pelícano. A continuación extrajo un pequeño cuchillo y se practicó un pequeño corte en la mano, luego en la mía.

—Ahora me perteneces —musitó, presionando las palmas de ambas manos para que nuestras sangres se mezclaran, y una sensación ardiente me recorrió las venas.

Me quedé petrificada. Algo malo tenía que pasar en ese momento. Algo horrible que yo no lograba recordar…

Pero nada sucedió.

Dayo se levantó y me envolvió en un abrazo, y yo me estremecí de alivio. Su contacto era más que un consuelo. Necesitaba tenerlo cerca; necesitaba a Kirah, a Kameron, a Umansa y a todos mis hermanos del consejo. Mi cuerpo ansiaba su calor con la misma intensidad con la que necesitaba agua y comida. El mal del consejo: el ansia permanente de los ungidos.

Sanjeet se arrodilló para ser ungido a continuación.

—Nunca he necesitado un título sagrado para protegerte, hermano —le dijo a Dayo, y sonrió mirando el corte de su palma—. Pero, por quedarme a tu lado, aceptaré el nombre que quieras darme.

Luego Dayo nos presentó ante la multitud de cortesanos y candidatos, que se arrodillaron en señal de respeto.

Parpadeé.

—No deberían postrarse. No ante mí.

—Pues claro que sí —respondió Dayo, entrelazando los dedos con los míos—. Sagrada eminencia.

SEGUNDA PARTE

CAPÍTULO 10

El mundo entonaba mi nombre, pero yo solo quería echar una cabezadita.

—Gracias por visitar Ebujo, sagrada eminencia. ¡Mire, es usted!

—Perdón —musité. ¿Cuánto tiempo llevaba el crío ahí arrodillado? Desde mi escabel dorado del templo, forcé la vista hacia un niño con los dientes separados—. ¿Qué has dicho?

A mi lado, mis hermanos del consejo sonreían mientras los plebeyos se acercaban a sus escabeles. Yo no podía explicarme cómo se las ingeniaban los demás para estar de tan buen humor; aceptar regalos y felicitaciones, besar a todos los niños que les plantaban en las narices. Apenas habíamos comido en varias horas y llevábamos un año viajando sin cesar. Después de que Dayo ungiera al último integrante del consejo, el bondadoso Zathulu de Djbanti, habíamos emprendido una gira de buenas intenciones por todo el imperio. Cruzamos arenas, nieves y sabana, y en cada ciudad nos daban la bienvenida las mismas personas a las que gobernaríamos un día. Nuestro viaje había culminado allí, en la ciudad santa de Ebujo, donde todos los miembros del consejo recibían sus títulos oficiales.

Carrozas tiradas por leones amaestrados con las melenas trenzadas nos habían paseado por las calles. Las ovaciones y el sonido de los tambores me impedían escuchar mis propios pensamientos.

—No dejéis de saludar —nos había ordenado Mbali antes de la ceremonia—. Ni de sonreír. Les hablarán de este día a sus hijos y nietos. No sois seres humanos; ya no. Sois naciones. Sois historia andante.

La carretera que serpenteaba al templo rebosaba plebeyos envueltos en sus mejores atuendos de fiesta. El perfume impregnaba el aire y los niños lanzaban pétalos desde las almenas, una nevisca oro, rojo y blanca. Los griots agitaban maracas y tambores, a cuyo ritmo las gentes de Ebujo entonaban una nueva versión de la conocida retahíla tradicional.

Tarisai ofrece su tambor; *nse.*
Sanjeet y Umansa procuran el arado; *gpopo.*
Kameron y Theo miran bailar al hermano mayor;
¡Ekundayo, negro y dorado!

Mayazatyl afila su lanza; *nse.*
Kirah teje su paño; *gpopo.*
Thérèse y Emeronya miran bailar al hermano mayor;
¡Ekundayo, negro y dorado!

Zathulu se trenza la cabellera; *nse.*
Ai Ling ofrece su calabaza; *gpopo.*
Once lunas miran bailar al sol;
¡Ekundayo, negro y dorado!

Pero yo solo podía prestar atención a mi despiadada migraña.

—¿Se encuentra bien, sagrada eminencia? —me preguntó el muchacho del templo, desplazando los pies

Lo veía todo borroso, pero forcé una sonrisa y asentí.

—¿Qué llevas ahí?

El chico me mostró una muñeca de trapo y la depositó en mi mano con timidez.

—Es usted. He usado mi mejor túnica para fabricarla. Era pequeña y ma quería venderla para retales, pero no la he dejado.

La muñeca estaba confeccionada con lino marrón oscuro, de un tono muy parecido al de mi tez. Unos alegres ojos de botones brillaban sobre la costura de su sonrisa y una explosión de trenzas de lana negra surgían de su cabeza.

Se me encogió el corazón. Recuerdos de los dedos del niño, que blandían la aguja temblorosos y se pinchaban sin querer, brotaron de la muñeca hacia la palma de mi mano. Fingí que la pequeña Tarisai le hacía una reverencia y el pequeño soltó una risita.

—Gracias —le dije—. ¿Cómo sabías qué aspecto tengo?

Hay un retrato en la posada de mi familia, sagrada eminencia. Un mercader lo trajo de la capital. Aparece usted, el príncipe Ekundayo y el Oso del príncipe, así como el resto de los Once. A veces dejamos maíz debajo del retrato. O mandioca y vino de palma.

Enarqué una ceja.

—¿Por qué?

—Son ofrendas —respondió parpadeando por la perplejidad, como si fuera obvio—. Para que la ciudad tenga buenas cosechas.

Abrí la boca y volví a cerrarla. Plebeyos y nobles de todo el continente formaban cola en el templo delante de nuestros escabeles elevados con tarimas. Sus ojos devoraban la enjoyada factura de mi paño de batik, las ristras de cuentas color arcoíris de mis muñecas y cuello, los brazaletes de oro que rodeaban la parte alta de mis brazos. Me revolví en el sitio. Sabían que yo solo era un ser mortal, ¿verdad?

—Usted es mi favorita —parloteó el chico—. Mi hermana piensa que su sagrada eminencia Ai Ling es más guapa, pero usted puede leer las mentes. O los recuerdos. Sis y yo no pudimos ponernos de acuerdo. Mi tía dice que es muy raro que nadie sepa de dónde proceden su madre y su padre, pero papa piensa que da igual, porque usted salvó la vida del príncipe Ekundayo y yo creo…

Su voz se perdió a lo lejos cuando el dolor de mis sienes aumentó de intensidad. Esas palabras: madre y padre.

Desde el día de mi unción, los dolores de cabeza no me dejaban vivir. Solo recordaba dos cosas de mi vida anterior al Palacio Infantil: un huerto de mangos y un nombre: Dama. Había obedecido a Mbali mientras fui candidata, no hablando nunca de mi madre, y ya no podría hacerlo ni aunque quisiera. Sin embargo, mientras dormía, un canto resonaba en los contornos de mis sueños: «Yo, mía, ella soy yo y es solo mía».

—¿Sus padres son pobres? —me susurró el niño en tono conspiratorio—. ¿Los visitará cuando vuelva a Swana?

Un dolor sordo me latía en las sienes. El aire ya no circulaba por mis pulmones.

—Yo... No lo sé. Yo...

—Ya son suficientes preguntas para su sagrada eminencia.

Dayo se había levantado de su escabel.

El niño se quedó helado y palideció.

—Su... Su alteza imperial.

Dayo sonrió y se acuclilló de modo que la cara del niño quedara a la altura de su cicatriz. La piel gruesa y en relieve se retorcía por la mejilla de Dayo como un intrincado encaje y se desplegaba en ramificaciones por su clavícula. Era lo mejor que la canción sanadora de Kirah había conseguido tras el incendio y la visión de la cicatriz siempre empeoraba mi dolor de cabeza.

La máscara *oloye* de obsidiana le colgaba del cuello; Dayo ya no tenía que esconderla. Las doce tiras de sus inmunidades reflejaban el arcoíris en la cara del pequeño.

—Tu madre debe de estar orgullosa de ti —le dijo Dayo con dulzura—. Seguro que nadie en todo Ebujo confecciona unas muñecas como las tuyas.

El niño asintió con rigidez y Dayo le revolvió el pelo. Luego el pequeño hizo una reverencia y regresó con la multitud, aturdido de la emoción.

Dayo posó una mano en mi hombro.

—¿Todavía ningún recuerdo? —me preguntó.

Negué con la cabeza.

—Es horrible. Se supone que tengo que ser la delegada imperial de Swana. ¿Cómo voy a representar a un reino que ni siquiera recuer…?

—Olvídate de Swana —me interrumpió Dayo, y yo parpadeé sorprendida. El príncipe casi nunca interrumpía a nadie—. Quiero decir… —vaciló—. Ahora eres una de nosotros. Es lo único que importa, ¿cierto? Y aún falta mucho para que seas delegada de Swana. Mientras padre no mue… O sea, mientras padre no parta a la aldea, no haremos nada más que emprender misiones y celebrar fiestas en la fortaleza Yorua. Eso se podría prolongar años. Décadas incluso.

En Aritsar, se consideraba de mal agüero mentar la muerte del emperador. En lugar de eso se decía que un difunto emperador «había partido a la aldea y tardaría en regresar». Pocos emperadores visitaban la aldea antes de los ochenta años de edad, lo que significaba que Dayo podría haber dejado atrás los cuarenta antes de que el consejo ascendiese al trono. Hasta entonces viviríamos en la fortaleza Yorua, el tranquilo castillo de la costa oluwaní donde residían todos los príncipes una vez completado su consejo. En cuanto la gira de buenas intenciones llegara a su fin, nos encaminaríamos derechos a la fortaleza y únicamente regresaríamos al Palacio Infantil en las escasas ocasiones en que visitáramos la capital.

—Será agradable tener un hogar propio —concedí—. No echaré de menos las pruebas. Ni que me despierten los tambores.

Dayo me observó con curiosidad.

—Estás sudando. ¿Acaso la brecha te pone nerviosa? De ahí dentro no ha salido nada desde hace años, ¿sabes?

Hice una mueca.

—No hace falta que salga nada de ese agujero para que apeste. ¿Cómo lo soportan los sacerdotes?

El centro del templo Ebujo era una amplia cámara de altos muros sin techo. Siglos atrás, los monstruos habían destruido la cúpula del tejado. Columnas de translúcida piedra caliza surcada de vetas moradas se alzaban en torno a nosotros, aunque no apuntalaban nada excepto el cielo. Un lado de la cámara albergaba un altar de mármol, nuestro semicírculo de escabeles dorados y una zona para los espectadores, que debían estar en pie. Al otro lado, protegido por un murete rematado en picos y protegido por chamanes guerreros, se encontraba la brecha Oruku: una entrada al inframundo.

La grieta se hundía en el suelo como una boca chispeante y sulfurosa que exhalaba miasma azul. El templo, en su origen, era una fortaleza construida en torno a la brecha, que protegía a los civiles de los monstruos no muertos. Sin embargo, tras el Tratado de Enoba, que obligaba a los niños redentores a entrar en la fisura con regularidad, la impenetrable fortaleza se convirtió en un templo. Cada cien años la cámara de la brecha albergaba el Ritual de Paz entre el príncipe heredero arit y los embajadores del continente. El ritual era preliminar, una versión menos ceremoniosa de la Renovación del Tratado imperial, que se celebraba un año más tarde en Ciudad de Oluwan entre el emperador y los regentes de los distintos reinos. En esta ocasión el ritual preliminar coincidía casualmente con la ceremonia de confirmación de nuestro consejo, en el transcurso de la cual descubriríamos los títulos que íbamos a heredar de los Once del emperador.

Le lancé una ojeada a Kirah, que estaba sentada unos pocos escabeles más allá. Nos habían animado a lucir atuendos que representasen nuestros reinos natales y ella estaba resplandeciente con la túnica vaporosa y los pantalones de los jefes tribales bléssidos. Si bien nuestros títulos todavía no se habían anunciado, todo el mundo sabía que remplazaría a Mbali como suma sacerdotisa de Aritsar. Aparte de Dayo, la fila de ciudadanos que esperaban para felicitar a Kirah era la más larga: plebeyos y nobles por igual, desesperados por una muestra de su Gracia sanadora. Un anciano de pronunciada calvicie se arrodilló llorando a los pies de Kirah y cabeceó agradecido cuando ella le cantó.

Invoqué el rayo del príncipe. Cuando una presión cálida latió en el centro de mi mente, dirigí el calor hacia Kirah. *No te canses demasiado* —pensé—. *No podrás ayudar a nadie si te quedas sin voz.*

Kirah alzó la vista y me dirigió a hurtadillas una sonrisa agotada. *No tengo fuerzas para sanarlos a todos por completo* —respondió—. *Pero de todos modos me miran como si fuera una diosa. No sé si reír o llorar.*

Fruncí el ceño y le envié un latido de compasión a través del vínculo. Cuando me respondió, energías renovadas corrieron por mis venas. Nada aplacaba tanto el mal del consejo como hablar a través del rayo.

Últimamente apenas si recordaba cómo era querer a alguien sin la presencia del rayo. La libertad de hablar mentalmente con mis amigos, de compartir imágenes e incluso sentimientos si lo deseábamos, implicaba una cercanía como jamás había experimentado.

O, cuando menos, no que yo pudiera recordar. En ocasiones, mientras dormía con mis hermanos ungidos y enredábamos los cuerpos como cachorros de león en el suelo del Palacio Infantil…, sonaba un acorde en mi cuerpo que me resultaba familiar. Yo había pertenecido previamente a alguien de un modo tan íntimo y absorbente como el vínculo del rayo. Antes del Palacio Infantil, tenía otro dueño.

Como una isla velada por la niebla, un rincón de mi identidad flotaba fuera de mi alcance. Podría haber construido una balsa y remar —desafiar las olas que oponían resistencia en mi mente, conquistar las costas de mi pasado—, pero era demasiado cobarde para intentarlo.

«Pues no lo hagas» —me decía siempre Dayo cuando empezaba a obsesionarme con el tema—. Ahora estás en casa. ¿Para qué necesitas recordar nada más?».

Mira esa pareja de ahí —me habló otra voz a través del rayo—. *Me parece que los has visto antes, Tarisai.*

La voz acarició la médula de mi columna vertebral, un bajo aterciopelado matizado por un fuerte acento dhyrmano. Yo reprimí el deleite que estaba sintiendo cuando miré a Sanjeet a los ojos, con la esperanza de que mis sensaciones no viajaran a través del rayo.

Estaba sentado en el escabel de mi izquierda, resplandeciente con el caftán negro decorado con perlas de los generales dhyrmanos. Señaló con la cabeza al siguiente grupo de personas que acudía a felicitarme. *¿Los conoces?*

Una mujer mestiza embozada con la capucha de su capa verde y un hombre con el cuerpo recorrido de marcas que lo señalaban como un redentor aguardaban ante mi tarima. Casi todas las personas que acudían a expresarnos sus buenos deseos se mostraban apocados y se miraban los pies mientras balbuceaban sus felicitaciones y me tendían un regalo. En cambio, esos visitantes me miraban a los ojos y… esbozaban sonrisitas burlonas.

Negué con la cabeza en dirección a Sanjeet. *Nunca los había visto. ¿Tú sí?*

Él dudó. *Una vez, creo. En las historias que me mostrabas de tus recuerdos, antes de que olvidaras tu infancia. Pero eso fue hace años. Puede que me confunda.*

El redentor dio un paso adelante e hizo una reverencia que se tornó burlona cuando la sostuvo demasiado rato.

—Su sagrada eminencia.

—Gracias por venir —respondí con educación—. Songland está muy lejos de Ebujo. ¿Le ha resultado complicado llegar hasta aquí, señor…?

Cuando me quedé esperando a que me dijera su nombre, el hombre me dirigió una mirada sardónica, como si le hubiera formulado una pregunta cuya respuesta ambos conocíamos.

—Me llamo Woo In —dijo con una sonrisa tensa—. Y la parte más complicada de mi viaje ha comenzado en esta habitación.

Noté que me ardía el rostro cuando miró por encima de mí hacia la humeante brecha Oruku.

—Claro —murmuré, avergonzada por mi falta de sensibilidad—. Este templo debe de albergar horribles recuerdos para usted. Es un honor que haya regresado por mí. Por favor, acepte mi más profunda gratitud.

Woo In se cubrió el hombro marcado con una capa azul marino y se inclinó para posarme un beso gélido en el anillo sigilar.

—No necesito gratitud —respondió—. Pero aceptaré justicia: tu promesa de que mi historia no se repetirá con ningún otro niño de Songland.

Retiré la mano con brusquedad.

—¿De qué me está hablando?

En lugar de responder, Woo In llamó por señas a su compañera. La isoken embozada tomó la mano de una joven redentora. La niña hizo una reverencia, mirándome con rasgos altivos e inquisitivos. Tenía la piel cubierta de motivos geométricos. Advertí la diferencia entre sus marcas y las de Woo In; las de él eran moradas y brillantes, las de ella, azules y suaves. Las marcas de un redentor que todavía no ha atravesado el inframundo.

—Soy Ye Eun —se presentó—. Encantada de conocerla, sagrada eminencia. —Llevaba una corona de lirios de los valles sobre el corto cabello negro. Con timidez, me ofreció una corona igual a la suya. Incliné la cabeza para que me la posara sobre las trenzas.

—Gracias —dije.

Sonrió como si compartiésemos un secreto.

—Es usted tan guapa como su madre.

Me quedé helada.

—¿Qué has dicho?

—Nos va a salvar —prosiguió ella con alegría—. La Dama prometió que sucedería cualquier día de estos, pero antes tiene que recuperar sus recuerdos. Espero que sea pronto. No tengo mucho tiempo antes de que...

Su mirada se desplazó a la brecha que se abría a mi espalda.

Esa niña estaba delirando. ¿Sería un efecto segundario de ser una redentora? Pobrecilla; seguramente sus padres la habían abandonado al nacer.

—Ye Eun —le dije—. ¿Cuántos años tienes?

—Casi once —respondió con voz cantarina.

Un puño me estrujó las entrañas. En teoría los niños redentores debían ser entregados a la brecha a los diez años. Las leyendas decían que la desobediencia involucraba represalias por parte del inframundo.

Pero tampoco había por qué creer todas las viejas leyendas. No era posible que los abikus —los espíritus con los que Enoba había firmado el Tratado del Redentor— se molestasen por la pérdida de una niñita de nada. El peso de mi corazón se aligeró. El consejo del emperador tenía el poder de ayudar a Ye Eun. Sin duda podrían negociar una excepción al Tratado. Tan solo necesitaba ganar tiempo.

Mi incliné adelante para aferrar los hombros de Ye Eun.

—Escúchame, necesito que te escondas. Aquí, en el templo, donde los sacerdotes no puedan encontrarte. Mandaré a alguien a buscarte una vez que las ceremonias hayan terminado y podrás venir a visitarme a la fortaleza Yorua. ¿Qué te parece?

La sonrisa de Ye Eun se ensanchó, pero miró a Woo In y a la mujer isoken pidiendo permiso. Ellos se encogieron de hombros y la niña rio con emoción antes de desaparecer entre la multitud.

—¿Son ustedes sus tutores? —les pregunté a los desconocidos.

La expresión de Woo In se endureció.

—Todos los redentores son mis hermanos y hermanas. Y cualquier persona que se interponga en su libertad es mi enemigo.

La mujer isoken avanzó entonces y, con una sonrisilla burlona, me ofreció un tambor parlante.

—Me llamo Kathleen, oh, excelsa ungida. Te ruego que aceptes este humilde regalo. Si los rumores son ciertos, perteneció en su día a la emperatriz Aiyetoro. Un objeto como este debe de contener historias sin par y solo una Gracia como la tuya podría arrancárselas. Puede que esas historias te recuerden la tuya.

Examiné el regalo con dedos reverentes. El cuerpo tenía forma de reloj de arena y estaba forrado de cordeles de cuero de extremo a extremo que regulaban el tono. Incluía una baqueta alojada entre los cordeles para que no se perdiera. Un motivo de discos y manos entrelazadas decoraba el cuerpo del tambor, junto con un verso escrito en antiguo arit. Forzando la vista me esforcé por traducirlo: «La verdad nunca morirá mientras los griots sigan tocando sus tambores».

—¿Dónde han encontrado esto? —pregunté.

Woo In esbozó una sonrisa escueta.

—Algunos eligen preservar la historia en lugar de olvidarla.

Me sumergí en los recuerdos del tambor. Sin embargo, cuando mi mente se asomó a la calabaza, solo polvo y tinieblas húmedas invadieron mis sentidos, junto con un correteo de arañas sobre mi piel. Hice una mueca y me retiré.

—Lleva demasiado tiempo guardado —declaré—. Mi Gracia solo puede remontarse unas décadas atrás. No podría alcanzar a Aiyetoro. Pero gracias. El regalo es igualmente valioso.

Woo In y Kathleen parecían decepcionados.

—Le dije a la Dama que el tambor no funcionaría —se quejó ella a Woo In sin molestarse en bajar la voz—. Es demasiado indirecto. Nunca recordará quién es a través de antiguos artefactos. Tenemos que despertar al ehru que lleva dentro.

—Solo la Dama se puede comunicar con Melu —musitó Woo In—. Tendrá que resolver el problema en persona.

Sus palabras me provocaron un cosquilleo gélido por las venas. ¿Tenía razón Sanjeet? ¿Me conocían esas personas? Y más importante: ¿por qué yo había decidido olvidarlas?

Antes de que pudiera formularles más preguntas, los tambores empezaron a proyectar sus repiques por el templo. Un secretario de palacio entró con prisas en la cámara cargado con vitelas de becerro. Woo In y Kathleen se perdieron en la multitud.

Entre murmullos nerviosos, Dayo recibió el pergamino del secretario.

—Ciudadanos de Aritsar y honorables invitados de Song-land —anunció, haciendo una reverencia ante cada uno de los grupos que nos rodeaban—. El consejo de mi padre ha deliberado largo y tendido acerca de los cargos imperiales que mi consejo heredará. Hoy se me ha concedido la dicha de leer sus decisiones.

En silencio, nos envió a cada uno un latido de afecto a través del rayo.

¿Listos?, preguntó Kirah mentalmente, y once voces resonaron en mi pensamiento. *Nos tomas el pelo, ¿verdad?... A mí me da igual lo que me toque... Estoy deseando saberlo... Siempre y cuando podamos dejar de vivir tan apretujados en el Palacio Infantil...*

Dayo carraspeó para aclararse la garganta y desplegó la vitela. Una sonrisa afloró a su cara y adiviné que el primer nombre no iba a sorprender a nadie.

—Como plausible sucesora al título de suma sacerdotisa... —empezó Dayo—. Su sagrada eminencia Mbali de Swana ha escogido a Kirah del Valle Blessid.

El templo estalló en aplausos y Kirah se levantó. Sus ojos color avellana brillaban más que nunca.

—Acepto el título de plausible suma sacerdotisa —dijo con voz ronca, y esbozó una sonrisa resplandeciente cuando el secretario imperial se acercó para colocarle una tiara de oro en la frente.

El siguiente nombramiento tampoco fue una sorpresa.

—Como plausible sucesor al título de general supremo —continuó Dayo—, su sagrada eminencia Wagundu de Djbanti ha escogido a Sanjeet de Dhyrma.

Sanjeet se levantó. Impávido, aceptó su título y su tiara. Se me encogió el corazón; Sanjeet detestaba emplear su Gracia para la violencia y tenía esperanza de que le asignasen un cargo más pacífico. Pero hacía décadas que una guerra civil no azotaba Aritsar y los reinos extranjeros rara vez nos atacaban. Tal vez, pensé con ingenuidad, nunca tuviera que hacer daño a nadie.

Yo no sabía qué título esperar. Si bien la mayor parte del consejo de Olugbade se había acostumbrado a mí, Nawusi todavía me consideraba un pecado contra natura. Teniendo en cuenta su influencia, preveía que mi título sería cualquier cosa menos glamuroso: dama suprema de tesorería, quizá, responsable de recaudar los impuestos del imperio. O archidecana máxima, encargada de supervisar las aburridas academias y gremios de eruditos imperiales.

Dayo hizo una pausa antes de leer el nombre siguiente, momento que aprovechó para mirarme y sonreír.

—Como plausible sucesora al título de juez suprema —dijo—, su sagrada eminencia Thaddace de Mewe ha escogido a Tarisai de Swana.

Se me cayó el alma a las sandalias.

¿Juez?

¿Juez suprema de Aritsar?

¿Decidir el destino de los peores traidores y criminales del imperio? ¿Una chica de dieciséis años que no recordaba su propio pasado más allá de los últimos cinco años, cuando llegó al Palacio Infantil? ¿En qué estaba pensando Thaddace, en el nombre de Soy?

Podía rechazar el nombramiento. Pero el consejo del emperador llevaba meses deliberando y mi rechazo implicaría que el proceso volviera a empezar desde cero. Después de hacerse ilusiones con el traslado a la fortaleza Yorua, mi consejo tendría que volver al Palacio Infantil y, a pesar de todo, los resultados podrían ser los mismos.

Así que me levanté de mi escabel, uní las manos para disimular el temblor y declaré en tono ronco:

—Acepto el título de futura juez suprema.

A continuación agaché la cabeza para que me impusieran la tiara de oro.

—Antes tendrá que quitarse las flores, sagrada eminencia —murmuró el secretario.

Había olvidado la corona de lirios de los valles que me había regalado Ye Eun. Mientras la retiraba y el delegado me coronaba, los rasgos confiados e inquisitivos de la joven redentora asomaron a mi mente. Como juez suprema podría influir en las condiciones del Tratado del Redentor. Si me otorgaba la capacidad de ayudar a niños como Ye Eun…, quizá ser juez suprema no estuviera tan mal.

El resto de la ceremonia pasó volando. Una envanecida Mayazatyl recibió el título de señora de los castillos, así como jefa de defensa e ingeniería civil. Ai Ling, agraciada con increíbles poderes de persuasión, fue nombrada futura gran dama embajadora, a cargo del comercio entre reinos. Umansa, que podía leer posibles destinos en las estrellas, sería señor supremo de tesorería, y Zathulu, con su capacidad intelectual para los datos, sería un archidiácono muy competente. Thérèse, que hacía magia con las plantas, estaba destinada a ser dama suprema de las cosechas; y Kameron, famoso por sus rescates secretos de animales en el Palacio Infantil, aceptó encantado su futuro como señor supremo de la ganadería. La misteriosa Emeronya se encargaría de la brujería como suma hechicera y en cuanto que futuro señor laureado, Theo, el emotivo poeta, velaría por las artes y la música de los doce reinos.

Cuando terminaron las coronaciones, me concedí permiso para relajarme. Nuestro agotador viaje diplomático casi había terminado. Dayo presidiría el Ritual de la Paz con los embajadores del continente. A continuación nuestro consejo escaparía por calamita a la fortaleza Yorua, donde no tendríamos nada que hacer excepto estudiar pergaminos, jugar a las casitas y celebrar suntuosas fiestas durante las décadas venideras.

Los sacerdotes procedieron a la limpieza ritual de la cámara barriendo las cuatro esquinas del templo. Dayo, los once embajadores arits y un emisario real de Songland se plantaron en el altar. Un coro infantil de acólitos esparció mirra en torno a la tarima de mármol y entonó en canon:

Frío e inclemente el mundo os recibe,
cálido de sangre os envía al hogar,
de vuelta a la tierra, a las sagradas tinieblas.

Oscuridad a la oscuridad:
principio al principio.

En el altar descansaba una calabaza de peregrino convertida en recipiente y un antiguo escudo oval que en sus tiempos
perteneciera a Enoba el Perfecto. Pasado un año, los trece regentes del continente viajarían a la capital y derramarían su sangre en la oquedad del escudo como símbolo de renovación del
compromiso por parte de la humanidad de cumplir el Tratado
del Redentor con el inframundo. En la ceremonia que estábamos a punto de celebrar, el Ritual de la Paz, Dayo, los embajadores y el emisario derramarían agua en lugar de sangre, promesa de que sus reinos participarían en la renovación oficial.

—Por los principios —brindaron los embajadores uno tras
otro según vertían agua en el escudo para sellar su compromiso.
Los primeros en acercarse fueron los enviados de los reinos
centrales: Djbanti, Nyamba y Swana; a continuación los del
norte: Mewe, Nontes y Biraslov. Los embajadores del sur —Valle Blessid, Quetzala y Sparti— y del este —Moreayo y Dhyrma— fueron los siguientes. El último fue el emisario de Songland.

Era un anciano encorvado envuelto en un paño amplio, de
tiro alto, que hizo una mueca cuando se inclinó hacia el escudo.

—Por los principios —resolló—. Songland participará en la
Renovación del Tratado. Que traiga paz a nuestro mundo. Y que
los padres de los niños perdidos hallen consuelo.

Los espectadores se revolvieron incómodos. Las últimas
palabras no formaban parte del guion ritual, si bien nadie se
atrevió a reprender al emisario.

Todos sabíamos que, en otros tiempos, la proporción de
redentores nacidos en los distintos reinos del continente era
equitativa. Resultaba horrible pensar que en la actualidad los
niños redentores nacían exclusivamente en Songland pero, por
lo general, los regentes del continente aceptaban el fenómeno
como un capricho del destino.

¿Por qué Ye Eun pensaba que yo podía cambiar eso?

Songland había intentado varias veces boicotear el Tratado. Sin embargo, el inframundo no se apaciguaba a menos que todos los reinos participasen en el ritual. Cada vez que la desafortunada nación se resistía, el continente se enfrentaba a plagas mortales y monstruos hasta que Songland se sometía y, con suma tristeza, volvía a enviar trescientos redentores a la brecha cada año.

Dayo fue el último en verter el agua en representación tanto de Oluwan como del imperio de Aritsar. A continuación un niño del coro le entregó un puñado de mirra, que el príncipe arrojó al escudo. Como señal de la aceptación del inframundo, el agua debía teñirse de marrón, el color de la tierra y la fertilidad. Yo me revolvía inquieta, deseando para mis adentros que la ceremonia finalizase para tener la oportunidad de descansar de una vez.

Sin embargo, el agua burbujeó antes de tornarse blanca: el color de los huesos y la ceniza. El color de la muerte.

Los sacerdotes contuvieron exclamaciones e intercambiaron murmullos mientras el hedor sulfúrico se intensificaba en el templo. El miasma azul se espesó en la zona de la brecha y de las tinieblas de la grieta surgieron dos pequeñas figuras que caminaban de la mano.

CAPÍTULO 11

Yo había visto dibujos de los abikus, demonios que adoptaban la forma de niños enfermos como satírico homenaje a los redentores. Pero nada podría haberme preparado para los seres que se acercaron al altar.

Cortesanos y plebeyos chillaron sobresaltados y un sudor frío brotó de las palmas de mis manos. Parecían gemelos, no mayores de cinco o seis años, de pálida tez gris y ojos que no eran sino pupilas rojas. Se detuvieron en la barrera de mirra esparcida por los sacerdotes incapaces de acercarse más o quizá solo reticentes. A continuación ladearon las cabezas todos a una y exhibieron minúsculas sonrisas, que dejaron a la vista dentaduras puntiagudas y amarillas.

—Salud, príncipe —dijo un abiku—. ¿No sabes que es de mala educación escamotear regalos en una fiesta?

Dayo tragó saliva con dificultad.

—¿Qué queréis, espíritus? ¿Por qué el agua no se ha tornado marrón?

El otro abiku soltó una carcajada chirriante.

—¿Acaso un tesorero se aviene a prestar oro antes de que la deuda anterior se haya saldado? Has jurado cumplir el Tratado. Pero lo estás rompiendo ahora mismo mientras hablamos.

—Eso es mentira —protestó Dayo—. Los chamanes han prometido que todos los redentores con la edad indicada os han sido entregados.

—No han contado bien. —Suspiró el primer abiku, y su mirada privada de iris aterrizó un instante en la mía—. Nos han llegado todos los redentores excepto uno.

Mi sangre mudó en hielo. Los abikus estaban aquí para reclamar a Ye Eun.

No era justo. ¿Cómo se explicaba que los demonios echaran en falta a una niña entre trescientos? ¿Para qué la querían? Apreté los dientes. Si los abikus pensaban que iban a amedrentarme para que les entregara a Ye Eun, se equivocaban. Antes del Tratado, durante la Guerra de los Doce Ejércitos, el inframundo sufrió tantas pérdidas como la humanidad. Era imposible que renunciaran a la paz por una sola niña.

—¿Vosotros, espíritus, habláis de deudas? ¿De justicia? —escupió el emisario de Songland—. ¡Cómo os atrevéis! —El anciano se había acercado peligrosamente a la barrera de mirra con ojos saltones a causa de la rabia—. Los espectros pululan por los pasillos del Palacio de Eunsan-do, sombras de niños redentores que gimen día y noche. ¡Si a los abikus de verdad les importara la justicia, dejarían de arrancar infantes de los brazos de sus madres, siempre del mismo reino desafortunado, año tras año!

Los abikus torcieron la cabeza de nuevo y parpadearon como si les sorprendiese el estallido del emisario.

—En lo concerniente a la patria de los redentores —murmuró uno— es la sangre la que decide, no nosotros.

Fruncí el ceño. ¿Qué significaba eso, en el nombre de Soy?

Mientras el abiku hablaba, dos jóvenes guerreros de la brecha se habían acercado a ellos por detrás. Exhibían expresiones temerosas y maniacas.

—No... No tenéis autorización para estar aquí —tartamudeó el joven chamán, que aferraba la empuñadura de su arma—. Estáis violando el Tratado de Enoba. Apartaos del príncipe.

—No hay Tratado —gruñó el abiku en tono amenazador— hasta que la deuda de la humanidad esté pagada.

Los demonios avanzaron un paso hacia el guerrero… y el guardián de la brecha se asustó. Trastabilló hacia atrás, recogió un puñado de mirra del suelo y se lo lanzó al abiku.

—¡Morid, espíritus! —gritó

Los seres chillaron… y al momento estallaron en una nube de malignos tábanos.

—Al príncipe —aulló Sanjeet mientras la confusión se apoderaba del templo. Embajadores, sacerdotes y seglares buscaron protección a toda prisa. A la orden de Sanjeet, mis hermanos del consejo y yo nos pusimos en pie y recuperamos nuestras armas de detrás de los escabeles. Sanjeet extrajo las dos cimitarras de empuñadura negra del arnés que llevaba a la espalda y yo blandí mi lanza con punta de acero y asta decorada con el sol y las lunas de Kunleo. Los Once rodeamos a Dayo en una prieta formación y el rayo sincronizó nuestros movimientos con rapidez sobrehumana.

El bramido grave de los cuernos de alarma resonó en el templo. Bandadas de seres plumosos se elevaban desde la brecha Oruku, veladas por las nubes de miasma. Eran bestias aladas, feas como hienas, que descendían en picado hacia sus víctimas con las garras en ristre.

—A mí no me pasará nada —nos gritó Dayo—. Ayudad a los plebeyos.

Entramos en tensión, pero no rompimos la formación. Teníamos muy claro el orden de nuestras prioridades, que los sacerdotes de palacio nos habían inculcado a golpe de tambor: «Primero el príncipe, luego el imperio».

Defender a los plebeyos era tarea de la Guardia Imperial, a la que Sanjeet y Mayazatyl ladraban órdenes sin cesar.

—¡Distribúyanse en compañías! ¡Carguen las máquinas de guerra! ¡Artilleros, arriba!

Recientemente Mayazatyl había instalado armas en los muros del templo. Los cañones, inteligentemente diseñados, se alimentaban con fuego, pero disparaban bolas de hielo; agua bendita congelada que se almacenaba en cámaras situadas muy por debajo de los cimientos del templo. Los guerreros de la Guardia Imperial, fornidos reclutas de todo el imperio, formaron una cadena para hacer llegar la munición a los guerreros que cargaban los cañones. Con un chasquido se dispararon los primeros proyectiles; esferas convertidas en esquirlas de hielo alcanzaron a las bestias voladoras y derribaron seis al suelo.

Mayazatyl gritó de alegría y los guerreros rugieron en respuesta mientras cargaban la segunda salva. En ese momento se rompió la línea de munición, cuando enjambres de moscas se precipitaron hacia los guerreros. Mi consejo trató de escoltar a Dayo a un lugar seguro, pero una multitud de vociferantes cortesanos corría en estampida hacia las salidas, lo que creó un atasco mortal. Una mujer djbantí gritó en su lengua natal cuando la arrollaron y un artillero djbantí se volvió a mirar. El cañón se disparó y la bola de hielo voló hacia un grupo de emisarios nónticos. Uno de ellos cayó y ya no se levantó.

—Necio —rugió un artillero nóntico, aferrando al guerrero djbantí por las solapas—. ¡Has matado al embajador!

—Yo no pretendía… —resollaba el otro—. Lo siento, yo…

—¡Típico de los djbantíes! La cabeza en las nubes, nunca en vuestros puestos…

—No metas a mi gente en esto —gruñó otro guerrero djbantí, que le atizó al nóntico un puñetazo en el mentón.

—¡No! —rugió Mayazatyl—. No, no. Este no es el momento…

—¡A vuestros puestos! —bramó Sanjeet a los dos hombres, que se peleaban a puñetazos inclinándose peligrosamente sobre la muralla—. ¡Estamos en mitad de una batalla! Las personas están muriendo, idiotas; he dicho a vuestros…

Los dos guerreros cayeron al suelo desde dos pisos de altura. En ese momento otro enjambre de monstruos brotó de la brecha.

Los guerreros de la Guardia Imperial rompieron filas. En lugar de disparar los cañones que nos podrían haber salvado a todos, hombres y mujeres aterrados corrían en desbandada para proteger a los suyos. Los guerreros de Nyamba hacían caso omiso de los spartianos heridos que pedían ayuda a gritos, pendientes de socorrer a los cortesanos nyambios. Los guerreros moreyíes pasaron por encima de un niño herido, oriundo de Djbanti, y lo dejaron allí para poder ayudar a una mujer vestida con las sedas de Moreayo. Los plebeyos oluwaníes, que se habían refugiado a duras penas detrás de mesas y sillas volcadas, ahuyentaban con rabia a los ciudadanos de Nontes y Dhyrma que buscaban amparo. Con el fuego de los cañones detenido, los monstruos volaron en círculo y luego se abalanzaron en picado.

Yo chillaba con las venas inundadas de adrenalina mientras las garras levantaban cuerpos en vilo y desgarraban espaldas. La sangre empapaba los paños de fiesta. Me tragué la bilis y de súbito atisbé a una pequeña figura acurrucada tras una mesa de piedra. La corona de flores se le derramaba sobre unos ojos como lunas desoladas.

Ye Eun.

—Dejadme y buscad refugio —aulló Dayo al consejo. Señaló la máscara que le colgaba del pecho—. Por el amor de Soy, no puedo morir, ¿no os acordáis? ¡Protegeos!

Sus palabras me arrancaron del trance. Rompiendo nuestra formación, me sumergí en el infierno de cuerpos, monstruos y moscas para reunirme con Ye Eun debajo de su mesa. Le pasé un brazo por los temblorosos hombros y empleé el otro para blandir mi lanza.

—No pasa nada —jadeé, usando el cuerpo para ocultar su figura de los seres del inframundo—. No te preocupes. Saldremos de aquí.

Inmóvil, como si sus extremidades hubieran mudado en piedra, observó cómo una bestia despedazaba a un hombre. Dijo:

—Esto es por mí, ¿verdad?

—No —mentí. Me rechinaban los dientes ante la injusticia de toda la situación—. No pienses eso, Ye Eun.

Sus rasgos inteligentes, mugrientos de lágrimas, se volvieron despacio hacia mí.

—Tienes razón —susurró—. Nada de esto es culpa mía. Es tuya.

Me dio un vuelco el corazón.

—Se suponía que tú debías detenerlo. —Le temblaba el labio inferior, pero al momento su gesto se endureció—. Los redentores creíamos en ti. Pensábamos que tú ibas a cambiar las cosas.

—No te entiendo.

—Los héroes no existen, ¿verdad? —La niña hablaba con monotonía para sí. Observaba el turbulento campo de batalla, todo al mismo tiempo, con la mirada de una persona que tuviera cuatro veces su edad: la inocencia perdida en un suspiro—. Los parias solo nos tenemos a nosotros mismos.

A continuación se desprendió de mi abrazo y salió corriendo.

—No… —Intenté agarrarla con el corazón desbocado de miedo y no llegué a tiempo—. No. No. Ye Eun…

Pero ella ya había cruzado la cámara y estaba plantada sobre la profunda boca azul. La potencia de los vapores le revolvía el cabello como viento mientras ella apretaba los puños. Tan solo miró atrás una vez —una mirada recriminatoria que me hizo temblar hasta los huesos— antes de cerrar los ojos y dar un paso al abismo.

El silencio se apoderó del templo. Un grito resonó contra la piedra y más tarde me di cuenta de que era mío. Los monstruos abikus habían desaparecido. La deuda estaba saldada.

La luz de la tarde se proyectaba con horrible serenidad contra la piedra caliza y sobre las baldosas sembradas de cadáveres. Crucé la cámara, avanzando como si vadeara agua en dirección al borde de la brecha, sorda a los gritos de mis hermanos del consejo.

Mi pecho estalló en sollozos cuando me desplomé sobre un montoncito de pétalos. Los lirios de los valles de Ye Eun seguían en el borde de la brecha. Las flores, apenas abiertas, yacían allí destrozadas.

CAPÍTULO 12

Pasaron seis meses.

La libertad que nos ofrecía la fortaleza Yorua me paralizó al principio. El viejo castillo, ubicado en un acantilado eternamente soleado del extremo costero de Oluwan, carecía de pruebas y examinadores. No había tambores que nos marcaran el son del día, desde las oraciones hasta las comidas o las clases. Nada de muros pintados desde los que unos ojos ocultos observaban cada uno de nuestros errores. Por extraño que parezca, añoraba esos ojos. En las semanas transcurridas tras el desastre de Ebujo, la libertad había perdido su romanticismo para mi consejo.

Nos arrastrábamos por los salones de la fortaleza Yorua, tan aireados y de aroma salobre, como fantasmas de nuestro propio castillo. Preguntamos con timidez por los horarios a nuestros nuevos sirvientes: campesinos de la aldea que había al fondo del acantilado, además de un cocinero y un camarero de palacio.

—¿A qué hora tenemos que acudir a cenar? —le preguntó Dayo al jefe de los camareros.

El hombre lo miró de hito en hito.

—Su consejo… no tiene que obedecer… a nadie, su alteza imperial. Las comidas se sirven en los horarios que ustedes establezcan.

Así, semana tras semana, los fantasmas de Ebujo empezaron a desvanecerse, dejando paso a la embotadora adicción a dirigir nuestro propio hogar. El consejo reservaba las mañanas para la oración y la meditación, y luego entrenábamos en la playa a la sombra de las palmeras, haciendo los ejercicios directamente en la arena. Nos bañábamos en el mar y regresábamos a almorzar pescado a la brasa y vino de palma. Más tarde nos desperdigábamos por nuestros rincones favoritos de la fortaleza, siempre en parejas para prevenir el mal del consejo. Estudiábamos durante horas, impacientes por ensayar los cargos imperiales que algún día ocuparíamos.

Ai Ling y Umansa solían apropiarse de los torreones de la fortaleza. Ella gritaba discursos diplomáticos a las nubes mientras él tejía tapices en su telar, dibujando constelaciones proféticas que solo sus ojos ciegos podían ver. En el patio del fondo, Kameron había instalado una chillona casa de fieras, donde trataba a los animales de enfermedades raras mientras Mayazatyl, a su lado, dibujaba diagramas de armas y torres defensivas en la arena. Thérèse cuidaba el huerto, cada vez más extenso, mientras Theo arrancaba acordes a su cítara incitando a crecer a las plantas con historias de griots y poemas de amor. Emeronya y Zathulu se encerraban en una de las polvorientas salas de la fortaleza, donde murmuraban ante bolas de cristal y tratados de eruditos imperiales en ciernes.

Yo pasaba casi todos los días en un sombrío balcón con Kirah, echando humo ante los procesos judiciales que me tocaba estudiar mientras ella fruncía el ceño ante sus pergaminos de teología. Sanjeet tenía que marcharse a menudo, descubrí decepcionada, y Dayo lo acompañaba. Se ausentaban de la fortaleza para dirigir a la Guardia Imperial en sus misiones de paz. Cuando Dayo estaba en casa, se dedicaba a la formidable tarea de aprender las disciplinas de todos. Nos acompañaba durante horas tomando incansables notas durante el día e informando a sus padres de sus progresos por la noche en cartas largas y formales. Yo empecé a preguntarme si alguna vez dormía de verdad. Lo cierto es que ninguno de nosotros descansaba bien después de lo sucedido en Ebujo.

Nuestra distracción favorita acontecía una vez al mes, cuando se permitía el acceso de los vendedores ambulantes al inexpugnable patio de la fortaleza. Entonces extendían ante nosotros toda clase de caprichos: paños bordados, brazaletes con piedras preciosas engastadas, nueces de cola tostadas y tarros de crema aromática, en un laberinto de tenderetes. El mercadillo era exclusivo para los miembros del consejo, y músicos y acróbatas nos entretenían mientras comprábamos y mellábamos de manera considerable nuestras generosas pagas imperiales.

La fortaleza contaba con veinte dormitorios inmaculados, que usábamos del primero al último como salas de almacenaje. Dormir separados, al fin y al cabo, implicaba ocho horas a solas y las náuseas que el mal del consejo nos habría provocado suponían un precio demasiado alto. En lugar de eso dormíamos en el suelo de la cámara de banquetes, desplegando nuestras esteras igual que hacíamos en el Palacio Infantil y roncando juntos en un montón sudoroso.

El suelo de la cámara de banquetes era un mosaico que representaba el sol y las lunas de Kunleo. Dayo se acostaba en el centro dorado y los demás nos desperdigábamos entre las once órbitas pálidas. Delicadas cortinas cubrían los altos ventanales sin vidriar, cerrando el paso al cálido aire nocturno. Mientras la luz de la luna se reflejaba en las teselas, podíamos escuchar el cambio de turno de los guerreros de la Guardia Imperial y el azote del océano Obasi contra las rocas del fondo, un centenar de metros más abajo.

Esa canción de cuna casi bastaba para ahuyentar los gritos de los plebeyos apresados por garras, las protestas de los ciudadanos que se negaban refugio unos a otros, el aroma de la corona de Ye Eun, tejida con lirios de los valles, que señalaba dónde sus pies marcados de nacimiento habían saltado a la brecha. Casi, pero no del todo.

Algunos demonios no se aplacan con una canción de cuna.

Yo estaba durmiendo como un tronco en mi estera. Thaddace me enviaba casos de la capital a diario y los de ese día habían resultado más agotadores que nunca: todo tipo de litigios, desde disputas por ganado en las aldeas hasta criadas que denunciaban a sus señores por violación. Cuando una mano me sacudió el hombro, fruncí el ceño en mi estera y me hundí más profundamente contra las almohadas.

—Vete a dormir, Dayo —murmuré. Me despertaba a menudo esos días para pedirme sueños que lo ayudaran a conciliar el sueño—. Estoy cansada.

El movimiento de la mano era insistente, así que me incorporé con una mueca.

No era Dayo. Sanjeet estaba arrodillado a mi lado, con el pecho desnudo y desmelenado.

—Se ha marchado —me informó, lacónico—. No despiertes a los demás.

—¿Qué?

Me volví a mirar a toda prisa. La cama de Dayo estaba vacía.

—Camina en sueños. —Sanjeet se llevó un dedo a los labios—. Si los guardias oyen jaleo, acudirán de inmediato. No nos hace ninguna falta que empiecen a correr rumores de que el príncipe heredero está desequilibrado. He visto adónde iba, pero tendremos que usar tu Gracia.

Todos sufríamos terrores nocturnos, pero los de Dayo eran los peores. Una vez que la pesadilla se apoderaba de él, solo una cosa lo despertaba: retirarle los recuerdos más horribles. Suspiré y me despojé del turbante que usaba para dormir mientras Sanjeet despertaba a Kirah. Los tres serpenteamos entre los cuerpos dormidos de nuestros hermanos del consejo camino del balcón, que estaba en la cámara de banquetes. Desde allí una empinada escalera encalada conducía al jardín y a la playa color oro pálido que se extendía más allá.

Maldije entre dientes.

—¿De verdad ha bajado por aquí? Podría haberse roto la crisma. ¿Por qué no lo han detenido los guardias?

—No se habrán dado cuenta de que estaba dormido —dijo Kirah—. No se lo digáis. Intentad aparentar calma.

Saludamos a los guardias que estaban apostados al pie de las escaleras con una inclinación de cabeza, como si los paseos a medianoche en paños menores fueran lo más normal del mundo. Los guerreros armados nos hicieron una reverencia. Tras un silencio incómodo, uno de ellos se atrevió a preguntar:

—¿Sus sagradas eminencias necesitan también una pala?

Parpadeé, perpleja.

—¿Una pala?

—Es lo que ha pedido su alteza imperial, sagrada eminencia. No le hemos preguntado para qué la quería.

—Ah. —Kirah carraspeó—. No. Me parece que con una pala será suficiente para lo que quiere hacer el príncipe. *Sea lo que sea,* añadió a través del rayo con ironía.

Sanjeet se dirigió a los guardias con una voz grave y tranquila que me arrancó un estremecimiento.

—No hace falta que le mencionen a nadie las actividades del príncipe Ekundayo.

—Sí, sagrado general. —Los guerreros hicieron una breve reverencia y uno tomó un leño ardiente de un nicho en la pared—. ¿Se llevarán una antorcha, sus sagradas eminencias?

El calor de la antorcha me acarició la cara, chisporroteante y aviesa. Cada hueso de mi cuerpo se convirtió en gelatina. Durante un instante noté que me derretía y la llama se tornó más ruidosa; las puertas ardientes del Palacio Infantil se alzaron ante mis ojos, abrieron las bocas para devorarme...

—Sagrada eminencia —empezó el guardia, que me observaba con atención mientras mi respiración mudaba en jadeos superficiales—. ¿Está usted...?

—Está bien —lo cortó Sanjeet—. Descansen.

Kirah y él me ayudaron a recorrer el sendero sujetándome las manos petrificadas. Pasamos por una pérgola de glicinia que pendía en el jardín de la fortaleza, iluminada a ambos lados por más antorchas.

—No las mires —me advirtió Sanjeet.

—¿Todavía? —me preguntó Kirah—. ¿Después de dos años?

Asentí en silencio, observando mis pies desnudos. Se me erizó la piel de los brazos, limpios de las quemaduras que deberían haberse grabado en mi piel el día de mi unción. El día que Dayo estuvo a punto de morir en el Palacio Infantil.

Las cicatrices recorrían su cara, pero yo llevaba las mías por dentro. Desde hacía años, el calor del fuego —su sonido y el tufo que desprendía— me derretía las rodillas. Las llamas se burlaban de mí, me insinuaban secretos, arrancaban demonios del pozo de mi memoria. Con la práctica había conseguido encender velas sin temblar, pero las hogueras —y las antorchas— todavía me superaban.

—Es muy raro que el incendio te arrebatara todos los recuerdos —comentó Kirah frunciendo el ceño—. Quizá vaya siendo hora de que hablemos con un curandero de la capital…

—Estoy bien —respondí, evitando su mirada.

La puerta del jardín daba a una pendiente arenosa que se desplomaba hacia el océano Obasi. Al principio pensé que Dayo había desaparecido. Luego una cabeza cubierta de mechones apelmazados asomó tras un saliente y volvió a desvanecerse. ¿Qué hacía Dayo en el interior de un hoyo?

Avanzamos por la playa y nos detuvimos delante de un foso somero excavado a pocos metros de las agitadas aguas. Con la camisa de noche húmeda de transpiración, Dayo arrojaba paladas de arena por encima del hombro entre murmullos. La máscara de obsidiana le colgaba precaria del cuello.

—Dayo —jadeé—. Dayo, no estás bien. Despierta.

Él siguió excavando con una expresión velada y desenfocada en sus ojos inyectados en sangre. Intercambiando una mirada, Kirah y yo bajamos al foso. Sanjeet le arrancó la pala, no sin antes agacharse para evitar la trayectoria de la herramienta. Dayo se detuvo y, todavía ausente, observó sus manos vacías. Estaban sangrando.

Noté un retortijón en la barriga.

—Dayo, no seas idiota. —Le limpié los dedos con el bajo de mi camisón—. ¿Qué estás soñando, en el nombre de Soy?

—Que los traigo de vuelta —murmuró. A la luz de la luna, las cicatrices de las quemaduras brillaban pálidas contra su piel oscura. La arena se le adhería a la piel sudada.

—¿Que los traes de vuelta? ¿A quiénes?

—A los niños —respondió—. A los redentores. Soy el futuro emperador. Debería… Debería salvarlos.

—Los redentores de este año ya no están, Dayo —dijo Kirah con dulzura—. Casi todos han muerto ya o se han perdido. —Le aferró los brazos—. Esto tiene que terminar. Debes aceptar las cosas que no puedes cambiar. No puedes seguir asustándonos como…

—Del inframundo —prosiguió Dayo.

Lo miré con atención, según asimilaba despacio lo que estaba presenciando.

—¿Has pedido una pala para excavar hasta el inframundo?

Sanjeet, Kirah y yo nos miramos. Luego nos echamos a reír con carcajadas ahogadas y sibilantes muy parecidas a sollozos. Nuestros hombros se agitaban y nos sostuvimos unos a otros para mantener el equilibro. Dayo nos contemplaba en silencio con esos ojos negros y vacuos.

Sanjeet lo sacó del foso y yo le presioné las sienes con las dos manos. El calor latía a través de la yema de mis dedos mientras yo acallaba sus recuerdos. Borré el grito de los aldeanos heridos, los chillidos de esos seres semejantes a hienas, las llamadas de socorro, los fantasmas de los niños perdidos.

Dayo se desplomó en los brazos de Sanjeet. Luego, al momento, revivió y se irguió de nuevo mirando a un lado y a otro con perplejidad.

—Tar… Kirah. Jeet. —Observó el entorno y su rostro se nubló al atar cabos—. Por los doce reinos, otra vez no. Cuánto lo siento.

—Hazme un favor, hermanito. —Sanjeet sacudió la arena del cabello de Dayo y le dio unas palmaditas en la espalda—. La próxima vez que quieras excavar hasta el inframundo, trae una pala más grande. Thérèse podría haber limpiado sus dalias de malas hierbas con esta.

—Y lleva más cuidado con esto —añadí al tiempo que aseguraba la máscara de obsidiana en torno al cuello de Dayo. Su inmunidad a la muerte no se veía afectada por el hecho de llevar o no la máscara puesta. A pesar de eso, la idea de que la estropease me provocaba estremecimientos.

—¿Qué pasaría, me pregunto yo… —dijo Kirah, frunciendo el ceño— si la perdieras?

Dayo se encogió de hombros.

—No demasiado. Solo hay dos máscaras de radiante, la mía y la de mi padre. Y, según la leyenda, siempre encuentran el modo de regresar a su legítimo propietario.

Cuando regresamos al jardín, hice una mueca y me toqué la muñeca; me la había lastimado ayudando a Dayo a salir del hoyo. Sanjeet se dio cuenta y de inmediato me examinó con su Gracia.

—Te has desgarrado un tendón —dijo—. Tendremos que pasar por el cobertizo de las medicinas.

—Yo se lo puedo arreglar —saltó Kirah.

Negué con la cabeza.

—Reserva tu Gracia para ayudar a Dayo a conciliar el sueño.

—No tardaremos —dijo Sanjeet—. Id tirando. Os alcanzaremos.

Dayo asintió y me dedicó una sonrisa compungida antes de que Kirah lo ayudase a subir los peldaños a la cámara de banquetes. Sanjeet y yo nos quedamos solos en el jardín.

—No hace falta. Mi muñeca puede esperar hasta mañana.

—¿Te apetece dormir?

—No.

—A mí tampoco.

La noche había alcanzado esas horas color índigo que anteceden al alba. Nuestros pasos crujieron en la gravilla blanca mientras pasábamos de nuevo bajo la glicinia. Sanjeet era demasiado alto para la pérgola; los pétalos color violeta se derramaban por debajo de sus rojizos hombros desnudos. Un búho ululó en alguna parte. Acaricié las ramas de la glicinia al pasar y me zumbaron los oídos con cuchicheos y risitas: las conversaciones que otros hermanos de consejo habían susurrado tiempo atrás. Varias generaciones de ungidos habían retozado allí mismo, ajenos a las ramas que los escuchaban.

Un cobertizo de madera se agazapaba entre las sombras de los naranjos, y el jardín de hierbas aromáticas de Thérèse se extendía en derredor. Cuando los curanderos de la aldea Yorua no podían acudir, Sanjeet, Kirah y yo practicábamos allí la medicina, empleando nuestras Gracias para tratar a guardias y sirvientes. Sanjeet examinaba el cuerpo del paciente en busca de enfermedades y, si el problema era físico, Kirah le aplicaba cataplasmas o entonaba un cántico sanador. Si el problema era mental, yo extraía sus recuerdos y los remodelaba para que los viejos demonios pasaran a la historia.

Yo nunca había intentado sanarme a mí misma. Por razones que no me explicaba, tenía la sensación de que el destino de Ye Eun había sido culpa mía. El día después del desastre de Ebujo, traté de invocar el espectro de Ye Eun quemando los restos de su corona de flores. Me quedé despierta toda la noche, pero no apareció, ni siquiera para reprenderme, circunstancia que se me antojó aún más condenatoria si cabe. No me atrevía a albergar esperanzas de que hubiera sobrevivido. Así que dejaba que su mirada recriminatoria me atormentase con la esperanza de que el sentimiento de culpa me convirtiera en una ungida mejor de lo que fui en Ebujo.

Sanjeet desatrancó la puerta del cobertizo y nos internamos en la oscuridad antes de encender lámparas de aceite de palma con las antorchas del jardín. El cobertizo de las medicinas era largo y estrecho, repleto de estantes con frascos y manojos de hierbas. Esperé en un banco destartalado hasta que Sanjeet apareció con vendas y un tarro sellado. Hice una mueca cuando sus dedos callosos me untaron aceite de prímula en la muñeca.

—Previene la hinchazón —dijo. Sus movimientos eran clínicos y precisos según palpaba los tendones bajo mi piel para aplicarme el vendaje—. No es la primera vez que te lastimas esta mano. Tenías trece años y estabas entrenando con la lanza en el patio de palacio.

—¿Tu Gracia te ha mostrado todo eso?

Adoptó una expresión compungida.

—No. Es que recuerdo cuando sucedió. —Ató la venda y cortó el exceso con un cuchillo—. Que no se te moje. Kirah ya te lo arreglará mañana.

—Se te da bien. —Giré la muñeca a un lado y a otro admirando su obra—. ¿Te has planteado alguna vez ser sanador a tiempo completo? ¿En lugar de prepararte para ser general supremo?

Sanjeet se agarró al borde del húmedo banco.

—Dayo heredará la Guardia Imperial y el ejército de los doce reinos. Necesitará ayuda para gobernar unas fuerzas militares tan importantes. —El sudor le brillaba en los surcos del pecho del esfuerzo que le había supuesto arrancarle la pala a Dayo—. Seré lo que él necesite que sea.

Guardamos silencio un ratito.

—¿Piensas que Kirah tiene razón? ¿Que no se puede hacer nada para ayudar a los redentores de Songland?

—No lo sé —respondió—. Pero necesitamos el Tratado con el Inframundo. Sin él, Aritsar nunca viviría en paz.

—Pero se podría modificar —sugerí. La ceremonia de renovación se celebraba dentro de seis meses. Una vez que los gobernantes del continente aceptaran las condiciones del Tratado, tendrían que acatarlas otros cien años. Nada cambiaría. La brecha seguiría devorando miles y miles de niños como Ye Eun—. No entiendo por qué todos los redentores proceden de Songland. Pero si modificáramos las condiciones, si empezáramos de cero, podríamos conseguir que fuera más justo.

Sanjeet negó con la cabeza.

—Los regentes arits no lo permitirían. Antes los redentores nacían en cualquier reino. No sabemos qué provocó el cambio, pero dudo que nadie tenga ganas de volver a lo de antes.

Me mordí el labio y fruncí el ceño en dirección a la oscuridad. Solo por un instante, el calor de antaño volvió a mi pecho, un demonio que me estrujaba los pulmones rugiendo por salir.

—¿Por qué todo el mundo odia tanto el cambio? —pregunté.

—Porque las cosas podrían ir a peor.

—Es posible. Pero ¿sabes lo que yo pienso? —Noté palpitaciones en el corazón—. Pienso que, muy en el fondo, tenemos miedo de que las cosas mejoren. Tenemos miedo de descubrir que todo el mal, el sufrimiento que pasamos por alto, se podría haber evitado. Solo con habernos molestado en intentarlo.

—Qué diagnóstico más desalentador.

Me encogí de hombros y luego crucé los brazos sobre el pecho para aplacar el acaloramiento.

El perfil de Sanjeet parecía tenso en las tinieblas del jardín. Recordé la noche que nos conocimos. Sus facciones aún eran infantiles en aquel entonces; torpes y redondeadas. Eso había desaparecido, remplazado por una frente angulosa, protuberante, y la sombra de una barba poblada y rizada. Sus orejas eran el único rasgo extravagante que conservaba, prominentes como caracolas. Siempre me habían gustado esas orejas.

—De no haber necesitado Dayo tu protección —le pregunté—, de no haberte recordado a Sendhil…, ¿te habrías unido al consejo igualmente?

—Sí —contestó despacio—. Me parece que sí. En el transcurso de mis misiones, he visto las cicatrices de lo que fue antaño el continente. De cuando los abikus campaban a sus anchas incendiando aldeas y exigiendo sacrificios, provocando inundaciones y plagas, enfrentando a los reinos entre sí. Si los Kunleos no nos hubieran obligado a trabajar juntos, unidos por un objetivo común…, dudo mucho que los reinos hubieran sobrevivido. A pesar de todo, no me creo que Enoba Kunleo fuera tan perfecto o pacífico como dicen los pergaminos de historia. Nadie conquista un imperio solo a base de carisma.

—¿Y qué piensas de los consejos? —le pregunté—. ¿Crees que son perfectos?

No respondió. En vez de eso rozó con los dedos el dorso de mi mano ilesa dibujando círculos meditabundos en mi muñeca.

—Ya estamos otra vez —me regañó—. Formulando preguntas prohibidas. Incluso cuando éramos niños, una palabra, una mínima insinuación de Tarisai de Swana… y todos los candidatos del Palacio Infantil empezaban a pensar en las instituciones que derribarían y en las reglas que iban a romper. —Me sonrió y yo me quedé sin aliento—. Eres contagiosa, niña sol.

Retiró la mano súbitamente y cerró el puño.

—¿Qué pasa? —Se me enfrió la piel en ausencia de sus dedos. Él negó con la cabeza, pero yo lo presioné—. Dime.

Suspiró.

—Cuando prometí proteger a Dayo, no me refería únicamente a su vida. También hablaba de su corazón.

—No es propio de ti ser tan críptico, Jeet.

—Esta es otra de esas veces —dijo— en que me gustaría mentirte.

Me reí a mi pesar. Se había convertido en una broma privada: la absoluta incapacidad de Sanjeet para edulcorar las cosas. Su sinceridad era su homenaje a Sendhil, el hermano perdido de lengua agraciada que nunca mentía.

Sanjeet inspiró hondo. A continuación habló como si cada palabra le costara una lucha consigo mismo.

—Dayo necesitará engendrar un radiante algún día. Debe escoger una compañera del consejo. Y serás tú. Todo el mundo lo sabe y yo no voy a interponerme. No debería… complicar las cosas.

Por poco me caí del banco.

—¿Ah, sí? ¿Todo el mundo? —Me levanté y puse los brazos en jarras—. Así que todo Aritsar está esperando que Dayo me deje embarazada, ¿eh?

—Sí. —Me irritó el tono de Sanjeet, como si lo diera por sentado—. Algunos cortesanos pensaban que tal vez sucediese antes de que abandonásemos el Palacio Infantil.

—¿Cómo…?

Lo miré de hito en hito, horrorizada. ¿La gente chismorreaba que Dayo se acostaría conmigo desde que éramos niños?

Sanjeet también se levantó y se pasó unos dedos agitados por los oscuros rizos.

—Mira, yo no digo que esté bien, solo que… cuando Dayo y tú estáis juntos… Tar, no tienes ni idea de lo que parece. No puedo explicarlo. Sois como planetas. En órbita. Las dos caras de una moneda.

«Judías en una vaina». Me estremecí al recordar las palabras que había pronunciado Dayo aquel día en el Palacio Infantil.

—No pasará mucho tiempo antes de que Dayo deje de verte como una hermana. —La mandíbula de Sanjeet se crispó—. Y ya es la hora de aceptar que algunas cosas son inamovibles.

—¿Inamovibles? —Resoplé—. ¿Y mi opinión al respecto no cuenta?

La expresión de Sanjeet permaneció cuidadosamente impávida.

—Había dado por supuesto que tu sentías lo mismo por él.

—Bueno, pues no des nada por supuesto.

—¿Porque no es asunto mío? —Sanjeet me clavó sus ojos color té—. ¿O porque estoy equivocado?

—Ejem… ¿Por las dos cosas?

Maldijo por lo bajo y cambió de postura sacudiendo la cabeza.

—Perdona. Me estoy comportando como un idiota. Olvida lo que he dicho.

Pasó un ratito.

—Yo nunca he querido a Dayo de ese modo —le confesé con voz queda—. ¿Vale? Mataría por él. Moriría, incluso. Pero nunca he querido… más. —Lo medité—. No así.

Varias emociones cruzaron el rostro de Sanjeet. Fui incapaz de leer la mayoría, pero una fue inconfundible; se extendió por sus facciones como el tímido halo del sol al amanecer.

Alivio.

Noté libélulas revoloteando en círculo por mi barriga. Di media vuelta, ansiosa de sopetón por estar con los demás, en cualquier parte menos allí, bajo el calor de esos ojos escrutadores.

—Me voy a la cama —murmuré, encajándome la mano vendada debajo del brazo y huyendo bajo la pérgola de glicinia.

Sanjeet no me siguió. Pero el rayo revoloteó en mi nuca y una voz profunda y cálida flotó a la altura de mi oído.

Que duermas bien, niña sol. Aceptaré encantado los sueños que me envíes, sean cuales sean.

CAPÍTULO 13

—Tu consejo va horriblemente atrasado en sus estudios.

—Yo también me alegro de verte, tío Thaddace —respondió Dayo con retintín—. ¿Vuelves renovado de tu viaje a la capital?

Era temprano por la mañana, apenas unas horas después de mi charla con Sanjeet en el jardín. Las palomas arrullaban en la ventana de mi sala de estudio, donde estaba sentada junto a Dayo. Thaddace acomodó enfrente, en el reclinatorio de mi escritorio, y puso los ojos en blanco ante el intento de broma de Dayo.

Dos de los Once del emperador visitaban la fortaleza Yorua una vez al mes para supervisar los estudios de los herederos que los remplazarían un día. El juez supremo y la suma sacerdotisa habían llegado de Ciudad de Oluwan una hora atrás. La idea de reunirme con el juez supremo Thaddace me había puesto nerviosa, pero me hacía una ilusión inmensa juntarme con Mbali. No me sentía en absoluto preparada para asumir sus funciones como delegada de Swana, así que Mbali me había reservado un rato por la mañana para instruirme en economía y costumbres swanas. Sin embargo, cuando llegué a mi estudio, Mbali no estaba allí.

—Ah, se me ha olvidado comentártelo —me había dicho Dayo, bostezando e indicándome por gestos que me sentara en el almohadón de su lado—. He cambiado la hora de tu reunión con tía Mbali. No te apetecerá hablar de aburrida política swana tan temprano, ¿verdad? Además, quiero saber qué has pensado para tu primer fallo. He invitado a tío Thaddace para que te asesore.

Sorprendida, dejé a un lado mis apuntes sobre Swana y extraje un fajo de papeles sobre procesos judiciales de debajo de mi escritorio.

Como príncipe heredero, Dayo poseía la potestad de decidir nuestros horarios en la fortaleza, aunque no era nada propio de él ejercerla. Era la segunda vez que Dayo reprogramaba mis clases con Mbali. Por extraño que fuera, cuando la sacerdotisa nos había visitado meses atrás, Dayo había requerido de súbito que lo acompañara a un viaje a la aldea Yorua.

Negué con la cabeza, desestimando la irritación que sentía. Dayo tenía razón. Los años que faltaban para mi primer fallo pasarían con rapidez y necesitaba toda la preparación que Thaddace pudiera brindarme.

Los futuros jueces supremos se sometían a un rito de iniciación llamado «el primer fallo»: un modo de fomentar la confianza del imperio en el nuevo juez. En el salón del Palacio Imperial, el futuro juez supremo escuchaba un caso controvertido, sopesaba las pruebas y emitía un dictamen oficial. Por ley imperial, el primer fallo del plausible juez supremo era irreversible; ni siquiera el emperador podía impugnarlo. Thaddace había escrito a la fortaleza Yorua pidiéndome que revisara una serie de casos, confirmara la jurisprudencia y escogiera uno que me pareciera interesante para dictar sentencia.

—Parece ser —comentó el juez supremo a la vez que se despojaba de su capa forrada de tartán— que la gira diplomática de buenas intenciones no ha bastado para meteros en vereda, niños.

Tenía un aspecto demacrado; viajar mediante calamita debía de haber hecho estragos en su estómago. Me sorprendía que pudiera sentarse erguido siquiera.

—Siento llevar los estudios atrasados, sagrada eminencia —dije, reprimiendo un bostezo—. No dormimos bien últimamente.

—Sí. Bueno. —Thaddace se ajustó la banda roja de luto que llevaba en torno al cuello por los ciudadanos perdidos de Ebujo—. Me lo imagino, después de lo que pasó en el templo. Tu consejo organizó un buen lío, aunque también ha enderezado la situación de maravilla. El discurso que pronunció Ai Ling el mes pasado ayudó a los ciudadanos de Aritsar a sentirse seguros de nuevo. Los disturbios se han reducido al mínimo. Deberías fijarte más en los métodos de tu hermana de consejo.

Fruncí el ceño.

—¿En qué me pueden ayudar los discursos de Ai Ling a resolver mis casos? Le ruego me disculpe, sagrada eminencia, pero yo no pretendo hacer feliz a la gente. Mi intención es hacer justicia.

—Justicia. —La protuberancia en la frente de Thaddace se hundió—. El término se me antoja a menudo… de corto recorrido. Pero ya aprenderás con el tiempo. ¿Has elegido un caso para tu primer fallo?

Extraje un fajo de papeles con muchas esquinas dobladas. Había pasado semanas buscando un caso que no me aburriese y, cuando lo encontré, me había levantado a diario de madrugada para trabajar en él, decidida a discurrir una sentencia impecable. Puede que le hubiera fallado a Ye Eun, pero esa era mi oportunidad de lograr algún cambio, de ayudar a los demás. Me libraría de una vez por todas de esa sensación honda y desagradable según la cual, por razones que no lograba recordar, yo constituía una amenaza para todos aquellos que confiaban en mí.

Thaddace frunció el ceño al ver el caso que había elegido y profirió un soplido de incredulidad al leer el título.

—¿Bipo de Nyamba contra el Consejo Imperial de Aritsar?

Asentí.

—Al principio pensé que se trataba de una broma. Pero entonces comprobé las leyes. Si un ciudadano puede demostrar que alguien, incluido el consejo, lo ha perjudicado de manera injusta, puede elevar el caso al Tribunal Imperial.

Arrugas de risa asomaban a la frente de Thaddace según hojeaba los papeles.

—Mentiría —declaró por fin— si no dijera que me has dejado con la boca abierta.

—Como puede ver, Bipo es un mendigo. Acusa a nuestros consejos de ser responsables de su vida en la calle. Cuando sus padres murieron, lo llevaron a un orfanato y nunca tuvo ocasión de aprender un oficio o tener una familia.

Thaddace enarcó las cejas todo lo que dieron de sí.

—¿Y qué propones tú, exactamente —preguntó—, que hagamos al respecto?

Inspiré hondo.

—Fallar a su favor —dije, extrayendo otro fajo de papeles. El corazón me latía emocionado cuando los empujé hacia Thaddace—. Somos el imperio más rico de los cinco océanos. ¿Por qué todavía tenemos niños vagando por las calles? Lo he llamado el Decreto del Niño Solitario. Piénselo: si ofreciéramos plata a las familias arits por adoptar huérfanos y enseñarles un oficio, los orfanatos se vaciarían de la noche a la mañana. Enviaríamos guerreros de la Guardia Imperial a vigilar a las familias para asegurarnos de que los niños adoptados no sufren daños. La recompensa sería más alta por los niños mayores e inadaptados… Aquí he redactado los detalles.

—Por el relato de Soy, Tar —exclamó Dayo, pasando las páginas—. Es genial. Tío Thad, ¿por qué no lo hemos pensado antes?

Una profunda uve afloró a la frente de Thaddace cuando echó un vistazo a mi decreto y sacudió la cabeza. Suspiró uniendo las manos por la punta de los dedos.

—Es una idea digna de admiración —declaró por fin—. Pero, en último término, un tanto insensata. ¿Tienes idea de cuántos millones de codiciosos moradores de cuchitriles acudirían en manada a los orfanatos con la esperanza de recibir plata? ¿Piensas que les importaría lo más mínimo el bienestar de los niños?

—Ese sería el papel de los guardias —repliqué—. Se asegurarían de que todo fuera bien.

—¿Con qué frecuencia? ¿Una vez al mes hasta que los niños fueran adultos? ¿Cada semana? ¿Cuánto le costaría a la corona? ¿Viajarían los guerreros de la Guardia Imperial a la más pequeña choza de la aldea más remota para comprobar si un joven granjero está demasiado delgado?

—Podríamos… —empecé, pero me detuve y me mordí el labio abochornada. En realidad no había calculado el coste de enviar guerreros a todas las aldeas de Aritsar. El precio de la calamita únicamente superaría de largo los gastos de mantener en funcionamiento los orfanatos.

—Pero tenemos muchísimo dinero —saltó Dayo—. Seguro que la corona puede hacer algo.

—Comprendo vuestras inquietudes —murmuró Thaddace—. Las comprendo, de veras. Cuando te otorgan el poder de un juez supremo, quieres sanar cada una de las heridas que sufre el cuerpo del imperio. Sin embargo, la autoridad no es poder. No exactamente. Requiere recursos, sostenibilidad. Apoyo popular.

—¿Y qué pasa con lo que es justo? —le reproché—. ¿Para los niños? ¿Para todos?

Me crucé de brazos y observé las notas en las que llevaba semanas trabajando.

«Los niños adoptivos podrán llamar a sus cuidadores "madre" y "padre". Ningún cuidador podrá ausentarse más de una semana, a menos que el niño conozca el paradero del cuidador.

»La habitación del niño deberá tener una ventana, que no podrá clausurarse».

La bondad no abandonó la mirada de Thaddace, pero las líneas de expresión en torno a su boca se profundizaron.

—Tardé muchos muchos años en aprenderlo, Tarisai. Pero la justicia no consiste en ser justo. Consiste en mantener el orden.

«No». Al instante, el fuego prendió en mi pecho e hice una mueca de sorpresa. Otra vez el misterioso calor, que rara vez me había asaltado desde que abandonamos el Palacio Infantil. ¿A mí qué me pasaba? Traté de conservar la compostura respirando con calma.

—Si mi sentencia le parece irrealizable —pregunté—, ¿qué sugiere en su lugar, sagrada eminencia?

Thaddace lo meditó un rato antes de sentarse y tamborilear sobre la mesa con los dedos.

—Ya lo tengo —dijo, animándose—. Fallarás a favor de Bipo y tu sentencia llegará al corazón de todos los nobles arits de An-Ileyoba. Sin embargo, en lugar del Decreto del Niño Solitario... —Tomó una hoja en blanco de mi escritorio y un tufillo a chamusquina flotó en el aire mientras las palabras aparecían a toda velocidad en el papel. Nunca había visto a Thaddace emplear su Gracia en directo, el calor de precisión, aunque había recibido muchas cartas suyas en vitela de becerro, pulcra escritura sin tinta marcada en la piel—. Presentarás el Decreto del Día del Huérfano —anunció Thaddace, y un nuevo título humeó sobre mis notas del caso—. Un festival para los que sueñan con tener una familia. Decretarás una festividad en la cual todos los nobles llevarán huérfanos a sus casas durante un día y una noche. A los nobles no hace falta pagarles. Lo harán por estar a la moda y para quedar bien con la corona. —Resopló—. Demonios, seguramente competirán unos con otros. ¿Quién puede agasajar con más lujos a su huérfano? Es sencillo. Es digno.

«Es inútil», pensé con tristeza.

Dejó la pluma.

—Los niños como tu Bipo tendrán una familia temporal. Una noche en una villa y dulces a placer. Y ninguna familia tendrá que quedarse con un niño al que no cuidará. ¿Quién sabe? Es posible que los nobles se encariñen de los pequeños. Pueden ser muy sentimentales a veces.

El fallo apenas resolvía nada. Pero, tal como él lo planteaba, mi plan se asemejaba a tratar de alcanzar la luna mientras que el suyo parecía tan... plausible. ¿Era mejor una solución perfecta que no se podía ejecutar? ¿O una solución frágil que a todo el mundo le encantaría?

Recogí despacio mi borrador del Decreto del Niño Solitario y guardé los papeles en un cajón.

—Sin duda contribuirá a mantener el orden, sagrada eminencia.

—Bien. —Thaddace sonrió y luego frunció el ceño al percibir mi desánimo. Extrajo un documento del interior de su túnica—. Pensaba esperar un tiempo antes de anunciar esto. Pero advierto que, cuando antes os acostumbréis al lado más realista de la gobernanza de un imperio, mejor. Acabamos de redactar este decreto en la capital. En su momento, a su alteza imperial le gustaría que contribuyerais a publicitarlo. Quizá con otra campaña de buenas intenciones.

Extendió la vitela de becerro sobre el escritorio y Dayo y yo nos inclinamos hacia delante para leerla.

Por decreto de su sagrada eminencia el juez supremo Thaddace de Mewe, en nombre de su alteza el emperador Olugbade de Oluwan, descendiente de Enoba el Perfecto:

Todos los tambores, relatos y pergaminos de griot pertenecientes a un único reino se deben entregar a las fuerzas del emperador. A cambio los ciudadanos recibirán regalos: nuevos tambores, pergaminos y canciones por gentileza de la corona.

Esos obsequios reflejarán los nuevos relatos de nuestro amado imperio. La historia de la unificación y de la prosperidad de los reinos unidos en lugar de separados.

Se insta a las familias a prescindir de los nombres tradicionales de cada reino para sus hijos y escoger en cambio nombres que reflejen las virtudes de un Aritsar unido. Si bien no existe obligatoriedad, los niños con nombres del imperio serán recompensados con alimento adicional para sus familias, así como prendas de ropa tejidas con tela del imperio: el nuevo estilo que triunfa en la capital.

El emperador agradece a sus súbditos que apoyen esta nueva era de paz y unidad. Se inspeccionarán las residencias y los griots serán sometidos a vigilancia. El incumplimiento se castigará con medidas disciplinarias.

—Propuse el Decreto de Unidad al emperador Olugbade tras el desastre de Ebujo —explicó Thaddace—. Las lealtades a sus propios reinos que demostraron aquel día los ciudadanos propiciaron la pérdida de vidas humanas. —Cerró los pálidos puños—. Recompensar a las familias por el nacimiento de isokens fue un paso en la dirección correcta, pero salta a la vista que hacen falta más. Si los doce reinos se siguen considerando entidades separadas en lugar de un único imperio…, jamás sobreviviremos a otro ataque de los abikus.

Dayo buscó mis manos, que yo tenía unidas sobre el corazón. Las palabras del decreto habían revivido al dragón de mi pecho, tan feroz, y jadeé tratando de contenerlo. Sin embargo, antes de que yo pudiera responder, la aguda mirada de Thaddace se desplazó hacia la cortinilla tejida que cubría la entrada del estudio. La severidad de sus rasgos se derritió como mantequilla y, sin necesidad de mirar, supe quién acababa de entrar.

—Ya sabes que yo no estoy del todo de acuerdo, Thaddace.

La suma sacerdotisa de Aritsar se recostó contra la jamba y la luz rozó las hebras de su vestimenta amarillo pálido.

—Buenos días, tía —la saludó Dayo. Durante un instante arrugó las facciones con nerviosismo, pasando la mirada de Mbali a mí—. ¿No vienes a darle clases a Tarisai de Swana, ¿verdad? Todavía tenemos mucho que abordar con el tío Thad.

—A ver si lo adivino. —La voz de Mbali recordaba al canto del zorzal, clara y cristalina—. ¿El juez supremo os ha deslumbrado con su peculiar interpretación de la justicia?

—Dice que no existe tal cosa —murmuré cuando por fin logré enfriar el ardor de mi pecho—. Que solo existe el orden.

Las aletas de la nariz suave y redondeada de Mbali se abrieron con disgusto. Sus brazaletes destellaron en los torneados brazos negros cuando se encaró con Thaddace.

—Eres muy consciente —le dijo— de que, a ojos del Fabulador, la justicia genera orden.

Thaddace se sonrojó.

—Yo solo intento impedir que nuestro mundo se desmorone.

—Sin embargo, no sería la primera vez que nos arriesgamos al desgobierno por una causa justa. —Mbali le dedicó una sonrisa indescifrable—. ¿No es cierto?

El aire se estremeció sobre mí: la crepitante energía de los miembros del consejo hablando a través del rayo. Thaddace y Mbali estaban manteniendo una conversación privada y, a juzgar por las miradas que se lanzaban, me alegré de no oírla.

Cuando la discusión silenciosa llegó a su fin, Mbali entró en el despacho y trastabilló; igual que Thaddace, todavía se estaba recuperando de su viaje en calamita.

Mbali se rio cuando Dayo y yo nos levantamos para sostenerla. El aroma dulce de la manteca de cacao me envolvió tan pronto como noté su abrazo. En el instante en que mi mejilla rozó la suya, Mbali me mostró adrede un recuerdo: Dayo y yo a los once años, huyendo entre risitas con las manos unidas y cargados con los dulces que habíamos robado en las cocinas del Palacio Infantil, ajenos a la mirada de la sacerdotisa, que nos observaba desde una puerta oculta en la pared.

Me hizo un guiño, se llevó la mano a su dije de pelícano y luego tocó mi barbilla y la de Dayo; una bendición.

—Por los relatos de Soy, Thaddace. Ayer mismo estos dos estaban ceceando la Oración del Candidato en la sala de sueños. ¿Y ahora son unos agitadores?

—Sí, lo son —respondió Thaddace cortante, y Mbali le dedicó una sonrisilla burlona por encima de nuestras cabezas.

—Los echabas de menos y lo sabes. Y yo he venido para llevarme a nuestra alumna estrella; la necesitan en los jardines.

Thaddace frunció el ceño.

—Va retrasadísima en los estudios. Apenas si hemos empezado a...

—Por los doce reinos, Thad; hoy es un día de fiesta.

Hizo una seña hacia el pasillo, donde los sirvientes de la fortaleza Yorua iban de acá para allá con guirnaldas de palma, cuartos de cabra cruda y bandejas de plátano pelado.

Esa noche celebrábamos la verbena de Nu'ina: el festival que conmemoraba el momento en que Soy el Pelícano alimentó con su sangre a la reina Tierra en un gesto que devolvió la salud al mundo y creó la humanidad. Se trataba de la única festividad que compartían las cuatro sectas religiosas más importantes de Aritsar. Tan pronto como oscureciese, nuestro consejo cabalgaría en procesión a la aldea Yorua, donde la diversión se prolongaría hasta el alba.

—Los niños tienen que prepararse —dijo Mbali—. Las trenzadoras ya están aquí; por eso Tarisai debe acudir al jardín. Será mejor que vaya ya. Seguro que sus hermanas del consejo la necesitan para cotillear.

—No tan deprisa —ladró Thaddace antes de que pudiera cruzar la puerta. Me plantó un montón de casos en los brazos—. Resuélvelos mientras estás acicalándote. Avísame si te atascas. Y, por el amor de Soy, olvídate de ser «justa».

CAPÍTULO 14

—Mira quién se ha escapado por fin —me saludó Kirah cuando llegué al jardín. Me indicó por señas que tomara asiento a su lado y me tendió una copa de vino de palma. La hierba estaba sembrada de almohadones y frascos de cosméticos, y el olor del aceite de oliva flotaba en el aire. Mis hermanas del consejo charlaban en corro mientras las trenzadoras, sentadas en escabeles tras ellas, trabajaban con diligencia.

—Pensábamos que Thad el Plomizo no te soltaría nunca —dijo Mayazatyl—. Un momento… No me digas que eso son procesos judiciales.

—He tenido que traerlos. —Estreché los deberes de Thaddace contra el pecho con aire compungido mientras me acomodaba sobre un almohadón—. Piensa que voy retrasada. Ya lo sé, ya lo sé… —Me protegí la cara cuando Kirah, Mayazatyl, Thérèse, Ai Ling y Emeronya me bombardearon con higos.

Las fiestas de trenzado eran sagradas: no se permitía estudiar. Una vez al mes, la estricta seguridad de la fortaleza Yorua se relajaba para que artesanas especializadas en belleza acudieran de palacio. Sus hábiles dedos sabían peinar semanas de enredos y arreglarnos el pelo a la moda de la corte oluwaní: cientos de trencitas entrecruzadas con suaves hebras de fibra a las que les quemaban las puntas para que no se soltaran. El estilo requería horas de trabajo y duraba semanas. Yo me senté en postura sumisa mientras mi trenzadora estiraba y peinaba mis rizos con un peine de madera de púas muy separadas. Una vez desenredados les añadía cabos de hilo teñido de bonitos tonos a juego con mi pelo.

—Además de higos tenemos pasta de *chin chin* frita. Y vino de palma —dijo Ai Ling, señalando las fuentes y sonriendo con aire travieso—. He tenido que camelar a la cocinera. Lo guardaba para el festival de esta noche.

—Dudo mucho que los asistentes a la fiesta lo echen de menos —dijo Thérèse con falsa gravedad mientras una artesana le trenzaba fibras blancas en los mechones pálidos—. Hay dulces más embriagadores que el vino de palma.

Incapaz de aguantarse la risa, Mayazatyl escupió su bebida.

—¡Por los doce reinos, Reesy! No me esperaba ese comentario de ti.

—Puede que haya vivido en una burbuja —replicó Thérèse con dulzura—, pero tampoco nací ayer. En Nontes también celebramos festivales Nu'ina, aunque allí los llamamos Fête du Feu. Sé lo que pasaba cuando una dama encontraba un pimpollo en su copa de vino.

—En Oluwan no es un pimpollo —dijo Kirah—. Es una concha de cauri. Por el relato de Soy, espero no encontrar una. —Arrugó la nariz—. ¿Qué tendría que dar a cambio?

—Un beso —sonrió Mayazatyl—. O algo más picante. Depende de ti, sacerdotisa.

Kirah se ruborizó. Un ceño desconcertado asomó a los rasgos de Emeronya.

—Estáis hablando de sexo —observó con su estilo directo e impasible. Era la más joven de nuestro consejo, de apenas trece años—. ¿En eso consiste la verbena de Nu'ina en Oluwan? ¿Una noche para emborracharse y hacer niños?

Ai Ling se rio y le propinó a Emeronya unas palmaditas en la rodilla.

—No solo eso. Pobre Em. ¿No celebráis festivales sagrados en Biraslov?

Emeronya frunció el ceño, como hacía siempre ante el menor atisbo de condescendencia.

—En Biraslov —respondió con aire digno—, el pueblo del Ala celebra Nu'ina con ayuno y vigilia. El regalo de Soy a la reina Tierra fue un sacrificio, no una fiesta.

—Pues me alegro de haber nacido en Quetzala —resopló Mayazatyl—. El pueblo del Manantial sabe pasar un buen rato.

—Y también el pueblo del Ala —replicó Kirah, que pertenecía a la misma secta religiosa que Emeronya. Añadió, todavía más ruborizada si cabe—: Aunque yo no pienso besar a nadie.

Su comentario solo sirvió para que Ai Ling y Mayazatyl le tomaran el pelo todavía con más ganas.

—Al vino del festival se le añaden toda clase de prendas —le expliqué a Emeronya. Yo sabía muy bien lo que era sentirse excluida. Había tardado años en ponerme al día sobre las incontables y opulentas tradiciones de la vida oluwaní—. Conchas, trocitos de hueso, cosas así. Algunas se consideran negativas, otras son positivas. Si encuentras una prenda buena, puedes intercambiarla. Una concha de cauri vale por... un favor.

—¿De tu amor? —quiso saber Emeronya.

—De quien tú quieras. —Imité su tono impávido al mismo tiempo que hacía un gesto pícaro con las cejas. Emeronya se rio sin poder evitarlo.

—Yo no la intercambiaría con un chico —dijo—. Las chicas son más guapas. Excepto Theo, quizá.

—Theo jamás te besaría —la informó Ai Ling—. La última vez que hablamos, todavía estaba escribiéndoles poemas de amor muy cursis a los jóvenes granjeros de la aldea Yorua. Además, los miembros del consejo no pueden intercambiar conchas de cauri. No se nos permite enamorarnos.

—Habla por ti —presumió Mayazatyl—. Aunque lo que hicimos Kameron y yo la última Nu'ina no se puede llamar «amor» exactamente...

—Maya —la regañé bajito, mirando de reojo a las trenzadoras.

Sus expresiones seguían siendo plácidas y la cera endurecida brillaba aún en los lóbulos de sus orejas. Cualquier plebeyo que sirviese a los Once del príncipe estaba obligado a sellarse los oídos para que nadie pudiera divulgar nuestros asuntos.

—No nos oyen —dijo Mayazatyl—. Además, todo el mundo sabe que los miembros del consejo no son célibes en realidad. Llevan siglos flirteando. ¿Acaso no habéis leído los mensajes garabateados en los dormitorios de Yorua? —Sonrió con suficiencia—. Y también está el Carcaj de Enitawa, por descontado.

Mayazatyl guardó silencio mientras las demás la mirábamos. Tomó un lánguido sorbo de su copa y se limó las uñas con un pequeño instrumento.

Ai Ling puso los ojos en blanco.

—Muy bien, Maya. Te voy a seguir la corriente. ¿Qué es el Carcaj de Enitawa?

Las pestañas de Mayazatyl aletearon con aire de inocencia.

—Ah, bueno, solo es un árbol de suaves ramas aceitosas que crecen derechos hacia el cielo como brazos que se retorcieran unos con otros. Los guerreros fabricaban sus carcajes de esa madera, porque es flexible y canta. —Tomó otro trago de su copa, deleitándose en nuestra expectación—. Cuando el viento sopla, las ramas tararean como flautas. Su música es tan alta como para ocultar cualquier sonido que una pareja pueda emitir a la sombra de Enitawa. —Mis hermanas soltaron risitas nerviosas—. El árbol crece bajo un acantilado al norte de Yorua, a cosa de un kilómetro y medio de distancia. Las rocas lo ocultan de miradas indiscretas. Los miembros del consejo llevan siglos reuniéndose allí.

El rostro de Kirah palideció, como le sucedía siempre que trataba de hacer un juicio moral.

—Sé que casi todas tenéis amoríos —empezó despacio—. Pero ¿qué pasa con la ley imperial? Las personas que representan a los reinos no pueden hacerse ojitos. Se supone que somos imparciales o nuestros súbditos sospecharán que las leyes pecan de favoritismo.

—Solo si se enteran —señaló Ai Ling—. Los consejos existen para prevenir la guerra. Así pues, si proyectamos una imagen de ecuanimidad en el imperio, a nadie le importa lo que hagamos en privado. —Nos dedicó una sonrisa contrita, su verdadera sonrisa, no el gesto encantador que esbozaba cuando pronunciaba un discurso—. No somos tan santurrones como cree la gente.

—Tú eres la futura juez suprema —dijo Emeronya, volviéndose hacia mí—. ¿Nos meterías en la cárcel por tener amantes?

Me reí, aunque no tenía claro qué responder. Mi trabajo, al fin y al cabo, era asegurarme de que se cumpliera la ley. O al menos eso pensaba yo hasta mi última clase particular con Thaddace. Sus palabras habían influido en mi visión, enturbiándolo todo.

«La justicia no consiste en ser justo. Consiste en mantener el orden».

—Ai Ling tiene razón, supongo. —Me encogí de hombros—. Los consejos existen para prevenir la guerra. Siempre y cuando podamos proteger Aritsar durante el día... —Mi mirada viajó hasta el banco del jardín en el que me había sentado con Sanjeet la noche anterior—. No creo que importe lo que hagamos durante la noche.

Thérèse advirtió en tono cantarín:

—Si algo he aprendido en la corte nóntica es esto: lo que pasa en las tinieblas siempre acaba por salir a la luz.

Horas más tarde, el tufo de la fibra quemada inundó mis fosas nasales. Mi trenzadora acercaba una vela a las puntas de mis trenzas ya terminadas para sellar los cabos semejantes a cuerdas, uno a uno. Yo contuve el aliento y me senté sobre las manos para impedir que temblaran. «Solo es la llama de una vela. No seas tonta. No puede hacerte daño».

Me tendió un espejo. Cientos de trencitas se derramaban sobre mis hombros, brillantes de aceite y parpadeantes con minúsculos acentos dorados. Me sentía hermosa, pero...

Toqué el oído de la artesana, pidiéndole que se retirase la cera.

—Están muy tirantes —le dije—. Me duele el cuero cabelludo.

La trenzadora enarcó una ceja.

—Con todos mis respetos, sagrada eminencia, así les gustan a las damas de la capital. No con esas particiones desordenadas que se llevan en el campo. Piense en su título. Las damas oluwaníes colocan cada mechón en su lugar. Demuestran un control absoluto.

Volví a mirarme en el espejo, recordando que una vela me había provocado temblores. Una vela de nada. Tal vez no me viniera mal un poco de control.

—Es perfecto —le dije a la trenzadora con una sonrisa, y ella me dedicó una reverencia jactanciosa.

Mientras mis hermanas del consejo lanzaban exclamaciones de admiración mutua, yo recogí mis tareas sintiéndome culpable. Apenas las había tocado y me encogí solo de pensar en volver a enfrentarme a Thaddace. Aunque él se había ofrecido a ayudarme. Quizá pudiera reunirme un rato con él antes del festival de la noche. Con el cuero cabelludo dolorido y el trasero entumecido después de tanto rato sentada, me levanté de mi almohadón para ir en busca del juez supremo.

El despacho estaba vacío cuando llegué. Tampoco fue una sorpresa; tras el vapuleo que había sufrido su cuerpo durante el viaje en calamita, era normal que Thaddace quisiera recuperarse en sus aposentos. Doblé una esquina y subí la escalinata que conducía a las alcobas de invitados. De súbito me detuve. Procedente de un corredor en penumbra que conducía a salones en desuso, oí un gruñido ahogado que me recordó de un modo extraño al juez supremo.

Frunciendo el ceño, enfilé por el pasillo. ¿Qué hacía allí? Una de las cortinillas tejidas que tapaban la puerta estaba ligeramente torcida, como si no lo hubieran devuelto a su sitio. Desde el resquicio, un estrecho rayo de luz se proyectaba al suelo. Me acerqué despacio y levanté la mano para llamar. Mi mano se detuvo en el aire.

En un canapé cubierto de polvo, Mbali estaba sentada a horcajadas sobre Thaddace, aferrada a su delgado pecho. Los ropajes de ambos yacían por el suelo. Él enterró la cara en su cuello mientras sus cuerpos se enroscaban bajo la luz sesgada que se colaba por las contraventanas.

No parpadeé. Si dejaba los ojos abiertos, me dije, lo que había visto se evaporaría como agua sobre la piedra. Giré sobre los talones y recorrí el pasillo en sentido contrario. Iba a mi habitación. Nunca me había dirigido a ningún otro sitio. Los salones estaban vacíos y yo no había visto a nadie.

Di gracias de que mis chinelas no hicieran el menor ruido sobre las toscas baldosas. Dejé atrás el pasillo y casi había escapado del secreto cuando me topé con un pinche de cocina.

—Sagrada eminencia.

Con una reverencia, el sirviente recuperó los trapos y el cubo que había soltado al chocar conmigo.

—¿Adónde va con eso? —le pregunté. La pregunta sonó más chillona de lo que yo pretendía.

—Estoy limpiando el polvo, sagrada eminencia. Perdón. Yo solo…

Le corté el paso y pregunté a voz en grito:

—¿Está usted buscando a la sagrada eminencia Thaddace?

—No, sagrada eminencia. Iba a…

—La sagrada eminencia Thaddace está en sus aposentos —proseguí, proyectando la voz a través del pasillo—. Al otro lado de la fortaleza. Me ha pedido que le llevara un mensaje a la sagrada eminencia Mbali. Regrese a las cocinas y sirva un poco de vino de palma a cada uno. En quince minutos —terminé despacio—, estoy segura de que encontrará a su sagrada eminencia Thaddace en los aposentos de invitados de la zona oeste y la sagrada eminencia Mbali en el jardín del lado este.

Oí a mi espalda un leve revuelo procedente del salón. Sonreí con expresión maniaca al sirviente.

—Póngase en marcha.

Se inclinó de nuevo y se marchó por donde había venido. La sonrisa permaneció en mi rostro mientras mis pies me llevaban de nuevo al despacho. Coloqué los casos judiciales con cuidado en el escritorio, me desplomé en el canapé y me dejé caer de bruces sobre los almohadones.

@·@·@·@

Mi alcoba de la fortaleza Yorua apenas merecía ese nombre. Únicamente la usaba para guardar mis posesiones: mi lanza, montones de obsequios confeccionados manualmente por los plebeyos y una intimidante cantidad de túnicas y paños. Desnuda, rebuscaba entre los montones de tejidos empapados de recuerdos. El barullo musical de los mercados resonaba en mis oídos y la piel me cosquilleaba con el calor acre que desprendían las tinas de tinturas. Mi cuerpo mudó en fibras súbitamente y dejó que las hábiles manos de las artesanas me entretejieran. Los recuerdos de los objetos inanimados eran desconcertantes y por lo general los evitaba; pero ese día agradecí la distracción.

Habían pasado horas desde que me topara con Thaddace y Mbali. El agua todavía perlaba mi piel de la visita a los baños de la fortaleza, donde mi consejo se había refrescado para la verbena de Nu'ina. En una cámara de mármol separada por género, nos habíamos frotado la piel con jabón de ceniza de cacao y sumergido en baños perfumados con orquídea con cuidado de no mojarnos las trenzas de hilo. Al otro lado de la pared, mis hermanos del consejo se salpicaban y armaban jaleo. Había prestado atención a una voz más profunda que las demás: una risa que retumbaba como el trueno a través de las resonantes baldosas de mármol.

Deslicé unos dedos nerviosos sobre vestidos y paños. Me dije que quería impresionar a los aldeanos que acudían al festival. Una futura juez suprema debía ofrecer un aspecto magnífico.

Mis dudas no guardaban la menor relación con unos hombros anchos y unos ojos de color té, ninguna en absoluto.

Me froté la piel con manteca de karité hasta dejarla reluciente. Cuentas de colores me rodeaban los brazos y el cuello al estilo de Swana. La moda arit mezclaba elementos de todo el imperio, pero a los ungidos se nos animaba a representar a nuestros reinos natales a través del atuendo. Me pregunté si eso cambiaría tras el Decreto de Unidad de Thaddace.

Sacerdotes de las cuatro sectas religiosas arits iban a dirigir las festividades de Nu'ina, incluidos sacerdotes del Ascua. Me estremecí mientras me mentalizaba para los abundantes despliegues de fuego. Incapaz de extinguir en mi mente la idea de las llamas, separé un paño rojo y cardamomo. Había diseñado el motivo yo misma; las mujeres de la aldea yorua me habían enseñado a fabricar mi propio batik. En el patio de la fortaleza, mis hermanas del consejo y yo dedicábamos horas a dibujar motivos geométricos con cera en metros y metros de tela. Cuando terminábamos, hundíamos el tejido en tinas para teñir y luego en agua hirviendo. La cera se derretía entonces, pero nuestros elaborados diseños perduraban.

Me envolví el cuerpo con la prenda. En torno a mi cadera, recortados contra el fondo ocre y escarlata, una cazadora y un animal de abundante melena se replicaban en una cenefa. Las figuras estaban conectadas por la cola y la lanza de tal modo que mujer y monstruo resultaban inseparables. Por más que los mirase hasta bizquear, no podía distinguir cuál de los dos devoraría al otro.

CAPÍTULO 15

—No paras de moverte —me gritó Kirah por encima de la música, propinándome un codazo en el brazo—. Deberías unirte a ellos.

—Yo no bailo —respondí, incómoda—. Déjame en paz.

Mi consejo había llegado a la aldea Yorua en un desfile de literas, guardias y lacayos de librea. Los aldeanos nos habían recibido con tambores y palmas, arrojando las ramas a nuestro paso mientras entonaban la antigua canción tradicional:

> Once bailaban en torno al trono,
> once lunas en todo su esplendor
> brillaban gloriosas mirando al sol.

Nosotros, a cambio, habíamos llevado suficiente comida para alimentar a la aldea durante una semana. El festival se celebraba en un valle a orillas del océano, bajo el rutilante manto negro del firmamento nocturno oluwaní. El aire transportaba el olor de la cayena y vibraba con los tambores parlantes. Leche de cabra e hidromiel derramados dibujaban surcos en la tierra roja. El guisado con arroz y pimiento se alzaba en sabrosas montañas en cada mesa y las caras de los niños brillaban de grasa y crema. Mi consejo contemplaba la celebración desde almohadones dispuestos sobre una tarima baja rebosante de ofrendas herbales y amuletos tallados de los aldeanos y, después de que Mbali bendijera el festival Nu'ina, acólitos de los templos de Arcilla, Manantial, Ascua y Ala dieron comienzo a sus danzas sagradas.

Las cuatro sectas religiosas de Aritsar adoraban al Fabulador y creían en el catecismo básico de la población. Pero el pueblo de la Arcilla veneraba a la diosa Tierra por encima de todo. Muchos vivían en zonas rurales como Swana, Mewe y Moreyao; se negaban a comer carne y se oponían a la destrucción de la selva y al desarrollo de las ciudades. En cambio, el pueblo del Manantial criticaba a Tierra por su mítica infidelidad a Agua. Muchos de esos creyentes vivían en reinos costeros como Sparti, Nontes y Djbanti y eran descendientes de navegantes que habían descubierto islas y continentes más allá de Aritsar. Los más devotos, sin embargo, habitaban los bosques de Quetzala y rezaban a los lagos y a los ríos subterráneos. El pueblo del Ascua (la secta religiosa más popular de Oluwan y Dhyrma) atribuía a Fuego, señor de la guerra, la riqueza de la Tierra y le demostraban su gratitud extrayendo joyas y metales preciosos, así como forjando herramientas y armas. Por fin, reinos puntillosos como Biraslov y el Valle Blessid pertenecían mayoritariamente al pueblo del Ala, que adoraban al Fabulador Pelícano. Se cubrían la cabeza, desdeñaban a otros dioses por considerarlos distracciones y llevaban una vida de austeridad, piedad y sacrificio.

Los tambores del festival triplicaron su velocidad y los acólitos se unieron a la danza del irubo: una representación del Pelícano sagrado descendiendo para salvar a la reina Tierra y clavándose el pico en el pecho para nutrirla. El sudor corría por los cuerpos de los danzantes y sus cuerpos brillaban con pintura escarlata según latían al ritmo de la música. Saltaban y giraban agitando mantos de hojas a la espalda como alas.

Kirah volvió a propinarme un codazo. Estaba deslumbrante con la túnica y los vaporosos pantalones de su reino natal. Un diáfano velo de oración verde le rodeaba la cara y cadenas de monedas de plata le colgaban de cintura y frente.

—Voy a aprenderlo —dijo—. El irubo.

Yo refunfuñé.

—¿Por qué siempre tienes que memorizarlo todo?

Kirah exhibía unas facciones más redondeadas y brillantes que de costumbre. Sospeché que ella también había bebido demasiado hidromiel, aunque sus ojos castaños parecían atentos y despejados.

—Porque estoy cansada de que me digan lo que puedo y no puedo aprender.

Yo guardé silencio unos instantes, dejando que el compás de las cuerdas, los tambores parlantes y las maracas de calabaza se entrelazaran en mis oídos. Me asaltó una vaga visión de estar de pie ante una ventana mirando unos niños que cantaban en una pradera ondulada.

Pero se alzan traidores, caen los imperios,
el rayo de Sol-Sol gobernará el gatuperio.
Cuando todo esté dicho-o, todo esté dicho.
Y todo esté hecho-o, hecho-o, hecho.

—En el sitio del que yo vengo, dondequiera que estuviera —le dije a Kirah mientras los danzantes irubo giraban a nuestro alrededor—, me parece que la música estaba prohibida. Cada vez que oigo una canción, me siento como si estuviera robando algo.

En el centro del festival, un enorme foso para el fuego brillaba con una siniestra luz roja. Desde el interior, tizones y carbones blancos proyectaban ondas de calor al fresco aire nocturno. Los aldeanos excavaban el foso para representar el viaje de Soy al inframundo. Si un asistente a la celebración encontraba una prenda de mal agüero en su hidromiel, se consideraría maldito hasta el siguiente festival Nu'ina..., a menos que un paladín cruzara el foso en su nombre. Una sola tabla atravesaba la boca del foso a modo de puente precario. Tan solo era una puesta en escena. La mayoría de los participantes en la celebración preferían soportar un año de mala suerte a pedirle a un amigo que cruzara ese horno mortal.

Me sudaban las palmas cada vez que un bailarín giraba demasiado cerca del borde. Me entraban ganas de gritar cuando los niños de la aldea se asomaban al foso para tirar grasa de cabra y estallaban en risitas cuando las llamas crepitaban y estallaban. ¿No sabían cuán peligroso era el fuego? ¿Cuán malvado y traicionero?

«No. Esos niños son normales. Eres tú la que está loca». Me llené la boca de plátano frito y ansié más hidromiel para suavizar mi nerviosismo. Todavía me dolía el cuero cabelludo por culpa de las tensas trenzas entretejidas con fibra, que me estiraban la piel cada vez que movía la cabeza.

Cuando el irubo concluyó entre aclamaciones y aplausos, los músicos empezaron a tocar una melodía pícara con campanas y maracas de calabaza. Los niños corrieron en bandada al claro del festival y se turnaron para ejecutar las danzas más ridículas que se les ocurrían. Fruncían los labios y hacían muecas absurdas mientras cantaban: «Hermano, hermana, haz lo que yo; no te rías como yo; no te rías como yo...». Cada niño debía imitar el baile del «rey» sin sonreír ni perder el paso, pues de hacerlo quedaba eliminado. Mi consejo intentó contemplar el espectáculo con expresión circunspecta, pero al poco nos dolían las mejillas de tanto reír. Dayo abandonó nuestra tarima de un brinco y bailó hacia el corro de niños. Parodiando una expresión solemne, cimbreaba las caderas al compás de los tambores al tiempo que colocaba los brazos en toda clase de poses absurdas.

La aldea al completo lo observaba muda de asombro, hasta que un niño pequeño se atrevió a soltar una risita. A continuación rio una anciana y poco después la totalidad de la concurrencia, como un maremoto, estaba imitando el ridículo baile del futuro emperador entre carcajadas.

Dayo sonreía. Me recordó a una charca de la sabana, que atrae a seres de toda índole para calmar su sed. Conseguía que la gente lo amara: espontáneamente y para siempre. Y, cuanto más resplandecía, más frágil me parecía. Era todo aquello a lo que aspiraba el imperio y todo lo que nos arriesgábamos a perder.

Di un respingo cuando las llamas del foso se avivaron. Alguien había arrojado un cuenco de aceite perfumado al fuego para señalar que había llegado la hora de escoger las prendas. Los ancianos de la aldea, ocultos tras grandes máscaras de madera, cantaban ante vasijas de hidromiel. Los recipientes, más estrechos en la zona del cuello, no dejaban ver los objetos que albergaban. Uno a uno, los ancianos enmascarados nos invitaron a hundir en las vasijas cazos fabricados con calabazas pulidas. Teníamos que beber hasta encontrar una prenda.

Dayo fue el primero y pescó un suave grano de cacao en su calabaza. El significado de esa prenda era de sobras conocido: un futuro agridulce.

—Puede intercambiarla —recitó un anciano—. ¿Desea conservarla, su alteza imperial?

Los delgados dedos de Dayo se cerraron en torno a la semilla.

—Claro que sí —respondió. Levantó la prenda para que todos la vieran y pronunció las palabras tradicionales—: Me tragaré la amargura para que mi pueblo tenga una vida dulce.

Los aldeanos aplaudieron mientras Dayo mascaba el grano crudo, y noté retortijones en la barriga por razones que no podía identificar. Una niña de la aldea coronó a Dayo con una guirnalda de hojas y luego se estremeció ante él con una petición silenciosa. Él se arrodilló para escucharla y ella señaló su máscara con timidez.

—Haga que brille —susurró.

Dayo sonrió antes de gritar la palabra de la máscara en antigua lengua arit, evocando su poder como solo un verdadero radiante era capaz.

—¡*Oloye!*

Los ojos de la máscara se iluminaron con una luz centelleante. Todos aquellos que estaban mirando ahogaron exclamaciones y se protegieron los rostros antes de lanzar ululatos entusiastas y prorrumpir en aplausos. El roce de la luz divina del radiante, creían muchos, significa un año de suerte magnífica.

Thaddace y Mbali reclamaron sus prendas, así como sus coronas festivas, y luego les tocó el turno a mis hermanos del consejo, hasta que solo quedamos Sanjeet y yo. Cuando bebí de la calabaza, algo duro me golpeó los dientes. Escupí el objeto en mi palma.

Era una pequeña piedra del sol que emanaba una luz ardiente. Le habían practicado un pequeño orificio a la gema como si estuviera destinada a pender de una cadena. El calor de la piel ardía aún en su memoria, junto con el tu-tum, tu-tum, tu-tum de un corazón fuerte y obstinado.

Los ancianos se miraron desconcertados antes de que sus inmensas máscaras de madera empezaran a cabecear mientras deliberaban.

—Poderío —recitó uno de ellos por fin—. Ese el significado tradicional de tal prenda, pues las piedras del sol descansan en las frentes de los emperadores arits. Pero tú eres una chica y el significado se refiere a tu proximidad a la grandeza. Quizá —dijo el anciano, agachando la cabeza con falsa modestia— acabes llevando en tu seno al fruto del poder.

Me ardió la cara. Un murmullo recorrió la muchedumbre, salpicado de risitas contenidas. Al parecer los rumores que me emparejaban con Dayo se habían extendido hasta más allá de Ciudad de Oluwan.

Kirah lanzó un bufido nada reverente. Nuestras miradas se encontraron. Ella puso los ojos en blanco con tanto sentimiento que la risa burbujeó en mi garganta y el bochorno me abandonó.

Mostré la piedra del sol a la multitud.

—Llevaré en mi seno un fruto para Aritsar —dije en tono hosco— con mi cetro imperial. Como juez suprema, la igualdad y la justicia serán mis hijos. Tal vez —añadí con frialdad— mis únicos hijos. Larga vida al sol y a las lunas.

El silencio cayó sobre el gentío. Sin apresurarme, me guardé la gema en el bolsillo, recogí la corona de hojas y regresé a mi asiento. Los aldeanos que se habían reído bajaron la mirada con temor a mi paso. Bien.

Le tocó el turno a Sanjeet. Su figura negra resplandecía según se aproximaba a las vasijas, enfundado en la larga túnica bordada y los pantalones de lino de los príncipes dhyrmanos. El objeto que extrajo Sanjeet provocó un silencio todavía más prolongado que el mío entre los ancianos. Desde la distancia, parecía sostener una pieza de marfil. Al momento acercó la prenda a la luz del fuego.

Era una pequeña calavera tallada.

—Tus manos se hicieron para la muerte —declaró sucintamente un anciano enmascarado—. No hay otra interpretación. No debes intercambiar la prenda.

Un murmullo indignado se alzó en la tarima del consejo.

—Eso no es justo —gruñí por lo bajo.

Sanjeet, sin embargo, se limitó a encogerse de hombros.

—No es nada que yo no sepa. —Hizo rodar la calavera sobre la ancha palma de su mano—. Hace tiempo albergaba la esperanza de que Soy usara mis manos para sanar y no para matar. Pero el destino es más fuerte que yo. Un general supremo protege a los inocentes. Me ensuciaré las manos para mantener limpias las de mi príncipe.

Se arrodilló para que le impusieran la corona del festival.

La pequeña aldeana que sostenía las guirnaldas no se movió. Cuando Sanjeet alzó la vista para mirarla, el blanco de sus ojos destelló de terror.

—No seas maleducada —la regañó una de las madres del pueblo, avergonzada—. Tienes que coronar a su sagrada eminencia.

La niña no se movió. Miraba a Sanjeet como un cervatillo acorralado.

—No quiero hacerlo —dijo con un hilillo de voz—. No quiero.

Sanjeet palideció.

—Por favor. —Tendió la mano hacia la niña y sonrió—. No tengas miedo.

Ella se apartó de un salto como si Sanjeet hubiera intentado golpearla.

—No, Oso del príncipe, no me haga daño.

Se echó a llorar y corrió hacia la multitud, abandonando la corona de Sanjeet en la tierra.

Él se quedó arrodillado un buen rato, mirando la guirnalda en silencio. Luego se levantó y su rostro adoptó la máscara adusta de costumbre. Unos cuantos aldeanos valientes acudieron a rescatar la corona revoloteando en torno a Sanjeet y disculpándose entre reverencias, mientras Dayo y los demás protestaban exigiendo a los ancianos que ofrecieran otra interpretación.

Yo no dije nada, aunque mis pies ya habían abandonado la tarima. La escena que se desplegaba a mi alrededor mudó en ruido blanco y mi campo visual se estrechó. Tenía que seguir andando; no podía acobardarme, ahora no. Mientras mi piel se empapaba en transpiración, un grito de pánico hendió el aire.

—¡Su sagrada eminencia Tarisai va a cruzar el foso!

Mis pies descalzos rozaron las ardientes vetas de la madera. Había dejado las sandalias al borde del foso. La tabla era apenas lo bastante ancha para mis dos pies; tenía que colocar uno delante del otro sin dejar de mirar abajo.

El infierno me devolvió una sonrisa.

Sofoqué un grito cuando los carbones se desplazaron proyectando hacia arriba una nube de ascuas. El foso había desaparecido y yo estaba corriendo de nuevo hacia las puertas del dormitorio del Palacio Infantil. El mismo aire me abrasaba y no podía respirar, no veía, Dayo iba a morir otra vez y yo tenía la culpa...

Mi visión era un remolino rojo y blanco según atravesaba a ciegas la endeble tabla. Los ojos me escocían y me lloraban por el humo. Un mar de lenguas bífidas se alzaba con el calor y la luz al tiempo que rugía en mis oídos: «Nuestra, nuestra, nuestra». Y, en ese momento, comprendí la verdadera razón de mi temor al fuego.

Lo sabía.

El fuego sabía quién era yo. Me reclamaba como hija suya; crepitaba y me ordenaba que quemara y destruyera. El fuego no me haría daño, porque el fuego me había creado.

«Y algún día, ser de mi ser —murmuró una voz a la vez que un aroma floral y almizclado me inundaba las fosas nasales—, serás mía otra vez».

—No —susurré, y trastabillé. Las plantas de mis pies se posaron en la tierra fresca y oscura. Unos brazos me aferraron para evitar que cayera a la vez que mis guardias y hermanos del consejo mascullaban exclamaciones de alivio. Comprobaron que no tuviera quemaduras y sacudieron las ascuas de mi paño apagando las chispas contra la tierra. Yo temblaba de pies a cabeza, pero hice caso omiso del alboroto para abrirme paso entre la multitud hasta donde Sanjeet seguía paralizado.

Tenía los ojos anegados de lágrimas. La máscara pétrea había abandonado su rostro, remplazada por estupor, incredulidad y una pasión hirviente que me dobló las rodillas.

Le arrebaté la calavera y la sostuve sobre mi cabeza.

—He roto la maldición de Sanjeet de Dhyrma —declaré con voz ronca, todavía reseca del humo—. Sus manos se hicieron para la vida, no para la muerte. Sed testigos.

Arrojé la calavera a las llamas. La aldea estalló en vítores y los tambores tocaron un ritmo ensordecedor. Recuperé la última guirnalda y se la impuse sobre los acicalados rizos. Sanjeet atrapó mis manos y las sostuvo contra su rostro. El corazón me latió con fuerza, pero él me soltó con idéntica brusquedad para encaminarse hacia los ancianos con grandes zancadas.

Sanjeet levantó la mano para solicitar la calabaza sin pronunciar una palabra.

—Sí —dijo un anciano al tiempo que le tendía el recipiente con aire indeciso—. Como tu última prenda ha sido invalidada, puedes volver a elegir.

Él hundió la calabaza en la vasija, tomó un poco de hidromiel y escupió un reluciente rubí.

—Ah —lo felicitaron los ancianos—. Una prenda excelente. Soy te ha sonreído...

A los aldeanos se les cortó la respiración cuando Sanjeet tiró el rubí a la tierra. Volvió a sumergir el vaso en la vasija y en esta ocasión pescó una esmeralda del tamaño de un hueso de ciruela, dos veces más valiosa que la prenda anterior. La desechó también.

Muda de asombro, la aldea al completo observó cómo Sanjeet bebía y hundía la calabaza una y otra vez, descartando un montoncito de tesoros en la tierra. Por fin se detuvo y sonrió. Una pequeña prenda redondeada brilló en su palma.

Una concha de cauri.

CAPÍTULO 16

Sanjeet se guardó el objeto en el bolsillo y abandonó los terrenos del festival sin pronunciar palabra. Su espalda se fundió con las tinieblas que se extendían más allá del fulgor proyectado por el foso. Yo seguía mirándolo cuando los músicos dieron comienzo a otra canción y los celebrantes giraron a mi alrededor siguiendo el ritmo tonal de los tambores parlantes.

Desde su estrado, situado al otro lado de los terrenos, la suma sacerdotisa Mbali me pidió por señas que me acercara. Se levantó y empezó a descender, pero antes de que llegara a hacerlo un brazo me arrastró hacia la multitud. Di un respingo, dispuesta a regañar al impertinente aldeano…, y me sorprendí mirando enfurruñada el rostro sonriente de Dayo. ¿Por qué siempre me secuestraba cuando intentaba hablar con Mbali?

—Yo no bailo —le recordé.

—Pero sabes bailar —dijo. La máscara de obsidiana relucía en su pecho mientras se movía en un círculo rítmico a mi alrededor—. Te vi. Hace años, en el Palacio Infantil. Te escabulliste al tejado con Kirah para mirar los festivales de la ciudad. Y bailaste.

—¿Me seguiste?

Posó una mano en mi cintura para incitarme a seguir sus movimientos.

—Te seguí.

Las danzas de Oluwan se apoyaban casi por completo en las caderas. Los tambores latían rápidos y agudos, como el corazón de una liebre. Yo carecía de la gracia natural de las oluwaníes. Era torpe y me envaraba en las partes en las que ellas se movían fluidas y voluptuosas. Trastabillé y noté que mi cara enrojecía de vergüenza.

—Todo el mundo me observa —murmuré.

—No los mires —dijo Dayo—. Mírame a mí.

Lo hice. Sus amplios rasgos Kunleo sonreían resplandecientes. Cuando me hizo un guiño, su dentadura brilló contra esa piel que era hermosa a pesar de la cicatriz. Recordé la alegría con que Dayo se había puesto en ridículo un rato atrás y envidié su despreocupación infantil. Empecé a cimbrear las caderas al compás de los tambores e imité los movimientos que Dayo hacía con los brazos.

—No mires —me recordó cuando mi mirada se desvió hacia la multitud de aldeanos en derredor. El rayo tarareaba en mis oídos y le oí añadir: *¿Me amas ahora, Tarisai de Swana?*

El ritmo de la música se aceleró. Se me aflojaron los músculos; girábamos como polillas en torno a la luz. La figura alta y esbelta de Dayo se tornó extraña de súbito cuando intenté imaginarla cerca de la mía, más cerca de lo que nunca había estado: una promesa que sobrepasaba los votos del consejo. Oí la pregunta enterrada bajo sus palabras. *Mírame.*

Yo siempre me había sentido unida a Dayo de un modo que no sabía explicar. Conocíamos los rumores que circulaban en relación a nosotros, las expectativas públicas de que algún día yo albergaría en mi seno al heredero de Dayo. Pero la intimidad que compartíamos nunca había involucrado calor entre las piernas. Yo lo amaba, habría muerto por él, pero ese nuevo lenguaje, el mensaje que enviábamos con los cuerpos mientras bailábamos, se me antojaba... poco sincero. Impostado. Como si estuviéramos asumiendo los papeles que el mundo esperaba de nosotros.

Descubrí que mi mente volaba lejos, que partía a las tinieblas más allá de los terrenos del festival, donde otro hombre esperaba en una oscuridad acogedora.

Cuando la canción terminó, me aparté de Dayo y dejé que los danzantes crearan un río entre los dos. Él me buscaba desconcertado y alargaba el cuello para encontrarme. Pero yo di media vuelta y me marché corriendo.

Como quien lanza una piedra a un pozo, proyecté el rayo hacia las sombras. Al cabo de un ratito encontré a Sanjeet; se había alejado unos centenares de metros de la aldea hasta la zona donde el océano Obasi acariciaba la boca del valle.

Cuando llegué, la marea había dejado tras de sí una colcha de retales de agua en los que parpadeaban las conchas y las galletas de mar. Las olas restallaban como suaves címbalos. Los duendecillos azules canturreaban en la templada noche titilando a la sombra de Sanjeet.

Él no levantó la vista mientras me acercaba. Estaba apoyado contra una roca tachonada de percebes y tenía las manos ocupadas en algo que yo no veía.

—Has hecho felices a un montón de aldeanos —le dije—. Se han abalanzado sobre esas joyas que has tirado al suelo.

—Me alegro por ellos.

Seguía sin levantar la vista.

Tragué saliva y cambié de tema.

—¿Por qué les damos tanto poder a los ancianos de la aldea, de todos modos? ¿Qué derecho tienen ellos a decir quién eres tú? ¿O cualquiera? Es una tradición idiota. —Torcí el gesto ante mi reflejo en uno de los charcos que la marea había dejado tras de sí—. Cuando sea juez suprema, pienso cambiar eso. No dejes que se me olvide.

—Y ya empieza otra vez —murmuró Sanjeet. Su voz sonaba profunda incluso contra el rugido de las olas—. Empeñada en liberar al mundo entero. Tarisai de Swana. —Se rio con un gruñido quedo que me provocó un aleteo en las entrañas—. Se asegurará de que seamos dueños de nuestro destino, tanto si nos gusta como si no.

—Me consideras una ingenua.

—No. Pienso que eres la gran esperanza de Aritsar. Pienso que hay personas con poder que ven lo que yo veo y que tienen un miedo que se mueren. Y pienso que te amo —dijo— desde la noche que me quitaste el grillete del brazo.

Sanjeet cruzó el veteado espejo que creaban los charcos de la marea y se me aceleró el corazón, pero no de vergüenza ni de miedo. Busqué su mejilla y él, recostando la cara contra mi mano, rozó mi palma con los labios.

—¿Qué leyes romperías por mí? —le pregunté.

—Escoge tú. —Hizo un gesto burlón con el mentón—. Tú eres la juez suprema.

Me sonrojé.

—Quiero ser responsable.

—Llevaremos cuidado.

—No, quiero decir… responsable de ti. De tus sueños agradables. De tus pesadillas, Jeet. Quiero conocerlos todos. —Mis manos descendieron a su pecho. Sus fuertes músculos me caldearon las manos a través del lino negro—. No siempre sabré cómo ayudarte. Pero quiero estar ahí en todo momento.

—¿Como hermana del consejo?

Arrugué la nariz con disgusto y él soltó una risita.

—He venido —le dije, aferrando la parte delantera de su túnica— a reclamar esa concha de cauri.

De súbito me estaba desplazando por los aires; Sanjeet me había levantado en volandas y me reí cuando sus fornidos brazos me envolvieron el cuerpo. Me sentó en la roca cubierta de percebes para mostrarme lo que estaba manipulando a mi llegada: una pulsera tobillera de minúsculos cascabeles dorados, la misma que me enseñó la noche que murió su madre. Sanjeet había introducido la concha de cauri en la cadena.

—Conservé la pulsera de amah para que me ayudara a recordarla. Pero ahora es tuya. —Insistió cuando yo dudé—: Deja que comparta tu historia. Yo te confío la mía.

Sosteniéndome el pie, limpió la piel de arena y de la tierra roja que cubría los terrenos del festival. La concha color crema parpadeó contra mi tobillo cuando cerró la cadena. El vago recuerdo de los pies de otra mujer aguijoneó mi pensamiento. Oí su risa, los cascabeles estremeciéndose contra sus talones mientras cantaba y bailaba.

—Yo también quiero darte algo.

Hurgué entre los pliegues de mi paño y extraje la reluciente piedra del sol.

—No deberías —me dijo—. Eso es especial.

Resoplé.

—No tengo ninguna intención de «llevar en mi seno el fruto del poderío».

Riendo por lo bajo, Sanjeet aceptó la piedra.

—Esta prenda no es de las que se intercambian.

—No. Pero la concha de cauri, sí —recité imitando lo mejor que pude el tono solemne de los ancianos—. Debes aceptar algo a cambio.

El arrobamiento se extendió como mantequilla por el rostro de Sanjeet. Me arrastró al borde de la roca y sujetó mis manos contra sus hombros.

—Escojo a la chica que camina sobre el fuego —declaró—. Escojo el sol.

Había besado a otros chicos anteriormente. Todos lo habíamos hecho en el Palacio Infantil, como parte de esos juegos con los que se entretienen los niños cuando están aburridos. Cada contacto era un desafío, un escalofrío sin más importancia, una manera de poner a prueba nuestros cuerpos en desarrollo para empezar a saborear la edad adulta.

Este beso fue distinto. Cuando acercó la boca a la mía no hubo juegos ni experimentos. Solo una promesa silenciosa que estremeció la tierra a mis pies. Rozó con la lengua mi labio inferior y el beso se profundizó. Enredé mis dedos en su pelo mientras sus manos se tensaban sobre mi cintura. Todavía sabía a hidromiel, dulce y embriagador. Cuando nos despegamos, su rostro permaneció cerca y sus pestañas rozaron las mías.

—Hay un árbol —dije pasado un momento—. El Carcaj de Enitawa. Mayazatyl… me dijo que es allí donde…

—He oído hablar de él.

Enarcó una ceja, escudriñando mi cara con sorpresa e hilaridad.

—Yo nunca he estado —aclaré a toda prisa, azorada—. Pero podríamos ir más tarde. Para charlar y… estar así.

La barba de su mandíbula me hacía cosquillas en el cuello. Me estremecí.

—¿Cuándo? —preguntó.

—Esta noche —fue mi respuesta—. Esta noche.

Entramos en tensión. Una descarga de voces lejanas en nuestras mentes que rivalizaban por nuestra atención. El rayo.

Sanjeet gimió.

—El consejo está preocupado.

Asentí, apoyando mi cabeza contra la suya.

—Será mejor que volvamos. ¿Crees que lo habrán adivinado?

—No nos pueden leer el pensamiento a menos que retiremos las defensas mentales—. Yo no tengo nada que esconder si tú tampoco. —La expresión desolada de Dayo después de la danza asomó a mi mente. Sanjeet leyó mi semblante y adivinó el rumbo que había tomado mi pensamiento—. Nos lo guardaremos para nosotros, pues.

—De momento —apostillé.

—De momento —asintió.

Avanzamos de la mano hasta que avistamos los terrenos del festival. A partir de entonces nos limitamos a caminar el uno junto al otro, de mala gana y dejando espacio entre los dos. No engañábamos a nadie, por descontado. Tan pronto como nuestros hermanos del consejo advirtieron que estábamos sanos y salvos, intercambiaron codazos y nos dedicaron sonrisillas burlonas.

Vaya, vaya… ¡Pero si son la juez y el Oso! ¿Habéis encontrado una fiesta mejor que esta, eh?

Evité mirar a Dayo. Él no era capaz de ocultar el dolor y carecía del orgullo necesario para intentarlo. Pero, cuando cedí al impulso y le eché una ojeada, su rostro únicamente resplandecía de alivio. Nos sonreímos con timidez. Dayo no deseaba ser mi amante más de lo que yo deseaba ser la suya. Me pregunté entonces por el vínculo que nos unía. Yo sentía por él algo distinto a lo que me inspiraban mis otros hermanos del consejo. En cierto sentido, nuestro lazo era incluso más fuerte que la chispa existente entre Sanjeet y yo.

Antes de que pudiera volver a la tarima del consejo del príncipe, un guerrero de la Guardia Imperial se interpuso en mi camino. Me hizo una reverencia antes de señalar la tarima de Thaddace y Mbali, situada en el otro extremo de los terrenos del festival.

—Sus sagradas eminencias la convocan —me dijo el guerrero.

Tragué saliva. ¿Les parecía mal que hubiera abandonado el festival? Suspiré y me encaminé despacio a la lejana tarima, preparándome para una reprimenda.

Mbali y Thaddace me miraron desde sus almohadones borlados, resplandecientes con sus atuendos festivos. Mbali representaba a Swana, igual que yo, y las pulseras y los collares se amontonaban en sus gráciles brazos y cuello. Thaddace iba envuelto en verde tartán mewí. Me arrodillé en los peldaños de la tarima y miré nerviosa sus sandalias con detalles de oro.

—Siento haber abandonado el festival —balbuceé tras un silencio inquietante—. Sé que es impropio de los miembros del consejo alejarse a solas. Pero estamos muy cerca de la fortaleza. Y estaba preocupada por Sanjeet y…

—Te hemos colocado en una posición difícil —me interrumpió Mbali.

Abrí la boca para proferir otra disculpa, pero volví a cerrarla.

—¿Sagradas eminencias?

—Sabemos lo que has visto en la fortaleza, Tarisai.

Mbali guardó silencio hasta que ya no pudo quedar duda del asunto al que se refería. Me ardió la cara.

—Doy por supuesto —declaró— que se lo has contado a tu consejo.

Miraba por encima de mi cabeza y comprendí que se sentía avergonzado. Pobre Thaddace. Lo había visto desnudo y todavía tenía que enseñarme leyes.

—Es normal que se lo hayas dicho —añadió Mbali con dulzura—. Son tus hermanos del consejo. Pero nuestro secreto es muy peligroso, Tarisai. Podría amenazar la estabilidad de Aritsar. Tu discreción es esencial. —Asentí, pero ella siguió hablando en tono desapasionado—. Espero que persuadas a Dayo de que sea discreto también en sus cartas al emperador.

Abrí la boca como un pez fuera del arroyo. Mbali y Thaddace me estaban pidiendo que les guardara un secreto.

Para que el emperador no se enterase.

Sin embargo, ¿por qué le iban a preocupar a Olugbade los devaneos amorosos de los miembros de su consejo? ¿Qué amenaza podía suponer para él, aparte del leve escándalo que supondrían los cotilleos de la corte? A pesar de todo, asentí de nuevo, jugueteando con las cuentas de mis muñecas.

—¿Me disculpan, sus sagradas eminencias?

Mbali se inclinó para darme un besito en la mejilla.

—Me parece que vas a ser una delegada de Swana la mar de sabia —me dijo—. Y una excelente juez suprema.

☉·☉·☉·☉

Intenté volver a la tarima de mi consejo, donde mis hermanos estaban ocupados aceptando regalos y bendiciendo a los niños de la aldea. Sin embargo, cuando me volví a mirarlos noté una sensación de mareo, como si me hubieran disparado un dardo del sueño. Oscilé sobre mis pies y un aroma dulce y almizclado inundó mis fosas nasales.

Me oí murmurar una excusa, si bien no había nadie cerca para oírla:

—Voy a aliviarme.

Rígida, me alejé de los fuegos del festival para seguir el rastro de ese aroma conocido, más intenso con cada paso que daba.

A varios minutos de la aldea Yorua había una persona anciana enmascarada que estaba de pie en un cultivo de acacias. Ninguna brisa acariciaba la maleza y la luna nos bañaba con una luz blanca, de muerte. La máscara era femenina: una cara redonda de marfil color hueso con rendijas rojas para los ojos. El borde de la frente estaba serrado, como insinuando la corona de una reina.

—¿La... La conozco? —susurré.

Por alguna razón me costaba articular las palabras. Deseé poder identificar ese aroma; su nombre bailaba justo fuera de mi alcance, como campanas de alarma demasiado tenues para oírlas.

La anciana inclinó el rostro enmascarado e hizo una reverencia. Una vasija descansaba en el hueco de su brazo, fuerte y torneado. En la otra mano sostenía un cazo fabricado con una calabaza pulida.

Haciendo un esfuerzo, negué con un movimiento de la cabeza.

—Ya he sacado una prenda. No nos permiten extraer más de una.

Pero mis músculos se relajaron cuando otra vaharada fragante me envolvió. Ya me había sentido así anteriormente. Insignificante. Sumisa. Cerré los dedos en torno al mango de la calabaza que la anciana me ofrecía y la hundí en la vasija. El líquido era color ámbar pálido, no dorado como el hidromiel.

—¿Qué es? —pregunté.

El gesto de la anciana se crispó con impaciencia mientras me indicaba por señas que bebiera. Cuando más rato pasaba en su presencia, más brumoso se tornaba mi pensamiento. No se me ocurría ninguna objeción, ninguna razón para desobedecer. Me acerqué la calabaza a los labios y bebí. Fue entonces cuando recordé el nombre de esa fragancia.

Jazmín.

El fuego me recorrió la piel despertando sonidos e imágenes que llevaban cinco años dormidos. «Hoy sí... Qué complacida se va a sentir la Dama... Melu, ¿no quieres salir a jugar?... Cuando lo ames con todo tu ser y él te unja con aceite bendito para hacerte suya, te ordeno que lo asesines».

Trastabillé hacia atrás y la calabaza me resbaló de la mano. Mientras el líquido me salpicaba las sandalias, un sollozo me bloqueó la garganta.

Lo recordé todo.

El tercer deseo. Nuestro huerto de mangos. Los mentores. El viaje desde Swana. La advertencia de Kathleen. Woo In incendiando el Palacio Infantil.

—¿Qué has hecho? —le pregunté a la anciana sin aliento—. ¿Qué me has dado?

—Agua del estanque de Melu —dijo con una carcajada. Su voz melodiosa me heló la sangre en las venas—. Querías olvidar. Pero el ehru que llevas dentro sabe quién eres, hija. Sabe para qué fuiste creada.

Dicho eso la figura se despojó de la máscara y yo me estaba mirando en un espejo. Era un rostro tan parecido al mío que sentí escalofríos: el primer rostro que había amado en mi vida.

La Dama sonrió y en sus ojos oscuros centellearon las lágrimas.

—Te he echado de menos, ser de mi ser.

Me besó la frente y mi corazón se quedó tan hueco como el cazo de calabaza. La Dama me tomó la mano. Su deseo me envolvió como un manto y yo suspiré con un alivio horrorizado, como un guerrero que ha burlado a la muerte demasiadas veces; un fugitivo cansado de huir.

—Me dolió tanto que decidieras olvidarme... —susurró la Dama—. A tu propia madre. Pero te perdoné tan pronto como comprendí la verdad. Te rebelaste porque tú eres yo. —Rio con suavidad—. Obstinada. Independiente. No puedo culparte por reflejar mis propias cualidades.

Sonrió y me plantó una pequeña daga de plata en la mano. Mis dedos, obedientes, se cerraron en torno a la empuñadura.

—Ha llegado el momento —dijo la Dama, y yo asentí. Me dirigí de vuelta a la aldea como si caminara a través del agua. Hacia mis hermanos del consejo; hacia el cariño, la inocencia y la luz. «Tu sitio no es este —susurraban las llamas del foso. Las sombras bailaban en los rostros de mis hermanos—. Y nunca lo ha sido».

CAPÍTULO 17

Cuando las literas regresaron a la fortaleza Yorua, el hidromiel había tornado torpes a mis hermanos del consejo. Se durmieron completamente vestidos en sus esteras, roncando entre joyas y mantos de batik.

Yo yacía entre sus cuerpos sudorosos, observando cómo sus pechos ascendían y descendían. El aliento de Dayo me hacía cosquillas en el cuello. Escuché el cambio de guardia según la noche envejecía.

Esperé.

Había prometido despertar a Sanjeet cuando los demás se hubieran dormido. Yacía en el borde del mosaico, sobre el sol y las estrellas del suelo, iluminado a contraluz por las ventanas arqueadas. Durante toda la noche en el festival sus dedos habían buscado los míos, inquietos y tiernos. Yo lo había enredado para que bebiera cáliz tras cáliz de hidromiel, fingiendo beber con él. En ese momento, mientras yacía frente a mí en la cámara de banquetes me transmitía por el rayo mensajes adormilados a través de la oscuridad: *Prométeme que me despertarás cuando sea el momento.*

Lo haré, respondí.

Cuando Sanjeet se durmió, cayeron sus defensas mentales y yo me colé en sus pensamientos. Estaba soñando con el Carcaj de Enitawa. Intenté arrastrarme a su estera. Intenté notar algo. Lo que fuera.

Pero un vacío frío se extendió como niebla por mi mente y, en vez de despertarlo a él, sacudí a Dayo.

Mis labios acariciaron la cicatriz que las quemaduras habían dejado en su mandíbula. Lo ayudé a levantarse y, de la mano, nos abrimos paso entre los cuerpos dormidos para salir de la cámara de banquetes. Nos deslizamos por los pasillos de la fortaleza, azotando la piedra con los pies descalzos.

—Tar, ¿qué pasa? —bostezó Dayo. Yo no respondí. Cogí una antorcha de un aplique de la pared y me apresuré escaleras abajo. Él resollaba para seguirme el paso—. ¿Estás bien? ¿Hay alguien herido?

Su voz sonaba lejana, como un eco en mi cabeza.

—Vamos al Carcaj de Enitawa —le dije doblando una esquina. Después de unas cuantas copas de hidromiel en el festival Nu'ina, Mayazatyl había revelado la ubicación del árbol. Un pasaje avanzaba por las entrañas de la fortaleza, burlando a los guardias, hasta el exterior.

Dayo se detuvo en seco.

Yo me volví a mirarlo con impaciencia. Tenía las pupilas dilatadas de sueño y extrañeza. No llevaba nada encima salvo unos pantalones y una camisa de lino abierta por la clavícula.

—Tar —susurró.

—¿Qué? —le pregunté—. ¿No era esto lo que querías?

Su mirada buscó la mía, tímida e insegura.

—Yo… No lo sé. Es lo que se espera de nosotros. Pero luego te he visto con Sanjeet y he pensado…

—Pues has pensado mal —le dije al tiempo que le aferraba la mano para arrastrarlo a una angosta escalera. Nos abrimos paso a través de una puerta atrancada y accedimos por fin al pasadizo que discurría bajo la fortaleza Yorua.

Mientras nos internábamos a toda prisa en la húmeda oscuridad, Dayo se fijó en mi antorcha.

—¿Ya no te da miedo el fuego?

—No, Dayo. —Las llamas reían bajito en mis oídos—. Ya no.

Según Mayazatyl, el pasaje conducía a una meseta musgosa, resguardada de miradas curiosas por un saliente de maleza y escarpadas rocas. Al poco, una brisa me acarició el rostro en el interior del pasaje. Dejé la antorcha en un nicho de la pared y salí al aire libre.

Un solo árbol crecía en el centro de la planicie. El tronco, pálido y resbaladizo, despuntaba bajo unas ramas como brazos retorcidos que se tiñeran de morado al elevarse al cielo. Un gemido quedo y agudo estremeció el aire cuando las ramas de Enitawa cantaron, cargadas con los secretos de amantes que habían retozado a su sombra. Noté el terreno mullido a mis pies, húmedo con un lecho de hojas ocres.

—Ven —dije. «Corre, Dayo». Una voz casi inaudible trataba de abrirse paso por mis pensamientos, como un ave marina que intenta remontar el vuelo en plena tempestad—. Ven aquí.

«Corre, Dayo. Corre, por favor».

—No entiendo nada —dijo, pero se acercó de todos modos. Cuando le acaricié el relieve de la cicatriz que le recorría la mandíbula, se relajó contra mi mano. Las palabras parecían huir de sus labios según mis dedos recorrían las venas de su cuello. Exploré los huesos bajo su cálida piel, maravillada ante su fragilidad. Admirada de lo fácil que me resultaría romperlos.

«Dayo, márchate. Corre tan aprisa como puedas». La voz se repetía en bucle, ahogada por las olas y los truenos. Notaba los dedos firmes y fríos mientras despojaban a Dayo de la camisa, le acariciaban la máscara de obsidiana y bailaban por su pecho desnudo. Entró en tensión.

—Tar —susurró—. Tengo que decirte una cosa. Yo no... Yo no creo que me apetezca tener relaciones. Nunca. Y no me refiero a ti, sino... con nadie. Ni chicas ni chicos. Con nadie. —Miró las hojas del suelo frunciendo su frente tersa—. A ver, sí que he sentido algo especial por algunas personas. Por ti, por Jeet y por algunos de los demás. Pero... nunca me ha interesado el aspecto sexual. A veces me pregunto si no tendré un problema.

«No tienes ningún problema —protestó la voz dentro de mí—. Eres la persona más buena y adorable que he conocido. Corre. Sobrevive».

—Pero soy el príncipe heredero —prosiguió, haciendo una mueca— y es necesario que tenga descendencia algún día, de manera que… si tuviera que escoger a alguien…

—No hay nada que escoger —declaré con voz solemne. Solamente había soles y lunas. Demonios y deseos. Maldiciones escritas en las estrellas.

Suspiró.

—¿Me amas ahora, Tarisai de Swana?

—Ella te amaba —susurré—. Pero no fue lo bastante fuerte.

Y entonces la chica que estaba debajo del árbol, la que compartía mi cara y mi voz, hundió el cuchillo de plata en el abdomen de Dayo.

☯·☯·☯·☯

—No mires.

Tenemos doce años y estamos sentados juntos en una litera que avanza sin prisa por la plaza Imperial de Ciudad de Oluwan. Dayo se asoma entre las rendijas de la cortina bordada. Yo lo arranco de la ventanilla y, desoyendo sus protestas, le tapo los ojos con las manos.

—No mires —le repito.

—¿Por qué?

Dayo apoya la cabeza en mi cuello. Su pelo, suave y rizado, me hace cosquillas. Piensa que estamos jugando. Se ríe con carcajadas cálidas, burbujeantes.

Al otro lado de la cortina los guardias arrastran por la plaza a una anciana cubierta de harapos blancos. El pelo le cuelga en mechones apelmazados. Los mirones escupen y la insultan mientras la fuerzan a subir al cadalso. Traidora. Traidora. A ella le tiemblan las magulladas rodillas.

—Suéltame, Tar —gime Dayo—. Nunca puedo ver la ciudad.

—*No hay nada que ver. Es una ejecución.*

—*Bueno, algún día tendremos que verlas* —*replica.*

—*Por favor, Dayo.* —*Noto la garganta reseca. La mujer del cadalso se arrodilla cuando la obligan a apoyar la cabeza en un bloque de madera*—. *Por favor, no mires.*

—*¿Por qué?* —*Los golpes huecos de los tambores imperiales que retumban entre los gritos de la multitud saturan nuestros oídos*—. *Piensas que soy débil, ¿verdad, Tar? Igual que todos los demás.*

—*No. Pienso que eres demasiado bueno.* —*Estrecho a Dayo contra mí cuando la luz del mediodía destella en el hacha del verdugo*—. *Crees que la gente es bondadosa, simpática y guapa.* —*El hacha cae y la sangre corre por el cadalso antes de encharcarse en el pavimento de la plaza*—. *Yo haré que sea verdad, Dayo. Cuando sea mayor me aseguraré de que el mundo sea un lugar mejor, por ti. Pero de momento cierra los ojos.*

El suspira contra mi pecho y yo entierro la cara en su pelo.

—*Yo te mantendré a salvo, Dayo.*

☉·◉·◉·◉

Jadeó cuando mi cuchillo le perforó el costado. Caímos juntos sobre la tierra cubierta de hojas, como los amantes para los que estaba destinado el Carcaj de Enitawa. Con las facciones desencajadas en un gesto de agonía, miró de hito en hito mis ojos velados.

—Tar.

—¿Ahora vendrás a casa, madre? —Yo hablaba con voz monocorde—. Me siento tan sola en la Casa Bhekina... Los criados no quieren hacerme mimos, no tengo amigos y es horrible cuando te marchas; por favor vuelve. —Parpadeé. De repente estaba infinitamente cansada—. ¿Madre?

¿Dónde me encontraba? ¿Por qué hacía tanto frío?

En la Casa Bhekina no había corrientes de aire. Mis mentores habían clausurado las ventanas con tablas... No. Yo ya no vivía allí. Madre me había enviado lejos de Oluwan con Kathleen y

Woo In. Luego hubo un incendio y todo fue mi culpa. Yo era la responsable por haber protegido a Dayo. Él había confiado en mí, todo el mundo confiaba en mí, pero no deberían, porque yo era un demonio y madre me había enviado allí para…

Para…

Se me erizaron los pelitos de la nuca cuando caí en la cuenta de quién era la persona que tenía entre los brazos.

—No —dije. Un grito se abrió paso por mi garganta, pero surgió en forma de graznido—. No. No puede ser… Tú no eres… ¡Sigue despierto, Dayo! Ya está. He vuelto. Yo nunca permitiría que nadie te hiciera daño; yo no… Maldita sea —sollocé, palpándole la cara. No me atrevía a tocar el cuchillo.

Él me observaba hiperventilar.

—Has recordado.

—No hables. Descansa, iré a buscar ayuda.

Sus palabras carecían de sentido. Yo estaba llorando a mares; mis costillas se estremecían con cada respiración.

—No has apuntado al corazón. —Sonrió. En su voz borboteaba la sangre—. Eso significa que eres más fuerte que ella, Tar.

—¿Qué estás diciendo? —jadeé—. Dayo, quédate…

Sus ojos se cerraron con un aleteo.

—No. —Eché la cabeza hacia atrás, rugiendo en dirección al cielo—. Soy, por favor, no. Me da igual que seas el Fabulador; detesto tus historias. Mátame a mí y no a él. ¿No es más lógico eso? Escribe algo mejor. Renunciaré a todo. A todo. —Las lágrimas corrieron hacia mi boca abierta cuando pegué el oído al pecho desnudo de Dayo. Un pulso infinitamente débil latió contra mi mejilla—. A todo —dije, y noté una inquietante sensación de promesa cerrada.

Un paso crujió a mi espalda. Me di la vuelta y sostuve la mirada de un rostro descompuesto, horrorizado. Sanjeet se erguía ante mí enfundado en sus prendas arrugadas del festival.

—Gracias a Soy —dije—. Jeet, tenemos que buscar ayuda; Dayo, él…

La mano de Sanjeet se cerró sobre mi hombro con tanta violencia como para dejar un cardenal. Me arrancó del árbol y yo caí hacia atrás, estupefacta.

Se arrodilló protegiendo a Dayo con su ancha espalda.

—Hermanito —dijo—, no te duermas. No te atrevas a dormirte.

Evitando el mango del cuchillo, los dedos de Sanjeet dibujaron formas precisas en el costado de Dayo según evaluaba los daños de sus órganos.

Empecé a decir:

—Necesitamos ayuda. Iré...

—Tú calla —me espetó Sanjeet en tono bronco—. Cállate y no te acerques.

—Jeet —susurré—. No es... No es lo que piensas.

—¿Quién eres? —preguntó Sanjeet. Su voz queda era más amenazadora que cualquier grito. Cuando me miró por fin, tenía los ojos húmedos y feroces—. ¿Qué eres?

—No lo sé —sollocé—. No lo sé, no lo sé.

Dayo necesitaba ayuda. Mi mente funcionaba a toda máquina; no podíamos moverlo sin empeorar las cosas. Necesitábamos a alguien capaz de obrar un milagro.

Proyecté el rayo hacia la fortaleza Yorua. Atravesó la piedra con dificultad; me dolían las sienes cuando por fin contacté con Kirah. *Dayo está herido* —le dije mientras su mente despertaba entre telarañas—. *Te necesitamos. No despiertes a los demás. Date prisa.*

—Kirah viene hacia aquí —le dije a Sanjeet al tiempo que la guiaba mentalmente al Carcaj de Enitawa. Percibía el terror de Kirah a través del rayo; me bombardeaba a preguntas. *Tú solo ven,* le supliqué, y luego añadí para mis adentros: «Ven y no me odies».

Por fin Kirah salió trastabillando del oscuro pasaje al claro.

—¿Dónde? —jadeó.

Señalé a Dayo y dije:

—Por favor.

Kirah palideció.

—Am se apiade de nosotros —gimió—. ¿Se ha infiltrado un asesino en la fortaleza? ¿Cómo es posible? ¿Por qué no lo ha protegido el rayo?

—Quédate cerca de mí —le espetó Sanjeet. Alargó la mano hacia Kirah y me lanzó una mirada incendiaria. Yo asentí, guardando las distancias. Kirah ya no era mía; los demonios no tienen amigas íntimas.

Kirah posó la cabeza de Dayo en su regazo sin dejar de musitar oraciones. Las manos le temblaban aferradas a las borlas de su pañuelo de oración. Sanjeet encontró la camisa de Dayo e hizo una bola con ella para taponar la herida.

—A la de tres —dijo Sanjeet, lacónico, y Kirah parecía mareada, pero asintió. Él contó y extrajo el cuchillo. Mientras la sangre de Dayo empapaba la camisa, Kirah elevó al cielo su cabeza velada y cantó.

Los cantos bléssidos resonaban en su garganta, cargados del poder que les daba cruzar kilómetros de arena desértica. La canción de Kirah se elevaba en la noche, tan estentórea que veía las notas serpenteando entre las estrellas. Cantaba canciones de cuna para enlentecer el flujo de la sangre, agudos trinos que ahuyentaban la infección, rimas de tejedoras para unir la carne. Pero su canto final y más largo fue la súplica de una madre a una hija inquieta: una canción para mantener su alma en su cuerpo.

No tengo rubíes para la cabeza de mi hija ni
satén para sus pies,
no puedo ofrecerle castillos ni un príncipe alto de cabello negro,
pero, hija errante, vuelve a tu lecho,
de sábanas planchadas con flores moradas,
pues no hay leche de camello en los castillos;
mi beso, pequeña, es tu corona.

Kirah entonaba la canción una y otra vez, vertiendo la añoranza de su hogar en cada nota hasta que el azul matizó el cielo de la madrugada. Sanjeet presionaba con las manos el costado de Dayo, buscando una y otra vez los puntos débiles para indicarle a Kirah adónde dirigir su melodía sanadora. Finalmente los dos se derrumbaron agotados.

—Los órganos vuelven a estar intactos —dijo Sanjeet—. Todavía está débil, pero se va fortaleciendo. Necesita descanso, mucho. Pero está fuera de peligro, gracias a ti, Kirah. —Le propinó una palmada en el hombro, con ojos relucientes—. Gracias.

—Tenemos que llevarlo de vuelta a la fortaleza —sugirió ella con voz afónica—. Tenemos que ser cuidadosos, pero entre los tres...

—Ella no lo va a tocar —gruñó Sanjeet.

—¿Por qué no? —Kirah parpadeó, todavía desorientada después de horas cantando. Volvió la vista hacia mí, luego miró el árbol—. ¿Qué ha pasado aquí? Tar, ¿tenías un devaneo con Dayo? Pero yo pensaba que te gustaba... —Dejó la frase en suspenso, notando la tensión que había entre Sanjeet y yo—. Por Am, Jeet..., ¿has apuñalado a Dayo porque... porque estabas celoso?

—¿Celoso? —Sanjeet escupió una carcajada y el sonido se me clavó en el abdomen como una lanza—. ¿De qué? ¿Del amor de un monstruo?

—Decidme qué pasa aquí ahora mismo —exigió Kirah—. No me obliguéis a llamar a los demás...

—He intentado matar a Dayo —dije.

Por primera vez, Kirah advirtió que las manos de Sanjeet estaban secas y limpias mientras que las mías temblaban empapadas. Se fijó en las lágrimas y los mocos que me ensuciaban la cara.

—No lo has hecho —declaró—. Es imposible.

Yo no respondí.

—Me estás asustando, Tar. Esto no tiene gracia. Por el relato de Am, di algo.

—Deberíais atarme. —Les tendí las muñecas—. El sótano que hay bajo las cocinas de la fortaleza tiene un candado; encerradme allí. Decidles a los demás que estoy enferma. Que debo guardar cuarentena. Cuando el sol salga del todo, le pediremos a un guardia que me lleve de matute al portal de calamita más próximo. Me marcharé... a algún lugar lejano. A un sitio donde no pueda volver a hacerle daño.

El semblante de Kirah se desencajó horrorizado.

—Soy medio ehru, Kirah. —Las palabras brotaron tan embrolladas como las ramas de Enitawa—. Mi madre pidió tres deseos; uno me lo cedió a mí. Yo tenía que obedecer. Me he resistido todo este tiempo, pero me encontró y me obligó a ejecutarlo...

Negué con la cabeza. Mi discurso parecía el de una demente. Pero tenía que explicárselo. No podía perderla, a Kirah no.

En cuando a Sanjeet...

El fantasma de sus labios todavía rozaba los míos. ¿Cómo podían esos mismos labios llamarme «monstruo»?

—Os lo puedo explicar —supliqué, tendiendo las manos de nuevo—. Por favor, dejad que os lo enseñe.

Los dos me miraban inmóviles. La mandíbula de Sanjeet se endureció y rodeó los hombros de Kirah con un brazo protector.

—Si te tocamos, nos robarás los recuerdos —dijo—. Como robabas los míos en el Palacio Infantil.

Durante un momento floté por encima de mi cuerpo y observé la escena desde las alturas. El príncipe heredero de Aritsar, que apenas respiraba. Sanjeet y Kirah acurrucados juntos, protegiendo a Dayo del demonio. La chica gimoteando y poniendo excusas. Aun en ese momento fingía amarlos. Fingía lamentarlo, saber lo que significaba tener una familia. Viendo la escena desde fuera, yo habría condenado a esa chica al patíbulo sin dudarlo. Me empezaron a sudar las palmas de las manos. Pero yo no estaba fingiendo.

¿O sí?

Cada una de las máscaras, cada Tarisai que había sido, se desplegaron en la oscuridad como piezas de un rompecabezas en un vasto suelo. La cautiva de la Casa Bhekina, dispuesta a matar por el abrazo de su madre. La favorita del príncipe, hurgando en las mentes de los demás candidatos. La protectora, que había rescatado a Dayo del Palacio Infantil en llamas. La juez suprema, que le hacía promesas vacías a Ye Eun. La amante, capaz de cruzar un foso ardiente por un chico de ojos marrones.

Todas ellas eran reales. Todas. ¿Cómo escoger una a la que creer? Yo era un monstruo, sí…, pero no podía permitirme ser solo eso. No en ese momento crucial.

Me sequé las manos en el paño que envolvía mi cuerpo.

—Yo nunca te robé los recuerdos —corregí a Sanjeet—. Te libré de las pesadillas.

—Deberías haber dejado que las conservase —replicó—. La única pesadilla eres tú.

Kirah se despegó de Sanjeet. Escudriñó mi rostro en busca de la Tarisai que conocía: la niña con la que compartía risas en el tejado del Palacio Infantil. La chica que le trenzaba historias en el pelo.

Sigo aquí, le dije a través del rayo.

Kirah posó una palma fresca y suave sobre mi mano ensangrentada. Tomó también la mano de Sanjeet, para que estuviera obligado a escuchar. Mi historia se derramó sobre ambos como lluvia que recupera el tiempo perdido con ríos e inundaciones. Una vez que hubieron visto todos mis recuerdos —el ehru, el deseo asesino de la Dama, mi amnesia autoinfligida—, Kirah seguía frunciendo el ceño. Pero no me soltó la mano.

—¿Puedes controlarlo? —me preguntó. Tenía bolsas debajo de los ojos, la cara demacrada a la luz de la aurora—. Sé sincera, Tar. ¿Eres capaz de impedir que el deseo de la Dama se haga realidad?

—No estoy segura —reconocí—. Podría eliminar mis recuerdos otra vez. Pero eso solo funcionó hasta que la Dama me encontró.

Y volvería a encontrarme. Siempre me encontraría. Un sudor frío me empapó las sienes cuando la voz de Melu resonó en el aire: «Hasta que no le concedas el tercer deseo, ni tú ni yo seremos libres».

El nombre de Melu chirrió en mis pensamientos al resucitar después de tantos años. Mi padre, el ehru. Atado a la sabana hasta que asesinara a Dayo.

—Tengo que regresar a Swana —jadeé.

—¿Por qué? —preguntó Kirah, torciendo el gesto—. ¿Tu madre no te va a encontrar allí? ¿Acaso no está allí su casa?

—Sí. Pero solo Melu sabrá cómo romper la maldición. No puede liberarse; no puede abandonar su pradera. Pero quizá yo pueda liberarnos a los dos.

Kirah apretó los labios.

—Te acompaño.

—No puedes. ¿Y si Dayo necesita que cantes? Apenas ha sobrevivido a esta noche.

—Swana está a cuatro calamitas de distancia —replicó Kirah—, sin contar el tiempo que necesitarás de descanso entre uno y otro portal. El mal del consejo te habrá provocado fiebres a esas alturas. Imagina que no puedes volver.

—En ese caso, problema resuelto.

Kirah me fulminó con la mirada. Le temblaba el labio inferior.

—Ni se te ocurra. Ni se te ocurra optar por la salida fácil, Tar. ¿Qué haría Dayo si te murieras?

—Vivir —le espeté—. ¡Viviría!

—No. Eso solo lo mataría de otra manera.

—Yo iré —propuso Sanjeet.

Kirah y yo nos volvimos a mirarlo. Nos devolvió la mirada impertérrito, como un soldado que se presenta voluntario para una misión ingrata. Yo ya no podía visualizar la ternura con la que me había abrochado su regalo al tobillo. La concha de cauri todavía se columpiaba contra mi pie, fría como hueso.

—No tienes que hacerlo —dije.

—Ya lo sé —gruñó él—. Pero lo haré. Por él.

Se cargó a Dayo a los hombros y desapareció por el pasadizo. Antes de perderlos de vista, memoricé el gesto del cabello rizado de Dayo, la anchura de su nariz, la curva de su estrecha espalda.

—Es posible que nunca vuelva a verlo —susurré.

—Puede que no —dijo Kirah—. Pero no eres un monstruo, Tarisai. Diga lo que diga Sanjeet.

Lloré mientras ella me acariciaba la espalda y sujetaba las pesadas trenzas de lanas que me tapaban la cara.

—No te merezco —sollocé.

—Mala suerte. —Kirah me dedicó una sonrisa cansada—. Porque ninguno de nosotros se va a rendir sin luchar. Seguramente Dayo ya te ha perdonado. No sabe odiar a nadie. Ni siquiera a un asesino.

—¿Y crees que el resto del consejo lo hará?

Se mordió el labio.

—Me parece que sería mejor que no lo supieran. De momento, al menos. Pero lo entenderán. Bueno, todos menos... —Miró con expresión fatigada el camino que Sanjeet había tomado—. Ya sabes lo que le pasó a Sendhil.

Asentí, tragando saliva con dificultad. Sanjeet había estado a punto de perder a su hermano menor, de nuevo.

Y yo tenía la culpa.

TERCERA PARTE

CAPÍTULO 18

El día clareó y nos lavamos la sangre de las vestiduras.

Dayo descansaba, febril y delirante, en uno de los dormitorios que rara vez usábamos.

—Ha caminado sonámbulo —les contó Kirah a nuestros hermanos del consejo—. Se ha caído.

Con grandes aspavientos, los sirvientes de la fortaleza trajeron infusiones y cataplasmas de la cocina. Thaddace y Mbali no avisaron al emperador porque nadie temía que Dayo muriera. Los radiantes, al fin y al cabo, eran inmunes a todo.

A todo excepto a mí.

Kirah evitó que los sirvientes trajeran curanderos de la capital.

—Lo tenemos todo bajo control —les dijo con una sonrisa quizá demasiado radiante. Un vendaje ocultaba la puñalada en el costado de Dayo, que todavía no podía pasar por un cardenal provocado por un inocente resbalón.

Yo sabía que Kirah y Dayo me guardarían el secreto. Sanjeet, por otro lado, era impredecible. Si el resto de mis hermanos del consejo descubrían lo que había hecho, todo estaba perdido para mí. Se unirían en mi contra y Kirah y Dayo tendrían que secundarlos. No les quedaría elección.

Me mantuve alejada del cuerpo dormido del príncipe mientras memorizaba las siluetas de mis hermanos y hermanas. Formando una piña, prendían incienso para pedirle a Soy la recuperación de Dayo. Podía evocar sus voces, sus peculiaridades y sus manías hasta con los ojos cerrados. La lengua de Kameron, que le abultaba pensativa la mejilla. La risa de Ai Ling, estridente y cínica. La sonrisa adormilada de Umansa. Las pálidas cejas de Thérèse, fruncidas con aire meditabundo.

«¿Por qué los odias tanto, madre? ¿Cómo has podido llevarte a la persona que más aman?».

Melu era mi única esperanza. Pero, aunque fuera capaz de romper mi maldición de ehru, tal vez nunca pudiese recuperar la confianza de mi consejo. Quizá fuera mejor que no volviera nunca.

Incapaz de despedirme, me escabullí a mi dormitorio. Los ropajes se amontonaban donde los había dejado la noche anterior, cuando mi única preocupación era despertar la admiración de Sanjeet en la verbena de Nu'ina. No me parecía apropiado llevar conmigo ninguna de mis posesiones al viaje que tenía por delante: paños de batik, las vestiduras enjoyadas que lucía como miembro del consejo, los pergaminos de mis casos como juez suprema. Evité muy especialmente tocar los montones de regalos confeccionados a mano por los aldeanos. Cada objeto contenía una historia de sudor y sacrificio, de amor que no merecía. Mordiéndome el labio, recordé el último regalo que recibí.

—Lo siento, amah —susurré, y desabroché la pulsera con la concha de cauri que llevaba en el tobillo.

La estera de mi cámara estaba polvorienta por el desuso, por cuanto nuestro consejo siempre dormía en la cámara de banquetes. Sin embargo, llevaba dos días sin descansar y me hundí agradecida en las mantas teñidas con barro. El áspero tejido, teñido con barro en motivos geométricos blancos, negros y marrones, me raspaba la piel. Los conté frenéticamente hasta que me dormí como una sombra. Cuando desperté, todavía tenía aferrada la pulsera tobillera.

—Es hora de irse —dijo Sanjeet. Se quedó plantado en el umbral y tiró varias prendas de cuero al suelo—. Vístete.

Me froté la dolorida cara y entrecerré los ojos mirando el montón.

—¿Uniformes de la Guardia Imperial? —Sanjeet ya llevaba puestos los oscuros pantalones drapeados y se había prendido el peto y las protecciones de los brazos. Un escudo ovalado descansaba a su lado, contra la jamba de la puerta. Fruncí el ceño—. ¿No sería mejor llevar prendas de campesinos, para no llamar la atención?

—Los guerreros imperiales patrullan el valle y la guardia cambia cada tres horas. Si la Dama vigila la fortaleza, los uniformes nos permitirán pasar desapercibidos. Hay que fingir que sigues en Yorua tanto tiempo como sea posible. Si la Dama descubre que su arma ha desaparecido, podría tratar de recuperarla.

—Su arma —repetí—. ¿Así me llamas ahora?

—Siempre ha sido tu nombre —dijo, y dejó caer la cortinilla.

Me enfundé la armadura negra, roja y dorada. Ya había llorado todas las lágrimas que podía derramar, así que tenía la cara seca cuando me miré al espejo. Un turbante de seda oscura escondió mis delatoras trenzas de hilo. Una polvorienta máscara ocultaría la parte inferior de mi rostro y me ayudaría a camuflarme entre los guardias que entraban y salían de la fortaleza. Me colgué un hatillo de provisiones a la espalda y, en el último momento, añadí el tambor de Aiyetoro.

Apenas había tocado el objeto de la emperatriz desde que Woo In y Kathleen me lo trajeran al templo. Pensaron que me devolvería los recuerdos; tal vez albergara una pista de cómo romper mi maldición.

Cuando terminé, me presenté ante Sanjeet y levanté los brazos como si fuera un maniquí de entrenamiento.

—Cachéame —le dije. Él reculó y yo le recordé con frialdad—: Soy un arma, ¿no? Si vas a viajar a solas conmigo, tendrás que asegurarte de que no llevo nada peligroso encima.

Se lo pensó un instante y luego me palpó los brazos, el torso y los muslos. Aséptico y eficiente. Sin mirarme a los ojos.

—No hay nada —gruñó.

—Bien. Ahora ya sabes que no escaparé. Ni te apuñalaré mientras duermes.

Estaba siendo desagradable. Lo que estaba pasando no era culpa de Sanjeet y yo no tenía derecho a tomarme mal su frialdad. Pero no podía soportarla. Necesitaba que me mirase, aunque solo fuera una vez.

—Deberíamos irnos —dijo, clavando la vista en mis sandalias.

Tragué saliva con dificultad y le lancé una pequeña bolsa trenzada.

—Vas a necesitar esto.

Se vació el contenido de la bolsa en la palma de la mano. El primer objeto era mi anillo del consejo. El emblema del sol y la luna aún estaba pegajoso de la cera con la que había firmado mis procesos judiciales. Ya no podría usar mi sello para identificarme. Ningún guardia me permitiría cruzar la puerta de un edificio imperial. Durante el tiempo que Sanjeet retuviese ese anillo, me resultaría imposible regresar a la fortaleza Yorua o al Palacio An-Ileyoba. Dayo estaría a salvo.

El segundo objeto era la pulsera tobillera de su madre. Cuando la vio, la expresión pétrea de Sanjeet se quebró. Por primera vez sus ojos color té buscaron los míos.

Yo hablé en tono desenfadado.

—No le puedes confiar tu historia a un monstruo, ¿verdad? Será mejor que la guardes para un ser humano.

Me sentí fatal. Él también. Lo notaba en sus facciones, rígidas de dolor. Pero éramos griots en una función, obligados a cantar cada verso de esa funesta historia, a bailar al ritmo que tocaba mi madre.

Sanjeet guardó los objetos y se colgó la bolsita al cuello antes de ocultarla bajo el peto de cuero.

—Hay que emprender el camino —dijo—. La calamita más cercana está a un día de viaje a vuelo de pelícano, pero son dos días por carretera. Pasaremos la noche en la aldea.

—No podemos —le advertí—. Fue en la aldea Yorua donde vi a la Dama por última vez. Y no podemos acampar en la carretera; hay leones en esta época del año. Tenemos que viajar a la calamita directamente.

El gesto de Sanjeet se crispó y acercó la mano por reflejo a la hoja curvada que le colgaba del arnés.

—Entonces habrá que ir…

—Habrá que ir a través del chaparral.

Todos los reinos contaban con una zona parecida al chaparral de Oluwana. El pueblo Nyambio llamaba a la suya *shida-shida*. Los nónticos se referían a ese hábitat como *trou-du-fae*. Pero el nombre mewí era el más descriptivo: tierra de las almas perdidas.

Enoba el Perfecto había creado el chaparral sin pretenderlo. Cuando unió nuestros reinos en un solo continente, la magia generó un nuevo territorio. Esas tierras encantadas, teorizaban los eruditos, templaban el clima de nuestro vasto continente y eso posibilitaba que hubiera terreno fértil en zonas interiores que habrían sido áridas en otras circunstancias. Pero la tierra había labrado también antiguos pasajes oceánicos al inframundo, de tal modo que seres malignos habían quedado atrapados entre este mundo y el siguiente.

Para los meros mortales, el chaparral no tenía una apariencia distinta a cualquier otra zona de sabana o selva. Un cabrero podía abandonar los pastos normales e internarse en el chaparral sin darse ni cuenta. Los animales eran más sensibles a la diferencia, si bien una buena cantidad de ganado, que cruzaba la línea atraído por la apetitosa fragancia de su dulce hierba, se esfumaba de la noche a la mañana. Los pobres animales salían del chaparral varios días más tarde, famélicos y con los ojos desorbitados por la locura, con menos extremidades (y a veces más) de las que tenían al entrar. En ese momento, sin embargo, ningún monstruo me aterraba más que mi propio reflejo. Si con eso lograba evitar a la Dama, cruzaría todos los chaparrales de Aritsar.

Disfrazados con nuestros uniformes, Sanjeet y yo dejamos atrás la fortaleza Yorua con una compañía de guerreros de la Guardia Imperial. Viajábamos a pie; las mulas no habrían sido más rápidas. Habrían trastabillado en los sinuosos senderos de los acantilados de Yorua y se habrían desquiciado tan pronto como nos hubiéramos acercado al chaparral.

La Dama no apareció para llevarme consigo. Al parecer nuestros disfraces de guardias imperiales habían funcionado, aunque yo seguía inquieta. En ocasiones la veía, un espejismo recostado bajo un peñasco que sonreía como un león o un antílope. La Dama podía transformarme en su marioneta letal con suma facilidad: un sorbo de la charca de Melu y me volvería contra Sanjeet y los guardias para poder correr de vuelta a la fortaleza, donde terminaría el sangriento trabajo que había empezado.

Cuando Sanjeet había anunciado nuestro plan de cruzar el chaparral, los guardias inspiraron bruscamente y se santiguaron con la señal del pelícano. Pero la ley arit les prohibía llevar la contraria a los ungidos de modo que, en vez de eso, intercambiaban relatos.

—Capitán Bunmi —dijo una de las guerreras mientras avanzábamos—, ¿has oído hablar de Oro-ko, el espíritu del chaparral sin estómago?

—No, no he oído hablar de él, Yinka. —La capitán era una mujer alta con un anillo septum de oro en la nariz y un tatuaje en el cuello del sol y la luna imperiales. Ladeó la cabeza hacia la guerrera fingiendo fascinación—. ¿Oro-ko es tan terrible como la Esposa del chaparral, que se lleva a los niños pequeños a los lagos?

—Mucho peor, capitán. Oro-ko es un espíritu que no puede comer, así que obliga a los viajeros a comer por él.

—No me lo creo.

—¡Es cierto, *aheh!* Una vez Oro-ko enredó a un campesino y a su hijo para que entraran en el chaparral seduciéndolos con aromas de bacalao seco y pasteles garri con miel. El hijo creyó tener delante un banquete y empezó a comer. Pero, cuando despertó del trance, no había garri por ninguna parte. No miento: ¡el hijo se había comido a su padre!

Los guerreros estuvieron contando relatos macabros durante horas. Hablaban en voz muy alta para asegurarse de que los oyéramos.

—Al menos coja una lanza, sagrada eminencia —me suplicó uno de los guerreros cuando se fijó en mi arnés sin armas—. Debe protegerse.

Yo esbocé una sonrisa contrita y miré de reojo a Sanjeet. Un arma podía convertirme en un ser más peligroso que cualquier fantasma del chaparral.

Nos detuvimos en un campo salpicado de unos cuantos alcornoques. El viento silbaba entre las retorcidas ramas que se alargaban hacia el cielo. Postes de madera con calaveras grabadas marcaban los límites de un prado que parecía rezumar paz. El aire transportaba un leve aroma a kiriwi: alguien había plantado la aromática planta a lo largo del lindero del chaparral con la esperanza de mantener el mal a raya. Las sedosas matas se habían internado en la llanura maldita creando una senda espontánea.

—Quédense junto al kiriwi —nos aconsejó la capitán Bunmi, que hacía lo posible por ocultar el nerviosismo que la embargaba. Habíamos prohibido a los guerreros entrar con nosotros—. Y se lo suplico, sagradas eminencias: pase lo que pase, no se separen. —Se nos quedó mirando—. Quizá sería mejor que avanzaran de la mano.

—No hace ninguna falta —replicó Sanjeet—. Todo irá bien.

Hizo ademán de penetrar en la pradera, pero lo detuve.

—Yo iré delante —propuse—. Si voy detrás, ¿cómo vas a tener la seguridad de que no salgo corriendo?

La hierba crujía bajo mis pies según me internaba en la rala arboleda con Sanjeet pegado a mis talones.

—Soy esté con vosotros, sagradas señorías —gritaron los guerreros. Les dijimos adiós con la mano y seguimos avanzando. Exceptuando nuestros pasos, en el prado reinaba un silencio impecable. La brisa me acariciaba la cara agitando los cordeles de mi polvorienta máscara. Pasado un ratito la máscara se soltó y se alejó revoloteando. Yo trastabillé tras ella.

—¡No se aleje del kiriwi! —aulló la capitán Bunmi desde el otro lado del prado. Apenas la oía.

Cerré los dedos en torno a la máscara.

—No pasa nada —chillé a la vez que me volvía para hacerles señas—. Ya la… —Mi voz se apagó en la garganta.

Los guerreros habían desaparecido.

En derredor solamente había una llanura desierta y alcornoques que soltaban risitas burlonas al viento. El corazón me empezó a bombear con fuerza, hasta que descubrí con alivio que Sanjeet estaba detrás de mí.

—Estás aquí —jadeé.

—Estoy aquí —asintió él.

—¿Qué ha pasado? Los guerreros se han esfumado en el aire. Puede que sigan ahí y no podamos verlos o… —Dejé la frase en suspenso al fijarme en el prado—. Oh, no.

El kiriwi también había desaparecido.

Los dedos de Sanjeet se cerraron en torno a mi mano.

—Todo irá bien —repitió.

Lo miré de hito en hito, sorprendida. Los ojos color té de Sanjeet emanaban calma y la tensión reciente había desaparecido de su mandíbula.

—Deberíamos buscar el kiriwi —dije. La inquietud aleteaba en mi barriga. Casi había olvidado el efecto que la mirada de Sanjeet ejercía sobre mí cuando no estaba enfadado. ¿De verdad solamente habían pasado dos ocasos desde que me besó junto al océano?

—Por aquí —dijo, todavía sosteniendo mi mano—. Las plantas estaban por aquí.

La zona que señalaba no me sonaba de nada. Claro que tampoco reconocía ninguna otra parte del prado. Lo seguí por la hierba, que crecía más alta y espesa con cada paso que avanzábamos.

—Jeet, ¿crees qué…?

—Siempre y cuando avancemos en una dirección concreta, llegaremos al otro lado.

—¿Te… Te encuentras bien? —le pregunté.

—¿Y tú? —Volvió la vista hacia atrás y me acarició el dorso de la mano con el pulgar—. Por favor aguanta, Tarisai. No quiero volver a perderte.

Los pensamientos se arremolinaron en mi cabeza. ¿Sanjeet me había… perdonado? ¿Volvía a confiar en mí? No. Tan solo estaba siendo amable para que me tranquilizara y pudiéramos salir del chaparral sanos y salvos. Le dejé que me guiara por el prado, que empezaba a poblarse de colinas y árboles.

Caminamos durante lo que se me antojó una hora. Yo admiraba su nuca, los rizos sueltos que rozaban la parte alta del arnés en el que portaba las armas. Él tarareaba una tonada con su profunda voz de bajo: una vieja canción de cuna que una vez oí cantar a una criada de la Casa Bhekina. Recordé la luz de la luna entrando a raudales por mi ventana y el esquivo aroma de los mangos según el sueño me arrastraba.

—Esa nana es de Swana —musité, sintiéndome querida y aletargada—. No sabía que conocieras canciones de mi tierra.

Sanjeet no respondió. Nos habíamos detenido delante de una cueva que se hundía en la ladera de una colina cubierta de maleza. Los alcornoques nos rodeaban por todos los frentes.

—¿Necesitas descansar? —murmuró a la vez que me tocaba el brazo. Su expresión, suave y seria, me derritió las rodillas. Resistí el impulso de perfilarle con los dedos las cejas sesgadas, la nariz aquilina, los profundos pliegues debajo de cada ojo.

Le pregunté:

—¿Por qué eres tan amable conmigo?

—Estás cansada, niña sol —susurró contra mi turbante. El súbito abrazo me cortó el aliento—. Perdona por haberte llevado tan lejos. El sol está demasiado alto para seguir andando. Pero estaremos frescos en esa cueva. Deberíamos descansar un rato. Duerme. —Retrocedió y sonrió antes de concluir en tono sugestivo—: O no.

—No... —Sacudí la cabeza como para despejarla—. No te entiendo.

—Lo que pasó anoche no fue culpa tuya. —Sus labios rozaron mi frente—. Ahora lo comprendo. Tu madre te obligó a agredir a Dayo; tú no pudiste hacer nada. Siento mucho haberte hablado con crueldad. Tú no te pareces en nada a la Dama.

—Todo lo que dijiste era verdad —respondí con inseguridad—. Yo soy la hija de la Dama. Y decidí unirme al consejo, sabiendo que pondría a Dayo en peligro...

—No fue culpa tuya —insistió él. Poco a poco mis músculos se iban relajando. Desenrolló el turbante de mi disfraz y dejó que las trenzas se me derramasen por la espalda mientras me acariciaba el cuello con los dedos—. Tú no hiciste nada malo. No tienes motivos para sentirte culpable.

Era más relajante que su nana. Más potente que ninguno de los cánticos de Kirah. Era todo cuanto necesitaba para sentirme libre de culpa y amada, y todo cuanto quería oír.

—Tarisai —dijo Sanjeet—. Entra en la cueva.

Se me heló la sangre en las venas. Mareada, me zafé de sus brazos y reculé.

—¿Qué pasa? —El rostro de Sanjeet era el vivo reflejo de la preocupación—. Te necesito, Tar. Eres la persona en la que más confío. Nunca debería haber dudado de...

—Para —le ordené con voz ronca.

—¿Tar? No te entiendo.

—Sanjeet de Dhyrma nunca me mentiría para que me sintiera mejor. —Arranqué una rama delgada de un árbol y la blandí delante de mí—. ¿Qué eres?

La persona —el ser— que tenía delante se quedó paralizado. Luego sonrió con el rostro de Sanjeet. El espíritu del chaparral se distorsionó y su cuerpo ondeó hasta transformarse en una niebla sulfurosa que se arremolinó en torno a mí. Yo no podía moverme; no veía nada. Una risa fantasmagórica agitó los alcornoques.

Mis pies empezaron a moverse por sí mismos, como si arrastrara un gran peso en cada talón. Advertí horrorizada que me encaminaba a la cueva. Estaba segura de que conducía al inframundo o a algún otro limbo semejante. Si entraba allí, ¿me convertiría en uno de ellos? ¿En un malvado espíritu del chaparral, atrapado allí por toda la eternidad?

Opuse resistencia, luchando y empujando en sentido contrario. Por un momento funcionó. Sin embargo, avanzaba a ciegas; la niebla me impedía orientarme. Al poco volví a notar esa fuerza de atracción que me empujaba paso a paso hacia la cueva. Me resistí otra vez. Era agotador. No podría seguir así mucho rato y entonces la única posibilidad sería...

—Ceder —murmuró el espíritu, todavía empleando la voz de Sanjeet—. Estarías más segura con nosotros. Dayo estaría más seguro. No seas egoísta, niña asesina.

—Cállate —gruñí, pero ya notaba los músculos perdiendo fuerza. Mis pies iniciaron su retroceso de nuevo. Un paso. Dos. Tres...

Y entonces una nueva voz resonó desde la tierra y vibró contra mis extremidades como si atravesara gruesas capas de polvo y cuero. Pero no se trataba de una voz de persona, sino del tambor de Aiyetoro, que tocaba a su antojo atado a mi espalda: *pum-bow, pum-bow, gigin, go-dun-go-dun-bow.*

El significado de cada tono cobró forma en mi mente: piedra. Piedra. Piedra cubierta de enredadera.

Oteé la niebla desesperada. Allí, debajo de dos árboles, se erguía una roca cubierta de enredaderas... y a su sombra asomaba una mata de kiriwi.

Volví a avanzar a trompicones, oponiendo resistencia al terreno mientras el espíritu del chaparral aullaba al redoblar sus esfuerzos. Pero, cuanto más me acercaba al kiriwi, más fina se tornaba la niebla. Los espejismos se revelaban por todas partes: árboles transparentes y un camino previamente oculto que apareció de súbito. La mata de kiriwi era una de las muchas que salpicaban el camino del que me había desviado antes. Cuando llegué a la senda, el peso abandonó mis pies. Miré atrás. El círculo de árboles y el espíritu del chaparral se habían esfumado…, pero la cueva seguía ahí. La siniestra cueva no era una ilusión.

Tirada en el suelo al límite de mis fuerzas, me estremecí. Estaba a punto de vomitar. Pero no podía descansar. Todavía no.

—Sanjeet —susurré—. ¿Dónde estás?

CAPÍTULO 19

No volvería a desobedecer a la capitán Bunmi.

«No se aleje del kiriwi». Caminaba tan pegada a los fragantes arbustos que sus ramas me arañaban las doloridas piernas. El chaparral me había transportado lejos de la linde tan pronto como había abandonado el camino. Sanjeet —el verdadero Sanjeet— debía de haberme visto desaparecer. ¿Habría conseguido llegar al otro lado?

Al menos no tenía que preocuparme por si me topaba con adversarios humanos. La mayoría de los bandidos y ladrones apreciaban demasiado su vida como para arriesgarse a entrar en el chaparral.

Me dolía la cabeza con cada paso que daba; el calor de la tarde me asfixiaba. No había comido antes de abandonar Yorua, reacia a enfrentarme a mis hermanos del consejo durante el desayuno. Kirah les había mentido diciendo que Thaddace me había enviado a presidir un juicio. Muy muy lejos. Si moría en este territorio inhóspito, mis únicos amigos nunca sabrían qué había sido de mí.

Murmullos fantasmas transpiraban de las sombras de los alcornoques. Oía las voces de mis hermanos del consejo, tiernas e indulgentes.

¿Tar? ¿Eres tú?

¡Es ella! ¡Es Tarisai!

Gracias a Soy...

Llevamos buscándote desde que saliste de la fortaleza. No te culpamos por lo de Dayo, Tar. Sabemos que no fue culpa tuya. Vuelve a casa...

—¡Dejad de esforzaros tanto! —les espeté a las sombras—. ¡No voy a abandonar la senda, así que más vale que os calléis!

Hice acopio de mis últimas fuerzas para proyectar el rayo al calor del chaparral, tanteando. Lo presentí. Sanjeet estaba vivo.

La esperanza azuzó mis pasos, si bien cuando intenté hablarle a través del rayo no me respondió. Su mente parecía sumergida en agua; las defensas que solían rodearla habían desaparecido. Un retazo de sus pensamientos se filtró a través de la niebla.

Pero qué buen aspecto tienes, hermano. No me puedo creer lo fuerte que estás.

Sanjeet estaba contento. Encantado. ¿Con quién demonios estaba hablando? Lo busqué con el rayo de nuevo y lo presentí más adelantado en el sendero. Oí voces jóvenes y un entrechocar de maderas, como si alguien estuviera luchando con armas de prácticas.

—En el nombre de Soy —musité. Luego, en un único paso, el paisaje cambió.

Di media vuelta y parpadeé rápidamente. Tiendas de campaña salpicaban la hierba antes desierta y el humo se elevaba de varias fogatas. Desaliñados jóvenes vestidos de uniforme se entrenaban con sus capitanes; todos ellos lucían el emblema de una cobra. A juzgar por sus acentos, los guerreros aparentaban ser mercenarios dhyrmanos. Con sumo tiento retrocedí un paso.

El campamento desapareció.

Me deslicé hacia delante y los mercenarios surgieron de nuevo ante mí.

La escena era asombrosamente realista. Incluso podía oler el aroma de las especies arrastrado por el viento. Sin embargo, cuando busqué errores en el espejismo los encontré. Las tiendas no proyectaban sombra. Los guerreros luchaban sobre el terreno sin dejar huellas en el barro.

—Por el relato de Soy —murmuré. ¿Por qué los espíritus habrían creado un espectáculo tan elaborado?

Entonces lo vi: la única persona viva en un campo lleno de fantasmas.

—Jeet —grité.

Él estaba de espaldas, riendo. Ese sonido infrecuente, atronador, me provocó tanta alegría que me pregunté si el chaparral lo habría creado para seducirme. Pero era real. Él era real, el sólido centro en torno al cual toda esa ilusión inmaterial se desplegaba. Sanjeet luchaba con uno de los mercenarios, un joven barbilampiño con una cimitarra.

—Jeet —repetí, sonriendo y llamándolo por señas.

Se volvió al sonido de mi voz. Pero sus ojos marrones estaban velados; no me veía.

—Sigue mi voz —le dije—. Es una visión. Te darás cuenta cuando...

—Cuidado con los fantasmas, hermano. —El joven mercenario se interpuso entre Sanjeet y yo—. Perdemos novatos cada vez que cruzamos el chaparral. Los espíritus siempre se disfrazan de personas que conoces.

Abrí la boca de par en par. ¿Ese espíritu tenía la desfachatez de fingir que yo era uno de ellos? Advertí el parecido entre Sanjeet y el mercenario. La misma tez cobriza, la mandíbula marcada, las orejas de soplillo. Pero el espíritu tenía el pelo liso, a diferencia de los rizos sueltos de Sanjeet. Su rostro era dulce y tímido, un contraste impactante con la cara de mi amigo.

—Perdona, Sendhil —respondió Sanjeet, sacudiendo la cabeza—. Es que... me ha parecido oír a alguien.

El ente sonrió.

—¿Un antiguo amor? «Sanjeet, ven conmigo». —El espíritu mercenario imitó mi voz con un falsete femenino—. «Estás en peligro...».

—No le hagas caso —gruñí—. Él no es real. Nada de esto es real. Jeet...

—El calor de la tarde nos está provocando alucinaciones —dijo el ente con un estremecimiento convincente—. Hay un lugar en la colina donde podemos refrescarnos. Te echo una carrera hasta allí. —Sonrió a Sanjeet con expresión infantil—. Soy tan alto como tú, hermano mayor.

El chico dudó al principio, pero al momento, cuando el espíritu le pidió por señas que lo acompañara, trotó tras él. Pronto lo oí reír nuevamente con esas carcajadas cálidas de incredulidad.

—Ay, Jeet —suspiré—. Tú y tu maldito complejo de culpa.

Cómo no iba a abandonar el camino por Sendhil. Sanjeet ansiaba el perdón de su hermano tanto como yo ansiaba el suyo. El chaparral lo había tentado con aquello que más lo atormentaba… y yo no podía salvarlo. Si dejaba el camino, ese lugar me embrujaría también.

Caminé arriba y abajo como una pantera enjaulada. Al poco caí de rodillas y arranqué las fragantes flores moradas. Me froté las afelpadas hojas en la piel y las introduje en los resquicios de mi uniforme de guardia. Las flores me hicieron cosquillas en la garganta cuando me tragué un puñado. No sabía si la protección funcionaría ni por cuánto tiempo. Pero era la única posibilidad que tenía Sanjeet…, así que dejé atrás el sendero y me zambullí en el espejismo.

La última vez que lo había visto, estaba de pie en la orilla de una charca lodosa. Se había despojado del arnés que llevaba a la espalda. El espíritu que se hacía pasar por Sendhil chapoteaba saltando y riendo. Aun de lejos yo alcanzaba a oír cómo el ser lo tentaba.

—¿Por qué tardas tanto, hermano mayor? ¿Acaso en ese Palacio Infantil tan elegante te has olvidado de nadar?

—No veo el fondo —respondió Sanjeet. Farfullaba las palabras, suspendido entre la vigilia y el sueño. Llegué a la charca justo cuando su pie planeaba al borde del agua.

—¡No! —Lo agarré del brazo y tiré con tanta fuerza que cayó hacia atrás. Aterrizó con un gruñido desconcertado. Me abalancé sobre él y ahuyenté al espíritu del chaparral con un gruñido territorial—. No te lo vas a quedar.

—¿Tar? —Sanjeet me miró parpadeando, despistado. El kiriwi le permitía verme—. ¿Dónde…?

—Cuidado, hermano —le gritó el ser con apariencia de Sendhil—. Ha surgido de la nada; debe de ser un fantasma. No dejes que te toque.

Obediente, Sanjeet me empujó y se levantó reculando.

Yo me puse en pie de un salto empuñando manojos de kiriwi.

—No soy un fantasma, Jeet. Y, si entras en esa charca, nunca volverás a salir.

El espíritu se rio.

—¿Te crees demasiado importante para un bebedero, hermano? —Guardó silencio y fingió una expresión de tristeza—. Claro. Los ungidos se bañan en elegantes tinas. Debe de ser agradable. No me extraña que no vinieras a buscarme cuando padre me envió tan lejos.

—Yo no quería estar lejos de ti —protestó Sanjeet. Sin darse cuenta avanzó hacia la charca de nuevo—. Nunca pienses eso, Sendhil. Jamás dejaré de ser tu hermano.

En ese momento vi un objeto en el suelo, alojado junto a los ropajes abandonados del chico: la bolsa que contenía mi sello imperial.

La miré un momento con atención, embelesada. Las voces de las sombras retornaron, melosas y suplicantes.

Cógela. Cógela y vuelve a la fortaleza.

El espíritu sostenía la mirada de Sanjeet.

—Te llamé y no viniste. Pero no te sientas mal, hermano. No fue culpa tuya.

—Sendhil. —Sanjeet hablaba con la voz quebrada. Avanzó un paso más.

No puedes salvar a tu amigo —me decían las voces—. Además, él nunca te perdonará lo que le hiciste a Dayo. Coge la bolsa. Vuelve con los demás; esta misión es demasiado peligrosa para una niña. Encontrarás a Melu de otro modo, de una manera más segura.

—No hay nada que perdonar, hermano —le dijo él cuando Sanjeet se acercó—. Sabes que en realidad no me abandonaste. No te pareces en nada a Padre; tú nunca me dejarías a mi suerte...

El espíritu se hundió bajo el agua y una calma inquietante se apoderó de la charca.

—¿Sendhil? —gritó Sanjeet, inclinándose sobre el agua.

Yo salí del trance.

—¡Para! —le ordené, estirándole del brazo.

El espíritu volvió a emerger, tosiendo y escupiendo agua.

—Hay algo... ahí abajo... Ayúdame, hermano.

—Es un truco —resollé, agarrando a Sanjeet con frenesí—. Jeet, ¿por qué iban a acampar los mercenarios dhyrmanos en el chaparral de Oluwan? ¿Por qué ibas a encontrarte casualmente con Sendhil?

Sanjeet dejó de mirarme para volverse hacia el ser, que de nuevo gritaba y agitaba los brazos. Se zafó de mi mano con facilidad, dispuesto a saltar.

—Una vez me dijiste que Sendhil nunca miente —le recordé a toda prisa. No quería continuar. Me horrorizaba ser cruel. Pero no tenía elección—. Tu hermano no negaría que lo abandonaste, Jeet. Porque lo hiciste. Le diste la razón a tu padre. Los mercenarios se llevaron a Sendhil porque tú no lo protegiste.

Sanjeet se quedó petrificado. Con firmeza, le sostuve la cara por el mentón y busqué en su mente recuerdos del verdadero Sendhil para arrastrarlos a la superficie con dificultad. Él bajó la vista hacia mí con los ojos despejados y húmedos de la impresión.

—Las mentiras nunca nos harán libres, Jeet.

A continuación lancé un puñado de kiriwi a la charca.

El espíritu chilló mientras la balsa adquiría un tono blanco yeso. El agua burbujeó y en su lugar se abrió un pozo abisal. De inmediato noté un tirón, un hambre maléfica de almas y sangre viva.

—¡Corre! —grité.

De la mano, Sanjeet y yo logramos a duras penas recuperar la bolsa y el arnés con las armas antes de huir como alma que lleva el diablo por el chaparral. Puede que el kiriwi nos diera fuerzas o quizá juntos fuéramos más difíciles de vencer. Sea como fuere, llegamos de algún modo al sendero y nos desplomamos amontonados entre las hojas y las flores moradas.

Mientras recuperábamos el aliento, inspeccioné su piel en busca de arañazos y magulladuras. Había entrenado con el espíritu que se hacía pasar por Sendhil y tal vez tuviera heridas que el chaparral había ocultado.

—Te has quedado —dijo.

Levanté la vista para mirarlo, desconcertada.

—Te has quedado —repitió, observándome—. En lugar de volver a la fortaleza. Tenías tu sello. Podrías haber vuelto con Dayo y haber dejado que yo muriera en este prado embrujado.

Detuve mi examen con las manos apoyadas en su pecho. Luego me levanté y me di media vuelta encogiéndome de hombros.

—Hasta los monstruos nos sorprenden a veces.

Él tomó aire entre dientes.

—No… No te refieras a ti con ese nombre.

—¿Por qué no? —Me sacudí el polvo de mi uniforme de la Guardia—. Tú lo has hecho.

—Lo siento. —Como no me volví a mirarlo, añadió—: Lo digo en serio. Por el relato de Soy, Tar, cuando vi a Dayo ensangrentado como estaba y a ti encima de él, perdí la cabeza. No pude evitarlo. Pero no te lo merecías. Tú… Tú no eres la Dama.

Entre en tensión al recordar la voz aterciopelada del espíritu con forma de Sanjeet.

—Eso no es verdad.

—Ella no es tú —reformuló—. Tú no querías matar a Dayo.

—Ese es el problema, Jeet. Una parte de mí sí quería. —Me encaré con él para hacerle saber que hablaba en serio—. Cuando lo ataqué tenía las emociones entumecidas, pero también me sentí bien. Como si estuviera reparando un error que no debería haberse cometido. Había... ira en mi sangre que exigía venganza.

—Tú no escogiste sentirte así.

—¿Acaso importa? Seguía siendo yo. —Caminaba de un lado a otro, decidida a soltarlo todo—. Durante años me dije que no me parecía en nada a la Dama. Que yo nunca sería ella. Pero mi madre es parte de mí, Jeet. Igual que tu padre es parte de ti. No, no es justo. Y no, no merecemos las cargas que nuestros padres nos han legado. Pero no se puede vencer a un monstruo si no te enfrentas a él. —Me quedé pensativa un momento, escuchando el susurro de la hierba que ocultaba ilusiones para robarnos el alma—. Pensaba que podía olvidar. Que, si la enterraba muy profundamente, la Dama desaparecería. Pero, si hubiera sido sincera conmigo misma, Dayo no habría corrido peligro. Nunca me habría unido al consejo.

—Y yo me habría quedado encadenado a ese pilar del Palacio Infantil —dijo Sanjeet—. Sería el Oso del príncipe, con una calavera de rata como prenda en lugar de una concha de cauri.

Hablaba en tono quedo y parecía a punto de tomarme la mano, igual que el espíritu que se había hecho pasar por él.

Pero permanecimos separados, mirándonos mutuamente como si limpiásemos la mugre de un cristal. Un reflejo claro y frío de nuestro verdadero yo: el bueno y el monstruoso.

—Tuviste tanta fe en mí como para cruzar un foso ardiente —dijo Sanjeet—. Por el bien de todos, Tar, ten fe en ti.

CAPÍTULO 20

Nos tropezamos con tres paisajes falsos más antes de llegar al otro extremo del chaparral. Los espejismos estaban allí para la capitán Bunmi y sus cuatro guerreros, que habían salido corriendo en mi busca al verme desaparecer.

—No podemos abandonarlos —observé en tono lúgubre. Sanjeet asintió y tragamos kiriwi hasta las náuseas.

Encontramos a la capitán Bunmi en un prado tranquilo, rodeada de los cuerpos sin vida de sus guerreros imperiales. Ninguno de los cadáveres era real, por descontado; lo supe por la sangre, que era demasiado estridente, y por el centelleo de los cuerpos cuando Bunmi no miraba.

La capitán sollozaba con la cabeza enterrada en las rodillas, gritando los nombres de sus compañeros. Me abrí paso entre los cadáveres y le posé una mano en el hombro. Ella alzó la vista hacia mí con una expresión vacua.

—Los he… matado —dijo Bunmi—. Al principio parecían enemigos y luego… se han transformado. El chaparral me ha engañado, me ha engañado…

Se mesó el cabello, desesperada por ahuyentar las imágenes que la atormentaban.

Sanjeet le retuvo los brazos.

—Todo va bien —le aseguré—. Ven con nosotros. Vuelve a la senda.

Ella negó con un movimiento lento de la cabeza.

—No puedo volver. Un capitán no abandona a sus compañeros… Debería quedarme con ellos en el chaparral. No puedo volver.

—Tus guerreros no están aquí. Están sanos y salvos —le aseguré en tono firme, y recé a Soy para que fuera cierto.

Rescatamos a tres guerreros más. Al tercero lo encontramos blandiendo una lanza sobre un cuerpo sin vida.

Uno de verdad.

El guerrero embrujado había traspasado el corazón de una compañera, una mujer llamada Awofeso. El chaparral le había hecho creer que se trataba de una fiera salvaje. Cuando el hechizo desapareció, empezó a temblar, primero gritando y luego susurrando el nombre de su víctima. No dejó de preguntar por Awofeso ni siquiera cuando llegamos al final del camino y dejamos atrás esa zona salvaje para internarnos en una aldea.

—A veces el chaparral quiere apoderarse de ti —nos explicó Bunmi mientras acostábamos al guerrero en la posada de la aldea—. Otras solo desea arrebatarte la alegría, para que siempre lleves contigo ese territorio maldito.

Los labios del guerrero seguían articulando el nombre de su compañera una y otra vez, hasta que por fin le rocé las sienes con el fin de arrancar de su mente el recuerdo del cuerpo destrozado. Él dejó de agitarse, suspiró y cayó en un sueño intermitente.

◎◦◎◦◎◦◎

Sanjeet y yo pasamos la noche juntos, tendidos sobre esteras de paja en la mejor habitación de la posada. El suelo era de tierra compacta cubierta con heno fresco. Más de una vez me entraron ganas de alargar la mano para acariciarlo. Él se revolvía con frecuencia, como si luchara contra esa misma tentación. Pero nuestros brazos permanecían inmóviles junto al cuerpo y yo miraba la techumbre de cañas y barro, a sabiendas de que no podíamos volver atrás.

Los niños que se habían besado junto al mar ya no existían. Éramos personas distintas, más duras y honestas. Si volvía a acariciarlo como aquella noche, estaría haciendo una promesa que no estaba en posición de cumplir. ¿Cómo podía jurarle amor a nadie si la Dama todavía movía los hilos de la marioneta que yo era?

Le di la espalda a Sanjeet para que no viera mis facciones desencajarse de rabia.

—Es mi historia. Mía, ¿me oyes? —Gruñí a la mujer que solo yo podía ver—. Y la recuperaré. Ya lo verás.

Cuando nos despedimos de los guerreros de la Guardia Imperial al día siguiente, un respeto grave y nuevo iluminaba sus rostros. Esta vez no desafiaron nuestro deseo de guardar el destino en secreto y asintieron cuando insistimos en viajar solos.

—Si os hubierais marchado del chaparral sin rescatar a mis guerreros —dijo Bunmi—, nadie os lo habría reprochado. Sois el futuro de Aritsar. Vuestras vidas deben ser preservadas. Pero volvisteis. —Entrecerró los ojos y apretó las mandíbulas para contener las lágrimas—. Nunca olvidaré lo que hicisteis, como tampoco lo hará ninguno de mis compañeros. La Guardia Imperial siempre será leal a Tarisai de Swana y Sanjeet de Dhyrma. Por primera vez en muchas lunas... puedo sonreír por el futuro de Aritsar.

Mientras Sanjeet y yo nos alejábamos, sus últimas palabras resonaban disonantes en mis oídos. «Por primera vez en muchas lunas». La Guardia Imperial era más leal al imperio que nadie. ¿Por qué una capitán albergaba dudas sobre el futuro de Aritsar?

A tres horas andando de la aldea, una bulliciosa ciudad albergaba un portal de calamita a Nyamba, el reino que estaba ubicado al noreste de Oluwan. Sanjeet y yo habíamos planeado el viaje recurriendo a un mapa la noche anterior. Cada calamita podía transportar a los viajeros a un único lugar. Nyamba estaba en el sentido opuesto a nuestro destino pero, desde allí, otro portal nos llevaría directamente a Swana. Tomar el rumbo contrario mediante calamita era más rápido que ir en el sentido correcto en mula o a pie.

—Nombres y motivo del viaje —nos espetó de malos modos un anciano enfurruñado cuando llegamos al portal. La calamita, un lecho de roca negra en el que cabían diez hombres, estaba alojado en un bosquecillo ubicado en las afueras del pueblo. Una empalizada rodeaba el portal, con entradas a ambos extremos custodiadas por guardias. Noté la energía que latía en la piedra a varios pasos de distancia. Mi barriga protestó como si ya previera las náuseas. La última vez que había viajado mediante calamita fue cuando mi consejo se trasladó a la fortaleza Yorua. Tardamos dos días en recuperarnos, tendidos en nuestras esteras y aferrándonos la barriga.

Sanjeet mostró nuestros sellos al guarda y el hombre agrandó los ojos.

—Sus sagradas…

—No levante la voz —musitó Sanjeet, y pagó el billete.

—Por supuesto, sagradas eminencias. Pueden cruzar… No. Esperen. —El hombre se fijó en la superficie de la calamita, donde brotaban frases de una fantasmal escritura negra—. Alguien llega.

Con un chasquido atronador, una compañía de militares imperiales apareció ante nosotros de la nada.

—No hay tiempo que perder —les gritó el capitán a sus compañeros de armas al tiempo que salía del portal sin hacer caso de las náuseas. Mostró sus identificaciones al guarda—. Puede que hayamos capturado a la abominación, pero sus sirvientes todavía se ocultan en el imperio. La última vez que los vieron no estaban lejos de… —Su voz se perdió según la compañía se alejaba de la calamita corriendo en formación.

—A saber de qué iba todo eso —comentó el anciano, que nos sonrió con cortesía nerviosa antes de indicarnos por señas que pasáramos—. Es más seguro si se toman la mano —gritó a nuestra espalda.

Yo miré a Sanjeet con recelo, pero él me ofreció su callosa palma. Observé fijamente nuestras manos unidas cuando entramos en la calamita. Una sensación ardiente latió en las suelas de mis sandalias y la vibración ascendió por mis piernas, vientre y pecho hasta que me zumbaron los oídos. Avanzamos un paso. La escena se desdibujó en derredor y dejé de ver nuestros dedos. Seguimos andando, cegados por un remolino cada vez más intenso de calor y viento, hasta que nos detuvimos con una sacudida.

—Nombre y motivo del viaje —solicitó una voz aflautada.

Yo todavía lo veía todo borroso. Ahora estábamos de pie sobre una nueva calamita, ligeramente menor que la última. Este portal se encontraba en el interior de una ciudad; oía el bullicio de carros y pregoneros al otro lado de la empalizada. Sacudiendo la cabeza para despejarse, Sanjeet mostró nuestros sellos del consejo.

—Bienvenidos a Kofi de Río —dijo el guarda, echándose a un lado—. Disfruten la estancia en Nyamba, sagradas eminencias.

Le dediqué una sonrisa temblorosa y salí de la piedra. El suelo se inclinó a mis pies, pero Sanjeet me sujetó por el codo.

—A una posada —propuso sujetándose la barriga, y yo asentí.

—Los mejores alojamientos están en el centro de la ciudad —nos gritó el guarda mientras nos alejábamos—. Aunque yo llevaría cuidado, sagradas eminencias. Las calles están revueltas hoy.

Cuando llegamos a la plaza mayor, gritos indignados rebotaban contra las altas torres de piedra. Columnas de humo se elevaban al cielo y los nyambios protestaban a gritos por todos los frentes, apiñados en torno a algo que no alcanzaba a ver.

—No es justo.

—… más antiguos que el imperio…

—¿Cómo os atrevéis a suprimir el legado de nuestros griots?

Se me cortó la respiración cuando un pregonero imperial empezó a vociferar por encima del barullo palabras que yo conocía: el Decreto de Unidad de Thaddace. Yo no sabía que pensaran aplicarlo tan pronto. La cabeza y los hombros de Sanjeet sobresalían por encima de la multitud y adoptó una postura rígida al mirar la plaza.

—¿Qué ves? —le pregunté. Como no me contestó, me abrí paso a codazos entre los furibundos ciudadanos.

Una hoguera enorme ardía en el centro. Los guerreros de la Guardia Imperial arrancaban tambores y pergaminos a una temblorosa fila de griots. Las historias —algunas de cientos, miles de años de antigüedad— iban a parar a las llamas. El pregonero imperial daba las gracias a cada griot en tono seco antes de ofrecerles nuevos instrumentos y pergaminos imperiales.

Las lágrimas empaparon mi rostro y reculé hacia la multitud, cada vez más atrás, hasta que unas manos fuertes asieron mis hombros.

—Deberíamos irnos —gruñó Sanjeet.

—¿Por qué les quitan los tambores? —pregunté aturdida—. ¿No les basta con llevarse sus historias?

—Los tambores poseen sus propias historias —me recordó Sanjeet en tono sombrío—. Supongo que Thaddace y el emperador no querían correr riesgos.

Encontramos una posada a varias calles de distancia. Cuando cayó la noche yo seguía dando vueltas en la cama, aunque en esta ocasión nuestro dormitorio tenía el suelo de madera y dormíamos en tarimas de agradable aroma en lugar de hacerlo en esteras de paja.

El día que Thaddace expuso la idea, el Decreto de Unidad sonaba tan sensato… Tenía razón: en Ebujo, los resultados de la división fueron desastrosos. Si los reinos hubieran dejado sus diferencias a un lado y hubieran trabajado unidos, habría muerto menos gente. Pero…

Recordé a una griot que había visto en la plaza del pueblo, una anciana de ojos hundidos y tristes, llorando cuando le arrancaron el tambor con violencia.

—Eso no puede estar bien —murmuré—. ¿Verdad?

En teoría teníamos que esperar un mes antes de volver a viajar a través de la calamita. Solo aguardamos una semana. Yo estaba ansiosa por encontrar a Melu... y por marcharme de Kofi de Río. Cuando abandonamos la ciudad por fin, el humo de los tambores todavía ensuciaba el horizonte.

La calamita con destino a Swana se encontraba a dieciséis kilómetros al oeste de la ciudad, en un exuberante valle nyambio. Se me revolvió el estómago durante el cruce a Swana. Una vez que nos detuvimos, me arrastré por la piedra y vomité al otro lado.

—Nombres y motivo del viaje —nos preguntaron, como de costumbre.

Un escalofrío me recorrió la espalda al observar el portal. Solo había estado allí una vez anteriormente: cuando unos extraños me arrancaron de la Casa Bhekina. Noté que se me humedecían las palmas de las manos. Estaba en el territorio de mi madre. En sus dominios. Ya veía los muros de la Casa Bhekina alzarse en torno a mí. Volvía a ser una niña, sin amigos, sin ventanas, atrapada...

—Tar. —Sanjeet estaba acuclillado a mi lado con una mano sobre mi espalda temblorosa—. Tu tierra natal es hermosa.

Parpadeé, alcé la vista aturdida y miré en derredor.

—Es idéntica a los recuerdos que me mostraste —prosiguió Sanjeet, casi con timidez.

Una arboleda de esbeltas acacias y vibrantes pastizales verdes nos rodeaba. El aire transportaba el aroma de la madreselva y parpadeaba con remolinos de luz lavanda.

—Duendecillos tutsus —susurré—. No había vuelto a verlos desde que era niña.

—Solo aparecen en las zonas donde la tierra es particularmente fértil —dijo el guarda del portal, irguiendo la postura con orgullo. Yo esbocé una sombra de sonrisa. Una pequeña parte de las bendiciones de Melu perduraba en Swana, aunque el genio estuviera atrapado en su pradera. Me pregunté cuánto tiempo perduraría la magia.

El portal estaba ubicado en una encrucijada apartada. Cuando nos alejamos, todavía con el estómago revuelto por la calamita, los cánticos y el calmoso avance de los burros nos dieron la bienvenida.

Oluwan y Swana ofrecen su tambor; *nse, nse.*
Dhyrma y Nyamba procuran el arado; *gpopo, gpopo.*

—Es día de mercado —observé.

—Bien —dijo Sanjeet, ya encaminándose hacia las caravanas, que se mecían bajo sus mercancías y los alegres niños colgados en los costados—. Podemos preguntarles cómo llegar a la charca de Melu. Si no lo saben, nos podrán indicar una ciudad donde alguien lo sepa. Tal vez incluso se ofrezcan a llevarnos.

Como no lo seguí, se volvió a observarme con expresión inquisitiva.

—Yo siempre las miraba —le relaté con voz queda—. Desde mi ventana. Soñaba con unirme a ellos y tener una familia. Soñaba con ser… normal.

Sanjeet esbozó una sonrisa de medio lado.

—Hoy puedes ser una mercader, si quieres; yo no diré nada. Aunque es posible que el uniforme de la Guardia Imperial te delate.

Cuando Sanjeet y yo nos acercamos a la caravana, el canto de la familia se apagó. Observaron nuestros uniformes con aire tenso.

—No llevamos ningún tambor de griot —dijo el hombre, que llevaba barba y pendientes de aro—. Ni pergaminos.

Agrandé los ojos alarmada.

—No, no buscamos…

—Compruébenlo ustedes mismos si lo desean —insistió él, destapando el carro para que viéramos las mercancías. Hemos pasado ya dos controles en la aldea Pikwe.

Paños de motivos estrellados brillaron en el vagón: telas de batik de tonos azules y amarillo maíz, morado remolacha y fucsia.

Brazaletes con cuentas de colores que titilaban a la luz del sol, esperando a ser amontonados en los brazos de los señores y las damas de Swana. Afortunadamente el decreto de Thaddace no prohibía las vestimentas autóctonas. Sin embargo, ¿cuánto tiempo pasaría hasta que las ventas del mercader empezaran a mermar? ¿Cuánto hasta que los aldeanos y las gentes de la ciudad empezaran a ceder a las presiones para que vistieran ropajes del imperio?

—Nos gustaría comprar todas sus existencias —le espeté.

Todo el mundo, incluido Sanjeet, me miró de hito en hito.

—Necesito mi faltriquera —le dije a Sanjeet—. Un momento nada más.

Perplejo, extrajo mi monedero de la bolsa que llevaba colgada al cuello. Saqué tres monedas de oro y se las ofrecí al mercader.

—Soy un hombre honrado, señora —balbuceó el perplejo comerciante—. Eso que me ofrece es el doble de los beneficios que me aporta el negocio en un año. Un oro y unos cuantos cobres serán más que suficiente.

—Dos oros por las existencias. El resto es para que termine su viaje y regale las vestimentas en el mercado. Para que coloree toda la ciudad con sus preciosos tejidos.

Sanjeet y yo les dimos nombres falsos y descubrimos que el mercader se llamaba Tegoso. Viajamos en su carromato tirado por mulas a lo largo de doce kilómetros y nos presentó a sus cuatro hijas y a su único hijo, todavía por nacer. Su esposa y compañera de negocio, Keeya, me acercó la mano a su vientre.

—Sé que es un chico —me dijo. Keeya era una mujer de formas redondeadas y voz franca con unas trenzas de raíz que le caían hasta la cadera—. Siempre lo adivino. Quiero llamarlo Bopelo, como su abuelo. Pero Tegoso piensa que sería mejor ponerle Víctor o Pacificador. Nombres arits, dice. Significados que todo el mundo pueda entender. Yo le digo que las gentes de Swana entenderán perfectamente el significado de Bopelo. —Se rio y suspiró antes de añadir—: Mi marido acabará por salirse con la suya. Necesitamos el dinero de la recompensa para pagar el colegio de nuestras hijas.

Hice una mueca al recordar los incentivos que ofrecía el decreto por poner a los niños nombres del imperio. A toda prisa extraje otra moneda de mi faltriquera y la presioné contra la palma de Keeya.

—Para Bopelo —le dije. Cuando ella contuvo un grito, le hice un guiño y añadí—: Me parece que Tegoso entrará en razón.

Keeya hizo maternales aspavientos ante mi cabello trenzado con fibra. Expresó admiración por los acentos dorados, pero jadeó al ver las raíces.

—¡Ay, qué tirantes! ¿Así llevan las trenzas las damas elegantes de Olowan? ¿Impidiendo que el aire llegue al cerebro?

Me encogí de hombros.

—No me importa.

—¿No te duele?

—Solo si me acuerdo. Es mejor así —le expliqué—. Todo bajo control.

Le pregunté por la charca de Melu. Keeya nos dijo que solo una clase de ser podía ayudarnos a encontrar al ehru: los duendecillos tutsus. La gente decía que cierta ermitaña ciega poseía control sobre ellos y que vivía a varios kilómetros al norte del mercado más cercano. Cuando llegamos a un recinto de tierra con una verja alta y resquebrajada, Tegoso detuvo el carro.

—La anciana Mongwe vive ahí —dijo al tiempo que nos ayudaba a Sanjeet y a mí a descender. Nos tambaleamos, todavía mareados de la calamita—. Ella ayuda a los viajeros. Es el deber de su orden sagrada, los sacerdotes de la Arcilla. Si no puede encontrar a Melu, al menos os asentará el estómago. —Esbozó una sonrisa traviesa—. Sospecho que la mayoría de los guerreros imperiales no tienen un acento tan refinado como el vuestro ni llevan faltriqueras cargadas de monedas de oro. Pero no os voy a preguntar vuestros verdaderos nombres. Si alguna vez pasáis por la aldea Pikwe, sabed que Tegoso os recibirá como un amigo.

Me regaló tres brazaletes, así como un conjunto de blusa y paño decorado con un motivo de estrellas amarillas. A Sanjeet le entregó una túnica vaporosa del mismo tejido. Les dijimos adiós con la mano hasta que los melódicos cánticos de las hijas de Tegoso —¡cuánta perfección, negro y dorado!— se perdieron a lo lejos. Entonces dimos la vuelta hacia una minúscula granja techada con paja. Más allá de la cancela, hilos de un humo acre ascendían de un jardín invadido por la maleza.

—¿Os vais a quedar ahí como dos pasmarotes? —nos gritó una voz nasal—. Los duendecillos me han dicho que llegaríais tarde, pero no mencionaron que fuerais un par de pánfilos.

CAPÍTULO 21

Remontamos el breve sendero y entramos en el jardín por una cancela rota. Al principio pensamos que la choza estaba cubierta de trocitos de cristal. Sin embargo, los racimos de motas brillantes se desplazaban cada dos por tres para adaptarse al movimiento del sol. Eran tutsus. Enjambres enteros.

Luego vimos un montículo verde junto a una fogata. No, no era un montículo, sino una mujer de apenas un metro veinte de altura, cubierta con una capa tejida de hojas verdes y juncos. El brazo marchito que sobresalía de la capa removía un caldero de burbujeante limo pardo.

—Habéis llegado el día del jabón —se quejó—. Si hubierais esperado una semana, habríais encontrado las pastillas terminadas. Qué se le va a hacer… Tendréis que lavaros con pasta. Pedigüeño que pide de lo que le dan vive. Y eso incluye a los pedigüeños elegantes, enfundados en armaduras imperiales.

Sobre la tierra se extendía un mural de palos y barro que representaba la cara de una mujer. Exhibía una nariz suave y ancha, los labios oscuros y gruesos. Remolinos de cantos rodados creaban una corona de pelo. Yo no pertenecía a ninguna secta religiosa, pero había visto ese mural con anterioridad. Mbali había intentado enseñarme a confeccionarlo, por cuanto Swana pertenecía al pueblo de la Arcilla. Los creyentes a menudo dibujaban retratos de la reina Tierra a base de materiales naturales o vivos que usaban para meditar.

Más allá del mural, una tosca pantalla de lino ondeaba en un tendedero. Tras esta había dos tinas con toallas cuidadosamente dobladas en el borde. Preparadas.

Como no nos movíamos, la mujer volvió la oreja hacia nosotros entre el frufrú de su capucha de hojas. Sus ojos exhibían un blanco lechoso.

—¿Es usted la anciana Mongwe? —pregunté.

—No —respondió la sacerdotisa de la Arcilla con expresión impávida—. Soy Mongwe la recién nacida, si te parece. La anciana Mongwe está en plena naturaleza, en el otro altar de tierra sembrado de duendecillos. Sentaos y bebeos el té, pelmas.

Una tetera y dos tazas llenas de líquido dorado descansaban en esteras a su lado. Titubeamos antes de tomar asiento obedientes y echar mano de las tazas de barro. El té no olía a brebaje encantado ni envenenado y sus vapores bastaron para mejorar al instante las náuseas que aún arrastraba de la calamita. Sanjeet miró a Mongwe con recelo antes de tomar un sorbo.

—¿Cómo sabía que veníamos?

Mongwe volvió al cielo sus ojos ciegos.

—¿Cómo no saberlo? Esos bocazas andan siempre pendientes de los aventureros despistados. —Hizo una seña hacia su casa, donde los tutsus planeaban adormilados por los aleros—. Se pasan el día lloriqueando: «Mongwe, hay un chico en la carretera que lleva una vaca mágica al mercado. Mongwe, una vaquera se ha escapado para reunirse con su verdadero amor. Mongwe, una wuraola y su amigo han venido buscando a un ehru». Bah, jóvenes, todos sois iguales. Rebosantes de preguntas pero sordos a las respuestas ingratas. Abandonáis la seguridad de vuestras casas y cálidos lechos porque, a ver si lo adivino, habéis decidido seguir el dictado de vuestro corazón. —Soltó una carcajada seca y sibilante. Luego se volvió hacia su caldero y siguió removiendo mientras musitaba—. ¿Acaso un necio debería seguir el dictado de su corazón? ¿Un ladrón? ¿Un asesino? El corazón no es de fiar a no ser que sepas quién eres en realidad.

—Gracias por el té —le dije después de un silencio desconcertado—. ¿Qué es una wuraola?

—¿Y yo qué sé? —Olisqueó el caldero y a continuación vertió ceniza de un balde en el interior—. Os va a costar mucho convencerlos de que os muestren el paradero de Melu. Protegen a los alagbatos con celo, los tutsus. En especial a él. La última vez que ayudaron a alguien a encontrar a Melu… Bueno. El pobre sufrió mucho.

Clavé la vista en el fondo de mi taza con el corazón en un puño. Si los tutsus sabían que mi madre había esclavizado a Melu, jamás me ayudarían.

—Dinos cuál es tu precio —le propuso Sanjeet a Mongwe—. Los tutsus te escucharán. Pagaremos lo que sea.

Ella resopló.

—¿No habéis derrochado oro suficiente hoy en la sabana? Os lo van a quitar todo, incluidos los dientes, antes de que anochezca.

—Por favor —le supliqué—. La vida de Dayo depende de…

—¿Y qué quieres que haga yo? Soy sacerdotisa, no susurradora de duendes. Si necesitas un baño o un remedio para el resfriado común, te ayudaré. ¿Pero los tutsus? —Aspiró entre dientes—. Yo solo les permito anidar en mi casa. A cambio, ellos mantienen alejados a los escarabajos de mis ñames. También me enseñan dónde puedo encontrar un panal, cuando me quieren dar las gracias. Aparte de eso, yo no les pido favores. Tendréis que convencerlos de que sois personas que merecen ser escuchadas.

Suspiré, echando un vistazo a la techumbre.

—Al menos parecen tranquilos.

Una sonrisa afloró a los agrietados labios de Mongwe.

—Esos son duendecillos jóvenes. Son sus padres los que os interesan; a esos tendréis que convencer. —Ladeó la cabeza, olisqueó el aire e hizo una mueca—. Oléis igual que liebres asustadas. Tal vez deberías bañaros antes…

—No tenemos tiempo —dije, poniéndome en pie—. Dinos adónde ir.

Ella señaló a la zona de detrás de la casa, donde una hierba alta por las rodillas susurraba en un prado despejado. Comprendí que el zumbido constante y agudo que se dejaba oír en el terreno no era el viento.

—Deja que vaya yo sola —le pedí a Sanjeet—. No queremos asustarlos.

Cuando me interné en la hierba flexible y densa, el aire palpitó con infinidad de voces cristalinas, un ejército de bocas y alas ocultas a la vista. Motas de luz lavanda bailaban en complicados patrones por encima de mí. Algunas planeaban cerca de mi rostro e investigaban mis pesadas trenzas, mis brazos cubiertos de ceniza y el uniforme imperial que me habían prestado. Los tutsus zumbaron, soltaron risitas y volaron en círculos hasta que me mareé.

Se estaban burlando de mí.

—Entendido —musité—. Estoy hecha un asco. Pero supongo que ya sabéis por qué estoy aquí. Por favor, necesito encontrar a Melu. ¿No queréis que Aritsar esté a salvo? Estoy cansada de ser peligrosa; ayudadme a ser normal.

Las risitas se tornaron aún más agudas, tanto que ahogaron mi voz. Me mordí el labio de pura frustración.

Volví a intentarlo, haciendo esfuerzos para hacerme oír por encima de los grititos.

—Si consigo librarme del yugo de la Dama, Melu será libre también. ¿No os importa su bienestar?

Los tutsus no abandonaron su baileteo descuidado, bajando en picado y saliendo disparados como si yo no hubiera dicho nada. Aun los pocos que planeaban en derredor perdieron interés y acudieron a reunirse con sus hermanos para danzar sobre mi cabeza.

Yo grité y supliqué. Los insulté. Incluso los amenacé con encerrarlos en tarros, como hacían los buhoneros que vendían duendecillos en los mercados.

—Por mí, como si os convertís en lamparillas nocturnas —les dije. Pero nada funcionó. Los tutsus no me hicieron caso.

Echando chispas, regresé pisando con rabia junto a Sanjeet.

—Había que intentarlo —dijo—. Buscaremos la balsa de Melu de otro modo.

Yo asentí con expresión sombría.

—Iremos a todas las balsas de Swana si hace falta.

Pero estaba desolada. Swana era el segundo reino más grande, mayor que Djbanti y Nymaba juntos. Tardaríamos semanas en hallar a Melu por nuestra cuenta. Meses. Y si la Dama contaba con tantos espías como me temía… me encontraría mucho antes de que diéramos con el ehru.

—¿Ya estáis de vuelta? —preguntó Mongwe cuando regresamos al patio.

—Les importa un comino —expliqué—. La maldición de Melu y el bienestar de Dayo; todo. Son unos egoístas.

Mongwe rio de nuevo con sus carcajadas secas y sibilantes.

—Pues claro.

—¿Y por qué me ha dicho que lo intentara?

Mongwe tarareó mientras aspiraba los aromas penetrantes, como de frutos secos, que emanaba el jabón de su caldero.

—Primera lección de la vida adulta —dijo—. A la gente le da igual lo que quieras. Solo le importa lo que eres. —Se detuvo y ladeó la cabeza hacia la casa—. Los tutsus están hablando de ti, jovencita. Dicen que estás desesperada por no lastimar a alguien.

Yo me erguí, alerta.

—Sí, es verdad. ¿Saben ellos cómo puedo proteger a esa persona?

La anciana escuchó las voces.

—No. Piensan que la tuya es una causa perdida, en buena parte, aunque la piedra que lleva tu amigo —señaló a Sanjeet— podría ayudarte.

Sanjeet parpadeó sorprendido. A continuación extrajo con timidez un objeto pequeño, de color fuego, de su bolsillo. Era la piedra del sol que yo le había regalado durante la verbena de Nu'ina; la había conservado. Incluso después de llamarme «monstruo».

—A lo mejor esa es la solución —susurré—. Es posible que esa piedra pueda curarme.

—Pues claro que no —resopló Mongwe—. Yo no sé qué mal te aflige, niña, pero sí sé que una baratija brillante no es ninguna medicina. —Frunció el ceño pensativa—. Por otro lado, las piedras del sol son famosas por fortalecer la voluntad. Algunas. Si sientes la tentación de hacer daño, una piedra del sol no te protegerá, pero podría proporcionarte cierto control, solo una pizca.

Se me cayó el alma a los pies, pero tomé la piedra a instancias de Sanjeet. La pasé por un cordón de cuero que llevaba para recogerme las trenzas y me la colgué a modo de gargantilla.

Mongwe sonrió.

—Muy bien. ¿Os apetece un baño ahora?

Había colocado las tinas en lados opuestos de la pantalla de lino. Todavía enfurruñada, escogí una con aire ofendido y me despojé del mugriento uniforme, pero no me quité la piedra. Kilómetros de tierra y polvo me habían irritado la piel y, cuando entré en la tina, mi ceño desapareció como por arte de magia. El agua estaba fresca y las fragantes hojas de romero y margosa que flotaban en la superficie se me pegaron a las piernas. Me froté con un grumo de pasta de jabón, todavía caliente del caldero de Mongwe. Al principio me sujeté las trenzas en la coronilla y alargaba el cuello en posturas extrañas para impedir que los hilos se mojaran. Las raíces me tironeaban la piel y me picaba el cuero cabelludo a causa de la transpiración y la porquería. En ese momento vi mi sombra en la pantalla de lino y me quedé inmóvil. La silueta se veía contorsionada y rígida, como un gallo en un gallinero. Me sentí ridícula.

Así que hundí la cabeza.

Un suspiro burbujeante escapó de mis labios cuando mis raíces absorbieron el agua. Noté cómo la fibra se encrespaba y los rizos escapaban de sus tensas particiones. «Díscola —me atormentó la trenzadora al oído—. Sinvergüenza. Piensa en tu título. Las damas llevan cada mechón en su lugar».

Sin embargo, ¿qué título era capaz de abarcar lo que yo era?

¿Asesina? ¿Futura juez suprema? ¿Marioneta de un demonio? ¿Ahuyentaespíritus del chaparral? Había traicionado a Dayo. Había salvado su vida. Ninguna trenza, por muy prieta que estuviera, podía contener el batiburrillo de contradicciones que era Tarisai de Swana. Me enjaboné la cabeza y hundí las trenzas de nuevo, dejando que la espuma flotara alrededor de mis orejas.

Cuando emergí, respiré una bocanada de aire. Las trenzas expulsaron un manto jabonoso a mi espalda. Notaba las extremidades más livianas que nunca. Tarareé mientras me escurría la cabellera sobre el agua aromática. Después alargué la mano hacia el uniforme de la Guardia Imperial, pero cambié de idea. En vez de vestirme de guerrera, abrí mi talego de viaje y extraje las estrelladas prendas azules de Tegoso.

¿Qué título me abarcaba?

El algodón de la camisa era suave y las mangas colgaban sueltas de mis codos. Me envolví el paño por encima de la camisa y me lo até con un nudo flojo a la altura de la cintura. Sonreí al percibir admirada cómo el tejido estampado se me adhería a las caderas.

Sanjeet guardó silencio un instante cuando salió de detrás de la pantalla. Luego me dijo:

—Te queda bien.

Él también se había bañado y cambiado. El caftán de Tegoso otorgaba un aire altivo a su poderosa figura y un rocío de gotitas de agua le iluminaba el cabello.

—¿Lista para partir?

—No hasta que me haya despedido —respondí.

Me siguió extrañado cuando rodeé la casa de Mongwe y me interné con decisión en el campo de los tutsus. Ellos lanzaron grititos y risitas de nuevo, pero yo hable en voz más alta, con la barbilla erguida.

—No tenéis que ayudarme —les dije. Negué con la cabeza sacudiendo mi gloriosa cabellera, limpia y empapada—.

Pero me vais a escuchar cuando hable, porque no hay historia que yo no sea capaz de conocer. —Me ardía el pecho, si bien en esta ocasión el calor no era doloroso. En vez de eso, la piedra del sol se caldeaba sobre mi corazón según absorbía el ardor y lo desplazaba con un cosquilleo agradable por mi clavícula. Apoyando la mano en el suelo, dirigí mi Gracia a la tierra para absorber los nacimientos, muertes y danzas de un millón de duendecillos, apurando las minúsculas historias de la energía que impregnaba cada brizna y cada flor, cada árbol y hormiguero de la vasta sabana—. Soy Tarisai de Swana —murmuré— y he visto vuestras historias. Me pertenecen, como la mía os pertenece a vosotros. No tenéis que ayudarme a cambiar el mundo. Pero fijaos muy bien en lo que os digo: cuando me marche, este mundo se transformará. Y podéis ser parte de ese cambio… o permanecer al margen y mirar.

El silencio cayó sobre el prado. Las motas de luz permanecieron en suspensión como estrellas en pleno día. El corazón me atronaba en los oídos.

Y entonces los tutsus se desplazaron en enjambre.

Las motas de luz se abalanzaron sobre mí con un zumbido ensordecedor hasta envolverme en un túnel. Yo levanté las manos para defenderme y oí gritar a Sanjeet…, pero no sentí dolor. En vez de eso, una sensación cálida irradió hacia mi piel según los tutsus se desplazaban en corrientes por debajo de mis brazos, por encima de mis hombros y a través de mi pelo hasta crear una brisa viviente.

—No me están atacando —grité.

—No —vociferó Sanjeet en respuesta, riendo con incredulidad—. Te han nombrado su elegida.

Mis pies abandonaron el suelo. Mientras los tutsus seguían creando un remolino a mi alrededor, algo cayó a la hierba. Una hebra de hilo. Y otra y otra. Los tutsus me destrenzaron el pelo retirando los cientos de hilos a la velocidad del rayo hasta que no quedó nada salvo mi nube de cabello color medianoche, desatado e indómito, disparado como un halo oscuro en torno a mi cabeza.

Los tutsus me devolvieron al suelo por fin y luego planearon a cierta distancia. Esperando órdenes.

Me volví a mirar a Sanjeet. Mongwe, que se había reunido con él al borde del prado, me miraba con los brazos cruzados.

—Vaya, vaya —dijo con placidez—. Ya te había dicho yo que un baño te vendría bien.

CAPÍTULO 22

Sanjeet y yo seguimos a los tutsus durante lo que debieron de ser varias horas, aunque se nos antojaron minutos. Me sentía igual que si la cabeza me flotara sobre los hombros. Comprendí que debía de llevar varios días sufriendo jaqueca y acababa de librarme de ella.

Mientras los tutsus revoloteaban sobre nosotros como una nube baja y ondeante que cruzara la sabana, descubrí que no podía parar de parlotear; un efecto secundario de mi reciente e ingrávida libertad. Le conté a Sanjeet las historias que inventaba cuando vivía en Swana y era una niña obligada a contemplar el mundo a través de una ventana.

—La sabana bien podría haber sido Biraslov —le confesé. Atrapé una libélula irisada que pasó zumbando por mi lado. Encerré al irritado insecto entre mis dos manos huecas y absorbí sus recuerdos de estanques centelleantes y mares de hierba—. Nunca había traspasado los límites de Bhekina. Obligaba a mis tutores a describirme las cosas que no me dejaban ver: aldeas, mercados, bodas. Visualizaba la escena y me incluía en ella. Mi historia favorita se titulaba «escuela». Inventé seis hermanos y hermanas y una malvada directora que nos calentaba las nalgas. Nunca me habían dado una zurra y me parecía emocionante. —Sanjeet se rio y yo solté a la libélula—. Mis tutores jamás me habrían puesto la mano encima. Les daba demasiado miedo que les robara los recuerdos. Habría acabado siendo una consentida de cuidado si la Dama no me hubiera enviado lejos. —Miré a Sanjeet de reojo, insegura—. ¿Tú hacías travesuras cuando eras niño? No me lo puedo imaginar.

Sanjeet poseía más autodominio que ninguna persona que conocía. Aun en ese momento, mientras caminábamos, acortaba sus zancadas para adaptarlas a las mías; cada uno de sus movimientos obedecía a una decisión consciente.

Sanjeet se quedó pensativo.

—A los ocho años era más alto que mi madre —dijo pasado un ratito—. A los once, le sacaba varios dedos a mi padre. Olvidaron que seguía siendo un niño, así que dejé de serlo. Mis errores me costaban caros. Rompía cosas sin cesar porque no controlaba mi propia fuerza. Y, una vez que descubrí mi Gracia, bueno… —Hizo una mueca y se encogió de hombros—. Las emociones también me salían caras. Veía los puntos débiles de cualquier persona, de modo que vengarme me resultaba… sencillo. No me requería esfuerzo. Comprendí que era más seguro no sentir nada. Si no estaba nunca demasiado contento, nadie podía ponerme triste. Y, si nunca estaba triste ni enfadado, no lastimaría a nadie. Salvo en las luchas de la arena, claro. Cuando padre me apuntó.

Hablaba en tono indiferente, como si estuviera contando la historia de otra persona y no la suya. La tristeza se me acumuló en la barriga mientras lo contemplaba con nuevos ojos, recordando cada vez que había visto ese rostro mudar en inexpresiva piedra. Siempre había supuesto que cerraba el paso al mundo…, no que se encerraba en sí mismo.

Deslicé mi mano a la suya.

—Los dos nos criamos en jaulas.

Sus dedos se curvaron despacio en torno a los míos.

—Supongo que así sobrevivimos al Palacio Infantil.

El sol estaba bajo en el cielo y teñía la sabana de rojo y oro. Los tutsus se estaban deteniendo, congregados en torno a unos cuantos árboles desperdigados que despuntaban a lo lejos.

—Es ahí —musité. Acto seguido me eché a reír y salí corriendo—. ¡Lo hemos conseguido! Ya estamos… Esa es la charca de Melu.

Cuando llegamos, el claro era tal como lo recordaba. La hierba rumorosa, los lirios de agua que cabeceaban sobre sus tallos altos y esbeltos. La balsa color ámbar era un espejo que reflejaba a los tutsus, suspendidos como estrellas contra el cielo rojizo. A lo lejos, los tejados de la Casa Bhekina ardían al sol poniente. Me estremecí. ¿Sabía la Dama que yo estaba allí?

Recordé al hombre de alas color cobalto inclinado sobre mí con esos ojos cálidos y rasgados, colocando un dedo en mi frente: «Negocié con la Dama el privilegio de elegir tu nombre».

Había añorado a Melu, comprendí con el corazón encogido. Nunca había anhelado un padre o, cuando menos, no como anhelaba la presencia de la Dama. Pero aquella noche en la sabana el ehru me había hecho sentir… especial. ¿Me había añorado él a mí?

Escudriñé el claro ilusionada, pero, en lugar de un hombre ardiente, una forma oscura y delgada descansaba de costado junto a la charca. No se movió cuando nos acercamos. Las alas azules yacían sobre la tierra aletargadas como las brasas de un fuego que se apaga.

—Melu —musité. Corrí a su lado sin atreverme a tocar las largas extremidades titilantes—No. No estés muerto. Por favor, no estés muerto.

Silencio. A continuación una risita seca.

—Por desgracia —dijo Melu—, la muerte es un deseo que no me puedo conceder. Por más que la ansíe.

Parpadeé horrorizada. Con sumo esfuerzo, el ehru irguió su cuerpo de palo y se levantó despegando unas alas temblorosas de la tierra. El brazalete esmeralda de la Dama todavía destellaba en su brazo y toda la sabana pareció estremecerse cuando Melu bajó la vista y suspiró.

—Oh, hija. ¿Por qué has tenido que volver?

No era el saludo que yo había imaginado.

Tras una pausa, balbuceé:

—Ya sabes por qué, Melu. Para romper la cadena de la Dama. Para liberarnos de la maldición.

—¿Y cómo te propones hacerlo? El muchacho Kunleo está a kilómetros, a leguas de distancia.

Lo fulminé con la mirada.

—Ya sabes que me niego a hacerle daño.

Melu me dio la espalda.

—Mientras sigas huyendo de él, serás siempre el juguete de la Dama. Y yo seré su pájaro enjaulado.

Cerré los puños. Sanjeet, que contemplaba al ehru tan horrorizado como maravillado, me contuvo posándome una mano en el brazo.

—Tar.

Me habían contado una vez que costaba mucho convencer a un alagbato. Desconfiaban de los mortales y se negaban a revelarles sus secretos aun en las circunstancias más extremas. Pero yo me había asomado a las profundidades de esos ojos moteados de oro y había atisbado en ellos una chispa idéntica a la que yo poseía. Melu me había legado su orgullo: un rasgo tan antiguo como el cielo de Swana y tan enraizado en la tierra como las praderas.

—¿Me estás diciendo —lo desafié— que el poderoso, el omnisciente guardián de Swana no tiene ni idea de cómo liberarse? —Sanjeet me retuvo con más fuerza, pero yo me zafé de su mano y seguí despacio a Melu. No pensaba permitir que el ehru me diera la espalda. La piedra del sol se caldeó en mi pecho—. ¿Me estás diciendo que hacerle daño a una persona inocente, que matar a Dayo, es el único modo que conoce un alagbato de liberarse del capricho de una humana?

La postura de Melu se crispó.

—Eres demasiado fuerte para dejar que una mortal decida tu destino —continué—. Y te juro por lo que más quiero que tú no vas a decidir el mío.

Maldiciendo por lo bajo, Sanjeet alargó la mano hacia el arnés en el que portaba las armas al ver que Melu se inflamaba con un fulgor azul como carbón incandescente. Doblado sobre sí mismo, el ehru se inclinó hacia mí, cada vez más cerca, hasta que su reluciente rostro quedó a la altura del mío.

Entonces sonrió y profirió una carcajada franca.

—Guarda tu espada, muchacho de Dhyrma —le dijo a Sanjeet—. Mi hija no tiene nada que temer de mí. —Me tocó la frente con un dedo largo y delgado—. Eres digna de tu nombre: «contempla lo que se avecina».

—En ese caso, dime: ¿cómo me libro del yugo de la Dama? Melu lo meditó.

—Solo hay una cosa más poderosa que un deseo y es una meta.

—Tendrás que ser más específico.

Melu sacudió las alas mientras buscaba las palabras adecuadas.

—Todo ser tiene un propósito vital. Un papel en un relato importante, una historia tan antigua y pura como la vida y más fuerte que el deseo de cualquier mortal. Para alejarte de la senda que tu madre te ha marcado, debes encontrar tu papel en ese relato trascendente. De otro modo, la Dama decidirá tu papel por ti. No puedo decirte más. —Melu guardó silencio con expresión avergonzada—. Asesinar al chico Kunleo era la solución más sencilla y por eso te animé a que lo hicieras. Ahora comprendo que tu destino nunca será sencillo. Si quieres encontrar tu meta, debes saber quién eres. Debes saber quién es la Dama.

Se me aceleró el pulso.

—Cuéntamelo todo.

Melu se irguió nuevamente y ascendió para planear sobre la lisa balsa color ámbar.

—Te lo contaré y te lo mostraré.

La superficie del estanque se rizó y un rostro joven surgió de sus profundidades.

Era Dayo. No; era un chico muy parecido a él que jugaba con espadas de madera en el Palacio Infantil. El agua se agitó de nuevo y mostró a una mujer del consejo que acababa de dar a luz y acunaba a una niña recién nacida. Un torrente de imágenes en movimiento ilustraron las palabras de Melu mientras hablaba.

—Los emperadores engendran numerosos hijos en el transcurso de su vida. Pero la gente solo oye hablar de uno: el radiante. Cualquier otro descendiente se considera irrelevante. En consecuencia, las hijas Kunleo, así como los niños que no han sido bendecidos con el rayo, nacen sin pompa y boato y, una vez destetados, son adoptados por nobles que los educan lejos de la corte.

»No es costumbre bautizar a las niñas Kunleo. Sin embargo, cuando el padre de Olugbade tuvo una hija, el joven príncipe heredero se encaprichó de ella. La hermana del príncipe Olugbade era tan hermosa, inteligente y precoz que le dio un apodo: la Dama.

Una oleada fría me recorrió las venas hasta dejarme paralizada, clavada en el sitio. Negué con un movimiento de la cabeza, despacio, y no dejé de temblar hasta que la historia llegó a su fin.

—La Dama idolatraba a su hermano mayor. Por la noche escapaba del cuarto de los niños para acudir al lecho de Olugbade pronunciando su nombre con su habla infantil. El príncipe se sentía halagado. Rompiendo una costumbre de siglos, se llevó a la Dama al Palacio Infantil, donde la convirtió en su mascota. Durante muchas lunas, Olugbade inundó a la Dama de regalitos. Se la sentaba en el regazo para instruirla y, mientras la Dama fue una niña ignorante, la amó.

»Pero un día la Dama empezó a interrumpir las charlas de Olugbade. Pronto le daba cien vueltas en historia y filosofía, lo machacaba con los acertijos y le ganaba al ajedrez. Olugbade solía tartamudear cuando era joven y tenía tendencia a divagar. En cambio, cuando la Dama abría la boca, la sala entera guardaba silencio para escucharla.

»El príncipe empezó a evitar a la Dama. Confusa ante la frialdad creciente de su hermano, la niña se refugió aún más si cabe en los estudios. Con toda seguridad, pensaba, demostrar su utilidad le granjearía de nuevo el amor de su hermano. Pululaba por los pasillos del Palacio Infantil como un fantasma encantado. Trabó amistad con los candidatos que competían por un puesto en el consejo de Olugbade; les ofrecía pistas para que pudieran pasar las pruebas. El joven radiante había probado el rayo con muchos niños. Pero la prueba nunca daba resultado.

»El príncipe Olugbade era un niño inteligente, tranquilo y considerado. Sin embargo, detrás de su talante afable ocultaba una debilidad: un miedo incapacitante a la intimidad. Con sus subordinados el príncipe era amable y generoso. En cambio, era cerrado y paranoico con sus iguales. Les exigía pruebas constantes de su amor y lealtad, y reculaba al más ínfimo atisbo de crítica. Sacaba de sus casillas a todo el mundo salvo a los niños más pacientes. La Dama comprendía a Olugbade mejor que nadie y lo habría amado si él se lo hubiera permitido. Sin embargo, por razones que no sabía articular, el carisma natural de su hermana lo sumía en la rabia.

»Pasaron los meses y los amigos de la Dama se triplicaron. Desde su canapé en un rincón del cuarto de juegos, siempre rodeada de risueños candidatos, observaba con pena a su solitario hermano. Si al menos la mirara… Si reparara en ella, si viera a la verdadera Dama…; una compañera, no una mascota. Ella compensaría todas las carencias de su hermano. Formarían un equipo, serían una familia y todo volvería a su cauce.

»Así que la Dama urdió un plan. Una chispa había anidado en su pecho desde el instante de su nacimiento, un ascua que ella nunca había osado convertir en llama. Según los sacerdotes, esa chispa no debería existir. Su presencia era imposible, una muestra de arrogancia, una abominación, de modo que durante años ella había sofocado el ascua por vergüenza. Pero quizás esa chispa, pensó la Dama, fuese justo lo que necesitaba.

»—Quiero enseñarte una cosa —le dijo a Olugbade durante la cena. La Dama tenía diez años y su hermano, quince. Los candidatos reían y charlaban en derredor. Se sentó a su lado. Él estaba reclinado a la mesa de la cámara de banquetes mientras los sirvientes le daban de comer uvas pasas y plátano.

»—¿Otra de esas obritas que escribes? —Olugbade sonrió condescendiente a su hermana—. Ya te lo he dicho, Dama. Los príncipes no tienen tiempo para jugar con muñecas.

»—Yo no escribo obras para las muñecas —replicó la Dama. Enseguida respiró hondo, decidida a no enfadarse—. Escribo debates. Sobre el imperio. A veces los llevo a escena con mis muñecas, pero no tendría que hacerlo si los leyeras, hermano.

»—No me llames "hermano" —la regañó Olugbade en tono paciente—. Los radiantes no tienen parientes de sangre, solo hermanos del consejo. No lo olvides, Dama.

»—No te iba a enseñar muñecas.

»—¿No? ¿Y qué me ibas a enseñar? —Olugbade suspiró—. ¿Será muy largo?

»La Dama se arrodilló más cerca con el corazón desbocado de la emoción. El banquete se desplegaba ante ellos en una mesa larga y baja.

»—Dime qué te apetece comer. Cualquier cosa que tengas delante. Susúrramelo al oído.

»Olugbade puso los ojos en blanco…, pero su expresión se suavizó. Su hermana le gustaba así: ansiosa, desesperada por disfrutar de su atención. Le hacía sentir mucho mejor que cuando le ganaba al ajedrez.

»—Muy bien —dijo, dándole unas palmaditas en las trenzas rematadas con cuentas—. Tráeme un poco de budín *moimoi*.

»Ella se concentró un momento y alzó la vista sonriendo. Un niño que estaba sentado al extremo más alejado de la mesa se levantó y se acercó para ofrecerle al príncipe un temblequeante budín *moimoi* de frijoles.

»Olugbade parpadeó sorprendido.

»—¿Cómo lo has…?

»—Pide algo más —sugirió la Dama, dando palmas.

»A Olugbade le tembló la mandíbula.

»—Bacalao seco. Estofado de ñame. *Chin chin* frito.

»El susurro fue poco más que un soplo de aliento. Sin embargo, dos niños más se levantaron a toda prisa y se apresuraron a llevarle los platos.

»A esas alturas los demás candidatos observaban la escena con curiosidad. La Dama reunió valor. Se puso en pie y anunció:

»—Se lo he dicho con el pensamiento.

»Un silencio sepulcral se apoderó de la sala.

»—Esos tres candidatos —señaló a los niños que habían traído los alimentos— son mis amigos. Más que amigos, hermano. Y también pueden ser los tuyos.

»—Imposible —replicó Olugbade, casi sin voz.

»—Tú mismo lo has visto —insistió la Dama—. Puedo hacerlo otra vez…

»—Tú no puedes tener ese poder. No puedes. No es la voluntad de Soy.

»—Yo no sé qué quiere Soy —dijo ella—. Pero sé que mis amigos me oyen. Es posible que te oigan a ti también. —La Dama tragó saliva—. Podríamos compartir un consejo.

»Se rompieron platos por todos los frentes cuando Olugbade se levantó de un salto. Sus narinas se agitaron… y entonces respiró hondo antes de recomponer sus facciones en una sonrisa paternal.

»—Me decepcionas, Dama. Has llevado tus jueguecitos demasiado lejos. No deberías jugar a usurparle el imperio al príncipe heredero.

»—¿Usurpar? —balbuceó la Dama—. No. Yo solo… Yo pensaba que podíamos trabajar juntos.

»Olugbade rio en silencio.

»—¿Tú? ¿Trabajar con el radiante?

»—Pero yo también soy portadora del rayo —le espetó ella.

»De nuevo el silencio cayó sobre el comedor.

»La Dama tragó saliva y se aferró a su paño de lino para que no le temblaran las manos.

»—He robado aceite de pelícano del templo. He ungido a mis amigos, porque tú necesitabas un consejo y porque… se me da bien gobernar, hermano. Tú tienes problemas para conectar a través del rayo. Pero yo no. Podríamos unir nuestras fuerzas. Podríamos gobernar como Kunleos. Juntos.

»Las pupilas de Olugbade se dilataron y sus músculos entraron en tensión bajo la túnica con incrustaciones de oro que lo cubría.

»—Los sacerdotes tenían razón —susurró—. No debería haber traído a una niña como mascota. No debería haberla mimado. Ni dejarla jugar a la política ni reírle las gracias… —Calló, con los puños estremecidos, y miró a la Dama con una determinación fría—. Te marcharás de Oluwan mañana a primera hora. Tú y esos traidores que tienes por amigos.

»La Dama temblaba mientras lágrimas de incredulidad se le acumulaban en los ojos.

»—¿Dejar el reino? Pero ¿adónde iremos?

»—Fuera —bramó Olugbade en un estallido nada propio de él a la vez que volcaba la mesa del banquete. Los niños a los que la Dama había ungido acudieron en manada para ofrecerle protección.

»Ella alargó la mano hacia una niña que vacilaba detrás de la mesa.

»—Ven conmigo, Mbali —le dijo—. Yo te puedo ungir a ti también. Tú estás por encima de este sitio. Abandónalo.

»La joven Mbali miró a la Dama con indecisión torturada.

»—Quiero ayudar a Aritsar —susurró por fin—. Pero… puedo hacerlo mejor desde aquí, con el príncipe. Aunque…

»Volvió la vista hacia Olugbade, nerviosa. "Te creo —articuló con los labios en dirección a la Dama—. Tú también portas el rayo". Luego le dio la espalda y se colocó junto a Olugbade.

»El labio inferior de la Dama se estremeció.

»—Te arrepentirás de haberlo escogido a él antes que a mí.

»—Guardias —rugió Olugbade.

»La Dama y sus amigos salieron huyendo de la cámara de banquetes y nunca volvieron a pisar el palacio. Qué fue de ella o cómo sobrevivió todos esos años es una historia demasiado larga para una noche. Baste decir que el mundo no trata bien a una niña a la que desearía muerta. Años de crueldad agriaron su bondad natural. La necesidad de autoprotección cristalizó su corazón, que acabó mudando en piedra. Y pronto los arits estaban intercambiando historias de un nuevo culto que viajaba por el imperio: una cuadrilla de bandidos formada por niños agraciados a los que nadie quería y capitaneados por una joven reina sin nombre.

»Pasado el tiempo el miedo de Olugbade a la intimidad disminuyó. Consiguió ungir a su propio consejo y la historia de la Dama cayó en el silencio o en el olvido en todos los hogares de la corte.

»A pesar de todo, desde aquel banquete en el Palacio Infantil, el emperador se pasea cada noche por los pasillos de An-Ileyoba, ciego y sordo a cualquier intento de ofrecerle consuelo.

»—Ella no era nada —repite hasta altas horas de la noche—. Nada. Solo hay uno. —Aferra la máscara de león que le cuelga del cuello—. Solo hay uno.

CAPÍTULO 23

La charca se onduló y el desencajado rostro de Olugbade desapareció en sus profundidades. Yo me desplomé de rodillas como si solo la voz de Melu me hubiera sostenido en pie hasta ese momento. El sol ya se había hundido bajo el horizonte y la única luz procedía de las constelaciones vivas de los tutsus.

—Mi madre es una radiante. —Pronuncié las palabras, pero no las creía. Ansiosa de normalidad, alcé la vista hacia Sanjeet—. Pero no hay mujeres radiantes.

Esperaba que me diera la razón con un asentimiento. En vez de eso estaba petrificado, mirándome con asombro infinito.

—Lo sabía —dijo.

—¿Qué significa eso, en el nombre de Soy?

—Durante un tiempo no lo tuve claro —respondió él con mirada ausente—. Cuando nos conocimos, vi una chispa, una… incandescencia a tu alrededor… Desapareció cuando te forzaste a olvidar tu pasado. A pesar de todo la chispa reaparecía de vez en cuando. Cuando estabas contenta o muy enfadada. No estaba seguro del todo, pero siempre he pensado… —Se rio, sacudiendo la cabeza—. Yo tenía razón.

—No entiendo lo que dices.

—Resplandeces igual que Dayo —dijo—. La calidez que atrae a los demás, que los induce a confiar en él, a seguirlo…, la noté en ti el día que te conocí.

Me tambaleé, negando con un gesto de la cabeza.

—Eso que dices es traición. Para. Creer en cuentos de hadas no nos va a servir...

—El incendio en el Palacio Infantil —me interrumpió mientras paseaba de un lado a otro—. Pensé que estaba perdiendo la razón o viendo visiones. No sufriste ni una sola quemadura, ni una. Pero ahora tiene sentido —continuó—. Eres inmune al fuego. Es un don de nacimiento, igual que Dayo nació inmune al veneno.

—Eso fue porque la Dama me protegía. O porque nací medio ehru —insistí, pero Melu sacudió la cabeza, todavía planeando sobre la balsa.

—La Dama no posee ninguna capacidad especial para proteger a nadie. Y, si bien tu sangre alagbato te proporcionó la capacidad de ver los recuerdos, el resto de tu ser es humano.

—No hay mujeres radiantes —repetí, y Sanjeet se cruzó de brazos.

—¿Y qué me dices de Aiyetoro?

—Ella fue una excepción —dije, repitiendo como un loro las palabras de los sacerdotes oluwaníes—. Soy la escogió porque el hijo del emperador murió y Aritsar necesitaba un líder... —Mi voz se fue apagando. ¿Quién podía demostrar que Aiyetoro no portaba el rayo? La habían enviado a otra parte al nacer, igual que hacían con cualquier niña Kunleo. La duda reptó por mi mente, pero luché contra ella empecinada—. La Dama no podía ser una radiante, porque Olugbade ya lo era. Solo puede haber uno en cada generación.

—¿Por qué?

—Porque... Porque... —me amilané mientras trataba de recordar las concienzudas líneas de razonamiento que los sacerdotes nos habían enseñado en las clases de catecismo—. Porque eso provocaría una guerra. Un hombre y una mujer no pueden compartir los derechos de la corona. ¿Cómo iban a gobernar?

—Juntos —respondió Melu, y la simplicidad de la respuesta me inquietó.

Fulminé al ehru con la mirada. Todo eso no tenía ni pies ni cabeza. No podía haber dos radiantes. El imperio no podía llevar decenas, cientos de años equivocado.

—¿Y si los dos gobernantes no se ponen de acuerdo? —contraataqué—. ¿Entonces qué?

El ehru se encogió de hombros.

—Delegan la decisión en el consejo. Lo echan a cara o cruz. Se dividen las tareas en función de sus capacidades. Llegan a un acuerdo. —Suspiró—. Nunca he entendido por qué los mortales complican tanto las cosas. El relato de Soy con relación a los hombres y las mujeres siempre ha sido muy sencilla: habéis nacido iguales y estáis hechos para trabajar codo con codo. Sin embargo, cuando hay poder de por medio, los mortales siempre han detestado la simplicidad.

—Olugbade y la Dama nunca habrían podido gobernar juntos —insistí.

—En eso —me concedió Melu— me temo que tienes razón. El miedo de Olugbade a su hermana lo ha corroído demasiado tiempo, así como el rencor de la Dama hacia él. Se propone borrar el legado de Olugbade al completo, incluido Ekundayo. Sin embargo, la historia del príncipe está todavía por escribir…, al igual que la tuya. —Descendió y la charca se rizó a su paso—. Has visto la máscara del emperador, y la del príncipe. Las forjó el Señor del Fuego en persona y la historia de su creación está grabada en las criptas de An-Ileyoba. Ahora bien, si un mortal tradujera las antiguas palabras, descubriría que el Señor del Fuego no creó dos máscaras, sino cuatro. Cuatro radiantes. Emperador y emperatriz. Príncipe y princesa.

—En ese caso, podemos demostrarlo —dijo Sanjeet—. Podemos demostrar que Tarisai es una radiante. Si les enseñamos las máscaras a los sacerdotes, tendrán que admitirlo.

—Por esa misma razón —dijo Melu—, las otras dos máscaras se han perdido. Aiyetoro fue la último que las vio. Y, como se forjaron más allá de las fronteras de este reino, no puedo rastrearlas a través de la tierra. Pero es mi sensación que debéis encontrarlas. Desconozco cuál es el objetivo vital de Tarisai, pero nunca lo conseguirá si antes no reivindica su nombre.

—Mi objetivo vital es Dayo —dije. Me estaba mareando. La voz de Mbali en el Palacio Infantil, las palabras que yo había repetido a diario durante cinco años, rugieron en mis oídos: «¿Por qué me levanto? Para que pueda servir al príncipe, el escogido radiante de Aritsar, y aspirar a ser uno de sus ungidos. Porque lo amo más que a mi propia vida...».

—Los relatos están hechos para compartirse —dijo Melu con dulzura—, pero nadie nace para servir a otra persona, Tarisai.

—No.

Recordé el instante en que le había clavado el cuchillo a Dayo. Resucité adrede mi pánico anterior, la armadura de miedo y de odio a mí misma. «Eres peligrosa —me dije—. Tu libertad siempre implicará peligro para Dayo».

Sin embargo, cuanto más intentaba recordar mi traición, más presencia tenían los tutsus en mi pensamiento. Los veía girar a mi alrededor, retirar el peso de mi cuero cabelludo y canturrear su elección.

—¿Qué es una wuraola? —le pregunté a Melu.

—Oh... Hacía muchos años que no oía ese nombre. —Ladeó la cabeza—. Una wuraola es una niña hecha de oro. Una niña... que es un rayo de sol.

Sanjeet sonrió.

—Pues claro que sí —dijo—. Tar, tiene mucha lógica. Ese es el problema de Aritsar. Por eso los intentos de la Guardia Imperial de unificar el imperio siempre fracasan. Por eso el imperio nunca se ha sentido verdaderamente unido. ¿No lo ves? Nuestro destino nunca fue ser gobernados por un solo hombre. Si Dayo y tú...

—Yo no voy a gobernar a nadie —lo corté—. Nunca he dicho que quisiera ser emperatriz.

—Nunca lo has dicho —replicó—. Pero... me parece que siempre lo has sabido.

Intenté negarlo… Sin embargo, los recuerdos se me atragantaron. Las noches agitadas que había pasado en el Palacio Infantil y en la fortaleza Yorua, cuando tenía que refrescarme el pecho con montones de hielo para que el ardor —la llama que guardaba escondida— se apagara. Las incontables ocasiones en que había cerrado los ojos a los errores de Dayo, pisoteando mi intelecto para acallarlo. Fingiendo que sus decisiones eran acertadas. Fingiendo que yo no lo habría hecho mejor.

—No sé lo que soy —dije—. Pero creer en mí podría ser peligroso, Jeet. Y estoy harta de hacerte daño. Estoy harta de hacerle daño a todo el mundo.

—Juré servir a los radiantes de Aritsar, Tarisai —declaró—. Y pienso ser fiel a mi juramento.

Apreté los labios.

—Deberíamos buscar un sitio para pasar la noche —musité—. No es seguro estar tan cerca de la Casa Bhekina.

—No tienes nada que temer de la Dama —dijo Melu—. Aquí no.

Lancé un bufido de incredulidad.

—¿Por qué estás tan seguro?

—La Dama no está aquí. Las fuerzas de Olugbade la capturaron poco después de que te separaras de ella en la verbena de Nu'ina.

Se me heló la sangre en las venas.

—¿Qué?

—El emperador nunca ha dejado de buscar a la Dama. Ni un solo día en treinta años —explicó Melu—. Y tú fuiste el cebo que Olugbade necesitaba. Tu aparición pública en la verbena de Nu'ina fue la única oportunidad que tuvo la Dama de volver a convertirte en su arma. Así que regresó a Oluwan por primera vez desde su destierro, sin saber que los espías del emperador la estaban esperando.

—¿Y qué le hará?

—No lo sé. Pero la muerte no será suficiente para Olugbade. Tiene algo que demostrar, a sí mismo y al resto del mundo.

Sanjeet señaló:

—Si la Dama es una radiante, el emperador no puede matarla. No si ella cuenta con su propio consejo.

—Durante su destierro, solo consiguió ungir a diez integrantes. —Melu se encogió de hombros—. Eso significa que le falta una inmunidad. A Olugbade no le costará demasiado descubrir cuál es.

—Podemos reunirnos con ella antes de que lo averigüe —propuse—. Dinos cuál es el punto débil de la Dama; engañaremos al emperador de algún modo. Nos asegurarnos de que no pueda usarlo contra ella.

El ehru guardó silencio. Despacio, deduje a qué se debía la frialdad de su rostro.

—Quieres que muera —susurré—. Te alegras de que Olugbade la capturase.

—Su muerte nos liberará a los dos —respondió Melu—. Si Olugbade gana, tú no tendrás que matar a Ekundayo. No tendrás que reclamar tu título de radiante ni hacer lo posible por encontrar tu razón de ser. Es de lejos la solución más sencilla y mucho más rápida que esperar a que la vejez la reclame.

Me tambaleé, vacilante. Quería sacudirlo para que hablara…, pero las extremidades no me respondían. La indiferencia de Melu estaba justificada. La Dama lo había convertido en un ehru y a mí en una esclava.

Entonces ¿por qué se me revolvían las tripas solo de pensar en su sufrimiento?

Una lucha interior me roía las entrañas. La Dama era mi madre: me había amado tiernamente. La Dama era mi enemiga: me había creado para agredir a otras personas. Pero también a ella le habían hecho daño. Y, si bien yo todavía le guardaba lealtad al emperador, empezaba a dudar de su virtud. Lo que fuera que le había preparado a la Dama, sospechaba, no sería un acto de justicia.

—La salvaremos sin tu ayuda —le dije a Melu.

El ehru sonrió.

—Los presidios de Olugbade son inexpugnables, hija. Incluso para ti. El consejo agraciado de la Dama constituye su única posibilidad de escape. Una mujer del consejo está aquí, en la Casa Bhekina. Ahora mismo urge un plan para liberarla.

—Bien —fue mi respuesta—. Pues la ayudaremos. Vamos, Jeet. Pasaremos la noche en la Casa Bhekina y saldremos con las primeras luces.

Melu frunció el ceño.

—Esa casa nunca ha sido un capítulo alegre de tu historia. ¿Seguro que quieres volver?

—No es asunto tuyo.

Melu lo meditó antes de hacer una floritura con la mano. A varios metros de distancia apareció una carpa en el claro. Cortinas de lino color crema ondeaban con la brisa nocturna, teñidas de oro por la luz que proyectaban varias lámparas depositadas en la hierba.

—No os molestaré más —anunció en tono cantarín—. Pero podéis dormir aquí y visitar la Casa Bhekina por la mañana. La magia de ese lugar puede hacer estragos en la mente. Recuerda esto, Tarisai: pase lo que pase, siempre me alegraré de haberte dado tu nombre.

Dicho eso, desapareció entre una nube de polvo.

—Vamos —le dije a Sanjeet, empujándolo hacia la casa. Él titubeó.

—Nos vendría bien descansar —sugirió—. Y tu hogar todavía está lejos. No se ve desde aquí.

—Está ahí mismo —señalé—. Podemos preguntarles a los amigos de la Dama por las máscaras de Aiyetoro. Es posible que encontremos alguna pista en la mansión; podemos buscar....

—Dejé la frase en suspenso al ver que Sanjeet forzaba la vista hacia la Casa Bhekina con una expresión vacua en el rostro—. Ah. Ya.

—Se me cayó el alma a los pies—. La Dama deseó «una fortaleza que nadie pudiera ver ni oír». No a menos que ella lo deseara.

Y, si yo era capaz de ver esos tejados rojos, significaba que mi madre deseaba mi regreso. Quería encerrarme, como había hecho a lo largo de tantos años, en esa sala sin ventanas. Que fuera su pájaro enjaulado. El ser de su ser. Tragué saliva con dificultad, reculando.

—Iré por la mañana —propuse—. Será... más fácil buscar a la luz del sol.

Bajo la carpa arqueada de Melu había jergones tendidos sobre tarimas y cubiertos con ropa de cama. Había creado almohadones de satén y cestas repletas de dátiles y nueces de cola. Lo había depositado todo sobre esteras tan exquisitas que parecían obra de los duendecillos. La carpa estaba dispuesta de modo que nos protegiese de mosquitos y tábanos, quizá incluso de animales, pero Sanjeet durmió con su cimitarra junto a la almohada de todos modos. Desperté al día siguiente con la cabeza en su hombro y su brazo en torno a mi cuerpo.

Qué embarazoso, pensé, aunque no moví ni un dedo.

Las pestañas de Sanjeet aletearon. Igual que la mía, su inmovilidad era excesiva para estar durmiendo. Sintiéndonos en evidencia, nos separamos a toda prisa.

—No hace falta que os cohibáis por nosotros —gritó una voz conocida en tono burlón—. Me alegro de ver que habéis hecho las paces.

Sanjeet aferró la cimitarra al vuelo y los dos estábamos de pie en cuestión de segundos. Dos figuras, una alta y sombría, la otra menuda y alegre, se aproximaban a nuestra carpa.

—¡Kirah! —le grité a la figura bajita, exultante—. Y... ¿Woo In?

Cabalgaban un enorme felino que me provocó escalofríos en la columna vertebral. El resplandeciente leopardo tenía el tamaño de un caballo y la envergadura de cada una de sus zarpas igualaba a dos manos humanas. Sus taimados ojos amarillos refulgían incluso a la luz del día. No había vuelto a ver al emiehran de Woo In desde el día que el Palacio Infantil se incendiara. No era de extrañar que el redentor hubiera sobrevivido al inframundo con semejante protector.

Sanjeet empuñó la cimitarra con más fuerza antes de izarla en postura de combate.

—Espera —le dije, rozándole el brazo—. Conozco a ese animal.

Kirah me saludó con la mano y se bajó saltando del lomo del emi-ehran. Un vendaje le envolvía una mano. Además de su vaporoso velo de oración, lucía el atuendo de las sacerdotisas bléssidas: túnica y bombachos color arena. Las prendas fluctuaron en torno a ella como agitadas por un brusco viento cuando corrió hacia nosotros. Sanjeet bajó el arma desconcertado.

—Estáis sanos y salvos —exclamó ella con vehemencia, y nos envolvió en un abrazo que nos dejó sin aire. Yo aspiré su aroma a canela, mareada de sorpresa y felicidad. Me había preguntado si volvería a ver a Kirah alguna vez. Noté su mejilla ardiente contra la mía y reparé en sus labios cortados e hinchados.

—Estás enferma —me angustié—. Kirah, tienes fiebre.

Ya me encuentro mejor, me dijo a través del rayo. Sanjeet y yo respondimos mentalmente según la ictericia provocada por el mal del consejo abandonaba su piel.

—No os podéis imaginar —susurró— lo bien que sienta esto.

—Ya te está bajando la fiebre —dijo Sanjeet, que la estaba examinando con su Gracia—. Es una suerte que no haya sido más grave. ¿Cuánto tiempo has pasado privada del rayo?

—Solo dos semanas.

—¿Solo dos? —la regañé—. ¡Podrías haber enloquecido!

—No enloquezcas hasta pasado un mes. Al menos, eso dice él. —Señaló a Woo In con un gesto de la cabeza—. Y entiende de eso. Pero da igual, Tar. Nunca te había visto con el pelo suelto; te queda de maravilla.

El sueño había aplastado mis esponjosos tirabuzones. Me ahuequé los mechones para devolverle a mi cabellera su forma de nube y luego me crucé de brazos.

—No vas a cambiar de tema tan fácilmente —le dije—. ¿Por qué viajas con Woo In? ¿Qué haces aquí? ¿Cómo nos habéis encontrado? —Noté una comezón en los dedos, que ansiaban buscar respuestas en sus recuerdos—. ¿Dayo está...?

—Dayo está de maravilla —respondió entre risas. Me apartó la mano de un manotazo—. Solo le ha quedado una cicatriz. Y han convocado a nuestro consejo a An-Ileyoba, así que he tenido que venir a buscaros a ti y a Jeet. En cuanto a Woo In...
—Una nube mordaz cruzó los inmensos ojos castaños de Kirah—. Bueno. Me está utilizando. Al menos eso se viene repitiendo. —Añadió como en un aparte escénico—: De momento no se ha salido con la suya.

Woo In descendió de su montura con la misma elegancia altiva de siempre, pero esbozó una mueca contrita al oír las palabras de Kirah. Parecía... agobiado por un sentimiento de culpa.

—¿Qué pasa aquí, en el nombre de Soy? —le espeté—. ¿Qué haces con mi hermana del consejo?

Él me hizo una reverencia, usando esa voz melosa que había llegado a conocer tan bien.

—Cuanto tiempo, hija de la Dama. —Parecía mucho más enfermo que Kirah; tenía las mejillas hundidas, los labios resecos y pálidos. Además de las venas moradas del inframundo, una transpiración febril le brillaba en el pecho desnudo. Tosiendo, palmeó el flanco del emi-ehran—. Veo que recuerdas a Hyung.

—Cómo olvidarlo —repliqué—. Nos conocimos el día que intentaste incendiar un palacio lleno de niños.

El cuerpo de Woo In se crispó, su tez adquirió un tono aún más ceniciento.

—Adoptamos medidas para que nadie muriera —se justificó—. Nadie excepto...

—Un niño inocente que nunca había hecho daño a nadie —gruñó Kirah.

Enarqué las cejas todo lo que dieron de sí.

—Un momento. ¿Sabes que fue Woo In quien provocó el incendio? ¿Quién te lo ha dicho?

—Él. Me ha contado muchas cosas. Y, para ser alguien con tantas ansias de libertad, recuerda muchísimo a una marioneta.

—No tengo nada contra vuestro príncipe —murmuró Woo In—. Kirah, por favor. Yo solo seguía órdenes. Intentaba evitar más muertes....

—Pero ¿de qué conoces a Woo In? —le espeté a mi hermana del consejo al tiempo que pasaba la vista de uno a otro. La ternura de su tono, así como el rubor en las mejillas de Kirah, empezaba a escamarme—. No he vuelto a verlo desde que coronaron a nuestro consejo en Ebujo. Y en aquel entonces no recordaba quién era.

—Lo he conocido en la carretera —respondió ella—. Me estaba siguiendo... ¡y nos ha estado espiando! ¿Te acuerdas de que siempre nos sentábamos en la azotea del Palacio Infantil? Pues él estaba allí durante el último año. Escuchando.

—Siguiendo órdenes —repitió él con tono fatigado.

Si Kirah estaba en lo cierto, Woo In había oído nuestros secretos más íntimos: mis sueños, deseos, preocupaciones. Y al escucharnos a hurtadillas... Mi postura se envaró mientras Woo In le balbuceaba excusas a Kirah. A lo largo de aquel año en el Palacio Infantil había llegado a conocerla bien. Se había... encariñado de ella.

Sanjeet se plantó entre los dos y examinó la mano derecha de Kirah, que estaba profusamente vendada.

—Esto está roto —gruñó Sanjeet al tiempo que se desplazaba en círculos en torno a Woo In—. Si le has puesto una mano encima a mi hermana del consejo... Si la has amenazado...

—En realidad —intervino Kirah con tranquilidad—, yo lo amenacé a él. Conocí a Woo In al salir de Yorua. Me abordó en la carretera y saqué un cuchillo. No llegamos a las manos entonces. Solo quería saber adónde había ido Tarisai, pensando que el emperador podía haberla apresado igual que... —Se interrumpió con un jadeo—. Tarisai, cuánto lo siento.

—No pasa nada —la tranquilicé—. Ya sabemos lo que le ha sucedido a la Dama.

—Si él no te atacó, ¿qué le ha pasado a tu mano? —preguntó Sanjeet.

—Ah… —Kirah se miró los dedos con un gesto de dolor—. Esto fue ayer. Tiene la cara más dura de lo que pensaba.

Solo entonces reparé en el cardenal que exhibía la mejilla de Woo In.

—Le atizaste un puñetazo —dije con sorpresa—. ¿Acaso él…? ¿Acaso intentó…?

—Pues claro que no —replicó Woo In con voz ronca—. Yo nunca le he faltado al respeto a una mujer de ese modo. Y nunca le haría daño a Kirah. Lo que pasó fue…

—Me confesó que había intentado asesinar a Dayo —terminó Kirah por él—. Por eso le arreé. Antes de eso… —Separó los flecos de su velo de oración—. Nos llevábamos bien, en realidad.

¿Por qué le habría confesado Woo In a Kirah el peor acto que había cometido jamás?

—¿Y por qué viajáis juntos? —pregunté, sacudiendo la cabeza para despejarme—. ¿Y cómo habéis llegado tan rápidamente?

—¿Además de cabalgando a Hyung? Hemos volado. —Kirah guardó silencio un instante—. No sabía que nadie pudiera volar hasta que Woo In me lo enseñó. En Nyamba ascendimos a la cima de una montaña al ocaso. Nunca había visto nada tan… —Se detuvo, ruborizada—. Da igual. Él conocía el camino a la Casa Bhekina y yo nunca lo habría encontrado por mí misma. No tenía que mostrármelo, pero necesitaba un modo de coaccionarte. Al menos, eso fue lo que me dijo. Así que aquí estoy: soy su ventaja sobre ti. —Me sonrió—. ¿Funciona?

Me reí y Kirah sonrió, aunque luego su expresión se endureció. Por primera vez se encaró con Woo In.

—Eres un necio por trabajar al servicio de la Dama, ¿sabes? —le dijo—. ¿Y qué, si te ha prometido liberar a los redentores? Tú ni siquiera sabes si piensa cumplir su palabra; ¡y llevas años sirviéndola! A ella le traen sin cuidado los niños inocentes de Songland, Woo In. Por el amor de Soy…, trató de asesinar a Dayo. ¡Su único sobrino!

—No le traen sin cuidado —insistió Woo In—. Tú no la conoces.

—¿Y tú sí? —resopló Kirah—. ¿La Dama es tu novia o algo así?

—No digas tonterías —escupió Woo In. Al momento suspiró, recuperando la compostura—. La Dama me encontró cuando yo era niño, Kirah. Acababa de escapar del inframundo. Los demás solo veían en mí a un niño maldito, pero la Dama vio a un hijo. Me trató como una madre y una amiga. —Se quedó callado mirando fijamente las sandalias de Kirah—. No debería haber intentado matar a tu príncipe —susurró—. Era joven, estaba desesperado y lo lamento. La Dama me dijo que no había otro modo. Que, para liberar a los redentores, Olugbade y su linaje debían desaparecer y ella debía ser coronada…

Se interrumpió para dirigirme una mirada temerosa.

—Emperatriz —terminé por él—. Ya sé quién es la Dama, Woo In.

Kirah escudriñó mi rostro. La sorpresa y el sentimiento de culpa me delataron.

—Tar… ¿Cuánto hace que sabes que eres una Kunleo?

—¿Cuánto hace que lo sabes tú?

Kirah intercambió una mirada con Sanjeet por encima de mi cabeza.

—Años —reconoció—. A ver, no lo supe con seguridad hasta que Woo In me lo dijo. Pero Jeet y yo siempre habíamos sospechado que portabas el rayo. Algunas pistas eran intrascendentes: gestos o manías que compartes con Dayo. Pero había algo más. A veces emanas una neblina, cuando estás enfadada o contenta. O triste.

Cambié de postura.

—No deberías haber venido a buscarme. No es seguro.

—No tenía más remedio. —Kirah rebuscó en sus bolsillos y extrajo una vitela. El sello estaba roto—. Tenía que asegurarme de que era urgente —explicó—. Jeet, también hay uno para ti. Han citado a todo el consejo en la capital.

Observé la característica escritura de Thaddace, grabada a fuego con su Gracia.

ORDEN DE COMPARECENCIA IMPERIAL

Su sagrada eminencia el juez supremo Thaddace el Justo,
en nombre de su alteza imperial Olugbade de Aritsar,
convoca a Tarisai, delegada aprendiz de Swana y futura
juez suprema a presentarse en el Palacio de
An-Ileyoba para los preparativos de la ceremonia
del primer fallo que tendrá lugar
el día 75.º de la estación seca.

CAPÍTULO 24

—¿El septuagésimo quinto? Pero eso significa… —Conté mentalmente—. Dentro de cuatro meses. Apenas estoy preparada para dentro de seis meses. Thaddace dijo que faltaban años para mi primer fallo.

Kirah adoptó una expresión suspicaz.

—¿Qué fallo espera que emitas?

Me encogí de hombros.

—Es una tontería. «El Día del Huérfano»: una fiesta para que las familias ricas mimen a un niño pobre antes de devolverlo a las calles.

—Parece una maniobra para complacer a los nobles —dijo Sanjeet—. Tal vez Thaddace necesitaba desviar la atención de la detención de la Dama. Algo para entretener a la corte y que no cotilleen sobre un segundo radiante.

—¿Y por qué citar a todo el consejo?

Sanjeet leyó su vitela frunciendo el ceño.

—Parece ser que todos tenemos deberes. El general supremo Wagundu quiere que entrene con la Guardia personal del emperador. Más adelante, este mismo año, ayudaré a liderar una campaña.

Kirah ladeó la cabeza.

—¿Contra quién? Nadie ha atacado el continente en décadas.

—Contra nuestra propia gente —dijo Sanjeet con tristeza—. Vamos a sitiar todas las ciudades que no cumplan el Decreto de Unidad.

Kirah se estremeció.

—El emperador me citó para ayudar a Mbali a escribir nuevos cánticos de oración —dijo—. Están exhortando a todos los sacerdotes y sacerdotisas a adoptar el Libro del Canto Común para que las tradiciones religiosas dejen de estar separadas por sectas de Arcilla, Manantial, Ascua o Ala.

—Eso será una catástrofe. ¿Cómo es posible que el emperador...? —empecé a decir, pero me contuve cuando me acordé de Woo In. No me parecía bien criticar a Olugbade delante de alguien tan decidido a derribarlo. Me horrorizaba cómo había tratado el emperador a mi madre, pero el catecismo del candidato todavía resonaba en mis oídos—. Estoy segura de que el emperador y su consejo no pretenden perjudicar a nadie —musité, corrigiéndome—. Solo quieren la paz.

—La paz —observó Woo In— es distinta del silencio.

Su tez había palidecido. Los ojos amarillos de Hyung destellaron y la mano de Sanjeet regresó a su cimitarra. Pero la fiera se limitó a inclinar su inmensa cabeza para lamer la mejilla de Woo In.

Cuando el redentor sufrió un violento acceso de tos, le señalé la carpa de Melu.

—Deberías tumbarte.

Todavía no había perdonado a Woo In por prender fuego al palacio, pero compartíamos un parentesco incómodo. Ambos amábamos a la Dama y habíamos intentado matar en su nombre. Él asintió y se dejó caer sobre un montón de almohadones, sonriendo.

—No te preocupes, hija de la Dama —dijo—. La ayuda está en camino.

Sanjeet levantó la cabeza de golpe y clavó la vista en una figura que se acercaba desde la Casa Bhekina: una ondeante mancha verde. Una energía crepitó levemente en el aire, casi como si alguien estuviera... hablando a través del rayo.

—No montes un escándalo —dijo Woo In en voz alta, en apariencia respondiendo a una voz que yo no oía—. Por el relato de Soy, eres casi tan exagerada como mi verdadera hermana mayor.

La capa de la recién llegada revoloteó en su derredor cuando entró en la carpa como un vendaval retirándose la gran capucha verde.

—En serio, no me extraña que la princesa Min Ja renegara de ti —resopló.

—Kathleen —musité.

Haciéndome caso omiso, posó las manos en el pecho de Woo In y cerró los ojos. La energía crepitante se intensificó y un color saludable tiñó los labios de Woo In. Kathleen lo sometió a un reconocimiento y cuando tuvo claro que el chico había recuperado las fuerzas lo abofeteó.

Él se limitó a reír.

—Yo también te echaba de menos, Kat.

—¿En serio? —le preguntó Kathleen con reproche—. ¿Estás seguro? Primero capturan a la Dama y luego desapareces durante tres semanas sin contactar con nadie del consejo. Estaba enferma de preocupación, Woo In. Pensábamos que habías muerto.

—Fuiste tú la que desoyó las órdenes —replicó él—, huyendo a la casa franca al menor atisbo de problemas…

—Es el protocolo —gruñó ella—. Si capturan a la Dama, su consejo vuelve a Bhekina y se reagrupa. Ese era el plan.

—No en nuestro caso —objetó Woo In—. Nuestra misión, tuya y mía, era proteger a la heredera. —Cuando me señaló, di un respingo—. Esas fueron las órdenes de la Dama, Kat. Proteger a la heredera a cualquier precio. Y, si no hubieras abandonado tu puesto en la fortaleza, nunca le hubiéramos perdido la pista.

—Eso poco importa ya —le espetó Kathleen—. Ella está sana y salva, ¿no? Y no puedes cumplir ninguna orden si estás muerto.

—No estaba solo —respondió Woo In pasado un momento—. Yo… estaba con una sanadora cantora.

Por primera vez Kathleen reparó cn Kirah, que entró en tensión.

—Tengo sed —anunció Kirah, y giró sobre los talones para encaminarse a la charca de Melu. Sanjeet y yo la seguimos, agradecidos de poder distanciarnos de la energía extraña que rodeaba a Woo In y a Kathleen.

—Eso lo demuestra —dijo Sanjeet cuando los tres nos arrodillamos en la hierba. Yo había llevado una de las cestas de Melu y desayunamos dátiles y nueces de cola junto al centelleante estanque ámbar—. La Dama ungió a su propio consejo —insistió—. Usan el rayo de la Dama.

—O puede que sea brujería —argüí yo—. O..., no sé, llevamos tanto tiempo en plena naturaleza que nos estamos desquiciando.

—Por el relato de Soy, Tar —resopló Kirah—. ¿Cuántas señales más necesitas? ¿Por qué no puedes aceptar que tu madre porta el rayo y que tú tienes un don, igual que ella?

—Porque... —Me mordí el labio con fuerza—. Porque se supone que el rayo escoge buenas personas, ¿vale? ¡Mi madre obligó a un ser esclavizado a tener relaciones con ella en este lugar exacto! Un sorbo de esto —señalé la charca de Melu— y me convertiré en un monstruo desalmado que miente a sus amigos y los apuñala. La Dama y yo no tenemos un don, Kirah. Estamos malditas.

—El rayo —me corrigió Sanjeet— no escoge buenas personas. El rayo escoge líderes. Y si algo he aprendido sirviendo en la Guardia Imperial es que el liderazgo no es bueno ni malo. Es lo que tú decidas hacer con él.

—No me llamaste «líder» cuando Dayo estaba sangrando debajo de aquel árbol —dije, y al momento me arrepentí. Los semblantes de Sanjeet y de Kirah se desencajaron y cayó un silencio sobre el claro.

—Te ha perdonado, ¿sabes? —musitó Kirah al cabo de un ratito—. Dayo. Me ha hecho prometer que te lo diría. Una vez que hayas roto la maldición, quiere que te reincorpores al consejo.

Lágrimas de alivio inundaron mi garganta. Me las tragué.

—Pues Dayo es un necio —dije.

Sanjeet negó con la cabeza.

—¿No vas a decir nada más? Por el relato de Soy, Tar, dale una tregua. Después de todo lo que habéis pasado…

—Ese es el problema —dije, balbuceante—. ¡Después de todo lo que hemos pasado, no debería ofrecerme el regreso! ¡No debería querer nada conmigo! Pero él se crio en un palacio de cristal, rodeado de personas que lo adoraban, y nunca verá el mundo tal como es: cruel, idiota y lleno de monstruos. Monstruos parecidos a mí.

Kirah apretó los labios.

—Yo no me crie en un palacio de cristal —señaló—. Y tampoco Sanjeet. Pero estamos aquí, en mitad de la nada, haciendo cuanto está en nuestra mano para ayudarte. ¿En qué nos convierte eso? ¿En otros necios de tu mundo cruel e idiota?

—No —dije tras un silencio avergonzado—. Lo siento —suspiré, palpando la piedra del sol. Se había quedado fría y apagada en la base de mi cuello—. Es que… estoy cansada, Kirah. Y no sé qué hacer. Melu dice que la única manera de romper mi maldición es encontrar una meta. Un papel en un relato trascendente.

Se animó e irguió el cuerpo.

—Pues claro. La canción del vientre: el remedio para las almas encadenadas. Debería haberlo pensado.

—¿La canción de qué?

—Así la llamamos los bléssidos en mi hogar.

Hogar. Qué concepto más ajeno. Los muros blancos y gélidos de la Casa Bhekina, que se erguían a lo lejos, me recordaban que yo nunca había formado parte de nada; no hasta que me uní al consejo de Dayo.

—La parte del cuerpo que está más cerca del alma no es el corazón —explicó Kirah—. Es la barriga. La ira, el amor y la pena borbotean en esa zona, como líquido hirviente en un caldero. El pueblo del Ala piensa que cuando el Pelícano nos insufla el alma, escribe dos secretos en un carbón al rojo vivo: nuestra mayor virtud y nuestro mejor deseo. Nos tragamos el carbón antes de nacer y nos quema el vientre. Por eso lloramos al venir al mundo, como diría mama.

Kirah dirigió una sonrisa a los pastizales, como si viera a sus padres allí, así como a los numerosos infantes a cuyos cuidados había contribuido. Tenía familia de verdad en alguna parte, hermanos y hermanas de sangre a los que había dejado atrás por esto: ser una gran sacerdotisa y sentarse con un monstruo en plena naturaleza. Me pregunté si alguna vez se arrepentía.

—La suma sacerdotisa Mbali dice que las personas poseen numerosos dones —continuó Kirah—. Pero nuestra mayor virtud es aquella que no podemos reprimir: compasión, lealtad, dulzura, bravura. La capacidad de llegar al corazón de los demás, de reconocer la belleza o de capear una tormenta… El don podría ser cualquier cosa, en realidad. Y cuando empleamos nuestra mayor virtud en algo que nos trasciende se convierte en nuestro mejor deseo. Nuestra razón de ser. —Se interrumpió—. Sin embargo, el carbón al rojo se va enfriando poco a poco. Olvidamos el llanto del nacimiento, la canción del vientre. Olvidamos el motivo por el que Soy nos creó y la frustración que sentimos por ser demasiado insignificantes y débiles para ponerlo en práctica. Nos hacemos mayores y nos volvemos conformistas y, a menos que nos esforcemos con toda el alma, nunca volvemos a aullar la canción del vientre.

Arranqué un tallo de hierba.

—La razón por la que Soy nos creó —repetí, rompiendo el tallo en pedacitos hasta que mis dedos acabaron manchados de un verde chillón—. La razón por la que Soy nos creó.

Sanjeet me miraba de hito en hito.

—¿Te encuentras bien?

—Será mejor que sí —respondí. Me levanté y tiré las briznas de hierba a la charca—. Porque, si Kirah y Melu tienen razón, todos somos genios. Tan solo versos en el poema de un griot todopoderoso—. Dejé los brazos colgando y luego cerré los puños hasta clavarme las uñas en las palmas—. Si Kirah tiene razón, el Fabulador no es distinto de la Dama.

Kirah retrocedió haciéndose la santa señal de Soy en la barbilla.

—Eso no es verdad —dijo.

—Tú no tienes más remedio que creerlo. Eres sacerdotisa.

—Ah, ¿y por eso no tengo cerebro? —replicó Kirah—. El Fabulador no es el amo de un genio, Tarisai. Cada cual es libre de entonar la canción del vientre o no.

—¡Yo no lo soy! Si no encuentro una meta, Dayo muere, la Dama gana y el imperio se desmorona. ¿Qué libertad es esa?

—Puedes escoger —dijo Kirah despacio—, porque hay otra opción. Cuando te marchaste de la fortaleza Yorua, se me había ocurrido un plan y... —Rehuyó mi mirada, arrastrando la suela de sus sandalias por la tierra—. Mira, no es lo que me gustaría. Dayo se negó a considerarlo siquiera. Pero es un buen plan, ¿vale? Faltan años para que lo coronen emperador, así que tenemos tiempo de preparar a un nuevo delegado de Swana. Los demás nos podríamos repartir tus tareas como juez suprema y...

La expresión de Sanjeet se agrió.

—Estás insinuando que Tar abandone los Once. Piensas que debería dejar de ser una ungida.

Ella asintió con aire sombrío.

—Una ungida viva, cuando menos. Simularíamos un accidente. Buscaríamos un cadáver y lo haríamos pasar por ella. Celebraríamos un funeral solemne. Se la incluiría en el muro vigía y —añadió con dulzura— colocaríamos una efigie en su trono, por descontado.

El título de ungido se conservaba más allá del sepulcro. Los miembros del consejo que fallecían de manera prematura no podían ser legalmente remplazados, aunque sus deberes se asignaran a otra persona. El emperador fabricaba un busto con las cenizas del miembro del consejo y lo colocaba en uno de los doce tronos de An-Ileyoba. Según la leyenda, el fantasma del ungido permanecería allí hasta la muerte del emperador, momento en el cual el difunto quedaría exento de sus funciones.

—El mal del consejo será un problema, si tienes que estar escondida —admitió Kirah—. Pero te visitaríamos. Tendrías que ocultarte donde nadie pudiera encontrarte nunca. Un reino tan próximo a Oluwan como para que Sanjeet y yo pudiéramos escabullirnos fácilmente. Un lugar como…

Su mirada se perdió en la llanura, donde sabía que la fortaleza de la Dama titilaba invisible.

Un sabor a bilis me ascendió por la garganta.

—Como la Casa Bhekina —susurré. Volver a mirar el mundo desde una ventana. Volver a esas paredes de adobe, que se alzarían en derredor como la noche—. Para siempre.

—O no —añadió Kirah a toda prisa—. Podríamos disfrazarte. Vivirías en Ciudad de Oluwan, en algún distrito de las afueras, lejos del palacio. Sería más arriesgado, pero no imposible. —Se mordió el labio—. Algunas personas no creen en la canción del vientre, ¿sabes? Para ellos, Soy no es más que un concepto y el relato de Soy no significa nada. Solo es la esencia de estar vivo: la materia de la vida. Yo no sé si creo eso, pero esas personas encuentran la felicidad y tú también puedes hacerlo. Lo que intento decir es que tienes opciones, Tar. Siempre las tendrás.

Asentí despacio.

—Iría adonde hiciera falta con tal de mantener a Dayo a salvo. —En lo alto, los tutsus de la noche anterior estaban decaídos y flotaban a la deriva contra las nubes—. Pero llevo tanto tiempo viviendo una mentira… No quiero que mi muerte también lo sea.

El alivio inundó las facciones de Sanjeet.

—Pues escoge vivir —dijo. Entrelazó los dedos con los míos, como si le diera miedo que desaparecieran—. Tu mayor virtud, tu mejor deseo; cueste lo que cueste, los encontraremos. Solo tenemos que darle tiempo al tiempo.

Pasado un momento, curvé los dedos contra los suyos.

—Si no vamos a fingir mi muerte, tendré que comparecer a la citación del emperador. No me puedo permitir que sospeche y venga a buscarme.

Kirah sonrió.

—Ese caso, iremos todos a An-Ileyoba. ¿Quién sabe? Tal vez encuentres allí tu propósito vital. También hay muchas posibilidades de que las máscaras de Aiyetoro se encuentren en el palacio. Woo In me dijo que la Dama las ha buscado en todas partes excepto allí.

—Dayo estará en An-Ileyoba —señalé.

—Llevaremos cuidado.

—No quiero verlo —declaré con firmeza—. Ni se os ocurra permitírmelo. En el palacio, permaneceré alejada de él hasta que encuentre el remedio. Y gracias a Melu... —Las palabras del ehru me envolvieron como humo. «Si quieres encontrar tu meta, debes saber quién eres»—. Resignada, emprendí el rumbo hacia la Casa Bhekina—. Sé dónde empezar a buscar.

—No deberías entrar ahí tú sola —me gritó Sanjeet. Kirah y él ya corrían para alcanzarme.

—No lo hará —dijo Kathleen. Woo In y ella me esperaban a las puertas de la Casa Bhekina, recostados contra una pared que Sanjeet y Kirah no veían.

Sanjeet se estremeció antes de resoplar:

—No esperaréis que confiemos en vosotros...

—Esperamos —respondió Woo In con retintín— que tengáis en cuenta que llevamos protegiéndola seis años.

—Deberíais haberla protegido de la Dama —replicó Kirah, cruzándose de brazos. Hizo una mueca de dolor y los descruzó. Al parecer se había olvidado de su esguince.

—¿No te la puedes reparar? —le preguntó el redentor, mirándole la muñeca con aire preocupado.

Ella lo fulminó con la mirada.

—Los almacantores no pueden sanarse a sí mismos. Sería como… como tratar de inspirar y espirar al mismo tiempo. Mi Gracia no funciona así.

—En ese caso te ayudaré con el dolor —insistió Woo In, y, antes de que Kirah pudiera protestar, un remolino se materializó en la sabana. El intenso viento se condensó en una bola temblorosa que Woo In dirigió hacia ella—. Tu mano —pidió—. Por favor, Kirah.

Despacio, ella alargó la muñeca vendada hacia la levitante bola de viento. La bola se prendió a su brazo, que se elevó por sí mismo. Los rasgos de ella se relajaron al instante.

—Ya no me duele —musitó.

Woo In tuvo que hacer esfuerzos para no demostrar complacencia.

—Es la misma corriente de aire que usamos para volar. Las heridas no se curan, pero tienden a estabilizarse.

Yo lo observé con recelo.

—Nunca me has explicado a fondo en qué consiste tu Gracia —dije—. Es algo más que volar, ¿verdad?

—Mucho más —respondió Kathleen. Se volvió hacia Woo In con una sonrisilla de superioridad—. Ni siquiera es una Gracia en realidad, ¿no, principito?

Él suspiró, poniendo los ojos en blanco.

—Lo que vosotros, los arits, llamáis mi «Gracia» —explicó—, los songlanders lo llamamos «sowanhada»: el lenguaje de la naturaleza. A diferencia de vuestras Gracias, sowanhada se puede aprender, aunque algunas fuerzas reaccionan únicamente a ciertas estirpes. El lenguaje secreto del viento y del aire, por ejemplo, solo se habla en la familia real. Nuestro ejército únicamente recluta hablantes de la lengua del fuego. Por eso la Dama quiere agenciarse el ejército de Songland —añadió—. Los guerreros sowanhada pueden causar unos daños tremendos incluso contra la inmensa Guardia Imperial de Olugbade. —Señaló con un gesto la mano de Kirah—. Esa bola de aire te durará unas cuantas horas. Tiempo suficiente para buscar pistas en la mansión sobre la canción del vientre de cierta persona.

Enarqué tanto las cejas que casi me rozaron el nacimiento del pelo.

—¿Cómo sabes lo de...? —Entonces recordé la brisa que había agitado la balsa de Melu mientras yo hablaba con Kirah y Sanjeet—. Nos estabas espiando. Otra vez.

—Una antigua costumbre, hija de la Dama. —Woo In me hizo una reverencia—. Tú primero.

A Sanjeet le rechinaron los dientes, pero yo me limité a suspirar. Aunque no me apetecía ir a ninguna parte con Woo In, sabía que no me haría daño. Su lealtad a la Dama era demasiado grande como para eso. A pesar de todo, me crucé de brazos.

—¿Por qué quieres ayudarme a romper mi maldición? ¿No querías ver a Dayo muerto?

—Yo nunca he querido ver a nadie muerto —fue la respuesta de Woo In—. Solo deseaba ver a la Dama coronada para que pudiera salvar a los redentores. Pero desde hace un tiempo presiento que... —Se frotó el cardenal de la cara y miró de reojo a Kirah—. La solución no es más sufrimiento. Tiene que haber otro modo de llevarla al trono.

—Podríamos condenar al príncipe Ekundayo al exilio en lugar de asesinarlo —sugirió Kathleen con aire animado—. Enviarlo a alguna isla perdida donde no suponga un peligro para la reivindicación de la Dama...

—Dayo no irá a ninguna isla —le espetó Kirah—. Una vez que encontremos las máscaras de Aiyetoro, Dayo y Tar gobernarán juntos. Así debería ser.

Yo salté exasperada.

—¿Podemos olvidarnos de una vez de mi supuesto rayo y concentrarnos en proteger a Dayo?

Kirah pasó por alto mi comentario y se volvió hacia Woo In y Kathleen con los ojos entornados.

—Vosotros le entregasteis a Tarisai el tambor, así que tenéis acceso a las posesiones de Aiyetoro. ¿Dónde pensáis que podrían estar las máscaras?

—Si supiéramos dónde encontrar las máscaras de Aiyetoro —respondió Kathleen—, estaríamos liberando a la Dama en este instante, no haciendo de niñeras en esta sabana remota. Esas máscaras son la única prueba restante del derecho de la Dama a gobernar. Las ha buscado durante décadas, pero no ha podido descubrir su paradero.

—¿De dónde salió el tambor? —pregunté yo.

—La Dama lo robó del palacio cuando era niña. Cuando descubrimos que te habías borrado los recuerdos, nos pidió que te lo entregáramos en Ebujo, con la esperanza de que tus orígenes compartidos con Aiyetoro te despertaran la conciencia de tu verdadera identidad. Como es evidente —añadió en tono burlón—, no funcionó.

—Te ayudaremos a inspeccionar la Casa Bhekina —se ofreció Woo In—. La Dama guarda allí casi todos sus documentos. Es probable que haya encontrado alguna pista que nos pueda conducir a las máscaras.

Fruncí el ceño.

—De ser así, ¿no os lo habría dicho?

Woo In y Kathleen intercambiaron una mirada apurada.

—La Dama nos dijo lo que necesitábamos saber para las tareas que teníamos asignadas —replicó Kathleen a la defensiva—. No todos los radiantes son tan ingenuos como tu príncipe, que va revelando secretos a diestro y siniestro. La Dama tiene en gran estima su intimidad.

Me molestó que insultara a Dayo, pero el sentimiento mudó en compasión. Kathleen y Woo In le habían entregado la vida a mi madre y, a pesar de eso, ella todavía guardaba las distancias. Para que no pudieran lastimarla, comprendí. Como la había lastimado su hermano, como el mundo. Compadecí asimismo a la Dama.

Emprendimos la marcha hacia los temblorosos tejados rojos de la Casa Bhekina. El recinto era más pequeño de lo que yo recordaba. Cuando era niña los portalones de la empalizada eran más altos que yo; una barrera infranqueable que me separaba del resto del mundo.

—¿Vive alguien aquí todavía? —pregunté con el corazón en un puño.

—La Dama despidió a casi todos los sirvientes después de enviarte a la capital —respondió Kathleen—. Pero algunos de tus tutores se convirtieron en mis hermanos de consejo. Ahora mismo, mientras hablamos, están viajando a Songland con la esperanza de convencer al ejército de la reina Hye Sun de que libere a la Dama de su encierro en An-Ileyoba. Unos cuantos sirvientes viven aquí todavía para abrir la valla y cuidar de las gallinas. Pero el recinto nunca ha necesitado peones agrícolas. —Se revolvió incómoda—. Las huertas siempre se han cuidado solas.

La fragancia de los mangos me inundó tan pronto como Woo In pronunció una contraseña y las puertas de la empalizada se abrieron con un crujido. Un guardia de ojos inflamados nos escudriñó y contuvo una exclamación cuando reconoció mis facciones.

—Ella no está —nos informó con su voz llorosa—. La Dama se ha marchado.

Me fijé en la piel arrugada y correosa de sus brazos, que manipularon la pesada manivela del portalón. Lo reconocí. El hombre ya vigilaba la puerta en mi infancia. En aquel entonces era tan viejo como ahora. ¿Cómo era posible que un hombre de aspecto tan frágil viviera tanto tiempo? Por otro lado…

¿Cómo era posible que un huerto de mangos floreciera cada año sin que nadie lo atendiera?

—¿Qué estás mirando? —me preguntó Kirah, que forzaba la vista en dirección al guardia. Comprendí que Sanjeet y ella no lo veían ni lo oían. No notaban la presencia de los portalones ni olían el aroma de los mangos que maduraban a pocos metros de distancia.

Me estremecí, les dije adiós y me interné en el recinto con Woo In y Kathleen. Cuando me volví a saludarlos, Sanjeet y

Kirah me miraban sin verme con expresión inquieta, como si hubiera desaparecido por arte de magia.

El patio, la mansión, las chozas y los árboles frutales de la Casa Bhekina estaban sumidos en una quietud escalofriante. El calor del hechizo de Melu irradiaba de cada hoja encerada, de cada ladrillo y adoquín. ¿Cómo no había reparado antes en la energía que vibraba en las paredes? Ese lugar me había parecido tan normal en otro tiempo… Por otro lado, era lo único que conocía.

Recordé las palabras de Melu sobre la Casa Bhekina: «La magia de ese lugar puede hacer estragos en la mente». Compadecí a mis antiguos tutores y sirvientes. No me extrañaba que fueran todos tan estirados y paranoicos. Habían tenido suerte de no perder la razón.

Recorrimos las cámaras enlucidas de la mansión buscando pistas de Aiyetoro.

—Esta casa se me antojaba una cárcel —murmuré—, pero a pesar de todo es hermosa. Me preguntó por qué la Dama no vivía aquí.

Woo In guardó silencio un momento.

—Sí que vivía aquí —dijo.

Kathleen le lanzó una mirada de advertencia y yo sacudí la cabeza.

—Desaparecía durante meses —objeté—. Yo me quedaba despierta por la noche preguntándome dónde estaba. Preguntándome —tragué saliva— por qué no me echaba de menos tanto como yo a ella.

Kathleen le pegó un codazo a Woo In, torciendo el gesto, pero él se la quitó de encima.

—Merece saberlo —le dijo. Se volvió a mirarme—. La Dama te observaba hasta extremos obsesivos. Se marchó unas cuantas veces para ungir a miembros del consejo. Pero siempre volvía sin demora. Tomó apuntes de tus primeros pasos. De tus primeras palabras. De tus progresos en todas las asignaturas.

Lancé un bufido.

—¿Unas cuantas veces?

La adoración que Woo In sentía por la Dama debía de haberle nublado los recuerdos. Yo no veía a mi madre más de una vez al año, y eso si tenía suerte.

Woo In hizo una mueca compungida.

—Yo... no siempre estaba de acuerdo con los métodos educativos de la Dama —musitó—. Pero estoy seguro de que quería lo mejor para ti. Para todos nosotros.

La duda se dibujó en mi frente.

—Ven —me pidió—. Hay una cosa que deberías ver.

Subimos una escalera empotrada en la escayola y el corazón se me aceleró al reconocerla. Ante nosotros colgaban las gruesas cortinas bordadas de mi antigua sala de estudio.

—No puedo entrar ahí —dije.

—¿Por qué no?

—Porque no.

Me mordí el labio. Porque en esa habitación yo nunca había sido una de las ungidas de Aritsar. No era la wuraola que controlaba a los tutsus, ni siquiera la amiga en la que Sanjeet y Kirah habían depositado su confianza.

En esa habitación yo era un ehru. No conocía otro amor que el de la Dama y habría matado por ella. Siempre fui su marioneta, incluso antes de que me atara con un deseo.

—Intenté borrarlos frotando con fuerza, ¿sabes? —me confesó Woo In en ese momento.

—¿Borrar qué?

—Los mapas —me explicó—. Después de escapar del inframundo, me cubría la piel con arcilla. Me envolvía en ropajes que me tapaban hasta la barbilla. Pero siempre estaba mirando debajo de las vestiduras, temeroso de que hubiera más marcas. Con la esperanza de que se hubieran desvanecido. Las miraba con tanta frecuencia que al final me resultó más fácil vestirme así. —Señaló con un gesto su pecho desnudo, cubierto de dibujos—. Veía mi pasado en el espejo a diario. Me acostumbré a él. Y un día —separó las pesadas cortinas— dejé de tener miedo.

Titubeé, pero por fin me interné en esa sala mal iluminada. El tufillo de los pergaminos mohosos me inundó. Las motas de polvo titilaban en los nítidos haces de luz que se colaban por las ventanas condenadas. Mis tutores las habían entablado para que no oyera los cantos de otros niños. Todavía notaba las astillas en mis manos, los brazos que aferraban mi cintura para contenerme mientras yo intentaba arrancar las maderas.

—La Dama y el emperador tienen más en común de lo que piensan —murmuré—. A ambos les aterrorizan las historias que no pueden controlar.

Kathleen aspiró por la nariz con aire ofendido.

—La Dama solo desea lo mejor. Para todos nosotros.

Mi viejo escabel yacía bajo la ventana, volcado y cubierto de telarañas. Igual que cuando era niña, la mesa de estudio, alta y alargada, estaba atestada de libros y documentos históricos censurados. En su pedestal, la escultura de la Dama seguía observando la sala con sus relucientes ojos de ónice. Woo In tomó la talla y sopló el polvo acumulado en las oquedades de la madera.

—No... —balbuceé—. Lleva cuidado con eso.

Él sonrió y me tendió el pesado busto.

—¿No notas nada raro?

Miré el delicado rostro, tan frío, tan parecido al mío. Había estudiado a diario bajo la talla y no notaba nada distinto en ese momento. Salvo que... Me lo pegué al oído y se me cortó el aliento.

—Vibra —dije—. Igual que las paredes y el huerto. Me parece que está encantado.

Woo In recuperó la talla.

—Supongo que los sirvientes no te dejaban tocarlo.

—¿Cómo lo sabes?

Dudó.

—Porque habrías leído sus recuerdos. La habrías visto.

Me llamó por señas y yo lo seguí por un estrecho pasillo. Era la entrada a la sección del servicio.

«Este sitio está encantado —me habían dicho los criados—. Hay fantasmas viviendo aquí. Espíritus malvados, que se llevan a las niñas».

«¿Y si quiero que se me lleven?», replicaba yo.

«Son espíritus que se comen a las niñas —rectificaban los criados a toda prisa—. Pero antes se las llevan muy lejos, donde la Dama no pueda encontrarlas. Son habitaciones muy malas. Tienes suerte de que seamos nosotros los que vivimos aquí y no tú».

Yo no tenía claro que todo eso fuera verdad, pero la idea de que me apartaran por siempre de la Dama había enfriado mi curiosidad. Nunca me entretenía en la entrada de la sección del servicio.

Woo In siguió avanzando por el pasillo desnudo y pasados varios metros —la distancia suficiente para ofrecer intimidad respecto al resto de la casa— el corredor giró bruscamente y dejé de caminar sobre baldosas de piedra para pisar una alfombra suntuosa.

Lo primero que noté fue el perfume. Mi corazón reaccionó a la fragancia del jazmín, como había hecho siempre, con terror y anhelo. Lujosos tapices teñidos al barro con motivos de color índigo cubrían las paredes. Woo In manipuló la reluciente cerradura de una puerta de madera con incrustaciones de madreperla.

—Requiere una contraseña cantada —dijo. Frunció el ceño tratando de recordar—. «Yo... mía...».

—Ella soy yo y es solo mía —terminé con un susurro, y la puerta se abrió.

Entramos en una pequeña vivienda compuesta de varias habitaciones. El aroma del jazmín impregnaba cada canapé, cada tela de batik y cada almohadón borlado. Una desagradable sensación de traición me aceleró el pulso, pero la sofoqué.

—¿Era aquí donde dormía... cuando venía de visita?

—La Dama no venía de visita, Tarisai. —Woo In hablaba en tono paciente—. Vivía aquí.

—No. —Negué con un movimiento de la cabeza—. Ella sabía cuánto la echaba de menos. Cómo lloraba por ella cada noche. Es imposible que estuviera aquí. No me habría hecho eso. Ella…

Un espejo de mano brilló en un escritorio de tipo reclinatorio y extinguió el resto de las palabras. El reflejo no tenía sentido; debería haber sido el suave revocado del techo. En lugar de eso mostraba un rostro en movimiento. Me fallaron las rodillas y me desplomé en el escritorio al tiempo que tomaba el espejo con mango de hueso.

Woo In me devolvía la mirada en el reflejo.

—Lo siento —dijo.

Me di la vuelta a toda prisa. Woo In sostenía la talla mirando su rostro con desolación. Volvió la estatua hacia el escritorio… y entonces el espejo me mostró a mí, apoyada en los almohadones que había en los aposentos de la Dama.

—Me estaba mirando —musité—. Todo el tiempo.

Había papeles sobre el escritorio: notas escritas con una letra elegante y regular. Las primeras que separé se remontaban a un año atrás.

A veces todavía miro el espejo encantado. Es una tontería, ya lo sé. Ella no aparecerá. Sin embargo, ver esa sala de estudio vacía, la mesa en la que estudiaba con gesto concentrado los pergaminos de árboles genealógicos, me recuerda los viejos tiempos, cuando todo su mundo era yo. ¡Mi dulce y adorable pequeña! Cuando fingía volver a casa tras un largo viaje, su rostro se iluminaba. Cuánta alegría mostraba. Cuánto anhelo.

Estoy segura de que el mocoso de Olugbade nunca lo mira a él con esa expresión.

¿Fue una crueldad ocultarle mi presencia? Sin embargo, no podía correr el riesgo de ordenarle algo sin pretenderlo. ¿Malgastar mi último deseo, nuestra única oportunidad de salir victoriosos? No. Es absurdo lamentarse ahora. El sentimiento de culpa cesará. Siempre lo hace.

La bilis ascendió a mi garganta. Me la tragué y cogí otro papel. Estaba fechado un mes atrás.

Ningún progreso, por lo que parece. Ha decidido olvidarme. La verbena de Nu'ina es mi mejor oportunidad. La obligaré a recordar. Nos convertiré de nuevo en una.

Las notas más antiguas estaban encuadernadas en forma de diario con las tapas de piel de cabritillo. Escuché un instante su historia y me estremecí. Las palmas callosas de mi madre contra el lomo de cuero. La primera página databa de casi dieciséis años atrás, el día de mi cumpleaños.

¡Ya camina! ¡Mi pequeña (ser de mi ser) ha dado sus primeros pasos! Un mentor ha dicho su nombre y ella ha corrido hacia él bamboleándose.

Ojalá hubiera caminado hacia mí, pero me daba miedo expresar una orden.

¿Decir «hija mía, ven aquí» contaría como tercer deseo? Melu se niega a revelármelo.

Esta noche la he visitado, como hago siempre. Le beso la frente mientras duerme y le canto nuestra canción especial. Le hablo de todos los reinos que gobernaremos juntas. Mi niña huele a violetas, a miel y a hierba de la pradera.

Huele demasiado (siendo sincera) a la sabana salvaje bañada por el sol. Intenté transmitirle mi aroma, bañarla en aceite de jazmín, pero sufrió una erupción. En fin. A ver si se le pasa.

Esta noche no he podido resistirme a cogerla en brazos. Se ha despertado y ha protestado, pero enseguida se ha callado cuando la he arrullado contra mi pecho. Es tan inteligente… Ya sabe que cada cosa tiene un nombre. La inteligencia temblaba en sus grandes ojos oscuros mientras intentaba recordar la palabra que me designa a mí.

«Dama», ha dicho.

«No —la he corregido besando su mata de rizos suaves y perfectos—. Dama, no. Para ti soy y siempre seré «madre».

La tinta se emborronaba con mis lágrimas y mis hombros se agitaban conforme pasaba las páginas. Woo In y Kathleen inspeccionaban con discreción el resto de la vivienda en busca de pistas, para ofrecerme intimidad.

Estuve leyendo una hora. Todas las atenciones, todo el afecto que siempre ansié por su parte estaba ahí, redactado con su escritura clara y expansiva. Podía incluso percibir su amor, que surgía en vaharadas de los recuerdos plasmados en cada página. Sin embargo, en tantos años de notas, faltaba una cosa. El diario siempre hablaba de «mi hija», «mi niña». Me llamaba «cariño». «Ser de mi ser».

Pero nunca, ni una sola vez, «Tarisai».

Cuando Kathleen y Woo In regresaron, me ofrecieron un pañuelo de seda sin pronunciar palabra.

—¿Mencionaba la Dama las máscaras de Aiyetoro en el diario? —preguntó Kathleen.

Me encogí de hombros y dejé que Woo In hojeara el diario mientras yo me limpiaba las gotas de la nariz. El perfume del pañuelo era tan intenso que debían de haberlo tomado del guardarropa de la Dama. Estornudé.

Woo In inspeccionó el diario con avidez.

—De vez en cuando —murmuró—, se refiere a búsquedas previas, así que puede que haya algo más en otros diarios. Habla mucho de nosotros, eso sí. —Soltó una risita al leer cierta página—. Vaya, vaya, Kat, la Dama no tiene una gran opinión de tus dotes para el canto.

Kathleen resopló ofendida e intentó arrancarle el libro.

—Cuidado con eso —ordené, y los dos dieron un respingo antes de mirarme fijamente.

—Por el relato de Soy —musitó Kathleen—. Por un instante me ha parecido estar oyendo a la Dama.

Le cedió el diario a su compañero.

Le pregunté a Woo In con cautela:

—¿Cuántos me has dicho que sois?

—¿En el consejo de la Dama, quieres decir? Somos diez hasta el momento —respondió—. Tres se marcharon de An-Ileyoba con la Dama. A los demás nos encontró después del exilio.

—¿Dónde se escondió después de dejar Oluwan? —pregunté—. ¿Y por qué te ungió? Los miembros del consejo solamente representan a los reinos arits. Songland no forma parte del imperio.

—La Dama tiene en mente un nuevo tipo de imperio —respondió él en tono reverencial—. Es distinta de vuestro antepasado, Enoba. Él vetó el comercio de Songland con el resto del continente como castigo por negarnos a unirnos al imperio. Pero la Dama lo quiere cambiar todo. Por eso me ungió. Cuando sea emperatriz, Songland tendrá representación en el consejo arit, sin importar si nos unimos o no al imperio. Antes de que yo fuera tu niñero, hice campaña a favor de la Dama en Songland. Convencí a mi familia de que confiara en ella y le prestara ayuda de ser necesario.

Me costaba tener presente que Woo In era un príncipe. Buena parte de los redentores se habían criado en orfanatos, pues las familias, no pudiendo soportar el dolor de tener que sacrificarlos en el futuro, los abandonaban al nacer.

—¿Cómo fue? —le pregunté—. ¿Ser un príncipe que no estaba destinado a sobrevivir? Seguro que mi madre y tú teníais mucho en común.

—Lo teníamos y todavía lo tenemos. —Esbozó una sonrisa tensa—. Pero yo tuve más suerte que la Dama en lo concerniente a mis hermanos mayores. Aunque mi hermana Min Ja siempre me ha sobreprotegido. No ve con buenos ojos mi relación con la Dama.

—Todavía no entiendo por qué piensas que mi madre te ayudará. Nadie controla dónde nacen los redentores.

—Te lo dije hace mucho tiempo —respondió él—. Solo un radiante tiene la potestad de conocer el secreto del Tratado del Redentor. Enoba se aseguró de eso. La Dama sabe cómo rescatar a los redentores de Songland, pero no me puede revelar el proceso: me dijo que es demasiado intuitivo como para que una persona que no es radiante lo comprenda. —Apretó los labios con fuerza, como intentando que el secreto no lo irritara—. Es el único modo. Si la Dama llega a ser emperatriz y consigue liberar Songland, mi madre, la reina Hye Sun, me reconocerá como príncipe embajador. Seré el primer songlander que se sienta en los consejos del imperio arit.

Fruncí el ceño. Los abikus habían dado a entender que la selección de los redentores se producía al azar. Habían dicho: «La sangre decide». ¿Acaso mentían? ¿De verdad podía controlar la Dama dónde nacían los redentores?

—Es posible que lo explique aquí —murmuró Woo In, hojeando el diario con fervor. Lo miré con lástima. ¿Cómo tenía la Dama el valor de ocultarle secretos a un seguidor tan devoto como Woo In? ¿Y cómo era posible que él la amase tanto, que confiase en ella de todos modos?

Al momento me reí de mi propia hipocresía. Pues claro que Woo In confiaba en la Dama. Igual que una niña hambrienta de caricias, asomada a la ventana de su sala de estudio, había creído que asuntos importantes retenían a su madre lejos de casa.

Juntos, Woo In y yo encontramos varios volúmenes más de diarios y documentos de la Dama. Yo busqué pruebas de su rayo y leí acerca de sus intentos fallidos de localizar las legendarias máscaras de las radiantes. Mientras tanto, Woo In devoraba todos los libros que mencionaban Songland, aunque solo fuera una página. Pasaban las horas. Yo estaba de mal humor y tenía hambre, así que fui a recolectar con Kathleen al huerto encantado. Woo In se quedó en la vivienda de la Dama, moviendo los labios en silencio mientras leía de cabo a rabo sus documentos.

Cuando Kathleen y yo regresamos cargadas de mangos, el redentor estaba sentado contra el escritorio de la Dama, petrificado y con un diario abierto en el regazo. Tenía la mirada perdida en el infinito y su rostro había perdido el color.

—Por el relato de Am, Wo In. ¿Qué te pasa? —preguntó Kathleen al mismo tiempo que se arrodillaba para leer por encima de su hombro.

Él se apartó y tiró el diario contra la pared con un grito.

Yo contuve el aliento horrorizada. Al instante corrí a recoger el diario y eché un vistazo al lomo para comprobar que no hubiera sufrido daños. Cuando levanté la vista Woo In se había marchado. Perpleja, Kathleen corrió tras él.

El libro cayó abierto por la página que él estaba leyendo. La piel de cabritillo todavía estaba arrugada de la fuerza con que había aferrado el diario. La entrada no tenía fecha, como si la Dama se hubiera desahogado por escrito sin más.

Me pregunto si me perdonará.

Debería. Cuando menos, sería injusto por su parte odiarme. Songland comerciará con Aritsar, tal como le prometí. Tendrá su trono de embajador. Eso es más de lo que él habría soñado el día que lo encontré, cuando no era más que un joven príncipe huraño, un redentor que todavía se lamía las heridas del inframundo.

¿Soy cruel?

¿Estoy siendo menos leal de lo que me convendría?

La entrada se cortaba ahí y luego empezaba otra vez en una tinta algo distinta, como si la Dama hubiera abandonado el diario y lo hubiera retomado días más tarde.

Sus mercados prosperarán, había escrito a toda prisa, como si estuviera preocupada. *Las familias de Songland me darán las gracias cuando tengan las barrigas ahítas de maíz arit y las bolsas rebosantes de plata del imperio.*

¿Qué mejor consuelo por la pérdida de un hijo?

Además, si permito que el inframundo se lleve niños arits, el imperio jamás me permitirá gobernar. ¿De qué le serviría a nadie una emperatriz sin trono?

Otra interrupción. La entrada continuaba, esta vez con una letra regular y calmada.

Pagaré el precio de la paz, como hicieron mis antepasados antes que yo. Pero soy mejor que Enoba. No tomaré sin dar nada a cambio.

Las palabras eran un acertijo y una sensación fría me ascendió por la piel cuando di con la solución, una imagen que solo entendía a medias.

La Dama conocía (o fingió conocer) la manera de impedir que los songlandeses salieran escogidos como redentores. E hizo una promesa, una que no tenía intención de cumplir: «Pagaré el precio de la paz, como hicieron mis antepasados antes que yo».

Bajo su mandato, a pesar de su promesa, los niños de Songland seguirían siendo enviados al inframundo. La Dama había mentido a Woo In; lo había utilizado para hacerse con el control del ejército de Songland. Y, a juzgar por la rabia fría que había desencajado sus facciones, él no la perdonaría fácilmente.

CAPÍTULO 25

—Se ha ido —me dijo Kirah cuando regresé a la carpa de Melu—. Woo In acaba de marcharse con Hyung. Ni siquiera se ha despedido. —Intentaba adoptar un tono desenfadado—. Kathleen también se ha ido. ¿Qué ha pasado?

Demasiado aturdida para explicárselo, toqué la frente de Kirah y de Sanjeet para que exploraran mis recuerdos de la Casa Bhekina. A continuación les mostré el diario, así como el pequeño espejo de mano y la talla encantada, que había traído conmigo.

—La Dama hace bien en reinstaurar el comercio con Songland —observó Sanjeet con gravedad—. Si consigue derrocar al emperador, necesitará fuerzas para controlar la capital.

—A menos que Woo In convenza a su familia de que le retiren su apoyo —señalé yo.

—Al menos podría haberse despedido —murmuró Kirah.

Emprendimos el rumbo a An-Ileyoba esa misma tarde. Tomamos una ruta distinta de calamitas en esta ocasión, viajando por el corazón de Swana. Todavía evitábamos las ciudades, en parte por los disturbios que había provocado el Decreto de Unidad, pero también porque una llamativa nube de duendecillos se había empeñado en seguirme allá donde iba. Únicamente se dispersaron cuando abandonamos Swana y, varias semanas más tarde, una agradable noche, llegamos a Ciudad de Oluwan.

Yo esperaba que el Palacio de An-Ileyoba tuviera un aspecto distinto. Pensaba que el exterior reflejaría de algún modo mi interior, envuelto en sombras e incertidumbre. Pero las gigantescas banderas imperiales todavía caían orgullosas sobre los muros de arenisca. La música de los griots se elevaba desde los jardines. Los pavos reales se paseaban por el patio interponiéndose en el camino de criados y centinelas. Hasta el aire emanaba el mismo aroma de aceite de palma y cítricos. Habían reparado el Palacio Infantil tras el incendio de Woo In; el hollín y las vigas astilladas ya no lo afeaban. Las cúpulas rojas relucían al sol poniente y un pendón ondeaba al viento de la balaustrada más alta: el príncipe heredero y su consejo estaban en palacio.

—Están aquí —musité.

—El emperador los ha mandado regresar de Yorua. No han perdido ni un minuto —dijo Sanjeet—. Después de los disturbios, querrá que los consejos del príncipe y del emperador demuestren unidad.

Habían pasado dos meses desde la última vez que viera a Dayo y a mis otros hermanos del consejo. La presencia de Sanjeet y Kirah había suavizado los síntomas del mal del consejo: siempre y cuando hubiera al menos un hermano ungido a mi lado, la enfermedad no se agravaría y no me volvería completamente loca. Pero el rayo todavía me ataba a los miembros restantes de nuestra familia. Mi ser se resentía, como un cuerpo que funciona sin todas sus partes.

Ahora bien, si supieran lo que le había hecho a Dayo, ¿todavía me amarían? ¿Mayazatyl, Ai Ling, Umansa y los demás? ¿Querrían verme siquiera? Se me revolvieron las tripas cuando Sanjeet y Kirah mostraron nuestros sellos y los guardias de palacio se apresuraron a cedernos el paso.

—Cuánto me alegro de tenerlos con nosotros, sagradas eminencias —nos saludó una cortesana de palacio con voz cantarina mientras nos acompañaba por los pasillos de piedra pulida. Me acordaba de ella. Era Bimbola, una de las muchas doncellas del Palacio Infantil que cuidaban de nosotros cuando aún éramos candidatos. No debía de llevarme más de diez años. Cuando me tomó la mano para besarla, un recuerdo cruzó mi mente: sus dedos regordetes y cuidadosos peinándome con ordenadas trenzas de raíz. Era más amable que las otras doncellas, que me atizaban con el peine cuando me revolvía en el sitio—. El palacio parece tan vacío desde que acabaron las pruebas... —Suspiró—. Las esclavas tintineaban en su brazo según caminaba—. Ahora tengo un niño propio. A veces lo llevo al cuarto de juegos y le digo: «Mira, aquí es donde el príncipe heredero jugaba al pillapilla con su sagrada eminencia Tarisai. ¡Sí! Ella también fue una niña pequeña, igual que tú. Y mira, esa era la espada favorita de su sagrada eminencia Sanjeet. Tú también te harás mayor y defenderás al príncipe, igual que él, ¿verdad? —Bimbola sonrió con cariño—. Las alcobas están tal como las dejaron... Bueno, antes del incendio, al menos. Su joven alteza y su consejo acaban de sentarse a comer. Les hará tanta ilusión verlos...

Kirah se fijó en mis andares rígidos y mis manos sudorosas. *Lo entenderán si se lo explicas* —me dijo a través del rayo, adivinando mis miedos—. *Te perdonarán. Estoy segura.*

Pero ella no podía saberlo. Tal vez el consejo me hiciese el vacío por siempre. Quizá quisieran verme muerta. Además, ¿cómo podía explicarles los actos de la Dama? «Yo no tuve la culpa de haber apuñalado a Dayo —me imaginé diciendo—. La Dama piensa que soy una Kunleo y merezco el trono del príncipe». Encorvé los hombros para ocultar la cabeza. Esa explicación era peor que ninguna.

Me detuve en mitad del pasillo y Bimbola se volvió sorprendida.

—¿Pasa algo, sagrada eminencia Tarisai?

—No voy —dije.

Kirah le dirigió una sonrisa apresurada a la cortesana y me agarró del codo para llevarme aparte, bajando la voz.

—El consejo necesita verte —declaró con firmeza—. Si te sigues escondiendo, se van a preguntar si...

—No pondré la vida de Dayo en peligro otra vez.

—¿Y entonces dónde vas a vivir mientras estés aquí? ¿En un torreón cerrado a cal y canto?

—No es mala idea.

A pesar de las protestas de Kirah y de Sanjeet, le pedí a Bimbola que preparase una alcoba lo más alejada posible del Palacio Infantil. Perpleja, hizo una reverencia y se alejó a toda prisa.

—Alguien tendrá que vigilarme por las noches —le dije a Sanjeet—. ¿Quieres encargarte tú?

Asintió de mala gana, aunque Kirah lanzó un gemido.

—Venga, Tar. No eres un monstruo salvaje.

—No —repliqué—. Soy uno discreto e inteligente. —Le tendí el busto de la Dama—. Tampoco os voy a echar tanto de menos —mentí—. Veré el Palacio Infantil a través del espejo de madre. No dejes que me pierda demasiadas cosas.

Una hora más tarde, estaba a solas en una alcoba de paredes estrechas y un techo alto y umbrío. Bimbola me había mostrado distintas habitaciones ubicadas en la sección central de An-Ileyoba, todas ellas lujosamente amuebladas y con acceso directo a los patios. Yo las había rechazado todas. La desesperada cortesana había encontrado por fin una torre en la sección sur: el edificio más alejado del Palacio Infantil.

Las paredes eran de piedra arenisca suavizada y moteada, decoradas con tapices teñidos al barro. Habían barrido el suelo a toda prisa y lo habían cubierto con esteras de junco. Cerca del hogar yacía un jergón relleno de plumón que definitivamente pertenecía a otra alcoba. Una mesa, dos sillas envejecidas y un espejo oscurecido por el paso del tiempo constituían el mobiliario. Lo más importante: la única entrada era una puerta de madera con cerradura.

—Podemos extraerla de los goznes —había sugerido Bimbola con alegría—. Sustituirla por una cortinilla bonita quizá…

—La puerta se queda.

Hizo un ruidito de desaprobación.

—Bueno, al menos dejaremos este sitio presentable. Mandaré traer un cofre y una tarima o al menos unos almohadones.

Apenas la escuchaba mientras miraba por la única ventana, carente de vidrio.

Tenía vistas directas al Palacio Infantil. Las cúpulas se alzaban a lo lejos, en el extremo opuesto de An-Ileyoba, pero todavía alcanzaba a distinguir las ventanas arqueadas de la sala de sueños. Incapaz de resistirme, me saqué el espejo de la Dama del bolsillo.

Kirah había colocado el busto de la Dama en la repisa de una ventana desde la que se veía todo el salón. Perdí el aliento: mis hermanos ungidos, mis mejores amigos, estaban alborotando y riendo con las bocas abiertas en bromas que yo no podía oír. Inspeccionaban nuestros antiguos escondrijos, soltando risitas al ver los juguetes que tanto nos gustaban y buscando en la parte inferior de los muebles las iniciales que habíamos grabado.

Me planteé si enviar un latido a través del rayo, tentada de ver sus expresiones cuando mi voz resonara en sus mentes. «¿Me echáis de menos? ¿Me odiáis? Os añoro más de lo que nunca sabréis».

Pero no dije nada y volví a guardar el espejo. No estaba bien estropear su alegría. La maldición de la Dama era una carga que me correspondía solo a mí.

Bimbola me había prometido volver con un segundo jergón, por cuanto Sanjeet compartiría mi confinamiento. Cuando unos nudillos golpearon suavemente la puerta del torreón, yo estaba de nuevo en la ventana. El alféizar era tan profundo que ofrecía un asiento, desde el que miraba otra vez el Palacio Infantil. Todavía envuelta en el polvoriento paño de Tebogo, me abracé las rodillas cuando alguien entró en la alcoba.

—Llegas pronto —dije sin volverme—. Todavía no han traído tu cama.

Una voz aguda carraspeó. Bimbola, dos camareras de palacio y una guardia esperaban en el vano de la puerta en lugar de Sanjeet.

—El emperador la convoca, sagrada eminencia —dijo Bimbola, palpándose las esclavas con gesto nervioso.

Mi estómago mudó en piedra.

—¿Qué quiere?

La camarera enarcó las cejas ante la irreverencia de mi tono.

—No me lo ha dicho. Pero no puede reunirse con él tal como está. La acompañaremos a los baños. Quizá podría… —miró mi cabello de soslayo— ayudarla a asearse.

Pasados unos minutos me encontraba en un río somero y burbujeante que discurría por un suelo embaldosado. Hienas de piedra asomaban de la parte alta de los muros. El agua manaba de las sonrientes bocas de los animales, procedente del depósito que había en el tejado. La lluvia almacenada acariciaba mis caderas desnudas, y la luz del sol, que entraba a raudales a través de ventanas sin vidriar en forma de soles y lunas, me caldeaba la espalda.

Ya me había aseado otras veces en los baños, cuando era una niña que jugaba a salpicarse con decenas de candidatos. Ahora que estaba ungida, habían vaciado la cámara para ofrecerme intimidad.

Mis camareras se habían desnudado hasta quedarse en camisola y habían entrado en el agua conmigo para frotarme la piel y desenredarme el cabello.

—Está sofocada, su sagrada eminencia —me regañó Bimbola—. Sufre el mal del consejo. Cuanto antes regrese con sus hermanos ungidos, mejor.

Después del baño, las camareras untaron mis extremidades con manteca de karité para que brillaran y luego me marcaron con fragante bergamota los puntos donde se nota latir el pulso. Me negué a que Bimbola trenzara mi nebuloso cabello, pero accedí a llevar una gruesa trenza a modo de corona en el nacimiento del pelo. Mi nuevo atuendo consistía en una blusa color ocre y un paño envolvente azul cerúleo, con bordados amarillos en relieve. Como toque final, las camareras me aplicaron resplandeciente polvo de oro en la mandíbula y la clavícula mientras hacían aspavientos satisfechos.

Recorrimos los pasillos dorados de An-Ileyoba, hacia las profundidades del palacio, cada vez más cerca del corazón. El silencio se fue apoderando de las asistentes según avanzábamos por las relucientes baldosas viendo nuestros rostros reflejados en el ónice de mármol. Caminaba encaramada en la última moda de Oluwan: chinelas de piel con unas suelas de altura precaria.

Alguien dobló un recodo del pasillo casi estampándose contra nosotras. Mis camareras se apresuraron a rodearme expresando su desaprobación... hasta que reconocieron a la recién llegada.

—Sagrada eminencia Mbali —balbuceó Bimbola mientras todas hacían una reverencia.

Yo traté de agacharme también, pero Mbali me aferró por los hombros. El dije de pelícano subía y bajaba en su pecho y su túnica de sacerdotisa estaba arrugada, como si hubiera cruzado corriendo todo An-Ileyoba. Me clavó los dedos en los brazos.

—He mirado... en el Palacio Infantil —resolló—. No estabas allí. Gracias a Soy que te he encontrado antes de que... —Echó un vistazo a su espalda, donde asomaban las puertas de madera que daban a las estancias de Olugbade—. Acuérdate del árbol del mango.

Negué con la cabeza.

—Sagrada eminencia, no entien...

—Cuando llegaste a palacio, extrajiste un relato de mi mente. —Mbali me sujetó con más fuerza—. Recuerda lo que pasó cuando el niño le cogió miedo a su árbol. Lo cortó. Le quemó las ramas. Pero mientras el árbol se quede en la maceta, mientras el niño piense que nunca crecerá, el chico estará contento. Recuérdalo, Tarisai.

Noté el martilleo de mi corazón. No me soltó hasta que asentí. Entonces se echó a un lado y nos dejó pasar. Cuando me volví a mirar, Mbali se había marchado.

Entramos en la antecámara imperial, un distribuidor redondeado y dorado que conectaba con la sección personal de Olugbade y su consejo. Mis camareras se despidieron y dos guerreros de la Guardia Imperial las remplazaron para acompañarme a una pequeña estancia de luz cálida. A continuación la cortina cayó a mi espalda y me quedé a solas con el emperador de Aritsar.

Él estaba de espaldas a mí, hurgando el fuego del pequeño hogar con un atizador. Era más bajito de lo que yo recordaba: fornido pero de corta estatura, con ralos rizos cenicientos y un atuendo que podría pasar desapercibido entre una multitud. La cámara estaba decorada con tapices modestos y carecía de ventanas; la antigua alcoba de un criado convertida en sala de estudio. Una llamativa muestra de humildad.

Sin hacer ruido, tomé la piedra del sol que llevaba colgada al cuello y me la escondí debajo de la blusa. Luego me arrodillé detrás del hombre y murmuré:

—Su majestad imperial.

Cuando se dio la vuelta, uní las manos para disimular el temblor que las poseía. Había olvidado lo mucho que el emperador se parecía a Dayo. Los mismos labios gruesos e idéntica sonrisa súbita y contagiosa, aunque la de este carecía del resplandor de la inocencia.

—La favorita de mi hijo —me saludó.

Recordé el árbol del mango.

—El príncipe heredero de Aritsar no tiene favoritos, su majestad imperial —respondí, recitando el catecismo que había memorizado en mis tiempos de candidata—. Un radiante ama por igual a todos los miembros de su consejo y gobierna Aritsar con justicia equitativa.

—Qué bien te lo has aprendido —respondió, y yo levanté la vista justo a tiempo de ver que había tensado la mandíbula y una vena le latía en la frente. Pero la expresión se esfumó y el semblante campechano y paternal que tanto amaba el imperio la remplazó—. Levántate, hija —me pidió. La máscara de león brilló en su pecho y su melena rayada destelló a la luz del fuego—. Y dime por qué te marchaste de la fortaleza Yorua al día siguiente de la verbena de Nu'ina.

—Fui a investigar, su majestad imperial —le dije, incorporándome—. Me sentía agobiada en Yorua. Quería ver cómo afectan nuestras leyes a los ciudadanos.

—Un deseo muy natural —fue la respuesta de Olugbade— y que te honra. Pero debes de saber la impresión que causan tus acciones. Mis fuerzas apresaron a la Dama la noche de Nu'ina y tú te marchaste al día siguiente. No estoy enfadado. Sé que debe de haberte resultado duro quedarte al margen, sabiendo que tu madre estaba en peligro.

Su voz emanaba tanta comprensión que estuve a punto de asentir. Pero la mirada atormentada de Mbali seguía demasiado fresca en mi mente.

—Cuando me marché no sabía que habían capturado a la Dama, su majestad imperial —dije, esquivando con facilidad la trampa de sus palabras—. Kirah me lo contó a su llegada a Swana.

Ladeó la cabeza.

—Tu madre tiene muchos amigos en ese reino.

—Eso imagino, su majestad imperial. Fue allí donde me crio. ¿Es oriunda de esas tierras?

—No, ella… —Olugbade se interrumpió y su apariencia tranquila patinó mientras trataba de decidir cuánto sabía yo. Parpadeé, haciendo lo posible por parecer una pánfila. Finalmente preguntó:

—¿Por qué crees que tu madre está en la cárcel, Tarisai?

Fingí meditarlo.

—He oído que fue capturada cerca de la fortaleza Yorua, tratando de entrar. Es posible que quisiera visitarme. Debería haber sido más lista —añadí—. Todo el mundo sabe que a los miembros del consejo del príncipe no se les permite ver a sus padres. Nadie está por encima de la ley.

—Nadie, en efecto. —Olugbade asintió—. Y por eso condenarás a la Dama a muerte en tu primer fallo, dentro de un mes.

Estuve a punto de desmayarme de la impresión.

—Yo... —Tenía la boca seca—. Su sagrada eminencia Thaddace tiene pensado un decreto distinto, su majestad imperial. Ha pensado en... una fiesta. Para los huérfanos.

—Thaddace está al corriente del cambio —dijo el emperador—. Si queremos que los ciudadanos te acepten como juez suprema, debes demostrar una lealtad absoluta. Una adhesión total al imperio. Pero quizá tu amor por la Dama es demasiado grande. Yo lo entendería, Tarisai. Cualquier padre se haría cargo. Si piensas que la tarea sobrepasa tus capacidades, debes decírmelo.

—Yo... —La advertencia de Mbali me estrujó la garganta. Debía ser un árbol que adora su maceta. Procuré hablar en un tono dócil—. No era consciente de que el castigo por entrar en una propiedad privada fuese la muerte, su majestad imperial.

—Tú no entiendes los cargos. —Olugbade se forzó a esbozar una sonrisa compasiva—. Hace muchos años, la Dama cometió un acto de traición. Orquestó un golpe de Estado y trató de volver en mi contra a mis candidatos. Yo demostré mi magnanimidad al permitir que escapara, pero su constante desprecio por la ley me ha obligado a tomar medidas severas.

«Mentiras —latía mi corazón—. Mentiras, mentiras, mentiras».

—Ningún miembro de la corte ha vuelto a ver a la Dama desde que era una niña —prosiguió Olugbade—. Pocas personas, si acaso alguna, han relacionado a la mujer que mantengo presa con la niña traidora de hace treinta años. Por tu seguridad preferiría que siguiera siendo así. Los chismosos de la corte solo saben que he encarcelado a tu madre, una swana delirante, por crímenes contra el imperio.

No trataba de protegerme a mí. Tenía miedo de que algún habitante de la corte reconociera a la Dama y se reavivaran los rumores sobre una segunda radiante.

—Si mi madre es una traidora —pregunté, haciendo lo posible por no alzar la voz—, ¿por qué permitió que Dayo me ungiera?

—Porque ya iba siendo hora de reescribir el pasado.

Nos miramos a los ojos. Entendí en ese momento la verdadera razón de que yo hubiera sobrevivido siendo niña en el palacio de Olugbade. No me había asesinado porque hacerlo habría sido admitir la posibilidad de que yo fuera radiante. Asesinándome reconocía que tal vez la Dama hubiera tenido razón todo el tiempo.

Olugbade me había visto crecer junto a su hijo, había observado mi servilismo, mi sumisión en mi jaula de oro..., y había disfrutado de una paz mental que mi muerte no le habría procurado. Mi primer fallo sería su victoria definitiva. La prueba final de que un solo rayo gobernaba Aritsar. Mbali lo supo todo el tiempo y su mensaje en el pasillo fue muy claro: sobrevive.

—Nadie está por encima de la ley, su majestad imperial —repetí, e hice una reverencia comedida—. Estoy deseando que llegue mi primer fallo.

Cuando abandoné por fin los aposentos de Olugbade, mis camareras me rodearon en el pasillo haciendo muchos aspavientos.

—¿Ha sido aterrador, sagrada eminencia? —me preguntó Bimbola en tono ansioso—. ¡Por el relato de Soy! Pero mire cómo le tiemblan las manos. Y tiene los dedos fríos como rocas...

—Llevadme con ella. Ahora. —Yo tenía la voz ronca—. Quiero ver a la Dama.

CUARTA PARTE

CAPÍTULO 26

Su morada también era un torreón, pero, a diferencia de mí, la Dama no había escogido el suyo. La prisión a cielo abierto de An-Ileyoba estaba ubicada en una azotea que daba al patio norte y la mayoría de los niños conocían su existencia por una rima infantil:

Abajo en el infierno se pudren los ladrones, ladrones, ladrones.
Al cielo allá en lo alto envían a traidores, traidores, traidores.

Por lo general, se confinaba a los reos a las mazmorras de palacio. Pero el Cielo (como habían apodado los cortesanos a los torreones que se perdían en las nubes, sin paredes y con una caída de picado de diez pisos de altura) estaba reservado a los enemigos personales del emperador. La idea era buena: ningún guardia iba a vigilar mejor a un prisionero que una multitud de cortesanos mirando de hito en hito al preso. Día y noche, los visitantes forzaban la vista desde el patio para observar cómo dormía y comía esa figura lejana y quemada por el sol. El público se apartaba entre risitas cuando el prisionero o la prisionera vomitaba o hacía sus necesidades por encima del borde.

Siendo una niña que vivía en An-Ileyoba, nunca me había atrevido a creer que los prisioneros del Cielo fueran reales. No eran sino sombras contra el firmamento y sus gritos de angustia sonaban tan débiles que podíamos fingir que estábamos oyendo los graznidos de los pájaros o el aullido del viento entre los torreones.

Una escalera en el interior de la torre conducía a un rellano desde el cual una única puerta daba acceso al Cielo. Noté el hedor del tejado mucho antes de que mis camareras abrieran la puerta: el tufo nauseabundo y dulzón de las heces y la orina. La puerta enrejada contaba con una compuerta en la parte inferior. Había dos cubos al otro lado, uno con agua y el otro cubierto de porquería reseca y moscas. Una pareja de impertérritos guardias vigilaban el rellano, iluminado a duras penas por una lámpara en el suelo. En el tejado se atisbaba un bulto rígido pegado contra la puerta como si intentara guarecerse del viento nocturno.

Madre.

Notaba los labios petrificados, pero debí de pronunciar la palabra en voz alta. El bulto se movió y unas manos agrietadas se aferraron a los barrotes. A continuación se dejó oír una voz pausada y elegante.

—Mi querida hija.

Con solo tres palabras, dieciséis años de abandono se evaporaron. Yo ya no era su sagrada eminencia Tarisai, la futura juez suprema. Ella ya no era la Dama, una titiritera que me había obligado a cometer un intento de asesinato.

Yo era una niña pequeña en una fría sala de estudio y ella era mi fuente de calor: la única que me acariciaba, que me amaba, que no me temía.

Dejé que los guardias me cachearan en busca de ganzúas y armas. Luego los soborné para que me dejaran hablar con ella a solas. Cuando me arrodillé junto a la puerta, la Dama alargó los brazos para acariciar mi cabellera suelta.

—Esto debe de ser reciente —observó—. Mis espías no me informaron de ello.

La voz ronca de la Dama seguía siendo musical, aunque su comentario mudó en una tos débil.

—Te he echado de menos —le dije.

Ella rio e hizo chasquear la lengua.

—Venga, venga, ser de mi ser. Las dos sabemos que eso no es verdad.

Las palabras me dolieron.

—Fingías marcharte —le reproché, apartándome—. Cuando era niña. Me mentías y te escondías en la Casa Bhekina, aunque yo lloraba por ti cada noche.

Ella suspiró.

—Los niños son siempre tan desagradecidos…

—¿Qué? Madre, yo…

—Tuviste una infancia maravillosa.

Lo dijo con tal convencimiento que empecé a dudar de mis propios recuerdos. Puede que no hubiera sido tan desgraciada, encerrada en aquella sala de estudio sin luz. Puede que no me hubiera tirado al hogar ni llorado hasta que caía dormida cuando se marchaba.

—Fuiste muy feliz —prosiguió—. Te proporcionaba todas las comodidades que necesitabas y tú me lo pagaste con odio. Decidiste olvidar a tu propia madre.

—Yo no te odio.

No era así como había imaginado nuestra reunión. Había visualizado a una Dama sonriente cuando me viese en el rellano, que me abrazaba a través de los barrotes mientras llorábamos en mutuo abrazo. Yo pensaba que me hablaría de sus años pasados en el exilio, de su infancia como reina bandida. Tenía pensado relatarle mi propia vida, narrarle las aventuras que sus espías nunca podrían contarle.

En vez de eso, la Dama se cruzó de brazos y miró por encima de mi cabeza. Sus facciones exhibían un gesto severo, ofendido, como una reina traicionada por su vasallo.

—Tenía miedo —protesté—. Me ordenaste matar a una persona. A un niño inocente.

—Todo lo que te dije —replicó—, todo lo que hice, fue por ti. Por nuestro futuro juntas.

—Tú nunca me dijiste nada. Yo no sabía… —me interrumpí y eché una ojeada a los guardias que esperaban en el otro extremo del rellano. Bajé la voz todavía más—. Yo no sabía que tú querías ser emperatriz. Pero Melu me lo contó todo acerca de las máscaras de Aiyetoro. Y… acerca de ti.

El blanco de los ojos de la Dama destelló.

—Pues Melu es un necio —gruñó— y te ha colocado en grave peligro. Si el mocoso de Olugbade averigua alguna vez que tienes derecho a su trono…

—Yo no quiero el trono de Dayo, madre. Y, aunque lo quisiera, nunca le haría daño. No puedo. No lo haré.

Una taza deslustrada descansaba al alcance de su mano. La hundió en el agua turbia del cubo y bebió.

—¿Te enseñó Melu —me preguntó— lo que me hizo el padre de tu querido príncipe?

—No debería haberte desterrado. Ya sé que eso estuvo mal. Pero Dayo no es responsable…

—¿Te enseñó Melu lo que le pasa a una niña criada en un palacio cuando la arrojan a las calles?

Se me cayó el alma a los pies. Negué con la cabeza.

Ella siguió hablando en el mismo tono frío.

—¿Te mostró Melu los verdugones de mi cuerpo? ¿Las cicatrices que nunca desaparecen? ¿Te mostró el hambre y el frío? ¿O se calló todas esas cosas para protegerte, como yo te protegí en la Casa Bhekina, donde nunca sentiste hambre ni soportaste un solo día de sufrimiento?

Noté el ardor de la vergüenza en el rostro.

—No pretendía ser desagradecida —balbuceé—. Lo siento, madre. Todo.

—Y yo te perdonaré —respondió—, porque eres mía. Pero todos esos años bajo el control de Olugbade te han convertido en un ser débil. —Suspiró—. Esperaba más de ti, ser de mi ser.

Tragué saliva y le pedí:

—Pronuncia mi nombre, madre.

Se le crispó la mandíbula. Apretó los labios y guardó silencio.

—Nunca lo has dicho —dije, aferrando los barrotes—. Solo… Solo quiero oírtelo decir.

Las lágrimas brillaron en sus tersas mejillas.

—Así pues, Olugbade ha ganado, al fin y al cabo. Te ha convencido de que reniegues de mí. Te duele ser carne de mi carne, te avergüenza.

—No. No, madre, yo solo…

—Le vas a dejar que envenene tu mente. Vas a repudiar a tu propia sangre, a tu propia familia.

Una ola de vergüenza me inundó. Recordé que, pocos minutos antes, me había inclinado ante el emperador con una sonrisa dócil en el rostro. Ante la misma persona que había firmado la sentencia de muerte de mi madre.

—No te abandonaré —susurré.

—Qué coincidencia —murmuró la Dama—. Eso fue lo que dijo Woo In hace meses, cuando me capturaron. Le dije que tu seguridad era más importante. Pero aquí estás tú, sana y salva…, y él no aparece por ninguna parte. Pues vaya con los votos del consejo.

—Woo In leyó tu diario en la Casa Bhekina —le dije—. Piensa que lo has traicionado.

Por primera vez la Dama mostró intranquilidad. Toqueteó el raído manto de su túnica mientras musitaba casi para sí:

—Me perdonará, eso seguro. Me ama. Es mío, igual que todos los demás.

—¿Qué es la maldición del redentor? ¿Por qué Woo In pensaba que tú podías controlarla?

La Dama hundió su taza de nuevo. Vertiendo agua sobre sus dedos, se lavó la sangre reseca hasta que se formó un charco rosado en el suelo.

—¿Sabes por qué tú estás más cualificada para gobernar Aritsar que ese inepto del príncipe Kunleo? —preguntó—. Porque tu sangre es más poderosa. Gracias a Melu y a mí, por tus venas corre sangre de la realeza tanto mortal como inmortal. Cuando unjas a tu propio consejo, les transmitirás a ellos ese poderío, igual que su sangre fluirá a ti. Un poder como ese requiere tomar decisiones, ser de mi ser. Y, digas lo que digas, hagas las promesas que hagas, siempre debes escoger tu propia preservación.

Se me revolvieron las tripas.

—Debería irme. —Me levanté y me aparté de los barrotes—. Vendré a visitarte; te ayudaré. No te preocupes.

—Nunca me has preocupado, hija. —La Dama suspiró y me dio la espalda—. Solo me has decepcionado.

◎∘◎∘◎∘◎

Cuando regresé a mi torre tenía la esperanza de pasar un rato a solas para poder liberar las lágrimas que se acumulaban con cada paso que me alejaba del Cielo.

Pero la habitación se había convertido en un gallinero repleto de sirvientes que correteaban de acá para allá colocando muebles y almohadones mientras Sanjeet se encorvaba incómodo en el centro, sin saber qué hacer. Un criado arrastró otro camastro a la habitación y me pidió instrucciones antes de dejarlo.

—¿Sus sagradas eminencias necesitan… contacto? —nos preguntó el criado que dirigía la operación a mí y a Sanjeet—. Podemos conectar los jergones.

—Pues claro que la chica necesita tocarlo —replicó Bimbola, cuyas esclavas tintinearon cuando soltó una risita—. Sus sagradas eminencias deben mantener a raya el mal del consejo. Quizá sería mejor que compartieran…

—No —soltamos Sanjeet y yo al unísono. Nos miramos un instante y nuestras caras enrojecieron hasta las orejas.

—Su sagrada eminencia Sanjeet está aquí como guardia personal —anuncié en tono tenso—. Dos jergones separados nos vendrán bien. Solo tiene que dormir entre el mío y la puerta.

El criado colocó las camas alineadas, pero luego nos miró de reojo y las unió. Mis camareras encendieron un fuego en el hogar y dejaron jofainas para que pudiéramos lavarnos. A continuación nos desvistieron y, lanzando risitas nerviosas, desaparecieron.

Habíamos compartido habitación en otras ocasiones, por descontado. En las diversas posadas de camino a Swana y bajo la carpa de Melu, en la sabana. Mientras estábamos de viaje, escapando de la muerte a manos de los espíritus del chaparral o rodeados de duendecillos tutsus en la búsqueda de un ehru mágico, los convencionalismos apenas importaban. Pero al estar allí las cosas eran distintas. En palacio, rodeados de susurros ocultos y tapices perfumados, el espacio se me antojaba… tórrido. Cargado.

Azorada, me senté en uno de los camastros y le di la espalda a Sanjeet. Me entretuve envolviéndome el pelo con el turbante de noche. Él carraspeó para aclararse la garganta y luego se retiró a la jofaina. Cada sonido se amplificaba hasta el infinito: el roce de la seda contra mis oídos según me envolvía la cabeza, el chapoteo del agua contra su piel.

Me deslicé bajo la ropa de cama y oí a Sanjeet acostarse en su jergón. Aspiré el aroma del agua de rosas que desprendía su pelo mezclado con su olor a cuero y arcilla. Durante varios minutos guardamos un silencio poco natural. Luego una brisa silbó en la ventana y yo me acordé de la Dama, sola y expuesta a los elementos en el torreón de An-Ileyoba. Se me cortó el aliento. Lo que debía haber sido una respiración mudó en un sollozo largo y quedo.

Sanjeet titubeó antes de volverse de lado y acariciarme el brazo.

—Las camareras dicen que la has visto —musitó—. No sabía si querrías hablar de ello.

—Soy una persona horrible —susurré.

—Las he conocido peores.

No sé por qué, pero su cruda sinceridad me hizo reír. Me volví y le toqué la frente para mostrarle mi conversación con la Dama.

—Solo era una niña cuando el emperador la desterró —le dije una vez que el recuerdo concluyó—. Sufrió maltrato y abandono durante años, y lo único que hice yo fue hacerle más daño. ¿Cómo he podido ser tan desagradecida?

Sanjeet me miró como si yo hubiera perdido el juicio.

—Te privó de afecto —dijo—. Adrede. Prohibió a todo el mundo que te tocara. Todo para que no descubrieras nada que pudiera estropear sus planes.

—Todo para mantenerme a salvo —señalé.

—Permitió que hicieras un amigo por primera vez en tu vida —añadió despacio— y te ordenó matarlo.

Fruncí el ceño en la oscuridad.

—Pero ella intentaba ofrecerme un futuro. Arriesgó cuanto tenía y yo la olvidé a propósito. Piensa que la odio. Que deseo que el emperador acabe con su vida…

—Te está manipulando, como ha hecho siempre. Ha logrado que te avergonzaras de querer oír tu propio nombre. Tar, ¿cómo puedes pensar que el amor es eso?

—No… No lo sé. —Me enjugué la nariz y me encogí de hombros—. Madre solo hay una, Jeet. Es lo mismo que tu padre. Te lastimó, pero ¿te puedes imaginar, imaginar de verdad, que fuera otro?

Sanjeet guardó silencio un buen rato y por fin tragó saliva una vez.

—No, no puedo.

Desde que las camareras nos habían dejado solos, había evitado su mirada. Ahora la busqué y vi reflejados en ella mis propios fantasmas. En ese instante la maldición que nos habían legado nuestros padres —los monstruos a los que amábamos y temíamos, las cicatrices que recorrían nuestros cuerpos— nos anudaron juntos.

—No debería haberlo mencionado —dije—. Perdona.

—No pasa nada. —Negó con un movimiento de la cabeza, sonriendo con tristeza—. Supongo que el único regalo que me hizo mi padre fue ser capaz de entenderte. —Su dedo pulgar acarició mi rostro surcado de lágrimas—. Ser capaz de compartir tu carga.

—Yo no quiero compartirla, Jeet. Si vuelvo a hundirme, no voy a arrastrar a nadie más conmigo.

—Ese es el problema, niña sol. —Su voz era apenas un rumor en su garganta—. No puedo evitar que tú me arrastres.

Me besó. Era la primera vez desde la verbena de Nu'ina, la noche que me abrazó contra la marea del océano Obasi. Yo ansiaba perderme en la solidez de sus brazos, creer la promesa de cada caricia: no eres peligrosa. No estás maldita. Nunca le harás daño a nadie; solo inspirarás amor.

Cuando nos despegamos, Sanjeet desató la bolsita que llevaba al cuello con mi sello. Presionó el anillo contra la palma de mi mano y no me dejó devolvérselo. Algo más cayó de la bolsa y destelló a la mortecina luz del fuego: la pulsera para el tobillo con la concha de cauri. Sanjeet desabrochó el cierre y me habló a través del rayo.

Te quiero.

Pero yo sabía, en el fondo de mi corazón, que el amor nunca había transformado a nadie. Solo te daba las fuerzas necesarias para intentarlo una vez y otra y otra más. Así que cuando Sanjeet alargó las manos hacia mi pie en el borde del jergón... desplacé la pierna y le dije:

—No puedo ofrecerte algo que no poseo.

—Yo no quiero algo. Te quiero a ti.

Cerré sus dedos en torno a la pulsera tobillera.

—Y yo no soy mi propia dueña. No mientras la Dama me siga controlando. Yo también te amo, Jeet, pero no puedes ser mi salvador.

—Bueno, no pienso ser tu carcelero —replicó—. ¿Qué puedo ser?

Sostuve su fuerte puño contra mis labios y le acaricié las cicatrices.

—Mi esperanza —dije—. En un futuro en el que besarte no sea peligroso.

Un futuro, añadí mentalmente, en el que ningún niño arrastre maldiciones y todas las hijas tengan nombre.

CAPÍTULO 27

Apoyé la cabeza en el pecho de Sanjeet y me dormí acunada por el latido de su corazón. Al principio soñé que era yo misma persiguiendo el aroma del jazmín por pasillos largos y abandonados. Luego era un chico de doce años con las extremidades demasiado largas para mi cuerpo.

Un estrecho balcón es mi refugio en una calle que huele a cardamomo. Adoro la ciudad insomne de Vhraipur, aunque padre ha hecho todo lo que está en su poder para que la odie. Unas voces puras flotan desde el templo que hay al otro lado de la calle, donde los jóvenes acólitos cantan en el tejado. Una sacerdotisa del Ascua baila ante el altar; sus brazos y piernas pintados brillan a la luz de la luna. Con cada salto de su cuerpo un rayo de luz se eleva al cielo y se disuelve en suaves nubes rojas y moradas: una oración visible. Los niños alaban al Fabulador y al Señor del Fuego conjuntamente: ten piedad. Concédenos justicia. Que arda, que arda, que arda.

Imito los poderosos movimientos de las sacerdotisas mientras elevo mi propia oración. «Protege a amah. Castiga a padre. Haz que sea valiente, valiente, valiente».

El susurro de las cortinas me sobresalta. Bajo los brazos y finjo golpear el aire. —Estoy practicando —murmuro—. Para la lucha de mañana.

Pero no es padre. Amah ríe desde la puerta del balcón.

—Estabas bailando —dice a la vez que me acaricia la mejilla. Soy más alto que mi madre, pero aun así agacho la cabeza, avergonzado de mi mentirijilla. Ella huele a hinojo. Lisa muselina rosa envuelve su robusta figura y el cabello oscuro y rizado le cae hasta la cintura en una trenza veteada de gris.

Levanto la mano para tocarle los dedos. Entonces, justo a tiempo, recuerdo que mis manos son peligrosas. Me aparto.

—No se lo digas a padre —le pido.

—No lo haré. Pero es tan hermoso tu rezo. ¿Te gustaría ser un bailarín del templo?

Estoy a punto de resoplar. Como si mi padre fuera a permitir que me acercara al templo o a cualquier edificio que no dé dinero. En vez de eso me encojo de hombros, porque no quiero herir los sentimientos de amah. En ocasiones, cuando cree que estoy durmiendo después de un día de peleas, se sienta en mi jergón y me observa. Le tiemblan las manos mientras venda mis verdugones y enjuga la sangre seca de mis nudillos. Maldice el dinero que cae de mi camisa. Las monedas que me arrojan después de cada victoria. Monedas que padre no ha visto. Soy un animal muy cotizado: un héroe en esta ciudad que apuesta a los niños como si fueran caballos.

—Así estoy bien. —Es mi respuesta.

—Ningún niño —susurra amah— al que obligan a matar está bien. —El nombre de Sendhil flota tácito entre los dos—. ¿Qué quieres ser, hijo mío? ¿Herrero? ¿Curandero? Te he visto arreglar huesos. Percibes las enfermedades y encuentras las contusiones antes de que aparezca el cardenal. Tienes un don, Jeeti. Dile a amah lo que quieres.

Me rodea el cuerpo con los brazos. Yo ansío devolverle el abrazo.

—Suéltame —le digo sin moverme ni un milímetro—. Podría hacerte daño sin querer.

—Aprenderás a controlar tu fuerza. El príncipe Ekundayo está creando su consejo y necesitan candidatos de Dhyrma. Tu Gracia te ofrece un camino a Oluwan, hijo mío. Una salida.

Sus ojos fulguran y advierto que tiene una marca morada en el hombro.

—¿Qué es eso? —Hay dagas en mi voz.

Ella se aparta cubriendo a toda prisa el cardenal con el chal.

—Me he caído. No es nada.

—Ha sido padre —gruño.

—No es nada —repite y me hace callar con una mirada feroz de protección—. Te sacaré de aquí. Te enviaré lejos de esta casa, de esta ciudad. No te convertirás en el hombre con el que me casé. Eso lo tengo claro. —Se pone de puntillas y me besa la mejilla—. Jamás te ganarás la vida provocando dolor.

◉·◉·◉·◉

Los golpes de unos nudillos contra la madera me despertaron del sueño de Sanjeet, inducido por sus recuerdos. Nos incorporamos y nos obligamos a abrir los ojos para mirar amodorrados al guerrero imperial que entraba en la alcoba y nos saludaba con una reverencia. Bimbola y mis otras camareras correteaban tras él.

—Mis disculpas, sagradas eminencias —resolló Bimbola—. Le hemos dicho que todavía dormían.

El guerrero me tendió una vitela a mí y le ofreció otra a Sanjeet. Los mensajes llevaban el sello del emperador.

Mi orden de comparecencia era de Thaddace. Tenía que presentarme en la Biblioteca Imperial, donde daría comienzo a mi investigación para el proceso contra la Dama. Cuando leí mi citación en voz alta, Bimbola hizo ruiditos de protesta.

—Arderá de fiebre —objetó, desafiando al guerrero con los brazos en jarras—. ¿Espera que una ungida pase horas separada de su consejo?

El guerrero inclinó la cabeza.

—Hoy el consejo del príncipe estará estudiando en la Biblioteca Imperial. Su sagrada eminencia Tarisai tendrá compañía.

—Prefiero estudiar a solas —le espeté. Al momento añadí—: O con Jeet.

Pero Sanjeet hizo un gesto de negación con la cabeza. Un momento atrás su rostro todavía conservaba la suavidad del sueño, libre de sombras y arrugas. Tan pronto como leyó su orden de comparecencia la expresión pétrea asomó de nuevo a su semblante.

—El general supremo requiere que Dayo y yo nos unamos a la Guardia Imperial en sus ejercicios militares.

—¿En sus ejercicios? —Torcí el gesto—. ¿Para qué?

—Para la «represión de los disidentes». —Contuvo una mueca—. Practicaremos el control de antidisturbios.

Recordando al niño de mi sueño que tenía miedo de sus propias manos, acaricié el brazo de Sanjeet. Las camareras se fijaron en el gesto y, entre risitas, empezaron a charlar a nuestra espalda mientras traían bandejas con el desayuno. Después de comer nos vistieron con atuendos a juego y canturrearon de orgullo al terminar. Al parecer, ni siquiera el Decreto de Unidad era capaz de convencer a las cortesanas de palacio de que sustituyeran las hermosas galas de sus tierras natales por prendas del imperio, si bien me pregunté cuánto tiempo pasaría antes de que la recomendación fuera obligatoria. Sobre su austero uniforme imperial, Sanjeet llevaba un paño negro de satinado *jacquard* entretejido con motivos dorados. Yo llevaba una toga de la misma tela abierta sobre un vestido de la misma tonalidad que mi tez con el escote abrochado al cuello. La cola del vestido, de color tierra, susurraba a mi zaga según yo caminaba en equilibrio sobre unas chinelas de suelas altas. Volví a esconder la piedra del sol bajo las prendas.

La Biblioteca Imperial se alzaba justo pasadas las verjas de An-Ileyoba; era un castillo en sí misma. Globos con duendecillos cautivos iluminaban los inmensos techos decorados con murales y las paredes resplandecían con un tapizado de batik. Libros negros, marrones y escarlatas se acumulaban en los pasillos con los títulos repujados en los lomos de piel de becerro. Palmas y flores de perales se derramaban desde los floreros e impregnaban el aire con sus aromas. El tenor puro de un griot flotaba sobre el rumor de susurros estudiosos.

Todas las familias del imperio recibían lazos de biblioteca después de pagar la tasa imperial. Los lazos de los sabios eran negros y permitían cinco visitas a la semana. Los de los nobles eran azules y valían para tres visitas. Los lazos grises de mercaderes y campesinos les granjeaban una visita al mes. Cuando mostré mi sello, los guardias me cedieron el paso sin pronunciar palabra. No había límite para el conocimiento de un ungido.

El techo de la sala principal era uno de los más antiguos de Oluwan. Contaba con un mural encargado en su día por la primera suma sacerdotisa imperial. Era una obra singular. La mayoría de los murales representaban una historia, por lo general una batalla o una coronación. El de la Biblioteca Imperial, si bien un tanto desvaído, mostraba dos discos de oro solapados y rodeados por un círculo de manos unidas, cada una de un tono distinto.

—¿Quién pintó eso? —le pregunté al encargado de la biblioteca al tiempo que intentaba recordar dónde había visto antes esa imagen—. ¿Sabe lo que significa?

El hombre, ataviado con una pesada túnica, frunció el ceño y se rascó el cabello de tono ceniciento.

—Me temo que no, sagrada eminencia. Aiyetoro encargó el mural en los tiempos en que se construyó la biblioteca. La mayoría de documentos relevantes desaparecieron hace siglos.

—¿Aiyetoro? —repetí. Recordé entonces dónde había visto el símbolo de los discos y las manos unidas: sutilmente grabado en el borde del tambor de Aiyetoro—. ¿Ella mandó construir la Biblioteca Imperial?

El ceño del bibliotecario se acentuó cuando asintió.

—Sí. Para Aiyetoro Kunleo era muy importante acercar el conocimiento al pueblo. Demasiado importante, en mi franca opinión. En manos de las personas equivocadas, al fin y al cabo, el conocimiento es peligroso.

—¿Como en las de una emperatriz que no debería haber existido?

—¿Disculpe, sagrada eminencia?

—Da igual.

En alguna parte del vasto edificio resonaba un grupo de voces que conocía bien y que me inundaron de anhelo y temor. Allí estaban: mis hermanos ungidos, charlando y riendo. Rogué para que no me vieran mientras seguía al encargado, que me condujo a una sala de estudio privada.

Una lámpara iluminaba la exigua habitación, que estaba cubierta de pieles de león. En el centro, un escritorio de tipo reclinatorio se curvaba en torno a un gran almohadón rojo.

—Su sagrada eminencia, el juez supremo ha tenido la amabilidad de prestarle ayuda previa buscando fuentes para usted —me informó el bibliotecario señalando los libros y documentos amontonados en el escritorio—. Le envía disculpas por no poder acompañarla. Complicaciones relativas a la aplicación del Decreto de Unidad lo han… retenido.

El hombre me dedicó una circunspecta reverencia e indicó a mis camareras que esperaran al otro lado de la puerta, preparadas para ir a buscar más volúmenes polvorientos si yo los necesitaba. Tras eso me dejó a solas.

Con un suspiro, me arrodillé tras el frío escritorio en el rígido almohadón ribeteado de borlas. Las pilas de libros y documentos estaban etiquetadas con pulcritud. Miré la nota del primer montón: «Leyes relativas a la traición, de la época de Enoba hasta el presente». Debajo había volúmenes tan gruesos que alguien había reforzado la encuadernación mediante cordón de cuero. El montón siguiente no era tan alto, pero la etiqueta me incomodó: *Trastornos mentales. Estudio de caso: locura y actos violentos. Estudio de caso: delirios de grandeza, fantasías sobre la propia divinidad; fantasías de pertenecer a un linaje real.* El último montón estaba constituido enteramente por manuscritos y cartas; su etiqueta constaba de cuatro palabras:

Dama X: años de exilio.

Me zambullí en ese montón y devoré los manuscritos, ávida de llenar los huecos en la historia de mi madre. Sin embargo, pasadas varias horas se me antojó aún más incompleta que antes. Había toda clase de documentos: cartas chamuscadas, registros de espionaje, páginas de diarios con décadas de antigüedad. Una página parecía ser un retrato de la Dama sobre un manifiesto escrito en songul, la lengua principal de Songland. El papel estaba estropeado por el agua y yo apenas entendía el songul, pero reconocí dos palabras en arit: derecho divino y libertadora. Cuando mi estómago gruñó de hambre, las mechas de la lámpara alimentada con aceite de palma se habían reducido a la mitad y yo tenía más preguntas que cuando había empezado.

El mal del consejo me emborronaba la vista. Hacía horas que no veía a Sanjeet y las náuseas amenazaban mudar en migraña. Sin embargo, cuando alguien carraspeó detrás de la puerta tejida de la sala de estudio, el dolor que me atenazaba las sienes se esfumó misteriosamente.

—Entre —dije, y mi ánimo mejoró al instante cuando una cara redondeada y alegre me miró desde el vano.

—Me han llegado rumores de que estabas escondida aquí dentro —anunció Kirah, que se tambaleó bajo el peso de varios libros cuando cruzó la cortina. Llevaba un diáfano caftán de sacerdotisa y parecía descansada. Reunirse con Dayo y el resto del consejo le había sentado bien. Amontonó los libros sobre el escritorio, se sacudió el polvo de las manos y se desplomó a mi lado—. He pensado que te vendrían bien unos materiales de apoyo.

—Thaddace ya me ha dejado más que suficientes —gemí, pero entonces me fijé en los títulos del montón de Kirah. *Políticas imperiales arit: la era de Aiyetoro. Genealogía de los Kunleos. La era de la paz: tratado sobre la protección de la economía oluwaní bajo el reinado de Aiyetoro*—. Ah.

—Me he enterado del asunto de tu primer fallo. Quizá demostrar el linaje de la Dama serviría para retrasar el juicio. Ya sé que no estabas muy unida a ella, pero… —Su expresión se tornó tormentosa—. Nadie debería estar obligado a matar a su propia madre. Por el relato de Soy, es tan cruel… ¿Cómo es posible que el emperador…? —Dejó la frase en suspenso. En el escenario de su rostro presencié cómo la indignación de Kirah luchaba contra su lealtad al trono. Yo había librado una batalla parecida en mi mente desde el día que presencié toda la historia en la balsa de Melu. Kirah enrojeció de la sorpresa ante su propio estallido—. Me han pedido que reescriba antiguos textos sagrados —dijo al tiempo que sacaba la orden de comparecencia del bolsillo—. Tengo que corregir los versos que pudieran «amenazar la unidad del imperio». Ya sé que está mal cuestionar al emperador. Pero cada vez que pienso en cambiar los antiguos cánticos… me hierve la sangre.

—Quizá —me atreví a decir— esté bien enfadarse.

Ella apretó los labios y miramos el escritorio en silencio, unidas por una misma duda. En ese instante agridulce comprendí por qué se referían a los miembros del consejo como «hermanos». Kirah y yo estábamos hechas de distinta arcilla, pero las pruebas del Palacio Infantil nos habían convertido en vasijas similares. Nos habían inculcado con sumo tiento que la defensa de los Kunleos era el objetivo de nuestra existencia. Sin embargo, a lo largo de esos últimos meses, ese propósito vital se había roto y no había parche que pudiera repararlo.

—Siento haberte metido en este lío —dije con un nudo de culpa en la garganta—. Y lamento que tuvieras que ver a Dayo herido. Lamento que tuvieras que ocultar información a nuestro consejo y cruzar el imperio con Woo In. Pero… —le aferré la mano con fuerza— me alegro infinitamente de que formes parte de mi historia, Kirah.

Ella estrujó mi mano a su vez.

—Y yo me alegro de que tú formes parte de la mía. —Nos sonreímos y un destello travieso asomó a su rostro—. ¿Sabes qué? —añadió—. Viajar con Woo In no estuvo nada mal.

Enarqué las cejas todo lo que dieron de sí.

—¿En qué sentido?

—Mayazatyl tenía razón —respondió con desparpajo—. Besarse no da nada de asco.

Contuve un grito, me reí y luego estuve a punto de chillar otra vez.

—Kirah.

—Como si tú no le hubieras devorado la boca a Sanjeet un millón de veces ya.

—Un millón de veces, no. —Me ardió la cara—. Más bien… seis. —Las dos prorrumpimos en risitas pero, cuando recuperamos el aliento, le pregunté—: ¿Por qué Woo In?

—¿Por qué no? A ver, no sabía que había tratado de asesinar a Dayo cuando lo besé.

—Pero es raro. Y huraño. Y tiene edad suficiente para ser tu… —Lo medité—. Hermano mayor. Vale, eso no es para tanto, pero igualmente…

—Ya sé que no tenemos futuro —me cortó—. No es miembro del consejo, así que no estaría bien. —Su tono de voz adquirió una suavidad nada característica en ella—. Es que… tuve la sensación de que compartíamos algo. Una especie de ansia, supongo.

—Trató de incendiar el Palacio Infantil.

—Y tú arrastraste a un hombre a un acantilado y lo apuñalaste con un cuchillo.

—Buen argumento —reconocí—. En cuestión de amigas y amantes, tienes un gusto pésimo.

—Mama se horrorizaría —asintió, aunque no parecía avergonzada en absoluto.

Kirah regresaba a la sala de estudio a diario para hacerme compañía en el escritorio mientras se sumía en sus propios estudios. En lugar de reescribir los textos sagrados, se había dedicado a buscar todos los documentos que había en la librería imperial sobre Songland. Pasaba horas inclinada sobre los textos, redactando notas y, de vez en cuando, leyéndome frases en voz alta.

—Mira —me dijo una mañana al tiempo que me mostraba un diagrama de campos de arroz—. Sus técnicas de riego son más avanzadas que las nuestras. Cultivan montañas de arroz, pero no pueden intercambiarlas con el resto del continente, así que sus aldeas no salen de la pobreza. No es justo, Tar, no es justo. —Un ratito más tarde me espetó—: «Despunto al alba con el mundo en mis brazos. Bienvenidos; mi corazón se eleva y estalla. Venid, quedaos un rato». Una pastora escribió esto. ¡Una pastora! Las gentes de Songland componen poemas inspirados en la vida diaria. No solo sobre rituales o historias, como hacen los arits. Tar, ¿no te parece increíble?

—Me pregunto si a Ye Eun le gustaba la poesía —murmuré. Todavía soñaba con esa niña a menudo y me preguntaba si habría sobrevivido—. ¿Te contó Woo In cómo es el inframundo?

Kirah se ruborizó, como hacía siempre que el príncipe de Songland salía a colación. No sabíamos nada de él ni de Kathleen desde que abandonaron la Casa Bhekina. Ella meditó mi pregunta.

—Woo In me dijo que cada paso era igual que morir. No por el dolor, exactamente, sino por la sensación de vacío frío y lacerante que todos los seres experimentan antes de su último aliento. En teoría solo debes sentirlo un momento. La muerte te proporciona alivio inmediato y transitas al verdadero más allá, que es el núcleo: un paraíso situado en el centro de la tierra. Pero los redentores no están muertos en realidad…, de modo que no llegan a sentir paz.

Cuando un ser vivo cruzaba la brecha, siguió explicando Kirah, la muerte solo era temporal. Si los redentores encontraban el camino de salida, podían regresar al mundo de los vivos. La otra vía de escape era ser asesinado en el inframundo: la muerte definitiva. Allí abajo, los abikus no podían provocar daños físicos a los seres vivos, a menos que estos lo solicitasen. Pero la sensación de vacío gélido era tan insoportable que la mayoría de los niños apenas aguantaban unas pocas horas antes de suplicar la liberación final.

Woo In había aguantado diecisiete días.

—Se concentró en recordar todas las cosas cálidas que había experimentado en su vida —susurró Kirah—: las hogueras de los festivales, el abrazo de su madre, la risa de su hermana… Solo tenía diez años. —Se le quebró la voz—. Para encontrar la salida únicamente podía recurrir al mapa de su piel. Las marcas relucían en la oscuridad, así que sabía por dónde avanzar. Pero cada paso se le antojaba una tortura. Los espíritus trataban de engañarlo de mil formas distintas. Creaban visiones de cuevas tortuosas y de fosos llenos de serpientes con la intención de hacerle perder el rumbo. Las voces de sus seres queridos ya difuntos, su padre, sus abuelos, le susurraban desde las sombras suplicándole que se uniera a ellos. Perdió la noción del tiempo. Le dolía el cuerpo de hambre y de sed, pero no podía morir. Se habría rendido de no ser por Hyung. El emi-ehran lo encontró en el inframundo y le insufló energías. Paso a paso hallaron la salida, juntos. Pero las pesadillas todavía lo atormentan. Mis canciones lo ayudaban. —Sonrió con tristeza—. Nuestras familias se parecen, la de Woo In y la mía. Tanto sus padres como los míos nos criaron en una burbuja. Crecimos en familias que temían el cambio, aunque cambiar sirviera para ayudar a otras personas. Nuestros hogares se nos quedaron pequeños. De modo que nos marchamos, y llevamos perdidos desde entonces. Y ahora… —Suspiró torciendo el gesto hacia su orden de comparecencia—. Me pregunto si escapamos de una jaula solo para acabar atrapados en otra más grande.

CAPÍTULO 28

Mis propios estudios avanzaban a un paso gélido. Las fuentes relativas a la única emperatriz en la historia de los Kunleo eran escasas y contradictorias. Igual que todas las niñas Kunleo, se había criado en las sombras, lejos de la corte. Algunas fuentes la describían como una mujer frágil, que lloraba a escondidas bajo el peso de su reinado y se apoyaba en los hombres que tenía cerca. Otras fuentes la retrataban como una arpía retorcida, vanidosa e irracional a la que no le importaba nada salvo su propia supervivencia. Sin embargo, ninguno de esos retratos concordaban con el legado de la emperatriz. Ningún historiador, por receloso que fuera, podía negar que en menos de veinte años esa niña Kunleo discreta e ignorada por la historia había abolido el comercio de esclavos en el imperio, aplastado la rebelión subsiguiente y dado comienzo a una era de paz que había durado siglos.

La hija de Folu Kunleo no fue convocada a palacio hasta que era casi una mujer. Cuando fue más que evidente que su padre no engendraría varones, los reacios sacerdotes reconocieron su condición de radiante. Llegó a la corte sin amigos y sin protección, sin un nombre oficial siquiera. La nobleza se frotó las palmas, convencida de que la emperatriz sería una marioneta que podrían subyugar a sus intereses. Cuando aquella niña menuda y delicada pisó la sala del trono, los regentes de los distintos reinos se arremolinaron a su alrededor reivindicando el privilegio de darle nombre.

—Se llamará Ireyuwa —anunció el rey de Swana—. Pues es medio swana y marcará una época de gran riqueza para mi reino.

—Se llamará Cihuacoatl —exigió el rey de Quetzala—. ¿Acaso mi pueblo no provee al trono de oro y armas? Ejercerá su poder gracias a nosotros.

—Se llamará Etheldred —alardeó la reina de Mewe—. Pues pasó sus años perdidos en mi reino. No olvidará a la tierra que la crio.

Mientras discutían, la joven se abría paso entre la multitud sin pronunciar palabra. Remontó la vasta tarima plantando sus sencillas sandalias sobre el mármol con decisión y se sentó en el trono incrustado en oro. El cetro de madera tallada perteneciente a su padre aguardaba ante ella. Lo cogió y golpeó el suelo una vez con estrépito. En la sala se hizo el silencio.

—Me llamaré Aiyetoro —dijo la hija de Folu—. Pues mi reinado será una era de paz a cualquier precio.

@·@·@·@

—Ojalá supiera más cosas de ella —le dije a Kirah. Faltaban dos semanas para mi primer fallo. Habíamos cambiado la biblioteca por el Jardín Teatro Imperial, donde meditábamos a diario—. Cuando Aiyetoro murió, todos sus diarios, las cartas y los libros que su consejo escribió sobre ella se perdieron en un incendio. Los conservadores afirman que fue un accidente. Me apostaría algo a que no lo fue.

—Para —me regañó Kirah. Estaba arrodillada delante de mí en una estera de oración, con los ojos cerrados en actitud serena—. Nada de hablar de conspiraciones durante la meditación, ¿recuerdas? Solo sirve para distraerte.

Suspiré y me revolví en mi estera. A varios metros de distancia, las camareras de Kirah cotilleaban con las mías mientras miraban el escenario desplegado al fondo. El Jardín Teatro Imperial estaba esculpido en la ladera de la colina de palacio. Diseñado por el maestre arquitecto de Quetzala, el jardín estaba compuesto de terrazas cubiertas de viñedos que descendían abruptamente hasta una explanada de piedra. El público comía en las terrazas y, cuando los artistas se plantaban sobre las estructuras triangulares del escenario, sus voces se proyectaban por todo el jardín.

—El mantra —insistió Kirah.

—Tengo una meta —recité de mala gana—. Hay música en lo más profundo de mí.

—Una canción —me corrigió.

—Una canción —musité—. Aprendí esa canción al nacer. La extraje del interior… Kirah, ¿de verdad esto sirve para algo?

—Es mejor que nada. Tienes que encontrar tu canción del vientre en alguna parte. —Tarareó y se cruzó de piernas, palpando el dije de su pecho—. Si nunca bajas el ritmo y te paras a pensar, ¿cómo vas a descubrir cuál es tu mayor virtud?

Mi mayor virtud. Mi mejor deseo. Las frases que me perseguían a diario desde que abandonamos la charca de Melu. Horas de meditación no me habían aclarado el sentido de las palabras. ¿Qué virtud podía ser más importante que mi deseo de proteger a Dayo? De todas las cosas que amaba —de todo lo que me había importado alguna vez—, su vida era la más pura. Pero si proteger a Dayo era mi canción del vientre, mi razón de vivir, ¿cómo podría alcanzarlo mientras la Dama me estuviera controlando?

Me desplomé en la hierba.

—¿Qué pensaba Melu que podría hacer con esto? Él es el sabio inmortal. ¿Por qué no encuentra él su propósito vital y nos libera a los dos?

Kirah se rio con ganas y renunció a su meditación.

—Puede que los objetivos de los alagbatos no funcionen así —musitó—. Y los alagbatos no son inmortales, en realidad no. En el Valle Blessid llamamos a nuestros alagbatos «juniyas». Todos murieron hace miles de años, cuando los ríos se secaron y dejaron un desierto tras de sí.

Entrecerré los ojos para mirar el cielo raso mientras reflexionaba sus palabras.

—Puede que el propósito vital de Melu sea vivir en la sabana —murmuré—. Los cultivos de la sabana fueron fértiles en otro tiempo, pero todo cambió cuando la Dama lo esclavizó. Supongo que, en tanto siga confinado a esa minúscula dehesa, no podrá llevar a cabo aquello para lo que fue creado.

Suspiré y me senté, abrazando el tambor de Aiyetoro contra mi pecho. Cuanto más sabía de Aiyetoro, menos cómoda me sentía dejando el tambor sin vigilancia. De modo que llevaba la sinuosa calabaza al jardín y la dejaba apoyada contra mi muslo mientras meditaba.

Kirah leyó la inscripción grabada en el instrumento:

—«La verdad nunca morirá mientras los griots sigan tocando sus tambores» —murmuró—. Qué inscripción más rara. ¿No puedes extraerle los recuerdos?

—Lo he intentado. —Deposité el pesado instrumento sobre mi regazo y pasé los dedos por las tensas cuerdas de cuero de cabra—. La mayoría de recuerdos que alberga son de arañas, escarabajos y todo aquello que reptase por encima cuando estaba guardado. Intenté leer algo más, pero... —Negué con la cabeza—. Es demasiado viejo. Usando mi Gracia nunca he podido retroceder más allá de unas pocas décadas. Tendría que remontarme doscientos años atrás para llegar a Aiyetoro. —No le mencioné que a veces, cuando dormía con el tambor a mi lado, soñaba que era otra persona. Mi cuerpo pertenecía a una mujer de dedos largos y delgados, con una voz grave de contralto, que tocaba el tambor mientras se mecía de lado a lado.

—Tal vez te ayudaría tocarlo —sugirió Kirah.

Me estremecí.

—¿No da mala suerte tocar el tambor de otra persona? ¿En particular un tambor de griot?

Kirah se encogió de hombros, guardándose lo que estaba pensando: «No puede haber peor suerte que nacer medio ehru, destinada a asesinar a un príncipe y obligada a sentenciar a muerte a tu propia madre». Habiendo caído tan bajo, mi suerte solo podía mejorar.

Extraje la baqueta del tambor de donde estaba alojada, bajo las cuerdas de tensión, y lo sujeté contra mis costillas.

—Perdón —le dije a la calabaza. Conteniendo el aliento, empecé a tocar.

Me sorprendió que emitiera un sonido tan sordo. Los tambores parlantes eran famosos por su resonancia y permitían la comunicación a kilómetros de distancia. ¿Por qué este sonaba tan apagado? Por otro lado, tenía doscientos años. Era un milagro que no se hubiera hecho pedazos mientras lo arrastraba por todo Aritsar. Volví a golpearlo, en esta ocasión usando mi Gracia, y varias decenas de arañas corretearon por mi consciencia. Me estremecí mientras me retiraba de la memoria del tambor.

—Nada —le dije a Kirah.

—Solo has tocado una nota —observó.

—Qué poco cuesta decirlo —repliqué—. Tú no te arriesgas a sufrir la ira del maléfico espíritu de una griot. —Hice una mueca y apreté las cuerdas para arrancarle otro tono. Empecé a tocar en plan de broma la secuencia militar que indicaba «retirada», que también podía significar «tanto esfuerzo no nos lleva a ninguna parte». Sin embargo, en lugar de terminar la frase, que concluía con tres notas altas, el tambor emitió un *bong* grave, seguido de un *gun godo* gutural. Frunciendo el ceño, probé la frase otra vez. Esta vez todas las notas sonaron equivocadas—. Debe de estar desafinado —concluí.

Mientras yo seguía tocando, Kirah se quedó muy callada. Se me secó la boca. Por más frases que probara, el tambor emitía la misma secuencia de tonos una y otra vez. *Bong, gun, godo godo gun.*

Solté la calabaza y dejé que rodara por la hierba cuando un escalofrío me recorrió la espalda.

Kirah dijo, con un hilo de voz:

—No pensarás que…

Me sudaban las palmas.

—Me parece que nos está hablando. Ya me sucedió una vez. El tambor de Aiyetoro me rescató en el chaparral.

Me estrujé los sesos pensando las frases tonales que Mbali nos había enseñado cuando éramos niños. El primer *bong-gun* coincidía con los tonos de «eternidad», que también podía significar «siempre». La última mitad, *godo-godo-gun,* sonaba igual que la frase «vía libre, podéis venir» que usaban los mineros en las excavaciones.

—¿Ven siempre aquí? —aventuré.

Kirah negó con la cabeza.

—No, el tono de orden no está. Y la nota desciende al final, así que se refiere al pasado. No dice «ven aquí»… Es más como «estaba aquí. Estaba dentro».

Fruncí el ceño. En el lenguaje tonal, «yo» también podía significar «ella», «ellos» o «eso».

—Eso siempre ha estado dentro —dije—. ¿Qué significa, si se puede saber?

Al cabo de un momento recuperé el tambor medio esperando que los oídos nos hubieran engañado. Pero el instrumento entonó de nuevo: «Siempre ha estado dentro. Siempre ha estado dentro». *Bong, gun, godo godo gun.*

—Deberíamos parar —decidí a la vez que alzaba la vista al escenario del jardín—. Vamos a distraer a los guerreros.

Nos sentamos en la terraza más alejada de la explanada, ocultas tras unos helechos que precisaban una buena poda. Desde nuestro escondrijo, todavía distinguía la escena que se desplegaba al fondo.

Durante los festivales, los griots actuaban en el Jardín Teatro. Declamaban odas al emperador y a su consejo. Esa tarde las terrazas inferiores estaban repletas de guerreros de la Guardia Imperial. Casi desnudos y relucientes por la transpiración, se ejercitaban en grupos mientras Sanjeet ladraba órdenes desde el escenario.

—¡Compañía de la hiena, escudos arriba! —Su voz era ronca y exenta de alegría—. Resistan. Hombros erguidos. Que mantengan la posición, he dicho. Compañía del león, carguen. Otra vez. Otra vez.

Un grupo se abalanzaba hacia delante repetidamente mientras el otro resistía. Un muro de escudos se afianzaba contra la arremetida de hombros y lanzas. Los hombres y las mujeres se estaban entrenando, comprendí, para contener los disturbios.

Su sagrada eminencia Wagundu, el general supremo de Olugbade, observaba los ejercicios con adusta complacencia. En ese momento un joven larguirucho llegó al escenario haciendo reverencias de disculpa por llegar tarde.

La postura de Kirah se crispó.

—Tar...

Me zambullí detrás de los helechos colgantes de la terraza para no ver el escenario. Mi vista se tornó borrosa y rojiza, pero, antes de que el mantra «mata, mata» empezara a latir en mis venas, palpé el escote de mi vestido y sujeté con fuerza la piedra del sol.

El ansia asesina todavía latía en mi garganta, pero mi mente se aclaró.

—Sujétame los brazos —le susurré a Kirah—. Necesito saber hasta dónde llega.

Ella obedeció y yo miré a través de la cortina de helechos con la mandíbula prieta.

Era la primera vez que veía a Dayo desde que lo dejara en la fortaleza, todavía sangrando por la herida de mi cuchillo.

Me empapé de su imagen. Bendije sus piernas por sostenerlo, su costado por seguir entero. De lejos no distinguía si una cicatriz le recorría el torso. Pero él parecía sano, si bien incómodo, cambiando el peso de un pie a otro mientras saludaba a los guerreros. Mi corazón rebosó compasión. Dayo siempre había rehuido la violencia. Pero le pedían que supervisara a la Guardia Imperial con Sanjeet y lo ayudara a diseñar los ejercicios. Su rostro parecía demacrado y ojeroso. Después de pasarse todo el día estudiando con su consejo, seguramente destinaba las noches a trabajar con Olugbade en la Renovación del Tratado, que se celebraría dos días después de mi primer fallo.

—Recupérate —murmuré al tiempo que aferraba la piedra del sol hasta que su contorno se me marcó en la palma de la mano—. Mantente a salvo de mí.

Kirah me ayudó a levantarme y nos alejamos a toda prisa mientras nuestras desconcertadas doncellas recogían las esteras de oración y correteaban para alcanzarnos.

—Te echa de menos —susurró Kirah. Me entrelazó el brazo con firmeza hasta que perdimos de vista el Jardín Teatro—. Apenas duerme a menos que yo le cante o Thérèse le prepare una de sus infusiones. Si no quieres verlo, al menos podrías escribirle.

Yo había rechazado las notas que Dayo enviaba a mi torreón a diario; me preocupaba que debilitasen mi decisión de no acercarme a él.

—Estudiar será más provechoso —respondí—. Si encuentro una meta vital que me permita romper la maldición, no tendré que seguir evitándolo.

Kirah resopló una carcajada.

—Será mejor que encontremos tu propósito cuanto antes. Los rumores se disparan por momentos.

Me di la vuelta a toda prisa.

—¿Qué rumores?

—No hay muchas razones por las que dos ungidos dormirían a solas en un torreón —señaló—. Incluso nuestro consejo empieza a pensar que hay gato encerrado. Mayazatyl ha solicitado informes regulares del tamaño de tu barriga. —Cuando yo la miré de hito en hito, agitó las cejas con aire travieso—. Piensa que llevas en tu seno al *pikin* de Sanjeet. Para evitar que os convirtáis en la comidilla de palacio, ha discurrido un plan muy elaborado que consiste en que Dayo haga pasar el fruto de tu amor por un hijo propio.

Resoplé.

—Cómo no. Por el relato de Soy —gemí—. Cuando nos trasladamos a Ileyoba para siempre, ese trasero cotilla de Mayazatyl estará en su elemento.

—Ojalá nunca viniéramos a vivir aquí —me espetó Kirah—. O sea, ya sé que nos mudaremos. Tenemos que hacerlo. Para eso llevamos preparándonos toda la vida. Es que… —Suspiró y se detuvo en mitad del embaldosado del patio septentrional, dejando que los pavos reales, acicalados con primor, exploraran los bajos de su caftán de sacerdotisa. Más allá de la colina de palacio, los tejados de Ciudad de Oluwan se extendían contra un mar revuelto. El humo se alzaba desde hogueras altas como montañas en las que ardían las historias de los griots.

—Cuando estaba en el Valle Blessid, ansiaba un mundo más grande. Quería recorrer el imperio, aprender todo lo que se pudiera saber. Pero, cuanto más sé acerca de Songland, más sofocante se me antoja Aritsar. Ya no sé lo que quiero. Solo sé que el mundo es grande y estoy harta de fingir que es más pequeño.

©·©·©·©

La fecha de mi primer fallo se aproximaba. Multitud de dignatarios, nobles y plebeyos asistirían a la ceremonia, así que reinaba un tremendo trajín en palacio. Numerosos miembros de la realeza, descubrí con desasosiego, asistirían también. No era lo más habitual: los regentes del continente solían enviar representantes a todos los actos, a menos que fueran grandes eventos imperiales. Sin embargo, como mi primer fallo tendría lugar muy cerca de la Renovación del Tratado, muchos miembros de la realeza ya habrían llegado a palacio.

Kirah y yo buscamos sin resultado las máscaras perdidas de Aiyetoro: la única prueba de que emperatriz y princesa radiantes habían existido realmente. Durante el día inspeccionabamos palmo a palmo la Biblioteca Imperial en busca de pistas y por la noche buscábamos en las criptas de palacio. Yo seguía visitando el Cielo. No podía subir con frecuencia, por miedo a que alguien le fuera con el cuento a Olugbade y los recelos que yo le inspiraba aumentaran. Sin embargo, tras unos cuantos sobornos suculentos, los guardias me permitieron llevarle a mi madre pequeños obsequios: una pastilla de jabón, una mantita, un tarro de pomada para su piel reseca por el viento. Después de deslizar los regalos a través de los barrotes de la puerta, me sentaba; en ocasiones en silencio, otras veces formulando preguntas. Ella solía ignorar estas últimas, sobre todo las relacionadas con su infancia. Solo prestaba atención cuando yo parloteaba sobre el funcionamiento interno de la fortaleza Yorua o acerca de las lecciones que me impartían Thaddace y Mbali.

—Casi nunca hablas del juez supremo sin mencionar a la sacerdotisa —observó un día, torciendo la cabeza.

Yo me encogí de hombros y me sonrojé.

—Casi siempre están juntos.

—Eso suena a romance, hija. —Como titubeé, se rio y me dio unas palmaditas en la mano a través de los barrotes—. No te preocupes por su reputación. No estoy en posición de esparcir rumores.

Yo estaba ansiosa por arrancarle una sonrisa. Con timidez, le relaté la ocasión en que me tropecé con Thaddace y Mbali en la cúspide de su pasión. La Dama escuchó con atención y rio por lo bajo. Yo me uní a sus risas; era la primera vez en mi vida que compartía una broma con mi propia madre.

Me pregunté si le habrían llegado los rumores que corrían sobre Sanjeet y yo. Las madres, según Kirah, se mostraban protectoras con las hijas cuando había un joven de por medio. Pero, si la Dama sospechaba que yo flirteaba con alguien, nunca me hizo preguntas al respecto. La posibilidad de una aventura amorosa —o de cualquier aspecto de mi vida que no guardara relación con su plan maestro— nunca parecía cruzar su mente.

Sanjeet se desplomaba agotado en mis brazos cada noche. Me estrechaba contra su cuerpo con las extremidades rígidas como ámbar hasta que por fin se relajaba y dejaba de lado la máscara pétrea en la que se convertían sus facciones cuando trataba con la Guardia. Los peores días conservaba la máscara incluso mientras dormía. Frunciendo el ceño por la preocupación, yo le masajeaba la tensa mandíbula hasta que la relajaba.

—Los ejercicios han terminado —me dijo una noche—. Hemos dado comienzo a las campañas en la ciudad.

El olor de las hogueras todavía impregnaba el aire. Él mostraba nuevos verdugones en las manos, obsequio de los civiles que se defendían y se resistían a que les arrancaran los tambores y los libros. Contra la Gracia de Sanjeet no podían resistirse mucho tiempo.

—No tendrás que velar por la ejecución del Decreto de Unidad por siempre —le dije, aunque el consuelo me sonaba hueco incluso a mí—. La gente se acostumbrará. Y las cosas podrían cambiar cuando Dayo sea emperador.

—¿Cuántas pesadillas tendré para entonces? ¿Y cuántas más habré provocado? —Esbozó una sombra de sonrisa al tiempo que se daba la vuelta en el jergón—. Supongo que amah se equivocaba. Siempre me ganaré la vida rompiendo huesos.

Torcí el gesto en la oscuridad y dibujé formas en su musculosa espalda hasta que se durmió.

—Si crucé un foso de carbones al rojo —susurré—, no fue para esto.

De madrugada encendí una lámpara alimentada con aceite de palma, escribí una carta en vitela de becerro y la sellé con mi anillo. A continuación llamé con los nudillos a la puerta de mi torreón, que permanecía cerrada por las noches a instancias mías. Abrí el postigo de madera que ocultaba un ventanuco enrejado en el centro de la puerta y me asomé a la antecámara en la que dormían mis camareras. Bostezando,

Bimbola se tambaleó hacia el ventanuco y yo deslicé la mano a través de los barrotes.

—Quiero que esta carta salga al romper el alba —le dije al tiempo que dejaba caer una generosa parte de mi asignación imperial en su palma—. Divide esto entre los mensajeros. Tendrán que usar calamitas. No repares en gastos.

Bimbola asintió con los ojos redondos por la curiosidad. Mientras abandonaba a toda prisa la antecámara, echó un vistazo al frente sellado de la carta, que yo había dirigido con una escritura apresurada a: «Keeya la mercader. Aldea Pikwe, Swana».

CAPÍTULO 29

Llegó la víspera de mi primer fallo y seguíamos sin tener la menor idea de dónde podían estar las máscaras de la emperatriz radiante.

Yo caminaba de un lado a otro por mi habitación del torreón, tratando de aplastar el desfile de la muerte que atronaba en mi cabeza.

«Veneno, contagio, empacho, combustión». La aspereza de la arenisca en la planta de los pies. Sanjeet observaba preocupado cómo intentaba machacar las palabras contra el suelo, reducirlas a polvo, donde no pudieran hacer daño a nadie.

«Ahogamiento, asfixia, desangramiento».

—El emperador no lo sabe —dije en voz alta mientras deshilachaba mi turbante de noche—. El emperador no conoce el punto débil de la Dama.

Mi madre no había conseguido ungir a sus Once y eso significaba que podían asesinarla otras personas, además de sus ungidos. Olugbade solo necesitaba averiguar cómo hacerlo.

«Ataque de un animal, catástrofe natural. Muerte orgánica, mal de ojo, agresión física».

—Seguramente los irá probando uno por uno hasta que lo encuentre. —Mi voz era casi inaudible. El borde de mi turbante había mudado ya en una maraña de hilo—. La hará sufrir. Aunque no acabe con ella, la torturará. Jeet... No sé... No sé qué hacer...

Me estrechó contra su pecho, pero yo permanecí rígida como el acero.

—Dayo y los demás se alegrarán mucho de volver a verte —murmuró—. Están en el Palacio Infantil, preparándose para tu ceremonia ahora mismo. Cuando los he dejado, Kameron y Theo estaban… Esto… Discutiendo si Kameron debía introducir a escondidas una suricata en la ceremonia.

Yo lancé una risa lánguida, agradecida de poder pensar en otra cosa.

—¿Por qué?

—Kam piensa que te vendría bien un poco de apoyo emocional.

Saanjet me trajo el espejo encantado de la Dama, que estaba en la repisa de la ventana, y pude ver a mis hermanos del consejo plantados como maniquíes en la sala de sueños, envueltos en joyas y telas exquisitas, compartiendo bromas mientras las costureras revoloteaban en derredor añadiendo botones y ajustando dobladillos.

El día anterior las costureras habían venido a preparar las prendas que iba a lucir en mi primer fallo y pronto se enzarzaron en discusión sobre qué tonos me sentaban mejor. Yo casi me había decidido por una seda de un verde vivo con bordados como estallidos dorados. Y entonces Bimbola había carraspeado.

—El emperador sugiere que lleve esto, sagrada eminencia. —Me mostró una rígida resma de brocado, blanca como hueso, con el sol y las estrellas de Kunleo brillando en una cenefa a lo largo de los bajos.

La tela del imperio. Para que el mundo supiera quién era mi dueño.

Estuve vigilando el Palacio Infantil hasta bien entrada la noche, incluso después de que Sanjeet se quedara dormido y mis hermanos se hubieran desplomado en sus esteras. Pero una de las camas en la sala de sueños, advertí frunciendo el ceño, estaba vacía.

Alguien golpeó la puerta del torreón con los nudillos.

Suspiré. Debía de ser Bimbola, que venía a regañarme por tener una lámpara encendida en lugar de descansar. Crucé la habitación con suavidad y abrí el postigo para echar un vistazo a través de la reja.

Mis asistentes habían desaparecido de la antecámara. Solamente había una persona al otro lado de la puerta, borrosa a la luz pálida de la luna.

—Dayo —jadeé.

Me llevé las manos a la garganta para sujetar la piedra del sol. Sus anchas facciones seguían siendo suaves y lisas, pero de algún modo parecía mayor. Más sabio. Solo llevaba puesta la camisola de noche con los lazos de la clavícula desatados para revelar su máscara de obsidiana. Iba vestido igual que mi última noche en Yorua, cuando lo arrastré al precipicio.

—Perdona —le dije, asfixiada por la marea de impulsos violentos que todavía me dominaba y dando gracias a Soy por la puerta de madera cerrada con llave—. Lo siento muchísimo.

—No has leído mis mensajes.

—No deberías estar aquí.

—¿Porque intentarías matarme otra vez?

Su tono desapasionado me arrancó un estremecimiento. Mientras observaba su rostro comprendí con un desasosiego lento, agobiante que no tenía la menor idea de lo que estaba pensando. Era una sensación extraña. Desde el instante en que nos conocimos, había sido capaz de leer las facciones de Dayo como si fueran un libro abierto. Aunque estuviéramos en dos extremos de una misma habitación, el calor de su rayo iluminaba mi mente de refilón y me transmitía sus emociones y deseos pasajeros. Pero su rayo no me rozaba ahora.

Escudriñé sus ojos negros como la noche en la oscuridad, molesta por el recelo que vi en ellos. Su antigua confianza en mí siempre se me había antojado una debilidad, una insensatez, no un regalo. Ahora sabía que aquella confianza fue un privilegio. De súbito me arrepentí de haber quemado sus cartas.

—Solo he venido porque tu padre emitió una orden de comparecencia —musité—. No quería volver a ponerte en peligro.

Dayo me estudió, serio y cauto.

—Sanjeet me contó lo sucedido en la balsa de Melu. Dijo que el dominio de la Dama sobre ti desaparecerá si encuentras tu propósito vital. O si...

—O si la sentencio a muerte —concluí por él—. Pero da igual que rompa la maldición de la Dama, Dayo. No tienes que volver a aceptarme. Sé que he perdido tu confianza. —Desplacé el peso al otro pie, preguntándome cómo podía permanecer tan tranquilo delante de alguien que le había asestado una puñalada mortal—. Me marcharé después del fallo. Para siempre, si tú quieres.

—¿Marcharte? —Por primera vez, el dolor destelló en sus facciones—. Así que romperás de nuevo tu promesa.

—¿Qué promesa?

—La noche del incendio en el Palacio Infantil, me dijiste que nunca me abandonarías ni te marcharías de Aritsar. Hicimos un pacto.

—No deberías haberme ungido —le dije—. Los dos lo sabemos. Si te hubiera revelado desde el principio... lo que soy, por qué me habían enviado aquí...

—Yo lo sabía, Tarisai. Lo he sabido todo el tiempo.

Me quedé de piedra.

Dayo se encogió de hombros al tiempo que jugaba con los cordones de su camisola.

—¿Recuerdas que siempre compartíamos mi cama en el Palacio Infantil? Cuando éramos niños, antes de que separasen a los chicos de las chicas. Una vez, después de quedarte dormida, me plantaste la mano en la cara. Y yo lo vi todo. Al alagbato, a la Dama. El día que te enseñó mi foto y expresó el deseo de que me asesinaras. No tenías intención de compartir ese recuerdo, me parece. Pero lo deseabas. Si vuelvo la vista atrás, comprendo que me advertiste de mil maneras distintas. Incluso en sueños.

—«Has recordado» —murmuré—. Eso fue lo que dijiste cuando te apuñalé.

De sopetón estaba arrodillada de nuevo bajo el árbol del carcaj y la voz de Dayo hablaba ronca en mi oído. «No has apuntado al corazón. Eso significa que eres más fuerte que ella».

—Intenté ayudarte —me confesó—. Pensaba que podría evitar que recordaras, para que la Dama no pudiera controlarte.

—Por eso siempre te esforzabas en que no pensara en Swana —dije despacio—. Y por eso no querías que Mbali me diera clases. Intentabas protegernos a los dos. —Temí que me estallara la cabeza—. Si sabías lo que había venido a hacer, ¿por qué no ordenaste que me mataran? ¿Por qué me ungiste?

—Porque podrías haberme dejado morir tantas veces... Cuando me rescataste del incendio, supe que no eras el peón de la Dama. Te necesitaba y, lo que es más importante...: sabía que Aritsar te necesita. —Tragó saliva con dificultad—. Es difícil de explicar. Cuando desperté después de lo sucedido en el Carcaj de Enitawa y tú te habías marchado, tuve la sensación de que me apuñalabas otra vez. Perderte no fue como perder a una amiga, Tarisai. Fue como si... yo hubiera desaparecido. Como perder la mitad de mi ser.

—Intenté matarte. No tenía sentido que me quedara, ni entonces ni ahora. No es seguro.

—¿Y si encontraras las máscaras de la emperatriz y la princesa?

Me quedé helada y noté la garganta reseca. No. No era posible. No podía saberlo a menos que...

—No te enfades con Kirah —dijo despacio—. Ella me lo confirmó cuando le pregunté, pero siempre he sabido que eras radiante. Lo notaba cuando éramos niños. Y lo reconozco: me asustaba, Tar. Toda mi vida me habían preparado para ser emperador, pero en lo más profundo de mi ser sabía que tú lo harías mejor.

—Eso no es verdad —repliqué—. Ser tan bueno como tú y ver lo mejor de los demás como tú haces cada día requiere más valor del que yo tendré nunca. Eres exactamente lo que necesita el imperio, Dayo. Aritsar sería un lugar desalmado sin ti.

—Pero sería débil sin ti —replicó él—. Tú ves un mural donde yo veo fragmentos sueltos. Tú ves sistemas. Yo solo veo personas.

—Soy no te concedió el rayo sin motivo. Estabas destinado a gobernar.

—Estábamos destinados a formar un equipo. Y tú me hiciste una promesa. —Dayo alargó la mano a través de la reja. Temblando, solté la piedra del sol y le dejé que entrelazara los dedos con los míos—. Jura que no volverás a romperla, Tar. Esta no es la historia de nuestros padres. Jura por el vínculo de sangre que nos une que harás lo que haga falta para quedarte. —Me aferró con más fuerza y su expresión era intensa, desesperada—. Lo que haga falta.

Cerré los ojos. En ese momento las horas de meditación con Kirah culminaron en una solución clara como el cristal.

La canción de mi vientre era proteger a Dayo. Y el único modo de garantizar su seguridad —el único camino a mi libertad— era acabar con la vida de la Dama.

Se me cayó el alma a las sandalias. Sabía que se lo debía a Dayo. Ya le había fallado una vez y, por muy injusto que hubiera sido su padre con la Dama —por más que la niña de la Casa Bhekina siguiera anhelando el amor de su madre—, no podía fallarle a Dayo.

Le estreché los dedos a mi vez.

—Mañana —dije con voz queda— seré la persona que el imperio necesita. —Besé el sello de su anillo imperial y añadí—: Es una promesa de sangre.

◎∘◎∘◎∘◎

Cambié de posición los brazaletes de oro que me adornaban los brazos y froté las marcas escarlatas que me habían dejado en la piel. El sol apenas si empezaba a despuntar sobre An-Ileyoba y cientos de arits —incluidos reyes, reinas y jefes de doce reinos— atestaban la Sala Imperial para presenciar mi primer fallo. Desde el pasillo en el que yo estaba esperando, varios pisos más arriba, los oía: un rugido sordo de voces.

Sanjeet esperaba conmigo ante las dobles cortinas de un vestidor, donde nuestro consejo aguardaba mi entrada.

—Mayazatyl se va a llevar una desilusión al descubrir que no estás embarazada —observó Sanjeet. Yo me reí por no llorar. Envolvió mi mano con la suya. Estaba espléndido enfundado en el holgado caftán negro con perlas incrustadas de la nobleza dhyrmana. Esperando la imposición de prendas ceremonial delante de nuestro consejo, yo no llevaba nada encima salvo una túnica de seda y la piedra del sol.

—Debería haber buscado la manera de visitarlos —dije—. Debería haber sido más valiente. Ahora ya no hay tiempo para explicaciones.

Después del ritual de imponerme la vestimenta, entraría en el Sala Imperial en cortejo solemne, rodeada de mis hermanos del consejo por todos los flancos. ¿Me perdonarían por haber permanecido alejada tantos meses? ¿Cómo podría explicárselo algún día?

Los cortinajes se desplazaron y diez pares de ojos se volvieron hacia mí. Descubrí que la mano de Dayo y la de Sanjeet aferraban las mías con todas sus fuerzas. La piedra del sol me ardía sobre la piel desnuda del pecho y yo me armé de valor para contener a la bestia. «No puedes matarlo aquí —argüí con el monstruo que llevaba dentro, usando su misma lógica retorcida contra ella—. Todos los presentes poseen una Gracia. Acabarían contigo antes de que hubieras terminado. Espera».

Silencio absoluto. A continuación Ai Ling se pavoneó ante Mayazatyl:

—Me debes siete monedas de oro. Tar no lleva en el seno un *pikin,* a fin de cuentas.

Y entonces todos menos Dayo me envolvieron en abrazos al mismo tiempo que bromeaban y me bombardeaban a preguntas. Kirah los obligó a dejarme espacio, pero yo no quería.

No deseaba nada más que estar sepultada entre el caos de mis hermanos, enterrarme en lo más profundo de su amor, donde debía estar.

—Estáis guapísimos —hipé a la vez que me limpiaba las lágrimas con toda la mano—. Todos.

Era verdad. Los camareros los habían ataviado con vestiduras de sus reinos natales: creaciones exclusivas en seda, lana o tela de batik. En homenaje al emperador, sin embargo, todos llevaban elementos de Oluwan. Mis hermanos estaban imponentes con tiaras decoradas con el sello del Kunleo y mis hermanas parecían altísimas con sus *geles* oluwaníes: piezas de tela almidonada que se desplegaban sobre sus cabezas en llamativos pliegues.

—Pareces a punto de caerte al suelo —le dijo Kameron a Emeronya para tomarle el pelo. Torciendo el gesto, ella ajustó el enorme tocado a su pequeña cabeza.

—Mayazatyl es tan bajita como yo —protestó Emeronya.

—La diferencia —suspiró la aludida— es que a mí me queda de maravilla.

Nos reímos mientras ella coqueteaba con su reflejo. La sala pertenecía al consejo de Olugbade, y las joyas y las bandas caían en cascada alrededor de una decena de espejos de cuerpo entero. Los criados habían traído naranjas y pasteles de crema, pero las cestas estaban intactas; la emoción debía de haberles quitado el apetito a mis hermanos. Varias vasijas de vino de palma, sin embargo, yacían abiertas por la habitación.

—Necesito un poco de eso —dije, y Sanjeet acercó una copa a mi mano. Dayo levantó su vaso en mi dirección desde el otro extremo del vestidor. Su expresión desesperada me retorció las entrañas. Vestía una inmaculada *agbada* oluwaní: un caftán oro pálido de pesadas mangas holgadas decorado con titilantes piedras del sol y rematado con un trenzado de color blanco. A juzgar por sus ojeras, no había dormido mejor que yo.

Lo siento —me dijo a través del rayo—. *Sé que sentenciar a tu madre será muy duro...*

No hablemos de eso, respondí, evitando su mirada. A continuación dije en voz alta:

—¿Podemos empezar? —Me estremecí bajo mi fina túnica—. Estoy cansada de andar por ahí desnuda.

Las camareras pidieron por señas a un avejentado griot que entrara en la habitación y comenzó el ritual de imponerme la vestimenta. El griot cantó una parábola sobre el triunfo de la justicia, marcando el ritmo en un tambor de mano, mientras cada uno de mis hermanos, uno a uno, me tendía una pieza de ropa.

—Como suma sacerdotisa, contaré contigo —dijo Kirah, ofreciéndome parte del vestido—. Tú, como juez suprema, puedes contar conmigo.

—Como general supremo, contaré contigo —recitó Sanjeet a continuación, tendiéndome una esclava—. Tú, como juez suprema, puedes contar conmigo.

—Como señora de los castillos —dijo Mayazatyl, pintándome un punto en la frente—, contaré contigo…

Pronto, mis once hermanos habían murmurado el voto de apoyo y yo estaba completamente vestida ante el semicírculo de espejos, incapaz de encontrarme en ese laberinto de reflejos.

El vestido que me habían confeccionado con la tela del imperio era tan níveo que me sorprendió no notarlo frío al tacto. El envolvente tejido se ceñía a mi figura por debajo de los brazos, dejándome la clavícula al descubierto. Desde mis omóplatos, una cascada de tela se desplegaba creando una cola. Un collar de varias vueltas fabricado con conchas de cauri pulidas se derramaba por mi pecho. Puntos de pintura al estilo de Swana salpicaban el puente de mi nariz y dibujaban un arco por encima de cada ojo. Las altas puntas de una corona en forma de luna relucían en mi cabello como rayos.

El juez supremo Thaddace me acompañó a la ceremonia. Cuando acudió a buscarme al vestidor, le hice una reverencia, casi incapaz de doblarme bajo la rígida tela. Advertí entonces que íbamos vestidos a juego; el lugar de la lana sencilla de

Mewe, vestía una túnica al estilo del imperio, un blanco exangüe que otorgaba un tono demacrado a su pálida tez.

Me ofreció el brazo. Cuando le apoyé el mío, se inclinó y murmuró:

—La justicia no existe…

—Solo existe el orden —concluí en tono monocorde y él asintió satisfecho. Abandonamos la sala seguidos de Dayo y mi consejo, en silenciosa procesión.

Oí el barullo de la Sala Imperial antes de verlo.

Era el rumor sordo de un inmenso gentío: cortesanos, plebeyos, miembros de la realeza procedentes de los doce reinos, dialectos que colisionaban a través de la inmensa cámara dorada. La piedra arenisca relucía bajo los tragaluces del techo abovedado. Doce columnas de ónice se alzaban imponentes, talladas en forma de hombres y mujeres de cada uno de los reinos de Aritsar. Sus rasgos poseían un detalle hipnótico y sus cuerpos gruesos como troncos de cedro alcanzaban la altura de varios pisos. Juntos, los gigantes del Palacio Imperial soportaban el peso de la cúpula sobre sus hombros de piedra.

Normalmente el salón albergaba doce tronos. Ese día había veinticuatro dispuestos en una tarima multinivel: el frente del emperador unido, que incluía al príncipe y los dos consejos imperiales. Olugbade y su consejo ya estaban sentados. Todos iban enfundados en la misma tela del imperio, de un blanco fantasmal.

En el resto del salón la gente estaba de pie, apiñados en el suelo o en gradas y palcos que se alineaban hasta el techo. Percusionistas y bailarines bordeaban la sala dirigiendo el cántico de las multitudes mientras yo caminaba hacia la tarima. El canto era atronador y para entender las palabras tenía que leer los labios de la gente: «Kwesi Idajo. Seneca Idajo. Jiao Idajo. Mawusi Idajo. Helene Idajo. Obafemi Idajo. Thaddace Idajo». Los nombres y los títulos de cada juez supremo del pasado culminaron por fin en una frase que se fue repitiendo una y otra vez: «Ta-ri-sai Idajo. Ta-ri-sai Idajo». Ta-ri-sai Idajo: Tarisai la Justa.

Mi consejo tomó asiento. A continuación subí los peldaños a la gran tarima; mi cola crujía con cada paso. Cuando me senté en el trono de madera tallada junto a Dayo, la multitud bajó la voz hasta un susurro que recordaba al gélido océano Obasi. Miré al frente con la cabeza alta bajo mi corona de marfil mientras un millar de ojos me perforaban.

Carraspeé para aclararme la voz e hice una mueca cuando el sonido proyectó un eco en la sala. Los arquitectos quetzalanos habían construido la tarima con la misma piedra resonante que habían usado en el escenario del Jardín Teatro. Dayo alargó la mano con la intención de ofrecerme un contacto tranquilizador, pero luego se lo pensó mejor y unió las manos sobre su regazo. Aun en ese momento el monstruo que llevaba dentro sentía ansias de atacarlo y observaba la tarima en busca de armas que estuvieran a mi alcance. De nuevo, le convencí de que esperara: «El mundo te está mirando. Demasiadas contingencias». Tragué saliva y obligué a ascender por mi garganta las palabras que había ensayado.

—Como heredera de Thaddace de Mewe —dije—, juez supremo de Aritsar, ejerzo mi derecho a presidir esta audiencia. ¿Quién presenta una causa ante esta corte?

—Yo —dijo Olugbade, también como habíamos ensayado. Estaba sentado en un trono detrás de mí, así que no tuve que ver la expresión complacida de su rostro—. Yo, Olugbade, rey de Oluwan y *oba* de Aritsar, acuso a la Dama X, una mujer de Swana, de traición contra el imperio.

Más susurros y al momento silbidos y abucheos cuando los guardias entraron a la Sala Imperial arrastrando a una figura encadenada. La habían bañado, advertí, algo que fue un error estúpido por su parte. Aun envuelta en un paño andrajoso y con la cabellera apelmazada, la Dama era despampanante. Su postura era perfecta, exhibía unos músculos firmes bajo la piel ajada por los elementos. Las cadenas repicaron cuando los guardias la empujaron y obligaron a sus piernas engrilletadas a doblarse y arrodillarse a treinta metros de la tarima. Pero ella se mantuvo erguida, como una guerrera… o una emperatriz.

—La acusada está ante ti, futura juez suprema —declaró Olugbade. Apenas si podía contener el tono ufano de su voz—. Has revisado las pruebas. El castigo por traición es la muerte. ¿Aceptas fallar esta causa?

Me levanté, como se esperaba que hiciera, y estudié a la Dama. Obviando mi mirada, ella adoptó una expresión tan vacua y fría como el busto de la sala en la Casa Bhekina. Oí que Dayo se revolvía en el asiento a mi lado y recordé mi lúgubre promesa.

—No —respondí a la pregunta del emperador—. Hoy instruiré otra causa.

Se levantaron murmullos de sorpresa en la sala. Antes de que Olugbade o Thaddace pudieran intervenir, anuncié a toda prisa:

—Según los antiguos ritos instaurados por Enoba el Perfecto, un futuro juez supremo puede instruir cualquier causa que le parezca apropiada. Recuerdo a la corte que el primer fallo, una vez pronunciado, es irreversible. ¿Quién más presenta una causa ante mí?

—Yo —gritó una voz desde la entrada. Entre una cacofonía de murmullos, Keeya la mercader entró en el salón cargada con su hijo menor, de apenas tres meses de edad. La capitán Bunmi y su compañía de la Guardia Imperial, a los que les había pedido que protegieran a Keeya en su viaje a la corte, escoltaban a madre e hijo.

Ella se detuvo ante la tarima, al lado de la Dama, que volvió los ojos hacia mí con una curiosidad resplandeciente. Cuando Keeya se postró en reverencia, sus trenzas de raíz largas por la cintura barrieron el suelo. Exhibía un porte digno ante los veinticuatro aviesos tronos, aunque le temblaba la voz cuando dijo:

—Por favor, instruya mi causa, futura juez suprema.

Le dirigí una sonrisa de ánimo.

—¿A quién acusas?

Keeya inspiró hondo y luego señaló a Thaddace, que asistía a la escena mudo desde su trono.

—A su sagrada eminencia el juez supremo Thaddace de Mewe.

Más exclamaciones contenidas y luego una risa rabiosa por parte de Olugbade. Yo levanté la mano para pedir silencio a la multitud.

—¿De qué lo acusas?

Keeya levantó el bebé que tenía en los brazos.

—De provocar discordia entre un marido y su mujer —respondió—. Yo quería ponerle a nuestro hijo un nombre swano: Bopelo. Lleva generaciones en nuestra familia y es una falta de respeto hacia mis antepasados no continuar su legado. Pero mi marido no está de acuerdo. Tiene miedo de que nuestro hijo nunca se convierta en un mercader de éxito si no lleva un nombre del imperio. El Decreto de Unidad de su sagrada eminencia Thaddace ha provocado todo esto. Si no hubiera pedido a los arits que renunciaran a los nombres de sus reinos, yo no me estaría peleando con mi marido… y mi hijo tendría un nombre que no fuera «bebé».

Se hizo un silencio estupefacto. A continuación la multitud estalló en carcajadas. Era absurdo que un plebeyo acusara al juez supremo de provocar disputas matrimoniales. Sin embargo, según los pergaminos que había desenterrado en la Biblioteca Imperial, era perfectamente legal.

—Acepto tu causa —dije—. En esta fase del procedimiento, un juez supremo debería pedir pruebas. Pero no las necesito. Las pruebas están por todo Aritsar.

Volví el rostro hacia las gradas donde estaban sentados los plebeyos y la nobleza para devolver la mirada a sus ojos como platos. La multitud se había agrupado por reinos, un semicírculo de naciones en torno a la tarima.

Señalé los inmensos ventanales arqueados del salón, al otro lado de los cuales todavía se veía el horizonte manchado por las nubes de las hogueras.

—Vuestras historias arden en el cielo —les dije—. Las vidas de vuestros antepasados, el legado de vuestros hijos se evaporan como humo. ¿La unidad provoca disputas entre esposas y maridos? ¿Hace llorar a las ancianas en las calles? ¿Obliga a los generales a tomar las armas contra su propia gente?

Murmullos intranquilos. Me dirigí a la sección de plebeyos y nobles de Swana y cambié el arit por su lengua natal. A continuación me dirigí a otra parte de la sala, repitiendo la frase en nyambio. Luego tragué saliva con dificultad y me dirigí a otro grupo y a otro y a otro, hasta que hube hablado a la multitud en moreyí, spartiano, biraslovio, nóntico, quetzalán, mewí, oluwaní, djbantí, dhyrmano y bléssido. «La uniformidad no es unidad. El silencio no es paz».

La multitud guardaba silencio. Notaba la rabia de Olugbade acumulándose detrás de mí, a punto de estallar. No tenía demasiado tiempo. A toda prisa volví a cambiar al arit y bramé para que nadie pudiera cortar mi discurso.

—Yo, Tarisai Idajo, fallo a favor de Keeya de Swana. La paz llega cuando se celebra la existencia de las historias, no cuando estas se borran. De ahora en adelante, el Decreto de Unidad queda derogado —proseguí a través de un mar de jadeos impresionados— y remplazado por los Juegos Imperiales del Griot. Cada vigésima luna, todos los reinos enviarán a su mejor griot a contar historias de su gente en la capital. El griot de más talento será premiado con una recompensa del tesoro imperial y todos los artistas recibirán títulos imperiales, por cuanto sus historias suponen un privilegio para el imperio. Que se selle el acta. Mi primer fallo ha concluido.

—No —rugieron Thaddace y el emperador al unísono, levantándose de un salto. Sin embargo, su negativa quedó ahogada por un sonido que me erizó la piel de los brazos. Un sonido que llenó de gozo mi corazón y que me hizo temblar las piernas de alegría y miedo.

Una ovación. La gente me estaba aclamando en todos los frentes de la Sala Imperial. Levantaban los puños, estampaban los pies contra el suelo y entonaban a todo pulmón: «Idajo. Idajo. Tarisai Idajo». Junto a Keeya, la Dama se volvió a mirar despacio. Abrió unos ojos como lunas mientras observaba mi nombre en los labios de miles de asistentes y, cuando me dirigió la vista de nuevo, una expresión que nunca antes le había visto transformó sus facciones.

Un asombro maravillado.

Una mano aferró la mía y el monstruo que llevaba dentro se estremeció: Dayo. Con el corazón latiendo a toda potencia, alcé la vista a su rostro esperando ver decepción. Lo había engañado adrede la noche anterior. El príncipe pensaba que mandaría ejecutar a la Dama.

Sin embargo, solo parecía preocupado.

—Tienes que salir de aquí —susurró—. Ya.

—Suéltala —ordenó Olugbade a su hijo—. Guardias. ¡Guardias!

Sanjeet se puso en pie a toda prisa y me protegió con el brazo. Con un movimiento fluido, mis hermanos del consejo se unieron a él para escudarnos a Dayo y a mí mientras descendíamos de la tarima.

—A por ellos —dijo el emperador con voz ronca, pero al mirar atrás advertí que Thaddace lo estaba conteniendo.

—No han hecho nada ilegal —le advirtió el juez supremo. Señaló a la multitud y susurró con urgencia—: El mundo está mirando, Olu. No es momento de tomar decisiones precipitadas. Deja que se marchen. —Me dedicó una mirada torva—. Ya solucionaremos esto en privado.

La capitán Bunmi y su compañía nos escoltaron a Dayo, a Keeya y a mí por una puerta trasera, con nuestros hermanos del consejo pegados a los talones. Keeya estrechó a su hijo contra el cuerpo al tiempo que protegía sus oídos del estrépito que todavía sacudía el salón.

—Podrás regresar a tu aldea dentro de unos meses —le dije. Para entonces, esperaba, ningún justiciero imperialista estaría buscando plebeyos que se atrevieran a desafiar a Thaddace—. De momento, te he buscado un alojamiento seguro en la capital de Swana. La capitán Bunmi te escoltará. Tu familia se reunirá allí contigo; me he asegurado de que no les falte nada. —Empecé a explicarle dónde estaba la casa, pero me callé, a sabiendas de que las paredes tenían oídos en palacio. En vez de eso, le estreché la mano y envié mis recuerdos de la casa segura directamente a su pensamiento—. Gracias, Keeya.

Su rostro se iluminó.

—Gracias a usted —me dijo con una sonrisa—. Me parece que Tebogo no volverá a poner reparos a los nombres que elija para nuestros hijos. —Me hizo un guiño cuando la compañía de Bunmi le indicó que se pusieran en marcha y levantó la minúscula mano de su hijo—. Di adiós, Bopelo. Despídete de la juez suprema.

CAPÍTULO 30

Mis hermanos del consejo, agitados de la emoción, insistieron en que regresara al Palacio Infantil.

—Ya no tienes que estar sola —señaló Mayazatyl—. Tus estudios han concluido. Has pronunciado el fallo.

Negué con la cabeza. Nada había terminado. El suelo se estremecía según el grito de «Idajo, Idajo» seguía resonando por An-Ileyoba. El bramido creció y lo único que oía yo era un repique, un retumbar en mi mente: «Siempre ha estado dentro».

Se me heló la sangre en las ventas cuando las piezas del rompecabezas encajaron súbitamente.

—Tengo que irme —dije.

Escapando de la piña protectora de mis hermanos del consejo, me apresuré por el palacio arrancándome la corona de marfil, desenganchándome la cola y despojándome de las chinelas a la carrera. Sanjeet corría también pegado a mis talones descalzos.

—No puedes estar sola —gruñó—. Ahora no. No es seguro.

Yo le hice caso omiso y no me detuve hasta que llegamos a mi alcoba en el torreón norte.

El tambor de Aiyetoro estaba junto a la ventana, al lado del espejo de la Dama. Lo agarré a toda prisa y miré a mi alrededor con frenesí—. Necesito algo afilado.

Por decisión propia, no había vuelto a portar un arma desde la noche que apuñalé a Dayo. Perplejo, Sanjeet desenvainó una daga de su cinto y me la tendió. Luego se quedó mirando como rajaba la cabeza del tambor.

Varias hojas arrugadas de un diario, escritas con la caligrafía redondeada de la antigua lengua arit, cayeron del interior. A continuación dos objetos repicaron contra el suelo de piedra.

Con manos temblorosas, recogí las máscaras de tonos nacarados y las acerqué a la luz. Estaban talladas en forma de cabeza de leonas y cada una llevaba grabada una palabra: *obabirin* e *iyaloye*. Emperatriz. Princesa heredera. Las dos máscaras rugían con recuerdos de corazones latientes, las estridentes voces de niñas Kunleo, de radiantes que se negaban a ser silenciadas.

La máscara de *obabirin* mostraba varias franjas que representaban a los miembros ungidos por la Dama más su inmunidad de nacimiento. La máscara de *iyaloye* solo exhibía una raya. Rojo intenso, por la inmunidad con la que yo había nacido: combustión.

—Siempre hubo cuatro —susurré—. Dos regentes y dos herederos. Radiantes. Todos.

Una imagen asomó a mi mente: el mural en el techo de la biblioteca de Aiyetoro. Discos de oro solapados. Dos soles rodeados por manos enlazadas: un Aritsar unido.

Sanjeet mostraba una expresión tranquila.

—Después de todo lo que ha pasado en esa sala —dijo a la vez que se inclinaba para unir los labios a los míos—, si alguien duda de ti será un maldito necio.

—No deberías besarme. —Solté una risita, frenética de nervios—. Todavía estoy maldita. Sigo siendo peligrosa

—Mucho —dijo él—. Muy peligrosa. Y todo Aritsar lo sabe.

Volvió a besarme y yo temblé de la risa, con el corazón atronando en el pecho.

—Thaddace impugnará mi fallo —dije cuando nos separamos para coger aire—. Tardará un tiempo, pero encontrará la manera de revocarlo. No he conseguido nada.

—Te has ganado el corazón del pueblo. —Sanjeet resiguió mi frente por donde nacía mi nube de pelo libre de su corona de marfil—. Por no hablar de la Guardia Imperial. Recuerdan lo que hiciste por la capitán Bunmi y les horrorizaba obligar a la gente a cumplir el decreto de Thaddace. Da igual lo mucho que Thaddace ensucie tu nombre; Aritsar no renunciará a la esperanza que les has ofrecido hoy. No sin librar batalla. —Sonrió y tocó la máscara de princesa heredera con su marca de *iyaloye*—. Deberías invocarla. Decir su nombre.

—Muy bien —murmuré—. *Iyalo...*

Unos pasos callados cruzaron el rellano de la torre. Sanjeet me protegió con su cuerpo a la vez que acercaba una mano a la empuñadura de su cimitarra..., pero era Kirah la que cruzó la puerta con prisas.

—El emperador —jadeó—. Ha sentenciado a la Dama a muerte. Ha vuelto a llevarla al Cielo, donde la ejecutará dentro de una hora. —Tenía las pupilas dilatadas y le corrían lágrimas por las mejillas redondeadas—. Lo siento, Tarisai.

◎·◎·◎·◎

Un guerrero nos cortó el paso al pie de la escalera al Cielo.

—Perdonen, sagradas eminencias —nos dijo apabullado a Sanjeet, a Kirah y a mí—. Tengo órdenes del emperador. Todas las personas con autorización para asistir a la ejecución están arriba. Si lo desean, pueden observarla desde el patio, con el resto de los corte...

Proyectando el brazo como si fuera una serpiente, aferré el cuello del guerrero y lo liberé con la misma rapidez. Él trastabilló hacia atrás blandiendo su lanza.

—Sagrada eminencia. ¿Por qué...?

—¿Cuáles eran sus órdenes?

Él parpadeó y frunció el ceño a la vez que se frotaba la cabeza.

—Lo... Lo siento, sagrada eminencia. No me acuerdo.

—Déjenos pasar —le espeté, y los tres lo empujamos a un lado para abalanzarnos escaleras arriba. Había más guardias en el rellano; yo le arrebaté la memoria a uno mientras Sanjeet y Kirah sujetaban a otros tres—. Los retendremos —me dijo Sanjeet—. Ve.

Tras eso, como un huracán, crucé la puerta de hierro hacia el sol implacable.

Olugbade y sus Once formaban un semicírculo alrededor de la Dama, que se erguía tan alta e impasible como la propia torre. Todos excepto el emperador esgrimían arcos cuyas flechas apuntaban al corazón de la Dama. Un guerrero marcaba la cuenta atrás con un mazo contra un tambor.

—No —chillé. Solo el tamborilero dio un respingo. Los Once de Olugbade permanecieron totalmente inmóviles según dejaban que el rayo del emperador los uniera bajo su foco. Decenas de metros más abajo, los espectadores atestaban los patios mirando hacia arriba para presenciar la ejecución.

—Deberías haberte quedado al margen. —Cuando Olugbade se volvió a mirarme, su tono resultaba exasperante de tan tranquilo—. Una hija no debería presenciar la muerte de su madre. Ahora lo entiendo. La desesperación que te provocó encontrarte en esa situación provocó tu mal comportamiento en la Sala Imperial. Así que mañana derogarás tu fallo y presentarás tus disculpas. Luego será mejor que pases un tiempo fuera. —Sonrió con tanta benevolencia que me temblaron los huesos—. Una joven necesita tranquilidad para sobrellevar el duelo.

«La única tranquilidad que tú deseas concederme —pensé— está en el fondo de una cripta».

—No puedes matarla —le espeté—. No la habéis juzgado.

—Ah. —Olugbade hizo chasquear la lengua al mismo tiempo que negaba con la cabeza—. Nunca he precisado un juicio para poner fin a su vida, Tarisai. Pero necesitaba ponerte a ti a prueba. Desenmascarar al monstruo que crie junto a mi propio hijo. —El emperador suspiró—. Me he portado bien contigo, Tarisai. Cualquier niño normal me habría pagado con su lealtad. Pero ahora me doy cuenta de que a una cría de pitón, por pequeña que sea, siempre le acabarán saliendo colmillos. —Se volvió hacia su consejo—. Disparad.

Yo volví a gritar y las flechas surcaron el cielo. La multitud de la parte inferior guardó silencio… y luego empezó a murmurar, agitada de asombro.

Once flechas flotaron en el aire en torno a la Dama, a pocos centímetros de su piel, antes de caer inocuas al suelo. Se hizo el silencio en la azotea salvo por el tamborilero, que se desmayó como si hubiera visto a un dios en persona.

Su instrumento cayó con un golpe resonante, rodó por el borde de la torre y se hizo añicos contra el suelo del fondo.

La Dama preguntó:

—¿Todavía te parezco un fraude, hermano?

—Es un espejismo —respondió Olugbade con convencimiento—. Brujería. Hechicería. Probaremos de otro modo.

—No podemos, Olu —dijo Thaddace sin apartar los ojos de la Dama—. No sé qué ha pasado. Pero lo que hemos visto… Todo el mundo lo ha visto. —Señaló a la multitud que se agolpaba debajo—. No puedes matarla ahora, no así. La gente querrá… saber.

La esperanza me estrujó el corazón. Olugbade estaba siendo víctima de su propio orgullo. Debería haber asesinado a la Dama en privado, probando todas las muertes posibles hasta encontrar una que funcionara. Nadie habría presenciado sus intentos fallidos. Nadie habría adivinado el poder de la Dama.

Pero mi primer fallo lo había empujado a precipitarse. Como una serpiente aferrada a una rama en época de inundaciones, se había aferrado a su creencia de que las pretensiones de la Dama no eran legítimas. Al insistir en llevar a cabo una ejecución pública, había caído en su propia trampa.

—Veneno —dijo Olugbade, buscando bajo su *agbada* para extraer un frasco del pernicioso líquido. Las pupilas del emperador se dilataron cuando hizo aparecer un cuchillo de entre los pliegues de su túnica y vertió el contenido del frasquito sobre la hoja. El tufo me provocó escozor en las fosas nasales y Olugbade sonrió—. Vence esto a base de magia, bruja.

La Dama también era inmune al veneno. Yo había visto la máscara de la emperatriz y recordé el resplandor de una vibrante cinta verde. Sin embargo, para mi sorpresa, la Dama asintió.

—Muy bien. Me someto a tu voluntad, hermano. —Se quedó callada—. Sin embargo, un emperador honorable me concedería los últimos ritos. Antes de ejecutarme, deja que la suma sacerdotisa me lea el final.

Tras un intercambio de tensos susurros por parte del consejo, Olugbade apretó los dientes y le indicó a Mbali que diera un paso adelante.

La suma sacerdotisa temblaba cuando hizo la señal del pelícano en la barbilla de la Dama.

—Lo siento —le susurró Mbali. Los espejos de su velo de oración proyectaban círculos dorados en el rostro de la Dama—. Tú sabes que yo nunca quise esto.

Observé sorprendida que una lágrima resbalaba en silencio por la mejilla de la Dama.

—Ya lo sé, Mbali.

—¿Conoces las palabras?

La Dama asintió. El final era una oración que la mayoría de los arits aprendían de niños: «Esta noche podría unirme a la procesión de Egungun; esta noche podría alcanzar la purificación. Soy, que escribiste mi nacimiento y mi muerte: guíame al núcleo, el mundo sin final». Las mujeres se mecieron en mutuo abrazo, hablando al unísono.

—Esta noche podría unirme a la procesión de Egungun… —Ahora Mbali hizo una señal en la frente de la Dama—. «Esta noche podría alcanzar la purificación. Soy, que escribiste mi nacimiento y mi muerte: guíame al…».

La Dama aferró a Mbali por debajo de los brazos y cayó con ella al suelo. Sin dejar de sujetarla con sus brazos esbeltos y musculosos, la Dama empujó por encima del borde de la torre a la suma sacerdotisa, que se quedó colgando en el vacío.

Abajo, la multitud estalló en chillidos.

—Ha llegado la hora de la verdad, hermano —resolló la Dama—. Ojalá… Ojalá te hubieras avenido a que fuéramos una familia.

El consejo del emperador se abalanzó hacia delante, pero se detuvieron asustados cuando la Dama amenazó con abrir las manos. Olugbade dejó el cuchillo en el suelo con calma calculada.

—Es mi muerte la que deseas —dijo—, pero no puedes matar a un radiante.

—Esto es inútil, Dama. Tirar a Mbali solo te servirá para ser recordada como una villana. Ven. Entréganosla y asume tu final con dignidad.

—Alguien va a caer de esta torre —respondió ella—. O lo empujas o la suelto. Yo no quiero hacerle daño, pero tuya es la elección.

—No estás en posición de negociar —replicó Olugbade.

Pero la Dama no estaba mirando al emperador. Tenía los ojos fijos en Thaddace…, que estaba plantado junto a Olugbade, justo en el borde de la torre. El rostro del juez supremo adquirió un tono ceniciento.

No. No podía referirse a… No era posible. ¿Cómo podía saber la Dama siquiera que Thaddace…?

En ese momento mi corazón mudó en plomo.

Lo sabía porque yo se lo había dicho. Había intentado hacerla reír. Había traicionado el secreto de Thaddace y Mbali: el único elemento de coacción que podía volver a un miembro del consejo contra su emperador. Había vendido el alma de Thaddace por una sonrisa.

—No lo hagas —le pidió Mbali a Thaddace casi sin voz—. Recuerda tus principios. No hay justicia. Solo orden.

—Tú no crees eso —susurró Thaddace—. Nunca lo has creído.

Mbali esbozó una sombra de sonrisa.

—Hay mentiras que nos ayudan a sobrevivir.

Clavó las uñas en el brazo de la Dama, que gritó sorprendida y aflojó la presión sobre la mano de Mbali.

—No —chilló Thaddace. El blanco de sus ojos destelló y el aire crepitó cuando perdió el control de su Gracia: el calor dirigido. La energía fue tan intensa que me asomé a sus recuerdos sin necesidad de tocarlo. Una infancia de pobreza y vida al margen de la ley se desplegó en mi imaginación y vi a un pecoso niño mewí que anhelaba estabilidad. Floté por el día que llegó al Palacio Infantil y contemplaba boquiabierto las primeras ropas limpias que había llevado jamás. Avancé varios años. El corazón de Thaddace se hinchaba de asombro: Olugbade, el joven príncipe al que había aprendido a idolatrar, acababa de nombrarlo juez supremo de todo Aritsar. ¡A él, un ladronzuelo salido de las chabolas atestadas de ratas que se amontonaban en el Barranco del Derryl!

Salté hacia delante de nuevo. El chico era ahora un hombre que imponía la ley con la contrita severidad de un antiguo criminal. Se enamoró de una sacerdotisa de Swana, de sus ojos que veían la verdad y de su beso con sabor a misericordia. Con un simple empujoncito de sus elegantes dedos negros, ella hizo tambalearse su idolatrada seguridad.

Pasaron los años. Se encariñó de una niña que le recordaba a sí mismo. Una niña peligrosa, nacida en el seno de la deshonra: la hija de una criminal. La vio crecer en el Palacio Infantil y su tenacidad le arrancaba sonrisas. Creyó en ella y, cuando llegó el momento de elegir a su sucesor, le ofreció la misma posibilidad de redención que le habían brindado a él.

Más años transcurrieron. Las canas se abrieron paso a su cabello rojo mientras él se esforzaba por mantener el equilibrio. Amaba la ley. Adoraba a Mbali. Veneraba a Olugbade, su hermano y señor.

¿Cómo iba a saber Thaddace que la niña que había escogido —la joven a la que le había concedido una oportunidad— iba a quebrar el equilibrio? ¿Que lo traicionaría revelando su secreto? ¿Que destrozaría todo aquello que más amaba?

—Lo siento —jadeé—. Lo siento mucho.

Entonces Thaddace, juez supremo de Aritsar y mendigo del Barranco del Derryl, sollozó, giró sobre sí mismo y empujó al emperador de Aritsar al vacío.

La Dama vaciló al mismo tiempo. Con un grito horrorizado, dejó caer a Mbali.

Fue más silencioso de lo que yo esperaba, el chasquido de un cuerpo contra la piedra. Más estridente fue el ruido que se dejó oír a continuación, un chillido constante que me perforó los tímpanos como agujas. La multitud corría en desbandada huyendo de la Guardia Imperial, que ya inundaban el patio. A Thaddace se lo estaban llevando a rastras, exangüe como una muñeca de trapo y con los ojos verdes apagados del dolor.

Un solo chasquido.

«¿Qué cuerpo?». El pulso me rugía en los oídos. «¿Qué cuerpo?».

En ese momento una figura se irguió en el cielo y bloqueó los inclementes rayos de sol. Su cabello color cuervo flotaba como una corona al viento. Los símbolos de su cuerpo destellaban enroscados por los fibrosos brazos, que sostenían un bulto tembloroso: Mbali.

Viva.

El hombre dejó en el suelo a la suma sacerdotisa y ella, jadeando, corrió hacia las escaleras que la llevaban de vuelta al palacio.

—Has regresado conmigo —musitó la Dama.

—He regresado contigo —asintió Woo In, que aferró el cuchillo de Olugbade del suelo y le tiró un tajo a la Dama—. Esto por mentir a mi pueblo —le gritó en tono desgarrado mientras una fina línea escarlata brotaba en la mejilla de ella—. Ahora estás marcada, como yo, como los miles de redentores que habrías enviado a la tumba. Ya te puedes olvidar de contar con la ayuda de Songland. Cuando seas emperatriz, me aseguraré de que no tengan tratos contigo.

La Dama se llevó la mano a la cara y miró con interés la sangre que le manchaba los dedos.

—Muchacho monstruoso —murmuró—. Ya no voy a ser emperatriz. Acabas de matarme.

Woo In arrugó la cara desconcertado. En ese momento alguien lo empujó gritando, aullando, golpeándole el pecho con los puños. Esa persona era yo, ya lo sabía, pero el mundo se había adormecido y mi sentido de la vista se había estrechado al máximo.

—Era el cuchillo de Olugbade —sollocé—. Estaba envenenado. La has envenenado.

La franja verde de la máscara de Aiyetoro no cambiaba nada. La Dama había ungido a Woo In, así que podía poner fin a su vida; igual que Thaddace había matado a Olugbade. Contra la mano del redentor, ella no era inmune a nada.

El rostro de Woo In perdió el color. Al momento una manada de guerreros entró en tromba en la azotea y nos rodeó. Los brazos de Woo In me envolvieron el cuerpo con un abrazo feroz. En un abrir y cerrar de ojos ascendíamos por el aire, cada vez más arriba, por encima del palacio, dejando a la Dama atrás.

—Asesino —sollocé contra su cuerpo, deseosa de clavarle las uñas, pero incapaz de mover los inmovilizados brazos—. Monstruo. Asesino.

—Yo no lo sabía —resollaba él—. No lo sabía.

Los guerreros nos estaban disparando. Noté una punzada ardiente cuando una flecha me arañó el brazo. Otra se clavó con un zumbido en el costado de Woo In. Pero seguíamos ascendiendo, más y más alto, lejos de An-Ileyoba. Lo último que percibió mi consciencia antes de que me desmayara fue el azote del viento en los oídos y la visión de un mar de guerreros que rodeaban un cuerpo desmadejado en el patio lejano. El sonido de los tambores resonaba contra la piedra arenisca mientras los gritos saltaban de un parapeto a otro:

—El emperador ha partido a la aldea. No volverá en mucho tiempo. Larga vida a su majestad imperial: Ekundayo, rey de Oluwan y *oba* de Aritsar.

CAPÍTULO 31

Cuando recuperé la conciencia, estaba nevando.

Solo había visto la nieve una vez anteriormente: durante la gira de buenas intenciones, cuando viajamos en calamita a las montañas de Biraslov. Recuerdo que me sorprendió su suavidad, la delicadeza de los copos que salpicaban mi rostro como besos que me arrancaban risas y estremecimientos.

No había besos en ese momento. Solo azotes gélidos del viento según volábamos sobre un valle cubierto de un manto fantasmal. Woo In todavía me transportaba, aunque ahora me sujetaba sin ejercer fuerza y yo permanecía a flote mediante una energía pulsante que no veía. No llevaba nada encima salvo mi túnica del primer fallo; tan solo la fina capa de Woo In me protegía del frío.

—El brazo no sangrará hasta que aterricemos —dijo Woo In. Tenía la voz ronca y débil—. Tampoco mi herida. La corriente de aire estabiliza el sangrado, pero no podré seguir volando mucho rato.

—¿Cuánto tiempo he dormido? ¿Adónde me llevas?

Forcejeé y rocé con el brazo la flecha que Woo In llevaba clavada en el costado. Aulló de dolor y empezamos a caer en picado. Grité y Woo In maldijo, pero enseguida nos estabilizamos y planeamos precariamente en el aire.

—Te lo aseguro —gruñó—, lo último que quieres es que te deje caer.

—La has dejado allí. —Poco a poco, los recuerdos de lo sucedido en An-Ileyoba regresaban a mi mente. Me dolía la zona del brazo que la flecha había rozado—. Has envenenado a la Dama y la has dejado allí.

—Mi corriente de aire no puede transportar a tantas personas. Tenía que escoger.

—¿Por qué yo? —me indigné—. No soy yo la que se está muriendo, idiota. Es ella. Por tu culpa.

Guardó silencio un ratito, mientras el viento aullaba en nuestros oídos.

—No se está muriendo —susurré—. Ya ha muerto, ¿verdad?

Se inclinó abatido hacia mí. Así que apagué cada nervio de mi cuerpo, acallé cada pensamiento y construí una coraza diamantina contra lo que estaba a punto de decir.

—Estaba muerta pocos minutos después de que abandonáramos la capital —dijo—. Lo he sabido cuando el rayo ha abandonado mi cuerpo.

Mis oídos se negaban a aceptar esas palabras. Así que las dejé resbalar por encima de mí y precipitarse inocuas a la tierra que se extendía debajo. Ya me enfrentaría a ellas más tarde; un imposible detrás de otro.

—¿Cuánto rato llevamos volando? —le pregunté.

—Has dormido horas —dijo—. Nueve, puede que diez. Casi hemos llegado a Songland. A causa de tu tormenta, sin embargo, tal vez tengamos que parar durante la noche.

—¿Mi tormenta?

Señaló el valle que asomaba al fondo, que estaba cercado de montañas de un azul escarcha. Al fondo del valle, talladas en la ladera rocosa, se atisbaban dos enormes estatuas gemelas de un rey songlander con la mano elevada en un gesto de advertencia. Las estatuas tenían el tamaño de varias torres y debían de haber tardado siglos en concluirlas.

—Eso es el paso de Jinhwa —explicó Woo In—. Es la única entrada a Songland desde el continente arit. ¿Nunca te has preguntado por qué Songland no forma parte del imperio arit?

—Se negaron —respondí, tiritando—. Enoba el Perfecto aceptó su decisión, pero los excluyó del comercio, pues no estarían sometidos a nuestras normas.

Woo In lanzó una carcajada explosiva.

—¿Aceptó su decisión? ¿De verdad piensas que Enoba unió el continente sin derramar sangre? Enoba convenció a varios reinos de que se unieran, es verdad. Pero, si alguna tierra se negaba, la conquistaba. Todas excepto Songland, gracias a uno de mis antepasados, el rey Jinhwa. Sus chamanes encantaron el paso de las montañas para que solo las personas con sangre songlandesa o aquellas invitadas personalmente por el monarca reinante pudieran entrar. Cada vez que Enoba enviaba a un ejército, la tierra respondía con hielo y nieve. A ti no te ha invitado mi madre —explicó—. De ahí la tormenta.

—¿Por qué me llevas a Songland?

—Solo te llevo a la frontera —dijo después de un silencio—. Hay algo que debes ver.

Antes de que pudiera seguir preguntando, la corriente pulsante renqueó y caímos en picado. Woo In volvió a maldecir.

—Me estoy quedando si fuerzas —dijo apretando los dientes—. Tendremos que buscar refugio. Aguanta… y perdona por el dolor.

—¿Dolor?

—En cuanto abandonemos la corriente de aire, tu herida empezará a sangrar. También la mía.

Descendimos en espiral al valle y el estómago me dio varias vueltas hasta que aterrizamos en un montón de nieve que amortiguó el golpe. De inmediato noté un fuerte escozor. Un hilo de sangre resbalaba por mi brazo y me arranqué el bajo de la falda para vendármelo. Debajo de Woo In, en cambio, la nieve se había teñido de rojo. Él gimió, pero, cuando me disponía a arrancarle la flecha, negó con la cabeza.

—Todavía no. Sangrará demasiado —jadeó—. Necesitamos… —murmuró algo entre dientes. Al momento su cabeza se desplomó exangüe sobre la nieve y sus ojos se cerraron entre parpadeos.

—Ni se te ocurra —le dije, agitándolo por los hombros y abofeteándole la cara—. Ni se te ocurra quedarte dormido y dejarme aquí.

Woo In no se movía. Me puse de rodillas con dificultad y miré en derredor desesperada. Nada salvo blancura, blancura que nos envolvía como un inmenso sepulcro, nieve y tierra fundidas en un mismo tono.

A varios metros de distancia apareció una mancha negra y dorada.

Tragué saliva con dificultad al ver que se aproximaba fijando en mí los relucientes ojos de un llamativo tono amarillo. La nieve se derretía bajo sus patazas manchadas, que dejaban tras de sí una cinta de hierba verde.

—Hyung —susurré.

El emi-ehran se detuvo a pocos centímetros de mi cara. Su pelaje irradiaba calor y la tierra se transformó en una pasta a nuestros pies según el hielo mudaba en agua. Mis extremidades recuperaron las sensaciones y el fuerte aliento del monstruoso leopardo disolvió la escarcha de mis pestañas. Hyung torció la cabeza para examinarme al tiempo que agitaba la cola. A continuación despabiló a Woo In con un lengüetazo áspero y afectuoso en la cara.

—Ya lo sé, ya lo sé —gimió Woo In como si el animal le hubiera hablado en voz alta—. No hace falta que me recuerdes que tú me lo avisaste.

Hyung emitió un sonido que era mitad ronroneo y mitad gruñido, y Woo In sonrió.

—Reconócelo. Si no te diera tanto trabajo, te aburrirías.

La bestia lanzó un bufido apestoso semejante a un suspiro exasperado. Luego se agachó. Ayudé a Woo In a montar en el humeante lomo y le arranqué la flecha, haciendo una bola con su capa para detener el sangrado. A continuación me di impulso para montar en la fiera y me agarré nerviosa a su cuello mientras

Woo In se desplomaba contra mí. Empezamos a ascender entre las montañas.

El paso de Jinhwa terminaba abruptamente en una escarpada cresta con vistas al valle del otro lado. Los tejados se desplegaban como una inmensa colcha de retales rojos y las carreteras se diseminaban sobre la tierra cual telarañas de venas grises por las que circulaban caballos y carros. Un río serpenteaba por el valle igual que una cinta azul oscuro y grandes barcas blancas brillaban en su superficie.

—Bienvenida a Eunsan-do —murmuró Woo In.

—Es precioso —dije con voz queda—. Ojalá Kirah pudiera verlo.

Me había descrito la capital de Songland con todo lujo de detalles, citando frases de sus pergaminos de poesía. Rostros dorados, cubiertos con las redecillas de los tocados y pululando por las calles de acá para allá. Paños de seda anudados a la cintura que barrían el adoquinado del suelo. Los aromas del pescado con fideos que emanaban los puestecillos del mercado y las musculosas mujeres con fardos de trigo a cuestas, que ponían los ojos en blanco cuando los pescadores las llamaban desde las barcas del río. Los niños correteaban por encima de los tejados curvados persiguiendo cometas en forma de tigre. Kirah había creado canciones para cada imagen, que canturreaba mientras dirigíamos la vista más allá de Ciudad de Oluwan. Cada nota parecía crear un lazo que ataba su corazón al de una persona ausente.

Woo In se revolvió en la espalda de Hyung e intentó hablar en tono indiferente.

—¿Y por qué querría venir tu hermana del consejo?

—No tengo ni idea —mentí, y lo castigué con el silencio durante el resto del viaje.

Hyung no nos llevó a Eunsan-do. Cuando salimos del paso, el hielo desapareció de golpe y las hojas verdes crujieron bajo las formidables zarpas del animal mientras remontábamos una cresta que discurría pegada a la ladera. Para cuando llegamos a un pequeño claro, las nubes habían difuminado la luna. Carpas, arados y corrales de animales despuntaban a nuestro alrededor. Una sola casa con los cimientos elevados crujía bajo un tejado curvado de grandes aleros. Cuando entramos con andares inseguros, el ambiente invernal se esfumó. La sensación de entumecimiento desapareció de mis pies, aunque no había fuego en la estancia.

—Es magia —susurré.

—Es Songland —me corrigió Woo In—. Construimos las cajas para la lumbre en el exterior. Por debajo de nuestras casas discurren canales de humo que calientan el suelo. —El acogedor calorcillo se incrementó cuando Hyung se plantó ante la puerta, sellando así la entrada por completo.

—Lleva cuidado al andar —dijo Woo In.

—¿Por qué debería llevar…?

En ese instante tropecé con un bulto nudoso. Gemí. Mis ojos se acostumbraron a la oscuridad y a lo largo de la cámara alargada de bajo techado atisbé minúsculos cuerpos tumbados en el suelo cuyas caras me observaban adormiladas. Eran niños y todos, del primero al último, tenían la piel surcada de marcas azules.

—¿Qué sitio es este? —susurré.

Woo In tardó un momento en responder.

—Es un refugio —Me arrastró por un pasillo hasta una cámara sin ventanas que olía a agujas de pino—. Hay una cama en el rincón —murmuró—. Descansa. Mañana por la mañana continuaremos el viaje.

—¿Adónde? —pregunté, mareada por el cansancio y por el mal del consejo—. ¿Qué hago aquí? ¿Qué quieres de…?

Pero él cerró la puerta corredera de madera y echó el seguro. Solo cuando los pasos de Woo In se alejaron por el pasillo procesé los últimos gritos que había oído en An-Ileyoba.

«El emperador ha partido a la aldea. No volverá en mucho tiempo. Larga vida a su majestad imperial: Ekundayo, rey de Oluwan y *oba* de Aritsar».

—Dayo —exclamé en tono ronco cuando los sollozos aparecieron con súbita intensidad—. No. No puedo quedarme aquí; estará solo. —Golpeé el marco—. Tienes que llevarme de vuelta. No se lo he podido explicar. Pensará que lo he abandonado otra vez. Pensará…

«Pensará que al final he escogido a mi madre».

Pero yo no tenía madre. Ya no.

Me alejé trastabillando de la puerta y me desplomé en algo blando: un fino jergón de piel con un montón de mantas encima que olían a humedad. Entonces lloré a mares, balbuceando en un charco de sudor y mocos al mismo tiempo que notaba las máscaras de la emperatriz y la princesa clavadas en el pecho. Solo me movía para darle vueltas a mi anillo del consejo en el dedo, una y otra vez, hasta que una marca roja me floreció en la piel y mis demonios cayeron en un sueño irregular.

@·@·@·@

Hice una mueca, molesta por la luz de la mañana que entraba desde el pasillo. Las voces de los niños y los mugidos de los animales me llegaban amortiguados a través de las paredes y me ardían las sienes. Me incorporé de golpe y lo lamenté al instante. Las náuseas me invadieron.

No había sufrido el mal del consejo desde el último año que pasé en el Palacio Infantil, durante un brote de varicela. Los examinadores decretaron cuarentena para el consejo de Dayo y nos obligaron a dormir en habitaciones separadas. Incluso Dayo se vio obligado a guardarla; si bien el rayo lo protegía de la enfermedad, podía contagiarla de todos modos.

Al final ninguno tenía varicela…, pero tampoco habría cambiado nada, pues el mal del consejo era cien veces peor. A través de la bruma generada por la migraña, noté dolor en la mano. Tenía el dedo hinchado de tanto tocar el anillo sigilar.

Me dio un vuelco el corazón; había otra persona en la habitación. Por encima de mí se erguía una chica vestida con un chaleco de cuero y pantalones remendados. Miré las mejillas de tono tostado y los fríos ojos marrones. Las marcas que recorrían su piel titilaban con suavidad. Ya no eran azules, como hacía un año, sino de un tono morado oscuro.

—Ye Eun —exclamé sin aliento—. Estás viva. Lo conseguiste. Pues claro que sí; eres fuerte y valiente. Por el relato de Am, tenía tanto miedo por ti…

Hice ademán de abrazarla. Ella aferró mi brazo herido con una mano pequeña y firme.

—Tengo que limpiarle eso —me dijo Ye Eun. Su rostro inexpresivo era puro hielo—. Podría perder el brazo si se le infecta la herida. Le sucedió a uno de los niños más jóvenes.

Echó mano de un trapo que olía a hierbas desinfectantes y se acomodó el bulto que llevaba atado a la espalda: un pequeño redentor de cabello rebelde que balbuceaba contra su hombro.

—Ye Eun… ¿No te acuerdas de mí? —le pregunté—. Nos conocimos en el templo de Ebujo. Yo…

—Claro que me acuerdo de usted. —Hablaba en tono monocorde y su mirada estaba plagada de fantasmas—. Usted es la que en teoría iba a protegerme.

Mi estómago mudó en piedra.

—Lo siento. Intenté…

—No la necesitamos, ¿sabe? —me dijo—. Salvaré a los demás igual que me salvé a mí misma.

El bebé hizo un gorgorito y se acurrucó contra su espalda. Más caras marcadas de azul, desde niños que aún gateaban hasta otros mayores, se asomaron a la habitación por detrás de las piernas de Ye Eun. Exceptuándola a ella, ninguno tendría más de diez años.

—¿Dónde estamos? —pregunté—. ¿Dónde está Woo In?

—¿Se refiere al príncipe traidor? —Ye Eun se encogió de hombros—. Está revisando las trampas para conejos. Me ha pedido que le dé de comer y compruebe que no se ha hecho daño. Solo he podido mirarle las manos y los brazos.

Bajé la vista. Tenía una costra de sangre seca en la base del dedo, donde me había toqueteado el anillo la noche anterior.

—Tengo que limpiarle la herida y asegurarme de que coma —continuó, y tomó mi mano con ademán impaciente. Sus dedos, pequeños y hábiles, me aplicaron el desinfectante en las heridas y me las vendaron con lino. Un tazón de gachas grises humeaba junto a mi jergón, así como un cubo y un trapo de baño.

Mientras me limpiaba y comía, Ye Eun me escudriñó con atención y resopló.

—Ya sufre infección, ¿verdad? Ahora el príncipe traidor se enfadará y yo tendré que bajar a la aldea a buscar ajo. Ya voy con retraso en la instrucción de los demás para su viaje al inframundo…

—No es infección —la interrumpí, haciendo una mueca al notar una sensación como de tener algodón en la garganta—. Es el mal del consejo.

El ceño de Ye Eun no desapareció.

—En ese caso tendría que haber traído a alguien. Es usted como el príncipe traidor. Tiene fiebre cuando viene sin Kathleen o alguno de los demás.

—Bueno, pues ya no volverá a tener fiebre —le espeté, y la chica dio un respingo. Tragué saliva e hice una mueca compungida—. Perdona. Solo quería decir que… Woo In ya no forma parte de un consejo. La Dama ha muerto. Y yo soy su prisionera. —Esbocé una sombra de sonrisa—. Así que no se me permitió traer a un hermano.

—Si usted está prisionera, todos lo estamos —replicó—. Esto es Sagimsan: la montaña en la que abandonan a los bebés redentores. A veces es más sencillo abandonarnos al nacer que esperar a que tengamos diez años. El príncipe traidor sobrevuela las montañas y trae aquí a los pequeñines.

—Ah. —Se me encogió el corazón ante las caritas curiosas que me miraban desde el vano—. ¿Por qué llamas a Woo In «traidor»?

Ye Eun se encogió de hombros.

—Todos los songlandeses lo hacen. Desde que le entregó el alma a la Dama y la princesa Min Ja renegó de él. Pero a mí me da igual si de verdad es un traidor. Se porta bien con nosotros. —Se interrumpió—. Pensé que yo no volvería a Sagimsan. Después de escapar del inframundo, fui a buscar a mis padres. Me dejaron en la montaña, pero pensé que tal vez a mi regreso me aceptarían de nuevo en mi hogar. —Sonrió con tristeza—. No lo hicieron. Nadie quiere a una niña que ha recorrido el infierno y ha vuelto. De modo que mi emi-ehran me trajo aquí de nuevo. Ayudo a los redentores a reunir fuerzas. Les enseño a sobrevivir, como hice yo, para que estén listos cuando llegue el momento. No siempre es suficiente. Pero es mejor que recibir a la gente envuelta en una capa.

Hice una mueca de dolor, recordando la expresión reverente con que había mirado mi capa de batik en el banquete del templo.

—Debería comerse el desayuno —dijo Ye Eun. Miró mi cuchara y yo advertí por primera vez cómo se le marcaban los pómulos, sin grasa que los redondease—. El príncipe traidor volverá pronto.

Le tendí el tazón humeante.

—Termínatelo tú.

Ella tragó saliva y negó con la cabeza.

—Si no lo quiere, deberíamos dárselo a Ae Ri. —Se dio la vuelta para ofrecerme la espalda—. Ayúdeme a desatarla.

Me quedé paralizada, presa del terror. Nunca había cogido en brazos a un bebé más que unos pocos segundos, cuando los campesinos me los sentaban en el regazo durante las campañas de imagen. Yo besaba a los niños, como procedía, pero los devolvía tan pronto como podía.

—Tiene hambre —insistió Ye Eun—. No se preocupe, está limpia.

Yo resoplé resignada y, tomando al bebé por las axilas, la extraje con cuidado del arnés. Su liviandad, aun envuelta en la sencilla muda y pañal, se me antojó alarmante. El suave cabello rizado olía a heno y a leche y me sorprendió que su piel fuera varios tonos más oscura que la de Ye Eun.

Entorné los ojos.

—¿Es Ae Ri...?

—¿Una isoken? —Ye Eun se encogió de hombros—. Es posible. Hay campamentos ilegales en la frontera, donde los songlandeses comercian con Aritsar. Así fue como aprendí a hablar arit: comprando allí suministros para el refugio. No sucede con frecuencia, pero he oído de mercaderes que tienen amantes arits. —Miró a Ae Ri de reojo—. Es posible que esa sea su procedencia.

La pequeña se revolvía en el hueco de mi brazo mientras Ye Eun le daba de comer y ella paladeaba las gachas con labios rosados y húmedos. Luego aferró la pechera de mi vestido y gorjeó un saludo.

—Hola —le dije con inseguridad.

Ae Ri hizo un gorgorito y me observó con ojos valientes y oscuros instalados en el encaje de sus marcas azules. Una sensación de familiaridad que no sabía explicarme inundó mi corazón. De súbito, estaba furiosa.

¿Qué clase de tratado pondría fin a esta minúscula historia, extinguiría la luz de su alma, tras diez breves años? ¿Qué clase de paz exigía el precio de una vida que apenas había comenzado?

Una sombra oscureció la entrada y Ye Eun recuperó a Ae Ri cuando Woo In entró en el cuarto con pesadas zancadas, aferrándose el costado recién vendado.

—He revisado que no tuviera más heridas, como me has pedido —le informó Ye Eun—. Está enferma, pero limpia.

Dio media vuelta para marcharse.

—Espera —la llamé. Todavía no estaba preparada para dejarla marchar. Llevaba tanto tiempo pensando que había muerto... No importaba que me odiase; estaba llena de vida, gloriosa, reivindicativa. Cuando se detuvo, titubeé—: ¿Qué ser era tu emi-ehran del inframundo? ¿Un leopardo, como el de Woo In?

—No —respondió pasados unos instantes—. El mío es un fénix.

—No me sorprende.

Un asomo de sonrisa se insinuó en sus labios.

—Lo llamé Hwanghu —me dijo con voz queda—. Emperatriz.

Dicho eso, desapareció.

Woo In dejó caer un fardo de prendas de ropa a mis pies.

—Ponte esto. El viaje será breve. —Sus ojos de media luna
parecían apagados; había dormido mal. Sudaba de fiebre y con
toda probabilidad le dolía la cabeza tanto como a mí. No me
dio ninguna pena. El rostro ensangrentado de la Dama todavía
brillaba en mi mente.

Antes de salir me dijo:

—Invoca el rayo. No puedes contactar con tu consejo es-
tando tan lejos, pero ayuda con el dolor de cabeza cuando lo
intentas.

Le obedecí y, tras dejar que el calor se concentrara en la
base de mi cuello, envié un rayo de luz invisible hacia donde
supuse que estaba Oluwan. La luz se apagó y se enfrió al no
hallar nada más que vacío. Pero Woo In tenía razón; el dolor, de
momento, ya no era insoportable.

Las prendas estaban confeccionadas con tela de batik y
emanaban recuerdos especiados de Oluwan, donde Woo In debía de haberlas comprado. También me había traído unas botas
y una capa azul, como la suya, tejida con cálida lana.

Me vestí y entré en la pieza principal de la casa. Observé lo
que me había perdido la noche anterior. Dibujos esquemáticos
de animales y pasajes del inframundo cubrían las paredes de la
habitación y losas de pizarra con textos en escritura de Songland yacían sobre los almohadones de cualquier manera. Era un
aula de escuela. En la pared más larga se extendía de punta a
punta un mapa del continente con los portales de calamita me-
ticulosamente marcados en cada reino.

Woo In y yo abandonamos el campamento a lomos de Hyung
y pronto coronamos una de las estepas cubiertas de pino. Pasada
una hora, nos detuvimos en una fisura curvada de la ladera roco-

sa, alta y angosta como la pupila de un gato. Las relucientes grietas azules que recorrían Sagimsan parecían converger en ese punto, como rayos que se hubieran propagado por la superficie de la montaña. La energía latía en el aire frío y, cuando desmontamos, vibró también a través de mí igual que si explorara mi cuerpo con curiosidad manifiesta. El emi-ehran arqueó el lomo y se le erizaron los bigotes.

¿Qué clase de sitio podía perturbar a una fiera que había visto el inframundo?

—Hyung esperará fuera —dijo Woo In, que se inclinó para despojarse de sus ajadas botas de cuero, primero una y luego la otra—. Te aconsejo que hagas lo mismo —añadió, señalando mis pies con el mentón.

—¿Por qué?

—Es un modo de mostrar respeto.

—Hasta que me expliques qué hacemos aquí, no iré a ninguna parte.

Woo In lanzó una mirada tensa a la entrada en forma de grieta.

—En teoría no debería mostrarte este sitio. Solo la familia real de Songland conoce su ubicación, pero... —Resopló con suavidad—. Hay una historia oculta en las profundidades de la montaña. Explica la maldición de los redentores y Songland. Sin embargo, está encantada y solo algunos linajes son capaces de entenderla. Según los chamanes, los Kunleos son de los pocos que pueden hacerlo. Así que cuando la Dama acudió a Songland hace dieciséis años pidiendo ayuda para su golpe a la corona... la traje a este sitio. Ella leyó la historia, pero no quiso contarme lo que decía. Afirmó que era peligrosa. Me pidió que confiara en ella, y lo hice. —Su expresión se endureció, pero al momento la desesperación la suavizó—. Necesito saber qué hay allí dentro, hija de la Dama. Por favor, no tenemos mucho tiempo. La Renovación del Tratado tendrá lugar mañana por la noche.

—Nunca me has llamado por mi nombre. —Fruncí el ceño. Me notaba despierta de un modo extraño en ese aire, como si llevara meses caminando sonámbula—. ¿Sabes una cosa? Ella es parte de mí, Woo In, pero no somos la misma persona. Y nunca lo seremos.

Parpadeó mientras procesaba lo que le decía. Luego asintió despacio y tomó mi mano.

—Por favor, Tarisai.

Dejé que sus dedos se cerraran en torno a los míos. Juntos, entramos en la hendidura y descendimos al corazón de la montaña Sagimsan.

CAPÍTULO 32

No hacían falta antorchas. Vetas translúcidas de roca azul relucían en el interior de las paredes y avanzábamos por el túnel como llevados por la corriente; la energía discurría en una sola dirección según descendíamos más y más.

Nos detuvimos en la boca de una cámara redonda de roca viva. Pinturas de pelícanos relucían en el techo envueltos en halos que irradiaban de sus alas extendidas. En el suelo estaba pintado el mismo símbolo que había en la Biblioteca Imperial de Oluwan y en el tambor de Aiyetoro: dos soles solapados rodeados de un círculo de manos unidas.

Me costaba respirar. Era como si el aire se hubiera esfumado y yo no inspirase nada salvo pura energía azul que me latía en las sienes. Cientos de glifos brillantes cubrían la pared situada al fondo de la caverna.

—El corazón de Sagimsan —me explicó Woo In—. Cada una de las vetas azules que has visto en la montaña surge de esta sala. Yo no puedo leer esa pared. Pero tú sí.

—¿Cómo? —me acerqué despacio al muro y entorné los ojos ante una escritura tan compleja que bizqueé—. No la entiendo.

Pero las palabras empezaron a murmurar, susurros que me envolvieron en una nana cautivadora. Mi mano se alzó por sí sola, como poseída, y pegué los dedos a la pared.

La escritura se entremezclaba formando patrones confusos… Y de repente se proyectó hacia mí en un haz luminoso.

Contuve un grito cuando los glifos me cubrieron el cuerpo y se me adhirieron a la piel como agua corriente. Cerré los ojos. Cuando los abrí de nuevo, los símbolos habían desaparecido y, en lugar de estos, cuatro palabras resplandecían en la pared: «Bienvenida, heredera de Wuraola».

—Concéntrate —oí gritar a Woo In como si hablara desde una gran distancia—. Escucha.

Su voz quedó ahogada cuando otra inundó mis oídos: un rugido profundo, maravilloso, como la voz de un océano inefable. No era joven ni anciano, masculino ni femenino, pero yo sabía sin ver su rostro que esa energía podía desintegrarme con una sola palabra.

Tarisai.

Me desplomé en el suelo, temblando.

No me tengas miedo.

—¿Cómo no hacerlo? —susurré, con la espalda pegada al gélido piso de roca—. Eres… —Se me cortó el aliento mientras trataba de ajustar mi mente a lo imposible. Pero notaba la certeza en lo más profundo de mi ser—. Eres el Fabulador.

Un silencio meditativo.

Soy un recuerdo del Fabulador —respondió—. *Confinado a la roca, para cuando me necesiten. Tienes oídos. ¿Los aguzarás?*

Asentí sin palabras.

Entonces oirás, heredera de Wuraola.

La cámara desapareció. Una parte de mí sabía que continuaba tendida en esa montaña henchida de energía, con el cuerpo inmóvil como la muerte mientras Woo In se cernía sobre mí, agitando una mano nerviosa ante mis ojos abiertos pero ciegos al exterior. La otra parte se precipitaba por un mar de imágenes, olores, voces. Planeaba sobre un tejido de retales: ciudades que se alzaban, que caían, que evolucionaban mientras yo cabalgaba el mismísimo tiempo.

Hace miles de lunas —dijo la voz oceánica— *un hermano y una hermana, ambos guerreros, vieron hacerse pedazos su tierra natal. De las profundidades surgieron monstruos, las infecciones se propagaron y las islas se volvieron unas contra otras. Enoba era valiente, pero Wuarola era sabia. Ella comprendió que la división había debilitado a los seres humanos en su lucha contra los abikus. Cuando se lo dijo a Enoba, él esclavizó a un alagbato y le pidió el poder de unir doce reinos.*

Yo volvía a estar en la sabana de Swana. Veía desde arriba, como una estrella, un guerrero de anchas espaldas acercarse a un alagbato de rostro ingenuo; Melu, quinientos años más joven. El ser inmortal dormía tranquilamente junto a su balsa, con las relucientes alas recogidas en torno a sus largas y delicadas extremidades. Sigiloso como un gato, el guerrero prendía un grillete de esmeraldas al brazo del alagbato.

Una sensación de familiaridad me recorrió la espina dorsal. Gracias a esta historia, comprendí, la Dama había descubierto cómo esclavizar a Melu.

Con su primer deseo, Enoba le pidió al alagbato que cubriera de tierra los océanos y uniera las islas para poder gobernarlas como una sola. El alagbato convertido en ehru dijo: «Así sea», y a lo largo de kilómetros la tierra cubrió las aguas. Enoba estaba satisfecho y cruzó su nuevo continente con un magnífico ejército. Pero para conquistar unas tierras tan vastas no bastaba la lanza de Enoba y Wuaraola usó sus palabras para llegar al corazón y la mente de las gentes.

A pesar de todo, hermano y hermana tenían dudas de su capacidad para derrotar a los abikus. Enoba regresó junto al ehru y le pidió su segundo deseo: el poder de gobernar un imperio por toda la eternidad. Para concederle ese don, el ehru subió a los cielos y robó dos rayos del centelleante sol.

«Ningún hombre puede burlar la vejez —le advirtió el ehru—, pero, por cada corazón tocado por tu rayo, un aspecto del filo de la muerte no será capaz de alcanzarte. Tus herederos serán aún más poderosos, pues ellos poseerán una inmunidad de nacimiento. Toma este rayo y dale el otro a tu hermana e igual, pues ningún ser ha sido creado para gobernar en solitario.

Pero Enoba, viendo las naciones que su lanza había conquistado, dijo: «Yo no tengo igual» y devoró los dos rayos.

La sabana de Melu se desvaneció y de nuevo el tiempo pasó ante mí entre un remolino de color: desaparecieron bosques, nacieron aldeas, prosperaron ciudades, se coronaron regentes.

El reinado de Enoba fue largo y a menudo sereno. Su rayo le permitió sobrevivir a Wuraola y, si bien la lloró, su orgullo borró la historia de su hermana de la faz de la tierra.

Bajo el Tratado, los monstruos del inframundo desaparecieron del continente. Nacían niños redentores en todos los reinos. Pero, después de varios años de que los padres lloraran en las calles cuando les arrebataban a sus hijos, el pueblo arit empezó a guardarle rencor al emperador.

«¿Por qué debemos sacrificar a nuestros hijos en aras de la paz —empezaron a murmurar— cuando el emperador no tiene que sacrificar a los suyos?». Pues Enoba había hecho prometer a los abikus que nunca nacerían redentores entre los oluwaníes.

Enoba temía una rebelión. Con la esperanza de aplacar a sus súbditos, volvió junto al ehru y le pidió su último deseo: una manera de asegurarse de que solo los niños de Songland, y nunca de Aritsar, fueran elegidos como redentores. A regañadientes, el ehru otorgó un nuevo poder al rayo de Enoba: la capacidad de crear un consejo sagrado y unir once almas a la suya.

El Tratado, explicó el ehru, debía sellarse con sangre: una gota por cada gobernante. Lo comparó con extraer briznas de paja en un juego de suertes: mientras la sangre fuera la misma, ningún reino extraería la brizna más corta. La maldición del redentor no favorecía a ningún reino; todos se sacrificaban por igual. Pero ahora que Enoba había unido once almas a la suya, su sangre albergaba el poder de doce reinos. Había añadido, por así decirlo, briznas más largas al juego. Cuando el continente se reunió de nuevo para renovar el Tratado, la sangre de Enoba reforzó el poder de los doce gobernantes arits, multiplicando así las probabilidades contra Songland. *Nunca más ningún redentor volvió a nacer en Aritsar.*

Sospechando de juego sucio, los songlandeses se rebelaron y al principio se negaron a entregar a sus hijos. Pero los abikus se vengaron y enviaron monstruos y plagas que arrasaron las tierras, hasta que por fin, con rabia y dolor infinitos, Songland se rindió. Enviaron a sus hijos: trescientos cada año.

El secreto de Enoba murió con él. Sin embargo, cada cien años, su maldición sobre Songland se restablece a través de la Renovación del Tratado, cuando los descendientes de Enoba vierten su sangre en el antiguo escudo de Enoba.

La voz me mostró otra escena: no era el pasado sino una premonición. Vi la Sala Imperial suntuosamente decorada para la ceremonia de renovación. Contemplé cómo transportaban el escudo de Enoba a la tarima de los tronos. Vi a Dayo ataviado con las prendas ceremoniales del emperador, tocado con la corona del sol, que antes perteneciera a su difunto padre, y rodeado por un semicírculo de gobernantes. Noté la mirada atormentada de Woo In, oí el grito de los padres de Ye Eun y presencié cómo arrojaban a miles de niños a un abismo frío e inmenso del que nunca volverían… Todo ello mientras Dayo se inclinaba sobre el escudo, se practicaba un corte en la mano y vertía su sangre.

—No —chillé—. ¡No!

¿Qué historia inspira tu vida, heredera de Wuraola?

Y la escena se fundió en blanco.

☉•☉•☉•☉

El rostro de Woo In se definió ante mis ojos, a pocos centímetros del mío.

—Estás despierta. —Suspiró, relajando los hombros—. Apenas respirabas. Temía que…

Dejó la frase en suspenso y me ayudó a incorporarme. Sus manos eran cálidas al tacto contra mi piel fría y sudorosa. Aún tenía la vista borrosa, como si una parte de mí siguiera flotando por encima de mi cuerpo. Los glifos habían desaparecido de mi piel y regresado al muro de roca. Sin embargo, nada era igual que antes; en especial Woo In, cuyos motivos geométricos me inundaron de horror renovado.

—Estáis malditos —gemí con voz estrangulada—. Tú, Ye Eun, los redentores. Los Kunleos os han maldecido a todos.

Woo In se quedó inmóvil como la muerte.

—Lo sabía —susurró. Todo me dio vueltas cuando me ayudó a levantarme—. Puedes contármelo cuando lleguemos al refugio. Vamos; la montaña absorbe nuestras energías. Intenta no quedarte dormida. Si te duermes mientras sigas bajo la influencia de la cueva, será difícil despertarte.

Regresamos a la casa en la aldea de los redentores y nos desplomamos en el cálido suelo del aula. Después de que Ye Eun nos devolviera las fuerzas con pescado al vapor y caldo, se lo conté todo a Woo In. Su espalda estaba más rígida con cada palabra que yo pronunciaba y, cuando terminé, dijo con voz ronca:

—Ella lo sabía. —Estaba pálido de fiebre, y lágrimas de rabia se acumulaban en sus ojos—. Desde el principio —gritó—. La Dama sabía que el Tratado renovaría la maldición sobre Songland y aun así estaba dispuesta a renovarlo.

Los niños salieron corriendo del aula, asustados. Yo presioné un paño húmedo contra la frente de Woo In y luego contra la mía, mientras recordaba las frases que había leído en el diario de mi madre: «Pagaré el precio de la paz, como hicieron mis antepasados antes que yo».

Fruncí el ceño con incredulidad y al momento me senté más erguida.

—Espera un momento. Puede que madre estuviera intentando corregir la injusticia. Ella te ungió, ¿no? El recuerdo del Fabulador describía la Renovación del Tratado como un juego de suertes con briznas de paja en el que las posibilidades contra Songland se acumulaban. Pero, gracias a ti, la sangre de madre representaba a Songland tanto como a Aritsar. Si su sangre se vertía en el escudo de Enoba, la Renovación del Tratado volvería a ser justa. Los redentores podrían nacer en todo el continente, igual que antes.

Woo In lo meditó antes de negar con un lento movimiento de la cabeza.

—Ella nunca tuvo intención de ungirme —susurró—. E, incluso cuando lo hizo, intentó por todos los medios eliminar mi sangre de sus venas.

Me mordí el labio y posé la mano en la mejilla de Woo In.

—¿Puedo?

Él asintió y yo me precipité a un recuerdo de nieve recién caída.

◎∘◎∘◎∘◎

Tengo diez años y he sobrevivido al inframundo.

Recorro la boca de la cueva sagrada, en la montaña de Sagimsan, temblando y sonriendo al pensar en ella. El fuerte aliento de Hyung me caldea la coronilla y sus bigotes me hacen cosquillas en la frente. Mi mejor amigo —mi único amigo— gruñe y me mordisquea el pelo con disconformidad.

—No me mires así —me río—. Confío en ella, ¿vale? Una vez que haya leído lo que pone ahí dentro, sabrá cómo ayudarnos. Ya no habrá más redentores. No habrá más niños como yo.

Hyung se limita a suspirar y el gélido aire muda en neblina. Levanto la cabeza de golpe: unos pasos resuenan en la cueva. Cuando aparece la Dama, corro a su lado. Desprende un tufillo metálico, como si estuviera empapada en la energía de Sagimsan. Durante un instante permanece erguida bajo su capa roja forrada de pieles, tan majestuosa como el primer día que la vi. Luego se tambalea; el recuerdo del Fabulador le ha arrebatado las fuerzas. Le ofrezco el hombro antes de que se derrumbe.

—Gracias —dice, sonriendo con cariño sincero—. Me has salvado.

—Bueno, usted me salvó a mí primero —respondo, y ella se ríe a la vez que me revuelve el pelo.

—Sí, mi querido niño, supongo que sí.

A mi regreso del inframundo, pensé que a mi vida le crecerían alas y ascendería como las grullas sobre el mar Gyeoljeong. Creía ser libre y no un sacrificio andante que inspira pena y sentimiento de culpa a todo aquel que me ve.

En vez de eso, las palabras «niño infernal» salpicaban el Palacio de Eunsan-do. Las ayas me desnudaban cada mañana y frotaban mis marcas con sal y agua helada. Los nobles azuzaban a Hyung con palos y espadas con la intención de sacar al emi-ehran del palacio y mis parientes escupían para alejar el mal de ojo cada vez que se cruzaban conmigo. Min Ja, mi indómita hermana, hacía cuanto podía por protegerme. Pero solo madre podría haber puesto fin al acoso… y ella no hacía nada salvo llorar.

«Hueles a muerte, hijo mío —sollozaba—. Mi pobre niño muerto».

«Pero no estoy muerto —le recordaba—. Estoy vivo. He vuelto».

Pero ella no hacía sino llorar con más sentimiento y entonces comprendí la verdad: en el fondo de su corazón, mi madre habría preferido que yo no hubiera regresado.

Llevaba toda su vida preparándose para mi muerte. Fue su modo de sobrellevarlo, de mentalizarse para la inevitable pérdida. Sin embargo, en vez de ofrecerle un ángel sacrificado, yo le había endilgado un hijo vivo y maldito.

Bueno, pues ya no tendría que cargar más conmigo. Al día siguiente reuní cuatro cosas para acampar y cabalgué a lomos de Hyung a Sagimsan. De no ser por mi emi-ehran, habría muerto congelado en menos de un mes.

Y entonces un ángel apareció en la sierra. Los copos de nieve titilaban en su flotante cabellera negra. Gritaban mi nombre con una voz semejante a música. Cuando encontró los rastros de mi campamento, descargó sus cosas y encendió un fuego para cocinar. El apetitoso aroma del pez dulce y los fideos picantes me arrancó de mi escondrijo; mis provisiones se habían agotado tiempo atrás.

El ángel cuidó de mi hasta devolverme la salud, me envolvió en mantas de pantera y me alimentó con cucharadas de guisado directamente en la boca.

—¿Quién es usted? —le pregunté con un hilo de voz ronca.

—Una amiga —me dijo. Me retiró el revuelto cabello de la frente. Sus dedos oscuros eran cálidos al tacto, como si hubiera traído el sol de Aritsar—. Me puedes llamar Dama.

—Viene de fuera. Usted es la causa de que la tormenta lleve toda la semana azotando el paso de Jinhwa.

—Me temo que sí. La reina Hye Sun no quiere invitarme a su reino, por más cartas que le envíe. —Frunció el ceño y se ciñó la capa escarlata al cuerpo—. Por suerte, no tenía intención de llegar hasta Songland. Solamente quería encontrarte a ti.

—¿Por qué?

—Las leyendas de un príncipe redentor que se ha perdido en Sagimsan han llegado a la frontera arit. La reina Hye Sun está enferma de preocupación.

Lancé un bufido.

—Lo dudo mucho. A ella le gustaría que yo hubiera muerto.

Le conté cómo me habían tratado en el palacio. El rostro de la Dama, ya sin defensas, se suavizó mientras escuchaba. Pronto la ira arrugó sus elegantes facciones.

—Sé cuán cruel puede ser la gente de palacio con un niño —susurró. Tomó mis manos y me las estrechó—. Sobre todo con un niño que les inspira temor.

—Me daba igual lo que hicieran los nobles. Pero madre...

—Te comprendo, Woo In. Mi padre tampoco me quería.

Guardamos silencio un rato, con las manos unidas, viendo como los copos de nieve se perdían en el fuego.

—Eres un muchacho encantador —dijo—. La reina Hye Sun no te merece, y lo sabe. He oído rumores de que vive atormentada por el sentimiento de culpa. Si volvieras ahora —prosiguió la Dama en tono meditabundo—, te daría lo que le pidieras.

—No quiero nada suyo.

—Ah —suspiró la Dama, evitando mis ojos—, pero yo sí. Quiero salvar a los niños como tú. Si convences a tu madre de que me preste su ejército un tiempo, me aseguraré de que ningún niño de Songland vuelva a entrar en la brecha.

Se me aceleró el pulso.

—¿Cómo?

—Es ahí donde intervienes tú, cariño. En alguna parte de esta montaña hay una cueva con un secreto muy especial. Me han dicho que solo unos pocos songlandeses pueden dar con ella: los chamanes del más alto rango y la familia real.

Tragué saliva. Pues claro que sabía dónde estaba la cueva sagrada de Sagimsan. Cada año, mi familia peregrinaba a la gruta para dejar ofrendas en la entrada y rezar por la prosperidad de Songland. Nadie estaba autorizado a entrar, pero yo me había colado una vez en el túnel, muerto de curiosidad. Encontré una sala con un galimatías escrito en una pared. Entonces me desmayé, incapaz de seguir respirando ese aire azul, presurizado. Al final los chamanes acudieron a mi rescate y pasé dos días prácticamente inconsciente.

—No le puedo decir dónde está —respondí, desanimado—. Solo estoy autorizado a revelárselo a los miembros de la familia.

—¿Autorizado por quién? ¿Por los matones de Eunsan-do que te insultaban? —Esperó a que lo meditara antes de añadir—: Además, yo podría ser tu familia, cariño. Si tú me dejas.

Y, apoyando mi cabeza en su suave pecho, me contó la historia más hermosa que había oído jamás: «Había una vez un grupo de niños ungidos, parias igual que yo. Se criaron juntos, crecieron juntos, viajaron por el mundo compartiendo una única mente. Su amor mutuo era tan intenso que enfermaban si estaban separados e incluso podían morir».

—¿Y dónde están ahora? —le pregunté, sobrecogido.

—Esperando en la frontera arit.

—¿Los echa de menos?

—Sí, aunque la enfermedad del consejo no afecta al radiante. No podía traerlos al paso; la tormenta ya ha sido tremenda con un solo forastero. He ungido a tres personas y tengo varios candidatos más. —Sonrió—. Algún día seremos doce.

La Dama podía ungirme a mí también, me explicó. En su familia yo nunca sería «el niño infernal» ni «la ofrenda». Solo sería Woo In: el liberador de los redentores.

Al día siguiente la llevé a la cueva.

—¿Ha encontrado lo que buscaba? —le pregunto ahora ilusionado. Mis brazos le rodean la cintura mientras cabalgamos a lomos de Hyung de regreso al campamento—. ¿Podrá liberar a los redentores? ¿Me ungirá?

—Pues... —Se frota las sienes—. He descubierto muchas cosas. Déjame tranquila un momento, Woo In. Necesito pensar.

Se lo pregunto de nuevo al día siguiente, mientras la Dama retira una liebre de una de sus trampas, le rompe el pescuezo con aire distraído y la limpia para asarla sobre la hoguera.

—¿Ya ha terminado de pensar, Dama?

Guarda silencio un momento y me dice:

—En realidad no te gustaría que te ungiera, Woo In. Es de por vida y supone mucho trabajo, ¿sabes? Eso por no mencionar el mal del consejo. ¿Por qué no te unes a mí como...? —Lo medita a toda prisa—. ¿Como miembro honorario? Sería más o menos lo mismo.

—No quiero —respondo, frunciendo el ceño—. No tendría el rayo.

La Dama se ríe.

—No nos hace falta el rayo para amarnos, pequeño. Ya sé lo que haremos. ¿Por qué no recoges tus cosas y vuelves a Eunsan-do? Yo te esperaré aquí mismo y puedes convencer a la reina Hye Sun de que me reciba. Luego iré a buscarte al palacio. Nos marcharemos juntos, para siempre. —Se limpia las manos ensangrentadas en la nieve y vuelve para envolverme con su capa, murmurando contra mi pelo—. Una vez que la reina me haya prestado su ejército, necesitaré un príncipe joven y guapo que me ayude a capitanearlo. Imagínate…

—Usted no me quiere. —Advierto, avergonzado, que me tiembla el labio inferior—. Le da miedo estar conmigo. Igual que a madre.

La Dama se arrodilla para ponerse a mi altura y me aferra los hombros.

—Yo no me parezco en nada a la reina Hye Sun —susurra. Me clava sus brillantes ojos negros, aunque habla para sí un momento—. Yo nunca renegaría de un niño por miedo. No soy como padre ni como Olugbade. Soy mejor. Soy distinta.

—Pues únjame.

Su cuerpo se crispa, pero al momento se anima.

—No puedo. Todavía no, al menos. Tienes que amarme primero, ¿recuerdas?

—Entonces no hay problema —le digo—. Porque ya la amo.

Mirándome fijamente, pierde el aliento un instante y sus facciones se nublan de asombro y dolor.

—Por el relato de Soy. Lo dices en serio, ¿verdad? —Asiento y ella ríe amargamente a la vez que me besa la frente—. No me extraña que los Kunleos siempre hayan ungido niños. El amor es tan sencillo a tu edad…

Se levanta y camina de un lado a otro durante varios minutos. Evita las inmediaciones de Hyung, que está sentado allí cerca lamiéndose las patas y gruñendo en su dirección. Por fin se detiene y murmura al aire:

—La sangre isoken serviría de contrapeso. Sangres mezcladas de distintos reinos… Es un riesgo, pero podría funcionar. Todavía hay sitio en el consejo. Solo tengo que encontrar a los más idóneos. Sí… Se puede intentar.

Extrae un pequeño frasco de entre los pliegues de su capa, que se columpia de la cadena que lleva al cuello. Sus labios carnosos exhiben un ademán decidido antes de dibujar una sonrisa dulce cuando se vuelve hacia mí.

—Ven, pequeño. —Corro a sus brazos tendidos y ella moja mi frente con aceite al mismo tiempo que el rayo me engulle. Hago una mueca de miedo cuando extrae un cuchillo y se corta la palma de la mano, luego la mía para mezclar nuestras sangres. A continuación sus palabras gotean en mi oído como cera de abeja, ensordecedoras y dulces—. Recibe la unción.

CAPÍTULO 33

Solté la mente de Woo In con un estremecimiento, según me quitaba de encima el fantasma del abrazo de mi madre.

—Por más que lo intentó, la Dama nunca consiguió que el ejército de Songland la ayudara —murmuró Woo In, que sonrió tristemente al suelo del aula—. Pasé años tratando de convencer a madre, pero Min Ja lograba disuadirla en todas las ocasiones. —Soltó una risita—. Mi hermana siempre fue la más lista de los dos. Intentó prevenirme contra la Dama, pero yo no le hacía caso. Así que Min Ja se desentendió de mí. No se lo reprocho.

Tras un instante tenso, le pregunté:

—Kathleen no es la única isoken del consejo de madre, ¿verdad?

—Claro que no. Todos son isokens menos yo y los tres primeros.

—Así pues, fortaleció su propia sangre representando los reinos arits muchas veces mediante miembros del consejo pertenecientes a razas cruzadas…

—Con esa estratagema, la Dama esperaba cancelar mi sangre y volver a aumentar las posibilidades contra Songland. Por eso todavía no había ungido al último miembro. Tenía que encontrar la mezcla perfecta de isoken.

Me estremecí.

—Qué insensibilidad. Es como escoger razas en un mercado. —Tenía la cabeza hecha un lío—. ¿Y la sangre de isoken no sería más débil? Un miembro del consejo procedente de una sola raza representa plenamente a su reino, mientras que un isoken representa la mitad de cada uno...

—O su sangre podría representar a los dos reinos en su totalidad. Nadie sabe cómo funciona la magia del escudo de Enoba. Pero la Dama tenía que intentarlo. Ella sabía que los arits se rebelarían si empezaban a nacer redentores entre sus hijos. Jamás se habría arriesgado a perder su trono.

Se me hizo un nudo tan grande en la garganta que no podía tragar saliva. Mi madre había muerto y yo no sabía qué sentir. ¿Debía llorar a la princesa Kunleo, una niña repudiada por su padre, exiliada por su hermano y maltratada por el mundo? ¿O debía maldecir a la Dama, una estratega que estaba dispuesta a dejar morir a miles de inocentes? Quizá no tuviera que escoger. En cualquier caso, no tenía tiempo para lágrimas.

—Yo puedo ponerle fin —dije, aferrando el brazo de Woo In—. La Renovación del Tratado no tendrá lugar hasta mañana por la noche. Llévame a Oluwan. Yo puedo detener a Dayo.

Su rostro se iluminó y luego palideció a un tono gris.

—Estoy demasiado débil para volar —dijo—. La herida de la flecha en sí misma me lo impediría, pero además tengo el cuerpo debilitado, porque todavía se está adaptando a la pérdida del rayo. Nunca conseguiría llegar a Oluwan. Podrías viajar a lomos de Hyung. Pero el único modo de llegar a An-Ileyoba a tiempo...

Se interrumpió, echó un vistazo al mapa de la pared y evitó mi mirada.

En el mapa, conté los once reinos entre la montaña Sagimsan y Oluwan. El mundo se enfrió en derredor.

El único modo de llegar a An-Ileyoba antes del día siguiente al ocaso era cabalgar a través de veintiséis calamitas.

Después de cruzar cuatro portales, mi cuerpo empezaría a desintegrarse. Con suerte, los pulmones me empezarían a fallar después de diez. Se sabía de un hombre que consiguió sobrevivir al decimoquinto cruce, pero había pasado el resto de su vida deformado y postrado en cama.

Pero ¿veintiséis?

Moriría a los pocos minutos de reunirme con Dayo. Y eso si lograba llegar a Oluwan siquiera.

—Todo está perdido —dijo Woo In—. Al menos para estos niños redentores. Ae Ri, Jaesung, Cheul y los demás. Tal vez dentro de cien años los descendientes de Dayo puedan poner fin al Tratado. Hasta entonces… —Forzó una sonrisa—. Al menos ya sabemos a quién culpar de nuestras pesadillas.

◎◦◎◦◎◦◎

Esa noche dormí a ratos y me levanté tan cansada como al acostarme. Cuando Ye Eun me ofreció el desayuno, negué con la cabeza. Los gritos de los niños fantasma todavía me zumbaban en los oídos.

—Necesito aire —le dije.

Ye Eun no se movió del umbral.

—Por tu culpa, el príncipe traidor está disgustado. —Hablaba como si estuviera hechizada—. Lo hemos oído a altas horas de la noche. Estaba llorando. El príncipe traidor nunca llora.

—Lo siento, Ye Eun. Se le pasará dentro de un tiempo. No te preocupes.

—Nunca creo a los mayores cuando dicen eso: «No te preocupes». Como si supieran algo. Como si pudieran protegerte de nada. —La niña me observó un momento, fijándose en mis hombros tensos y ojos hinchados. Su expresión hosca se suavizó—. A veces, cuando me acuerdo del inframundo, grito durante horas y horas. Lo necesito. No puedo desahogarme delante de los más pequeños, pero, si no aguanto más…, voy al altar. —A través de la ventana señaló un camino pedregoso e invadido por la vegetación que se perdía en el bosque por detrás de la casa—. Es muy antiguo. El príncipe traidor dice que los chamanes lo construyeron hace siglos. Sirve para rezar, pero si voy allí a llorar… no creo que al Fabulador le importe.

Asentí.

—Yo tampoco lo creo.

Y, como mis pies entumecidos no tenían un sitio mejor al que ir, salieron de la casa, doblaron la esquina y echaron a andar camino arriba.

Los carrillones tintineaban entre los árboles. Pinceladas de color brillaban aquí y allá, cristales colgados de las ramas más altas. Debían de haberlos colgado décadas atrás, cuando los altísimos árboles crecían más cerca del suelo. La música de los carrillones fue aumentando conforme me acercaba al final del sendero y llegué a un refugio con el tejado verde un tanto descascarillado y cubierto de enredaderas. Cantos rodados amontonados marcaban los restos del jardín de meditación que algún chamán había construido. Un altar de mármol misteriosamente limpio descansaba en el interior del refugio y en el deteriorado alero verde había un mural desvaído: el Pelícano de Soy desplegando las alas.

Caí de rodillas. El rocío se filtró a través de mis pantalones. Me sentía asfixiada, atrapada en una jaula sin paredes que ascendía hasta el nuboso cielo de Songland. Había fallado a Aritsar. Le había fallado a Dayo. Y ahora les fallaría a Ye Eun, a Ae Ri y a un sinnúmero de niños más.

Los monstruos no eran nada. El verdadero horror eran las personas como yo, las que veían el sufrimiento, oían los gritos de cien generaciones resonando en kilómetros a la redonda y seguían sin hacer nada.

Los carrillones repicaban en lo alto de los árboles. Una brisa delicada azotó el altar y, por un instante, tuve la sensación de que los ojos del Pelícano destellaban.

—Nunca es suficiente —le dije al mural—. Los que pueda salvar nunca superarán a las personas a las que he lastimado. Ni en diez años. Ni en cien. Ni en mil…

La húmeda alfombra que creaban las agujas de pino se me antojó de súbito acogedora. Mi voz se redujo a un susurro cuando me tumbé en el suelo y apoyé la mejilla junto a un montículo de piedras.

Puede que pasaran horas o tan solo unos minutos. No lo sabía ni me importaba. La música de los carrillones se tornó más alta y distorsionada y, con el frío creciente, un nuevo tipo de sueño se apoderó de mi cuerpo: el mismo del que tantos viajeros invernales nunca han despertado.

Sin embargo, antes de que mi mente pudiera deslizarse bajo esa charca fría e inmóvil por siempre..., algo resplandeció en el altar. Un latido cálido me recorrió a oleadas, como la corriente de aire que provocara un ser enorme al batir sus alas.

Sonó una voz tritonal; ni joven ni anciana, ni masculina ni femenina, sino cálida como el sol en una clara mañana de la sabana y sonora como el tambor de un griot.

No te preguntes a cuántas personas salvarás. Pregúntate en qué mundo vivirán las personas que salves.

La voz, suave y calmada, parecía llenar toda la montaña de Sagimsan.

¿En qué mundo, Wuarola, merece la pena sobrevivir?

En ese momento desperté, sola.

Los carrillones no se dejaban oír cuando me senté y las agujas de pino cayeron de mi cabellera mientras parpadeaba aturdida. Franjas de oro cruzaban el cielo. La mañana había mudado en tarde; apenas quedaban unas horas para el ocaso.

Giré hacia el sendero y corrí. No me paré a preguntarme por qué mi capa estaba caliente como un brasero y no húmeda de rocío. No me extrañó notar las extremidades flexibles y ágiles en lugar de rígidas por el frío del bosque. No me cuestioné si la voz tritonal había sido real o soñada.

Solo sabía una cosa: un mundo en el que vale la pena sobrevivir no se construye sobre los gritos de los niños.

Cuando llegué al campamento, Ye Eun estaba en el porche con Ae Ri. Con expresión sombría, me miró montar a lomos de Hyung.

—Adiós —le dije, y no me preguntó adónde iba.

Susurré mi destino al oído del enorme leopardo y empleé los muslos para azuzarlo a avanzar. Acto seguido, impulsada por el calor de la mirada de Ye Eun a mi espalda, desaparecí colina abajo para siempre.

◎·◎·◎·◎

El aire de la montaña me incendiaba los pulmones. Mi cabellera se hinchaba al viento, una nube negra que me azotaba los hombros mientras yo me aferraba al cuello de Hyung. El emi-ehran bajaba rumbo al paso de Jinhwa dejando cráteres con forma de zarpas en la nieve. La tormenta había cesado; la antigua magia debía de haber percibido que me marchaba. Pese a todo, un yermo blanco se extendía inmenso ante nosotros. A lo lejos, un muro fortificado marcaba la frontera del imperio arit y, justo al otro lado, se encontraba la primera calamita.

Las montañas Jinhwa rodeaban dos reinos arits: Moreyao al oeste y Biraslov al norte. Hyung viró hacia este último y unos guardias fronterizos de piel clara cubiertos con gorros de pieles observaron con terror nuestro avance hacia el muro. Yo me pegué al nervudo lomo del leopardo mientras las flechas nos pasaban por encima. Los guardias estaban demasiado lejos para ver mi anillo del consejo; me habían tomado por una intrusa. Pero no pensaba detenerme. Agachándome para estar a cubierto, forcejée hasta extraer la máscara de princesa heredera de debajo de mi túnica. Las flechas impactaban contra el pelaje anormalmente grueso de Hyung y rebotaban sin penetrarlo. Tragando saliva para humedecerme la garganta, saqué la máscara y leí su nombre. Tenía que creerlo. Tenía que creer lo que decía o había posibilidades de que la máscara no me escuchara.

—¡*Iyaloye!* —aullé…

Y no pasó nada.

No hubo luces ni señales. ¿Era todo mentira? Tal vez Olugbade hubiera estado en lo cierto. Puede que yo no fuera radiante, quizá…

Y entonces me acordé: la Dama había muerto.

Guardé la máscara de la princesa y sujeté la perteneciente a la emperatriz.

—*¡Obabirin!* —vociferé mientras Hyung galopaba hacia el muro—. *¡Obabirin!*

Los ojos de la máscara se iluminaron emitiendo una luz cegadora que obligó a los guardias a recular trastabillando.

La lluvia de flechas cesó.

—¡Soy Tarisai Kunleo! —grité a voz en cuello con el corazón desbocado—. Porto el rayo de Wuraola. *Obabirin. ¡Obabirin!*

Y Hyung cruzó de un salto la abertura en el muro fronterizo.

La calamita estaba a metros de distancia. Los guerreros chillaban y corrían para interponerse en nuestro camino.

Rugí de nuevo la palabra en arit antiguo y, con otro rayo de luz, los guerreros se detuvieron. Hyung saltó por encima de ellos con un brinco que me arrancó el aliento del pecho y aterrizamos a la carrera. Un metro más, luego otro y con un temblor que me agitó todos los huesos habíamos cruzado la primera calamita.

Entre oleadas de náusea, percibí el perfume dulce y verde de los campos de arroz y oí nuevas voces lanzar gritos de sorpresa. Según el mapa que había en la escuela de Ye Eun, me encontraba en el extremo noroeste de Moreyao y la próxima calamita estaba a poco más de tres kilómetros al sur. Hyung seguía adelante, atravesando campos como una flecha, saltando carros y esquivando granjeros petrificados en las aldeas. Llegamos al portal siguiente en pocos minutos.

—*Obabirin* —grité, y de nuevo cruzamos.

La brisa aterciopelada del mar. El portal nos había transportado a la costa de Sparti. Mis vísceras amenazaban ascender por la garganta y, contra los ondulados músculos de Hyung, las costillas se me empezaban a resentir. Pero no había tiempo para descansar, no había tiempo para pensar en nada salvo en seguir adelante.

Tras el quinto cruce, la mano izquierda se me deterioró. Doblé los debilitados dedos, pidiéndoles mentalmente que volvieran a materializarse del todo mientras volábamos por los brumosos páramos de Mewe, pero el pulgar desapareció cuando cruzamos la calamita que llevaba a Nontes. Para el octavo cruce, a Djbanti, no notaba ninguno de los dos pies y, cuando respiraba, mi pecho se estremecía con un dolor insoportable, como si me faltara un pulmón.

Pese a todo, las patas de Hyung golpeaban la tierra. «¿Qué historia inspira tu vida? ¿Qué historia inspira tu vida?».

El aire húmedo de las selvas tropicales de Quetzalan me inundó y mi visión empezó a emborronarse. Era el decimotercer cruce.

—*Obabirin* —grité con voz estrangulada mientras nos abríamos paso a toda potencia entre lianas y densa maleza, escapando por los pelos de los dardos que nos disparaban guerreros ocultos. En esta ocasión mi voz se disolvió en tos. Algo borboteaba en mi garganta. Un hilo escarlata me resbaló por la barbilla y me lo enjugué.

El cruce número diecisiete me trasladó a los mercados de especias de Dhyrma. Yo no tenía claro qué inspiraba más temor a los mercaderes, si el enorme animal del inframundo o su jinete medio invisible, con las prendas manchadas de sangre y vómito, que alargaba una mano fantasmal en la que aferraba una máscara de leona con los ojos relucientes. Empecé a ver puntos negros.

Perdí la cuenta de las calamitas.

Un muro de calor me informó de que había entrado en el desierto bléssido y el olor de los camellos y la canela me recordó a Kirah. Me pregunté, medio en sueños, si volvería a ver su rostro algún día.

Adelante. La tierra roja y las tiendas coloridas de Nyamba.

Adelante. Hierba por todas partes y el zumbido lejano de los tutsus. Swana, comprendí con un arranque de cariño antes de perder el sentido de nuevo.

Cuando recuperé la conciencia, el aire transportaba un zumbido de voces. Los cuerpos nos rodeaban por todos los frentes y sobre mí se cernía la cara lisa de Enoba el Perfecto tallada en ónice. Una estatua en la gran plaza del mercado.

—Estoy aquí —murmuré a través de unos labios que ya no sentía. Ciudad de Oluwan... Había llegado a la capital—. Dayo. Ya... Ya voy.

El sol descendía hacia el horizonte bañando la colina de palacio en color oro sangre. Mientras yo cabalgaba, los gobernantes estarían en fila ante el escudo de Enoba. Dayo sería el último, así que quizá lo consiguiese. Podría...

Los guardias me interceptaron en las puertas de An-Ileyoba, vociferando y apuntando a Hyung con sus lanzas. «La máscara —recordé vagamente mientras un leve pitido resonaba en mis oídos—. La máscara los ahuyentará». Pero cuando intenté cogerla... no fue posible. Ya no me notaba los brazos. No los veía. No. «Soy Tarisai Kunleo —intenté decir—. Estoy en posesión del rayo de Enoba. Mírenme. Mírenme. Estoy aquí».

Pero no estaba. Ya no.

Por primera vez en horas, Hyung dejó de moverse. Mi cuerpo aparecía y desaparecía como una luciérnaga agonizante. Abrí la boca para hablar... e incluso eso se había evaporado; era un hueco en el aire, un vacío de silencio.

—Es un espíritu maléfico —chillaron los guardias—. Ha venido a maldecir el Tratado. Retrocede. No dejéis que se acerque. Id a buscar a los sacerdotes del templo.

Estaba tan cerca... Dayo se encontraba al otro lado de esos muros, a punto de cometer la mayor atrocidad de su vida. Decidiendo el destino de miles de niños, vaciando un océano de historias.

«No».

Intenté gritar. Luché contra las sombras que reptaban por mi visión periférica; les supliqué a mis pies que reaparecieran. «No soy un fantasma —grité sin palabras—. No soy una ausencia. No soy un ser sin nombre; no me desvaneceré en un elegante olvido como las otras niñas Kunleo, como las otras emperatrices radiantes».

Pero no podía hablar. No podía mantenerme erguida y cuando intenté evocar la antigua rabia, el calor indignado del rayo… Solo noté ausencia.

Lo siento. Envié el pensamiento a Dayo, Sanjeet, Kirah y Ye Eun; a todas aquellas personas a la que había fallado. *Quería escribir una nueva historia para vosotros. Para todos nosotros. Lo he intentado.*

Lo he intentado.

Los restos de Tarisai Kunleo resbalaron del lomo de Hyung y el mundo se redujo a un velo gris.

◉∘◉∘◉∘◉

Pensaba que despertaría en el inframundo, notando los dedos gélidos de los niños a los que mis antepasados habían condenado. Les dejaría ejecutar su venganza, arrastrarme a un mundo de canciones perdidas y sueños enterrados, muy lejos del calor del sol.

En vez de eso, un coro de voces conocidas rugió en mis oídos. Fantasmas de la historia que yo había vivido, una existencia que se perdía en el tiempo.

«Hasta que no le concedas el tercer deseo, ni tú ni yo seremos libres».

«¿Me amas ahora, Tarisai de Swana?».

«La canción del vientre: el remedio para las almas encadenadas».

«Nunca me has preocupado, hija. Solo me has decepcionado».

«Solo hay una cosa más poderosa que un deseo y es una meta».

Yo estaba levitando, revolviéndome en un cálido lago de luz. Mi piel, mis extremidades y mis órganos se habían perdido en el éter de la calamita. En ese momento retornaban, dolorosos pero completos, como si las distintas partes de mi cuerpo fueran de barro y un alfarero me estuviera recomponiendo. Cuando recuperé la vista, contemplé unos ojos sesgados, salpicados de oro. Unos brazos delgados como palos acunaban mi cuerpo. En torno a estos, unas alas translúcidas proyectaban chispas azul cobalto.

—Melu —musité—. ¿Acaso los ehrus son parecidos a los abikus? ¿Puedes visitar el inframundo?

—No. —Sonrió, proyectando una luz aún más intensa si cabe—. Los abikus son espíritus de la muerte. Los alagbatos somos guardianes de la vida. No estamos en el inframundo... Y ya no soy un ehru. —Levantó el brazo, largo y oscuro, y yo contuve el aliento: el grillete de esmeraldas con el que la Dama lo había encadenado ya no estaba—. Nos has liberado, hija.

Eché un vistazo al entorno. Todavía estábamos en Oluwan, junto a la entrada del palacio. Hyung estaba plantado entre Melu y los guardias, protegiéndonos, mientras el sol acariciaba el horizonte. Sin embargo, los guerreros ya no blandían las lanzas. En vez de eso, nos contemplaban con una reverencia estupefacta, arrodillados y dibujándose en la barbilla la señal del pelícano mientras Melu me ayudaba a ponerme en pie.

Mis prendas manchadas de sangre habían desaparecido y un paño verde y oro me envolvía como una segunda piel; el tejido era tan delicado que no podían haberlo urdido dedos humanos. Mis brazos relucían como oro pulido y de mi cuello pendían las dos máscaras de Aiyetoro con los ojos encendidos.

—¿Cómo ha sucedido?

—Has encontrado tu razón de ser. —El alagbato alargó sus delgados dedos para acariciarme la mejilla—. El deseo de ser amada no bastaba. La devoción a tus amigos no era suficiente. Pero el ansia de justicia, de forjar una nueva historia para este mundo a cualquier precio, esa es una meta poderosa. A partir de ahora ningún deseo ajeno podrá gobernarte.

Las lágrimas se agolparon en mi garganta, pero me limité a asentir antes de encaminarme hacia Hyung. El animal se arrodilló y yo lo cabalgué con las piernas a un lado, porque no podía sentarme a horcajadas envuelta en mi reluciente paño.

—La historia todavía no ha terminado —le dije a Melu.

Él asintió.

—Ve. No queda mucho tiempo.

Susurré al oído de Hyung y el emi-ehran se puso en movimiento. Nos internamos en el palacio entre gentíos de guardias y cortesanos que se apartaban como agua. Cruzamos patios espantando pavos reales y chapoteando sobre las fuentes. Cuando llegamos a los inmensos portalones de la Sala Imperial, me deslicé al suelo. Los guerreros que custodiaban la puerta esgrimieron sus lanzas para mantener a Hyung alejado y me miraron boquiabiertos cuando me reconocieron.

—Sagrada eminencia —vaciló uno de ellos. Los guerreros llevaban brazaletes rojos en el brazo, símbolo del luto por el difunto emperador—. Corrían rumores… de que un malvado songlander la había secuestrado. Su regreso procurará un alivio enorme a su majestad imperial.

Comprendí con sobresalto que se refería a Dayo.

—Tengo que hablar con él.

—Le ruego que me disculpe, sagrada eminencia, pero la Renovación del Tratado ya se está celebrando. Una vez que haya concluido, seguro que el emperador…

Hyung lanzó un aullido ensordecedor y los guerreros recularon de un salto. Aprovechando la distracción, me abrí paso entre ellos con el corazón desbocado y crucé las puertas dobles que daban al salón.

—Paren —chillé—. ¡Detengan el ritual!

El calor de un millar de ojos me traspasó. Murmullos estupefactos estallaron como viento de tormenta, pero no me di por aludida. Solo importaba una persona… y, cuando lo vi, hasta el último hueso de mi cuerpo amenazó derretirse.

Sobre la tarima, ante un mar de cortesanos, se erguía Dayo ataviado con los ropajes de su padre, tal como lo había visto en la premonición de la montaña de Sagimsan. Los doce gobernantes del continente asomaban tras él con expresión circunspecta, mientras que mis hermanos del consejo observaban la escena retirados a los lados. El escudo de Enoba descansaba sobre una peana dorada y la mano de Dayo planeaba sobre el mismo con un cuchillo pegado a la palma. Se quedó helado cuando me vio.

—Detente —le ordené. Me planté en la tarima de un salto y me abrí paso entre los reyes y reinas que compartían estrado con él entre un rumor de protestas. Le aferré la muñeca—. No lo hagas.

Sin embargo, antes de que Dayo pudiera responder, unas vocecillas empalagosas me erizaron la piel de la nuca.

—Hola, niña asesina. —Cuatro abikus se daban la mano ante la tarima. Sus cuerpos infantiles exhibían un tono gris polvoriento, como si se hubieran rebozado en ceniza, y sus ojos de pupilas inmensas relucían rojos como los de una rata. Su inmovilidad era tan absoluta que ni siquiera los había visto al entrar en el salón. Los abikus ladearon la cabeza y hablaron al unísono.

—¿Otra vez has venido a interferir en nuestro pacto? ¿No tuviste bastante con las vidas que se perdieron en Ebujo? ¿Todavía ansías más?

—Sois vosotros los que estáis sedientos de sangre —les escupí antes de volverme hacia Dayo—. El Tratado no es justo. No te lo puedo explicar ahora, pero tienes que confiar en mí. Enoba lo amañó. La sangre Kunleo favorece a los reinos arits, así que Songland pierde en cada ocasión. Si terminas el ritual, miles de niños songlandeses morirán.

Los jadeos de sorpresa resonaron por toda la sala y Dayo se apartó del escudo al mismo tiempo que dejaba caer la daga al suelo.

—Lo sabía —exclamó por lo bajo uno de los gobernantes. Al oír su acento comprendí con temor quién era esa persona: la reina Hye Sun de Songland. Tenía los ojos enmarcados de arrugas como alas de libélula y su cabello cano desprendía el brillo de una tiara. Las comisuras de sus labios mostraban el rictus perpetuo de un inmenso dolor acumulado—. Sabía que el Fabulador no podía habernos maldecido. —Le tembló la voz—. Siempre fueron los Kunleos.

—Pues claro que sí —gruñó una joven a su lado. Era una versión más joven de Hye Sun y reconocí su tono sarcástico: era idéntico al de su hermano menor. Tragué saliva, sospechando que, cuando la princesa heredera Min Ja ocupara el trono, las relaciones entre Aritsar y Songland no se restablecerían fácilmente. No se lo podía reprochar.

—Dayo no lo sabía —insistí yo—. Nadie lo sabía, solo Enoba. Woo In puede dar fe de mis palabras.

—¿Sabes dónde está mi hijo? —jadeó Hye Sun—. ¿Está sano y salvo? ¿Vivo?

Asentí.

—Él me envía.

No le mencioné que lo había dejado febril y sangrando por una herida de flecha.

—Mi hermano ha demostrado otras veces tener un criterio lamentable a la hora de elegir en quién deposita su confianza —señaló Min Ja—. ¿Por qué deberíamos creer que tu emperador ignoraba la maldición? ¿Y qué cambia si era así? El trono arit está empapado de la sangre de nuestros hijos.

Su rostro estaba pálido de rabia. Noté en el ambiente el hormigueo de lo que Woo In había llamado «sowanhada», y con un movimiento elegante la princesa invocó un viento que volcó el escudo de Enoba. Aterrizando a mis pies, su contenido escarlata salpicó la tarima. Los abikus gruñeron, pero Min Ja no mostró ningún miedo.

—Songland se retira del Tratado del Redentor.

Los abikus sonrieron, cuatro juegos idénticos de dientes puntiagudos en bocas de mandíbulas desencajadas.

—Si así lo deseas, habrá guerra —dijeron—. El regreso del inframundo a la superficie. Un milenio de muerte y enfermedad, de inundaciones e incendios asolando la tierra. Muy bien. Que así sea.

—No —gritó Dayo—. No habrá guerra. Firmaremos un nuevo Tratado, uno que proteja a Songland. —Saludó a Hye Sun con una profunda reverencia y esta inclinó la cabeza. Min

Ja se cruzó de brazos—. Estableceremos nuevas condiciones para el Tratado del Redentor —prosiguió Dayo—. Los abikus se abstendrán de atacar al continente, incluida Songland. Sin embargo, para compensar por las selecciones injustas del pasado, las próximas generaciones de redentores nacerán en Aritsar.

Yo me encogí, previendo lo que iba a pasar a continuación. Los delegados y cortesanos de todos los reinos arits aullaron y agitaron los puños con protestas atronadoras mientras amenazaban abalanzarse contra la tarima.

—Por favor —jadeó Dayo—. Es lo justo…

Pero el estruendo ahogaba su voz y observó presa del pánico cómo la agitación cundía entre la multitud. Las sonrisas de los abikus se ensancharon ante nosotros.

Mis hermanos del consejo tomaron posiciones para defender el trono. Sanjeet saltó a la tarima y, desenvainando sus cimitarras, ladró órdenes a la Guardia Imperial.

Impuse mi voz por encima del estruendo para anunciar:

—No enviaremos más niños al inframundo.

Se hizo el silencio en el salón. Yo me planté sobre la tarima de resonancia más alta para proyectar mis palabras. A continuación hablé despacio con el fin de ocultar el temblor de mi voz.

—En lugar de niños inocentes —les dije a los abikus— os ofrezco una inmensa recompensa. Un aroma que nunca habéis saboreado, una sangre que teníais prohibida. A cambio de la paz permanente (de un Tratado que no requiera renovación y que implique el fin de la guerra) os ofrezco el alma de una radiante. —Tragué saliva con dificultad—. Os ofrezco el alma de una emperatriz.

—No —exclamó Sanjeet por lo bajo.

Puedo caminar entre el fuego, les recordé a mis hermanos a través del rayo. El rostro de Dayo se desencajó al recordar lo que le dije tanto tiempo atrás, cuando lo llevé por el Palacio Infantil en llamas: «Lo único que tienes que hacer es confiar en mí».

—¿Emperatriz? —resopló Min Ja—. No existen emperatrices desde Aiyetoro.

—Y yo tengo su máscara —dije, y evoqué el antiguo título—: *Obabirin*. Los ojos de la máscara destellaron y la sala lanzó un suspiro colectivo antes de que se poblara de susurros—. Soy Tarisai Kunleo, sobrina del difunto emperador. Los sacerdotes de Soy pueden examinar mi sangre —proseguí— y confirmar que el rayo fluye por ella. Pero estos son los únicos testigos que importan. —Señalé a los abikus y gruñí—: Vosotros sabéis quién soy, espíritus. ¿Aceptáis mi oferta?

Por primera vez los abikus cambiaron de postura. La codicia asomó a sus facciones. Intercambiaron susurros y clavaron los ojos rosados en mi rostro.

—El rayo que tú portas —dijeron en tono meloso— carece de fuerza. En tanto que no corra por tu sangre el poder de los doce reinos arits, serás una recompensa irrisoria para el inframundo.

—¿Me pedís que reúna un consejo? —La esperanza me aceleró el pulso. Podía limitarme a compartir consejo con Dayo. Mis hermanos ya me amaban; no me costaría nada que acogieran mi rayo junto con el suyo—. Trato hecho —dije.

Los abikus sonrieron con malicia.

—No hablamos de cualquier consejo, *obabirin*. Exigimos la sangre más poderosa de los reinos. Para que te aceptemos como emperatriz redentora, tu consejo tendrá que estar conformado por los doce gobernantes de Aritsar. A ellos deberás ungirlos.

Situados en torno a mí, los gobernantes de los reinos empezaron a lanzar exclamaciones de protesta. Se me cayó el alma a los pies. ¿Cómo iba a convencer a doce gobernantes de que confiaran en mí? Aún más complicado, tendrían que amarme o el rayo no funcionaría.

Pero apreté los dientes y dije:

—De acuerdo. Ahora bien, mientras reúno mi consejo, no podréis reclamar más niños como redentores. Concededme diez años.

Los abikus se atragantaron mientras soltaban risitas.

—Uno.

Cerré los puños.

—Cinco.

Lo meditaron torciendo las cabezas.

—Dos. Es nuestra última oferta.

Despacio, recogí la daga que Dayo había dejado caer a la tarima. A continuación corté la palma de mi mano y derramé mi sangre sobre el escudo de Enoba que yacía en el suelo. —Así sea —declaré, y empecé a notar un cosquilleo en los brazos.

Horrorizada, observé que símbolos azules se propagaban por mis brazos como encaje de intrincados patrones.

—La marca de tu promesa —me informaron entre risitas. Acto seguido desaparecieron.

La sala estalló en susurros frenéticos. Dayo tomó mi mano hendida para mirarla con asombro y pena.

—De nuevo vas a romper tu promesa —se lamentó. Su corona solar del imperio, un disco de oro vertical, me deslumbró—. Te marchas.

—No hasta dentro de dos años. Y ¿quién sabe? Tal vez sobreviva al inframundo. —Traté de sonreír, pero mis labios flaquearon—. Perdona, Dayo.

—No hay nada que perdonar.

Tragó saliva, aferró mi mano y la levantó bien alta. La sangre corrió por nuestros dedos entrelazados. Cuando se dirigió a la Sala Imperial, las lágrimas se deslizaban por su rostro marcado a fuego—. Larga vida a la heredera de Aiyetoro —dijo—. Salve, emperatriz redentora.

CAPÍTULO 34

Tras la Renovación del Tratado, mi consejo se retiró a la sala de sueños y yo les revelé por fin todos mis secretos, sin guardarme nada.

Estaba de pie rodeada de mis hermanos, que sentados en esteras acolchadas escuchaban estupefactos mi confesión sobre el deseo que había expresado mi madre. Les conté cómo había apuñalado a Dayo y descubierto mi condición de radiante, y que me había librado de la maldición al escoger la justicia, hasta la muerte de ser necesario, por encima de mi libertad. Ansiaba suavizar la historia, envolverla en cómodas justificaciones y excusas. Pero resistí la tentación y narré los hechos sin ambages; merecían eso por mi parte, como mínimo.

Guardaron silencio un ratito. Escudriñé sus rostros aterrada, convencida de que vería una condena grabada en sus facciones. En ese instante Emeronya se acercó y me tocó la frente, imitando el gesto que yo empleaba cada noche en el Palacio Infantil para ofrecerle dulces sueños de nieve y canciones de cuna.

—Como yo cuento contigo, emperatriz —declaró con su característico tono monocorde—, tú puedes contar conmigo.

Umansa tocó mi rostro a continuación, con los dedos mojados de lágrimas.

—Como yo cuento contigo, emperatriz —dijo sonriendo hacia el espacio sobre mi cabeza—, tú puedes contar conmigo.

Luego fue el turno de Ai Ling y Mayazatyl, Kameron y Thérèse, Zathulu y Theo… y por último Kirah, que esbozó una sonrisa traviesa cuando pronunció su voto.

—Cuando llegaste, tuve que enseñarte lo que era el hielo —me dijo después—. No lo olvides cuando seas importante y poderosa, emperatriz.

—No lo haré —prometí, y se me encogió el corazón mientras la estudiaba—: Kirah, me parece que voy a necesitar tu ayuda.

—¿Te parece?

—Lo sé. —Reí, aunque se me estaba anudando la garganta—. Entre el trabajo de reclutar a los gobernantes del continente para el consejo y prepararme para bajar al inframundo, no tendré tiempo para reparar las relaciones entre Aritsar y Songland. Pero no podemos olvidarnos de ellos. No después de lo que les hemos hecho durante siglos. Tenemos que enviar un delegado de paz imperial, alguien que conozca las costumbres de Songland. O, al menos…, alguien que haya leído mucho al respecto.

Los labios de Kirah se abrieron, laxos de la sorpresa.

—La misión requerirá meses. Años incluso —proseguí—. Pero, si puedes convencerlos de que comercien con nosotros, podríamos asentar a un embajador de la península en An-Ileyoba. Sospecho que, una vez que esté recuperado, cierto príncipe taciturno aceptaría el cargo encantado.

«Di que no —le supliqué en silencio—. No me dejes, ahora no. Quédate, sé Kirah, el ancla en mi tormenta de maldiciones y secretos».

Sus ojos castaños se empañaron.

—Lo pensaré —respondió, pero el temblor ilusionado de su voz la traicionó; ya había tomado la decisión. Cuando me envolvió en un abrazo con aroma de canela, sonreí contra su hombro. No habrá más jaulas, pensé. No para Kirah, cuando menos.

El último fue Sanjeet. No habíamos estado a solas desde mi regreso de Sagimsan y, desde el momento en que yo me había ofrecido como sacrificio a los abikus, apenas me había mirado. ¿Me consideraba una insensata? Cuando se acercó finalmente, la rabia y el dolor profundizaban los surcos de su rostro. Y, en lugar de tocar mi frente, sus manos aferraron mis brazos surcados de marcas azules.

—Puedes contar conmigo, emperatriz —me dijo con voz gutural—, si me prometes volver.

Tragué saliva con dificultad.

—Jeet…

—Prométeme —continuó— que lucharás por salir del inframundo. Que no se trata de una especie de misión suicida, estúpida e idealista, con la que pretendes pagar por un crimen que no has cometido.

Kirah aspiró profundamente.

—Vale. Me parece que a estos dos les vendría bien un poco de intimidad. Vamos. Hay cena en la cámara de banquetes.

Con ademán enérgico arrastró a Dayo y al resto de mis hermanos del consejo. Sanjeet y yo nos quedamos a solas en la umbría sala de sueños.

Me soltó y caminó enfurruñado a los arqueados ventanales. Vestía una túnica larga, sin mangas, aprestada tela negra contra sus hombros de cobre, y su perfil se dibujaba rotundo a la luz de la luna.

—Fue aquí donde nos conocimos —le dije al instante—. Estabas encadenado.

Movió la comisura de los labios; una mueca y una sonrisa.

—Ya entonces estabas empeñada en rescatar a desconocidos.

—Cuando Woo In se me llevó volando… tenía miedo de que salieras en mi busca. Me alegro de que no lo hicieras.

—Envié a cinco compañías de la Guardia Imperial. Les ordené que inspeccionaran hasta el último rincón del imperio, cualquier lugar al que ese songlander pudiera haberte llevado. Incluso ensillé un caballo con la intención de ir a buscarte en persona.

—Pero no lo hiciste —repetí mientras me acercaba para situarme a su lado—. Te quedaste porque Aritsar acababa de perder a su emperador y Dayo te necesitaba. Aritsar te necesitaba. Ese eres tú, Jeet. Y esta soy yo, también. —Acaricié el contorno de su mandíbula, cubierto de una barba incipiente—. No nos educaron para considerar el mundo un espacio exiguo donde nada importa salvo nuestra felicidad. Esa no es nuestra historia. Y… no creo que lo sea nunca.

Se inclinó para apoyar la frente sobre la mía.

—La muerte también es un mundo exiguo —susurró—. Aún más que la felicidad. Si esta es tu manera de rendirte…

—No me rindo. Si no bajo al inframundo dentro de dos años, muchos niños morirán. Ya lo sabes. Tengo que ayudarlos, Jeet. Mandaré a buscar a alguien que pueda enseñarme cómo sobrevivir allí abajo.

—¿Woo In?

—Puede —dije. Pero yo estaba pensando en Ye Eun; en la feroz mirada de desprecio que me había lanzado en el templo de Ebujo, con los pequeños puños cerrados mientras se disponía a entrar en la boca del infierno. Si alguien podía dar lecciones de supervivencia era Ye Eun.

Me embargó la esperanza, en un sentimiento fugaz, de que trajera consigo a Ae Ri. Los ojos negros, grandes e inteligentes del bebé asomaban con frecuencia a mi pensamiento, un misterio que me pulsaba las fibras del corazón.

Sanjeet suspiró y se desmoronó como una columna al tiempo que me envolvía en sus brazos para unir mi corazón al suyo.

—El inframundo no tiene por costumbre dejar que las almas escapen —me advirtió—. Te tentará para que te quedes. Querrás pagar los pecados de tus antepasados, aunque ya hayas cumplido las condiciones del Tratado. No puedo cuidar de ti. No reprimiré tu ser, ni siquiera por tu propio bien. Pero estoy… asustado, Tar. Necesito que me prometas que volverás. Por favor. Necesito que…

Entrelacé los dedos por detrás de su cuello y acerqué su rostro al mío. Sabía a sal, a pena y a miedo. Cuando mi beso cobró intensidad, deslizó el brazo por debajo de mis rodillas y me tendió en las esteras, a su lado. Sus manos recorrieron mi cintura y mis caderas y yo canturreé con cada curva tensa bajo mi paño exquisitamente tejido.

—Prométemelo —insistió. Su boca planeaba sobre la mía.

—Lo haré. —Mi voz era un rumor en mi garganta; mi cuerpo era un tambor y él había encontrado su centro—. Lo prometo.

Alargué la mano y me toqué el tobillo. Sin vacilar, extrajo la cadenita con la concha de cauri que llevaba en el bolsillo y me la abrochó. Despacio, sus manos se desplazaron por mis pantorrillas, pulsando mis cuerdas hasta que mi piel cantó una canción sin palabras. Pasaron los minutos y, cuando la música estalló por fin, nos desplomamos sobre la figura del otro, sumidos en un sueño febril. Nuestros cuerpos permanecieron enredados mientras el resto del consejo acudía a acostarse. Rodeándonos de puntillas, ocuparon sus esteras.

Desperté en mitad de la noche. El rayo había sincronizado las respiraciones de mis hermanos dormidos: inspiración, espiración, un suspiro, un estremecimiento. La sensación de alivio me acometió de repente. La emoción se me acumuló en la garganta y enterré la cara en el hombro de Sanjeet para ahogar sollozos felices.

Pertenecía a esa familia heterogénea, articulada a base de pactos de sangre y misterio. Pertenecía a Aritsar, ese imperio de belleza y gran sufrimiento, tan rebosante de historias como las celdillas doradas de una colmena. Y yo no era la herramienta de nadie. No era una impostora al servicio de otra.

Yo era Tarisai Kunleo y pertenecía a esa familia.

A lo lejos, sobre los muros de palacio, los guardias transmitían mensajes con golpes de tambor: *gorro-gun-pa, da-dun, da-dun, gun-pa-pa.* Todo despejado, hora undécima, el emperador y su consejo duermen.

El juicio a Thaddace por el asesinato de Olugbade se celebraba al día siguiente. Haría falta un milagro, pero, como nueva juez suprema, esperaba poder rebajar la pena de decapitación a un destierro. Luego se celebraría la coronación, la mía y la de Dayo, así como la ceremonia del traspaso de cargos a los nuevos Once del emperador.

Nos trasladaríamos del Palacio Infantil a los aposentos imperiales: un laberinto de alcobas interconectadas con una vivienda especial para el emperador. Dayo ya había ordenado que construyeran otra vivienda para mí, aunque yo había intentado detenerlo. No concebía estar lejos de mis hermanos. Por otro lado, si tenía que cumplir mi promesa al abiku, pronto tendría una nueva familia.

Los rostros de los doce regentes arits desfilaron por mi mente: ancianos y jóvenes, oscuros y pálidos, todos mirándome con un ceño de desconfianza. Inspiré hondo. Algunos de los gobernantes eran tan mayores como para ser mis abuelos. Ellos no habían pedido esto. ¿Cómo me las ingeniaría para convencerlos de que me respetasen? De que…

¿Me amasen?

¿Y qué decir del resto del imperio? Plebeyos, guerreros, nobles… Si sobrevivía al inframundo, tendría que gobernarlos al lado de Dayo. Sanjeet me había dicho que los plebeyos me veían con buenos ojos y que la Guardia Imperial me respetaba. Pero sin duda habría resistencias y la nobleza no tenía motivos para confiar en mí en absoluto. ¿Y si nadie quería a la hija de un ehru y una traidora, una emperatriz convertida en redentora?

Mi estómago gruñó de hambre. No había comido desde que dejara a Woo In en la montaña de Sagimsan, y lo que sea que Melu hubiera hecho para revitalizarme me había dejado agotada. Puede que quedara algo de comida en la cámara de banquetes. Con cuidado, me despegué de los brazos de Sanjeet y recorrí descalza la sala de sueños.

Di un respingo: había guerreros de la Guardia Imperial flanqueando el pasillo. ¿Qué hacían aquí? Esto solo era el Palacio Infantil… Ah. Ya.

Estaban custodiando a Dayo, el emperador de Aritsar. Y a mí. La emperatriz redentora.

—¿Puedo ayudarla, su majestad imperial? —me preguntó una guardia en tono cantarín a la vez que avanzaba un paso. Llevaba la cabeza afeitada y sus rasgos me sonaban vagamente.

—No he comido —dije adormilada—. No pasa nada, no despierte a los cocineros. Yo ya...

La guardia me miró a los ojos y yo me quedé helada.

Era oluwaní, de rasgos ordinarios y tez oscura. Pero su rostro había cambiado un instante, como una máscara que cae, y detrás había atisbado una cara terrosa de ojos verdes. Al momento recuperó su aspecto anterior.

—¿Está segura —insistió la guardia— de que no puedo hacer nada por usted?

—A la cámara de banquetes —susurré. Ella hizo una reverencia sencilla y echó a andar delante de mí.

La cámara de banquetes del Palacio Infantil seguía tal como la recordaba: suelo de mosaico y largas mesas bajas con almohadones ribeteados de borlas. Los sirvientes habían retirado gran parte del festín, pero cestas con nueces de cola y naranjas cubrían ya la mesa para el desayuno.

—¿Qué quieres, Kathleen? —le pregunté a la guardia. Tomé una pieza de fruta y empecé a pelarla con manos temblorosas.

—No se trata de lo que yo quiero —me espetó, prescindiendo del espejismo para revelar su verdadero rostro. Igual que el disfraz, iba rapada al cero; se había afeitado la cabeza como señal de luto. Se le quebró la voz con lágrimas reprimidas—. Se trata de lo que le debes.

Me tendió una lamparilla de aceite y un trozo de papel. Reconocí la letra de mi madre en la vitela. Era una página de uno de sus diarios. Se me erizó la piel de la nuca al comprender lo que pretendía Kathleen.

—No —dije. Dejé en la mesa la naranja pelada y me dispuse a marcharme.

—Era tu madre —escupió Kathleen—. ¡Y ha muerto! ¡Asesinada! ¿Acaso no te importa?

—Pues claro que me importa —repliqué—. Pero yo no puedo hacer nada. Y no te atrevas a decir que se lo debo. Yo no soy como tú. No juré dedicar mi vida a servirla; yo no escogí nada de esto.

Durante un instante tuve la impresión de que Kathleen iba a abofetearme. Luego inspiró hondo y habló en un tono de desesperación contenida.

—Los espectros solo pueden venir una vez. Los demás, sus ungidos, hemos intentado invocarla. Para decirle adiós, para saber que está bien. Pero no acude. Te está esperando.

Tragué saliva y clavé la vista en el techo forrado de espejos, que mostraba mi reflejo turbio entre las sombras. Acto seguido, antes de que me diera tiempo a cambiar de idea, acepté la lamparilla de aceite. Sostuve la página del diario sobre la llama para completar el ritual de invocación.

El ambiente se enfrió de golpe.

Cerré los ojos y cuando volví a abrirlos la Dama estaba de pie en el centro de la cámara de banquetes. Las sombras envolvían su figura translúcida como si llevara una túnica larga hasta el suelo. Presa de un aturdimiento extraño, tuve que contenerme para no reír; aun en la muerte mi madre se las ingeniaba para exhibir el aspecto de una emperatriz.

Kathleen estalló en lágrimas y corrió hacia ella para rodear con los brazos su figura velada.

La Dama la abrazó, acarició su cabeza afeitada y le besó la mejilla. Luego le susurró algo al oído. Kathleen me lanzó una mirada resentida, pero asintió y me dejó a solas con mi madre.

—Hola —conseguí decirle al fin.

Haciéndome caso omiso, la Dama se dio la vuelta para recorrer la cámara. De nuevo luché contra un impulso delirante de reír. Algunas cosas nunca cambian.

—La última vez que estuve en esta sala —murmuró, acariciando las cestas y los centros de flores con sus dedos fantasmales— mi hermano volcó las mesas. Sucedió la noche que me desterró. Cuando mostré al mundo quién era yo.

—¿Qué te pasó después de que Woo In me llevara consigo? —pregunté—. ¿Cómo fue...?

—¿Morirme? —Lo dijo en tono tranquilo y se volvió a mirarme por fin. Su expresión serena cambió, como si recuperara un recuerdo profundamente reprimido—. Tus amigos... me dieron algo de tiempo. Sí. La chica bléssida cantó para apaciguar mi corazón, mientras ese amante tuyo dhyrmano me llevaba a la enfermería de palacio. El chico Kunleo ordenó a los curanderos que me administraran un antídoto. Era demasiado tarde, por descontado. —Se interrumpió—. Yo... no me esperaba que Ekundayo intentara salvarme. Traté de asesinarlo, al fin y al cabo. Pero ordenó a los curanderos que se quedaran conmigo. Simplemente porque sabía que tú me llorarías. Olugbade no era tan noble. Pero a veces el fruto no se parece al árbol, parece ser.

Fue lo más parecido a una disculpa que ofrecería nunca por haber agredido a Dayo. Yo suspiré y pregunté:

—¿Sientes dolor? Las historias sobre el inframundo, la procesión de Egungun y el paraíso en el núcleo de la tierra, ¿son ciertas?

Y, por primera vez en mi vida, vi a mi madre asustada.

—Sí —susurró finalmente—. Para alcanzar mi descanso eterno, me uniré a la procesión de todas las almas muertas. Y, por cada paso que dé, experimentaré todo el dolor que he provocado por malevolencia u omisión mientras estaba viva. Pero me han dejado esperar. Antes quería verte.

—¿Por qué? —quise saber—. ¿Porque todavía quieres que derroque a Dayo? ¿Porque quieres que traicione a Songland en favor de los abikus, como tú pensabas hacer?

La Dama dio un respingo y luego apretó los dientes.

—Eres mi hija —dijo—. Quería despedirme.

La escudriñé pensando que vería algún destello de artería, un atisbo de que estaba manipulando mis emociones para salirse con la suya una vez más. Pero solo vi a una mujer orgullosa y solitaria, debilitada por el veneno, que buscaba en mi rostro algún rastro del sueño que había perdido.

—Era un juego, ¿sabes? —murmuró—. Lo jugué del único modo que conocía. Aritsar no me habría coronado de no haber contado con un ejército, así que hice promesas para conseguir el apoyo de Songland. Pero de haber dejado que los abikus se llevaran niños arits en lugar de songlandeses... ni siquiera un ejército me habría salvado. Woo In no lo entiende. No podía liberar a los niños redentores, pero habría sido buena con él. Habría... —Dejó la frase en suspenso con una expresión ausente. De súbito parecía muy vieja y muy joven al mismo tiempo—. Ese chico debe de estar sufriendo, otra vez aislado en Sagimsan. Enviaré a Kathleen a cuidar de él. Estaba solo y desamparado cuando lo encontré. Crucé reinos para crear mi consejo, salvé parias, prodigios que el mundo desdeñaba. Les ofrecí comunidades. Hice que fueran útiles.

Sonreí con pesar al recordar la descripción que Melu me había ofrecido de una joven reina bandida.

—Todavía hay muchos ahí fuera: genios esperando a que alguien los vea y los reconozca. Mi consejo puede proseguir mi trabajo. Tú vivirás confinada a este altivo palacio, gobernando Aritsar desde arriba. Pero mi gente estará en las calles que se extienden por debajo, ayudándote a gobernar desde dentro.

Negué con la cabeza.

—No necesito tu...

—Mis enemigos piensan que he perdido —me interrumpió—. Pero se equivocan. Dije que llevaría una emperatriz al trono de Aritsar y lo he hecho. —Apretó los labios—. A través de ti, mi legado sobrevive.

«No soy emperatriz gracias a ti —quise espetarle—. Tú no me has convertido en lo que soy. Yo no soy la segunda parte de tu historia. Tú no elegiste mi nombre».

En vez de eso, alargué el cuello y besé su suave mejilla. Estaba fría como piedra. Le sisé un recuerdo de un bebé que hacía gorgoritos en la Casa Bhekina: una niña a la que no le faltaba nada, feliz entre los brazos de la Dama.

—Adiós, madre —dije.

—Adiós, ser de mi ser. —Las lágrimas brillaban en sus relucientes ojos negros, pero no me siguió cuando me despegué de ella para dirigirme a la puerta. Mientras salía al pasillo, sellé mi pasado y acogí el turbio horizonte, mi orilla de historias todavía por cantar.

Pero la Dama habló una última vez con la voz queda del viento sowanhada y tan asombrada como una niña pequeña que contempla desde su única ventana el vasto firmamento de la sabana.

—Tarisai —dijo—. Tarisai Idajo.

EL MUNDO DE
RADIANTE

ELENCO DE PERSONAJES Y SUS
REINOS DE PROCEDENCIA

Tarisai, Swana
Sanjeet, Dhyrma
Ekundayo, Oluwan
Kirah, Valle Blessid
Mbali, Swana
Thaddace, Mewe
La Dama, desconocido
Olugbade, Oluwan
Theo, Sparti
Emeronya, Biraslov
Ai Ling, Moreyao
Mayazatyl, Quetzala
Thérèse, Nontes
Kameron, Mewe
Zathulu, Djbanti
Umansa, Nyamba
Woo In, Songland

GLOSARIO

abiku: espíritu de la muerte habitante del inframundo.

agbada: prenda de vestir amplia y larga por los pies, con mangas también largas y sueltas, así como tela abundante sobre los hombros.

alagbato: espíritu guardián o feérico de un espacio natural, como un bosque, un río, una sabana o una zona más amplia.

An-Ileyoba: palacio en el corazón de Ciudad de Oluwan, la capital de Oluwan.

Biraslov: reino nevado en el extremo septentrional del imperio arit, mayoritariamente ocupado por el pueblo del Ala. Reino natal de Emeronya, integrante del consejo de Dayo.

brecha Oruku: la última entrada conocida al inframundo, ubicada en el templo Ebujo, en el reino de Oluwan.

chaparral: extensiones sobrenaturales de tierra creadas por Enoba el Perfecto cuando unió el continente arit. El chaparral tiene un papel importante en la regulación del clima continental y suele albergar espíritus.

chin chin: pequeños bocados dulces de masa frita.

Dhyrma: reino situado al sureste del imperio arit, conocido por sus piedras preciosas y sus artículos de lujo, mayoritariamente ocupado por el pueblo del Ascua. Reino natal de Sanjeet, integrante del consejo de Dayo.

Djbanti: uno de los cuatro reinos centrales del imperio arit. Conocidos por una cultura centrada en la caza y el estudio. Es el reino natal de Zathulu, integrante del consejo de Dayo.

ehru: espíritu esclavizado.

emi-ehran: animal espiritual del inframundo que suele aparecer para consolar a las almas perdidas o moribundas.

espíritu del chaparral: espíritu, a menudo malvado, que habita el chaparral.

fortaleza Yorua: fortaleza costera y profusamente fortificada de Oluwan que alberga al consejo del príncipe.

fufu: plato a base de harina de yuca y agua, cuya consistencia una vez cocinado recuerda al puré de patatas.

gele: turbante de tela almidonada distribuida en complicados pliegues.

Ileyoba: distrito central de Ciudad de Oluwan en el que se ubica el palacio así como las suntuosas villas de la nobleza.

iyaloye: princesa heredera arit.

matemba: un tipo de pescado seco que se usa a menudo en los guisados.

Mewe: reino septentrional del imperio arit, conocido por sus escarpadas colinas, dedicado al pastoreo de ovejas y la exportación de lana. Reino natal de Kameron, integrante del consejo de Dayo.

moimoi: pasta dulce a base de alubias al vapor.

Moreyao: reino situado al este del imperio arit, conocido por sus sofisticados tejidos de seda y sus prósperos arrozales. Reino natal de Ai Ling, integrante del consejo de Dayo.

Nontes: reino situado al noroeste del imperio arit, conocido por sus encajes, sus jardines de rosas y sus cielos grises. Reino natal de Thérèse, integrante del consejo de Dayo.

núcleo: la región de descanso definitivo para todas las almas, un paraíso ubicado en una dimensión sobrenatural del centro de la tierra.

Nyamba: Uno de los cuatro reinos centrales del imperio arit. Es conocido por sus expertos en adivinación y sus tejidos artesanos. Reino natal de Umansa, integrante del consejo de Dayo.

oba: emperador arit.

obabirin: emperatriz arit.

oloye: príncipe heredero arit.

Oluwan: capital del imperio arit y uno de los cuatro reinos centrales. Es el centro del comercio, la investigación y la preservación cultural, conocido por sus naranjales y fortalezas costeras. Residencia de las familias nobles más adineradas de Aritsar y morada oficial del emperador.

paño: larga pieza de tela, a menudo decorada con elaborados teñidos o bordados, que se usa como vestido rodeando varias veces el cuerpo por debajo de los brazos.

procesión de Egungun: desfile purgatorio en el que participan las almas antes de acceder al más allá en el núcleo.

Quetzala: reino meridional del imperio arit, conocido por sus selvas y su avanzada arquitectura. Mayoritariamente habitado por el pueblo del Manantial y reino natal de Mayazatyl, integrante del consejo de Dayo.

redentor: persona nacida con mapas grabados en la piel, obligada por el Tratado del Redentor a entrar en el inframundo como sacrificio para prevenir ataques de los abikus.

sangre de abiku: un potente veneno que, esparcido por la tierra, absorbe la vida de todo aquello que toca.

Songland: nación peninsular protegida por montañas encantadas que mantienen a raya a los intrusos. Es el único reino del continente independiente del imperio arit, conocido por sus guerreros sowanhada encantados y sus redentores. Es la tierra natal de Woo In, el infame «príncipe traidor» e hijo de la reina Hye Sun.

sowanhada: poderoso lenguaje exclusivo de Songland que permite al que lo domina controlar los elementos.

Sparti: reino de la costa meridional del imperio arit, conocido por la industria pesquera, las esculturas y los juglares. Reino natal de Theo, integrante del consejo de Dayo.

Swana: Uno de los cuatro reinos centrales del imperio arit, conocido por la fertilidad sobrenatural de sus tierras y su poderoso alagbato, Melu. Mayoritariamente habitado por el pueblo de la Arcilla. Reino natal de Tarisai, integrante del consejo de Dayo.

tutsu: duendecillo pequeño y caprichoso que habita los campos fértiles y los bosques. A menudo se desplaza en enjambre. Algunas personas lo cazan furtivamente para usarlo como fuente de luz.

Valle Blessid: Reino desértico poblado de nómadas del imperio arit, ubicado al sur de los reinos arits centrales. La mayoría de los habitantes del Valle Blessid pertenecen al pueblo del Ala y son conocidos por una cultura centrada en el pastoreo y la alfarería, así como por los estrechos vínculos de sus clanes familiares. Reino natal de Kirah, integrante del consejo de Dayo.

AGRADECIMIENTOS

La paradoja de escribir un libro es que se trata de un trabajo eminentemente solitario, pero no podrías llevarlo a cabo si no contaras con un ejército de apoyo en cada paso del camino. Mi ejército luchó por este libro a lo largo de doce años.

Gracias a Kim-Mei, mi maravillosa agente, que corrió el riesgo de aceptar a una autora desconocida y luego defendió este libro con celo y tenacidad nunca vistos.

Gracias a Maggie, mi brillante editora, que trabajó en este libro con un entusiasmo tan auténtico que cada crítica se me antojaba un regalo.

Gracias a Shasta Clinch, mi correctora, cuya atención al detalle con toda seguridad se consideraría una Gracia y que se abrió camino por las leyes de mi universo con más pericia de la que yo podría desarrollar nunca.

Gracias a Brooke Shearouse, que me ha medio convencido de que en realidad es una *Supergirl* y usa su trabajo de jefa de publicidad hipercompetente como tapadera. Gracias al resto de los equipos de publicidad, marketing y edición de Abrams por su brillante e incansable trabajo.

Gracias a Charles Chaisson por su sobrecogedor material gráfico y a Hana Nakamura por el meditado e inspirador diseño del libro.

Gracias a mi madre, que se aseguró de que a su hija no le faltaran libros ni visitas a la biblioteca. Gracias a mi padre, que me regaló mi primer diario de tapa dura a los diez años y que fue quizá el primero en tomarse en serio las aspiraciones a escritora de su dramática hija. Gracias a la señorita Viv y a Papi Herman por su sincero aliento, y a Mami Herman por su infinito apoyo y entusiasmo. Gracias a Josh por su emoción ante el éxito de este libro y a Rachael-bichito, seguramente el alma y el espíritu que ha inspirado a todas las heroínas adolescentes valerosas, resilientes y bondadosas que he creado.

Gracias a la tía Lisa, al tío Femi y a la tía Mónica por ser los fans más incansables y entusiastas que he tenido jamás, en cualquier etapa de mi vida. En todas. Pocas personas tienen la suerte de disfrutar de un amor y un apoyo incondicionales y absolutos, y me siento infinitamente privilegiada por ello.

Gracias a la tía Kemi, que se tomó la molestia de analizar a conciencia cada uno de los capítulos de mi primera novela cuando yo tenía quince años.

Gracias a la abuela, que fue la primera en comentar mis relatos como si fueran obras literarias (un gesto que me hinchó como un pavo cuando era adolescente). Gracias al abuelo, que nunca desconectaba cuando su fantasiosa nieta dedicaba horas y horas a contarle sus historias.

Gracias a la tía Ifueko y a la tía Tonia, que revitalizaron mi amor por las culturas en las que se criaron mis antepasados.

Gracias a Tia, mi psicóloga, que me ayudó a acallar la ansiedad mediante la compasión y el sentido común.

Gracias a Bettyann Henderson, mi profesora de escritura creativa en el instituto, que nunca dejó que me limitara a ser una pretenciosa sabelotodo y me obligó a mejorar.

Gracias a *Strange Horizons,* la primera publicación que expuso mi voz a un público más amplio.

Gracias a Kathryn Woods, Rebecca Seidler, Bethany Garber y Jaiden Cox, la tribu de lectores cero más espléndida que un escritor podría soñar.

Gracias a Tara Newby, mi Kirah de la vida real, el ancla de mis tormentas, que apoyó el libro desde su concepción dejándome comentarios en los márgenes de mis deberes de humanidades cuando íbamos al instituto.

Gracias a mi marido, David, el héroe de mi propia novela romántica y mi mejor amigo de todo el ancho mundo. Sin tu perspicaz cordura, inspirador sentido del humor y devoción sin límites este proceso nunca habría llegado a su fin. Te quiero más de lo que mil griots podrían expresar.

Y gracias a Dios, mi Fabulador personal, que aplacó mis tormentas y me empujó a seguir trabajando para alcanzar el sol.

Este libro se terminó de imprimir
en el mes de noviembre de 2022.